Maria Ernestam

Das verborgene Haus

Roman

Aus dem Schwedischen
von Holger Wolandt und Lotta Rüegger

btb

Die schwedische Originalausgabe erschien 2010
unter dem Titel »På andra sidan solen« bei Forum,
Stockholm.

MIX
Papier aus verantwortungsvollen Quellen
FSC® C083411

Verlagsgruppe Random House FSC-DEU-0100
Das für dieses Buch verwendete
FSC®-zertifizierte Papier *Lux Cream*
liefert Stora Enso, Finnland..

1. Auflage
Deutsche Erstveröffentlichung Mai 2012

Umschlaggestaltung: semper smile, München
Umschlagmotiv: plainpicture/Kniel Synnatzschke
Satz: IBV Satz- und Datentechnik, Berlin
Druck und Einband: CPI – Clausen & Bosse, Leck
SL · Herstellung: BB
Printed in Germany
ISBN 978-3-442-74398-8

www.btb-verlag.de

Kapitel 1

Wenn ich daran denke, wie ich einmal war, wird alles, was geschehen ist, unbegreiflich. Im Tao Te King würde stehen, dass wir mit dem Finger zeigen können, wo sich der Mond befindet, aber dass der Finger nicht der Mond ist. Denn um den Mond zu sehen, muss man hinter den Finger sehen können.

Ich glaube, das bedeutet, dass ich am Anfang beginnen muss.

Kapitel 2

Über den Bäumen lag ein leichter Nebel, und die Sicht im Rückspiegel war eingeschränkt. Die Sonne drang durch die Fenster des Autos, und Staubpartikel wirbelten durch die Luft. Tora und Linn saßen auf dem Rücksitz. Ihr Duft kitzelte mich im Nacken.

Ich sagte etwas über den Frühling, dass er vielleicht bald kommen würde. Niemand antwortete. Axel schlief, oder vielleicht hatte er auch nur die Augen geschlossen, um nicht reden zu müssen. Er war ein Stück gefahren, hatte sich aber gefährlich nahe an der Mittellinie gehalten. Als ein anderer Autofahrer beim Überholen hupte, hatte Axel gebrüllt, heutzutage führen alle wie Idioten. Dann bat er mich, das Steuer wieder zu übernehmen, damit er Zeitung lesen könne.

Das Radio brachte die »Dreigroschenoper«, und ich versuchte, einen anderen Sender zu finden. Axel mochte Brecht nicht. Deprimierende Musik.

Das Grün der Landschaft wirkte beruhigend. Eben erst erwachte Büsche reckten ihre Zweige, Blumen richteten ihre empfindlichen Knospen nach oben. *April is the cruellest month.*

Wir verpassten die Abzweigung und mussten nach einigen Kilometern umkehren. Tora war übel.

»Musst du so rasant fahren?«

»Ich tue mein Bestes. Aber die Straße ...«

»Du fährst zu schnell, Viola.«

Axel richtete sich auf. Ich stieg vom Gas.

»Wir sind bald da. Seht ihr das Meer? Als ich klein war und

wir an die Westküste gefahren sind, haben wir immer nach dem Meer Ausschau gehalten. Sobald wir es entdeckt hatten, sangen wir alle ›La mer‹.«

Plötzlich war die Erinnerung da. Meine Geschwister und ich auf der Rückbank, Papa und Mama vorne. Ein ständiges Geplapper, Singen und Lachen. Keine nervösen Fragen, ob man nicht anhalten und eine Pause machen könne. Immer Zeit für ein Eis oder einen Abstecher in den Wald. Packt die Decke aus, jetzt gibt es ein Mittagessen mit vier Gängen: Butterbrot, Obst, Süßigkeiten und Kaffee.

Linn fragte, ob es in dem Haus auch einen Fernseher gäbe.

»Ich kann mir nicht vorstellen, dass es keinen gibt.«

»Aber hast du darauf geachtet, dass es einen gibt?«

»Haben wir darauf geachtet, Axel?«

»Wer, wir?«

Schweigend fanden wir die richtige Abzweigung und fuhren durch den Ort. Ich kurbelte das Fenster herunter und sprach einen Fußgänger an, obwohl ich wusste, dass Axel es verabscheut, nach dem Weg zu fragen. Nach einiger Zeit fanden wir das Haus. Als wir aus dem Auto stiegen, begann es zu regnen.

Das Haus war weiß gestrichen, die Fensterrahmen waren schwarz. Wir liefen eine steinerne Treppe hinauf, die Mädchen und ich je eine Tasche in der Hand, Axel mit seiner Aktentasche unter dem Arm.

Hinter dem Haus lag der Garten, den man uns beschrieben hatte. Heidekraut, Wacholderbüsche und ein schwer zu mähender hügeliger Rasen, einige Rosenbüsche. In einer Ecke lehnten große Steinblöcke aneinander, und einige Farnwedel wucherten aus den Spalten hervor. Zwei Krähen, die gerade ein Festmahl hielten, flogen rasch davon, als wir uns näherten. Ihr missbilligendes Krächzen hallte in der Stille wider.

Nach einer Weile fand Axel den Schlüssel in seiner Manteltasche. Er fluchte, als er ihm aus der Hand glitt und ins Gras fiel. Mit einiger Mühe bekam er das Schloss auf, und wir traten hinein.

Im Haus roch es nach Schmierseife und Holz. Tora und Linn verschwanden in Richtung Wohnzimmer, und ich hörte an ihren Stimmen, dass dort ein Fernseher stand. Ich drehte eine Runde und sah mir die beiden Schlafzimmer an. Betten mit gehäkelten Tagesdecken in dem einen, dezente Blümchentapeten in dem anderen. Auf einem Bord in der Küche standen Porzellangefäße mit Holzdeckeln für Kaffee, Tee und Mehl.

Ich blieb auf der Glasveranda stehen und schaute aus dem Fenster. Das mit dem Meerblick war tatsächlich nicht gelogen, auch wenn es zum Wasser ein Stück einen Hang hinunterging. Der Pfad, der sich zwischen den Wacholderbüschen hindurchschlängelte, führte sicher zu einem Strand.

Etwas streifte meine Beine, und ich bemerkte, dass irgendjemand Rezina ins Haus gebracht und aus ihrem Katzenkäfig gelassen hatte. Axel schob sich an mir vorbei. Er wirkte erhitzt.

»Sei vorsichtig, Axel. Trag nicht zu viel. Ich kann …«

»Sie musste da raus.«

»Sicher. Ich hatte schon überlegt … ob wir es wagen können, sie sofort nach draußen zu lassen?«

»Entscheide du. Aber ich würde es nicht tun.«

Ich drehte mich zu Tora und Linn um und bat sie, die Haustüre hinter sich zu schließen. Axel rief, dass es wirklich kalt sei und dass er die Heizung hochdrehen werde.

Eine gute Stunde später war das meiste ausgepackt. Tora und Linn lagen auf dem Sofa und zappten durch alle Sender. In Jeans, die schmalen Arme entblößt, lagen sie ausgestreckt zwischen den Kissen. Im Windfang standen Schuhe, und es gab nicht genügend Bügel für alle Kleider.

Axels Kleider hatte ich auf eines der Betten gelegt. Er wollte sie selbst in der Kommode verstauen, da er behauptete, der Einzige in der Familie zu sein, der Kleidungsstücke ordentlich zusammenfalten könne. Kleiderpflege sei eine Frage des Stils. Es sei schade, dass das nur so wenigen Menschen bewusst sei.

Er war auf die Glasveranda verschwunden. Als ich hinterherkam, um ihn zu fragen, ob er hungrig sei, saß er auf dem Sofa und telefonierte. Den Rücken an ein Heizkissen gelehnt. Ich ging in die Küche und suchte die Zutaten für eine Tomatensauce zusammen. Die Messer lagen ordentlich aufgereiht in einem Kasten. Ich wählte eines aus. Es glitt ohne jeden Widerstand durch die Tomaten.

»Hast du ordentlich gesalzen?«

Axel hatte sich von hinten herangeschlichen und mir die Hände auf die Schultern gelegt.

»Ja.«

»Und Knoblauch ist auch drin?«

»Einige Zehen.«

»Nimm noch ein paar.«

Ich rührte im Topf und sah, wie sich die Tomatenschale ablöste. Das rote Fruchtfleisch kochte zu einer dicken, glatten Masse zusammen.

»Ich habe mit der Heimleiterin des Solgården gesprochen. Mamas Zustand hat sich offenbar verschlechtert. Heute hat sie eine der Pflegerinnen in den Arm gebissen.«

Ich lachte und schämte mich sofort dafür.

»Du hast wirklich einen seltsamen Humor. Ist es etwa lustig, dass es Mama schlechter geht? Aber was kann ich schon anderes von dir erwarten. Du warst ja selbst nie ernsthaft krank und hast keine Ahnung, wie sich das anfühlt.«

Ich schaute in den Kochtopf.

»Tut mir leid. Es ist mir einfach so herausgerutscht … ohne dass ich es wollte.«

»Sollten Tora und Linn nicht ein wenig mithelfen?«

»Ich habe sie gebeten, den Tisch zu decken.«

»Deine Bitte scheint ja recht erfolgreich zu sein.«

Ich biss mir auf die Unterlippe. Kein Streit am ersten Abend. Wir hatten Ferien, begannen gerade erst.

»Ich sage ihnen noch mal Bescheid.«

Eine halbe Stunde später saßen wir am gedeckten Tisch. Der Regen war stärker geworden und jetzt überraschenderweise mit Schnee vermischt. Axel behauptete, dass es am nächsten Tag gutes Wetter geben würde. Er hatte vor, zum Strand zu gehen und sich das Motorboot anzusehen, das wir benutzen durften. Falls es nicht überhaupt für Bootsfahrten zu kalt sein würde. Anschließend wollte er gemeinsam mit uns seine Mutter besuchen. Er schien nun bessere Laune zu haben, und als ich ihn fragte, antwortete er, es gehe ihm gut.

Niemand wollte mich anschließend auf einen Abendspaziergang begleiten. Axel musste mehrere Telefonate führen, es sei ausgesprochen wichtig, dass er das sofort erledige. Linn sprach von einem neuen Buch, und Tora war ins Schlafzimmer verschwunden. Ich zog mich an und trat hinaus. Ich empfand die Einsamkeit als Geschenk.

Das Gras auf dem Weg war feucht und glatt. Ich schlängelte mich durch Wacholderbüsche und Gestrüpp und fand mich nach einiger Zeit auf einer Anhöhe wieder. Unter mir lag das Meer. Am Horizont waren einige Schiffe zu erkennen, eine Möwe schwebte über dem Wasser. Schiefergrauer Nebel zog über den Strand, und Muscheln knirschten unter meinen Sohlen.

Beim Anblick des Meeres gerätst du immer ins Schwärmen,

hatte ich mir einmal sagen lassen. Seither denke ich darüber nach, was das zu bedeuten hat. Beruhigt mich der Anblick des Meeres, oder erinnert es mich in seiner Unberechenbarkeit an die Menschen?

Meine Eltern leben gerne in der Nähe des Meeres. Im Augenblick waren sie weit weg, in Piteå. Dort kümmerten sie sich um eine alte Verwandte meiner Mutter. Ich hatte einige Tage zuvor mit ihnen gesprochen, und Mama wollte wissen, ob ich alte Laken gebrauchen könne. Wegen der Spitze. Die Verwandte habe Unmengen, und aus den gestickten Monogrammen ließe sich sicher etwas machen. Im Unterschied zu ihr könne ich schließlich nähen.

Jetzt wünschte ich mir, die beiden würden neben mir stehen und mir erklären, nichts sei so schlimm, als dass es nicht noch schlimmer werden könne. Dass sie sagen würden: Mach es wie Großmutter, lache, obwohl es nichts zu lachen gibt. Anschließend fühlt man sich besser.

Ich lachte versuchsweise. Die Möwe antwortete mit einem kehligen Schrei, bevor sie auf die Wasserfläche zuschoss. Linn hat mich einmal gefragt, was aus den Vögeln würde, wenn sie tot wären. Mir war bislang keine glaubwürdige Erklärung eingefallen, aber hier zu meinen Füßen lag ein sprödes Skelett und ringsherum verstreut einige Federn. Bald würden die sterblichen Überreste dieses Seevogels vermutlich zu Staub zerfallen und vom Wind übers Wasser getragen werden.

Ich blieb am Strand, während sich die Dunkelheit über das Land senkte. Als ich mich schließlich umdrehte, um zurückzukehren, war ich vollkommen durchnässt, und der Wind hatte meine Fußspuren im Sand verweht. Durch die Fenster des Hauses, das wir vor ein paar Stunden bezogen hatten, schimmerte es anheimelnd, und als ich eintrat, rief Tora, es gebe eine frische Kanne Tee. »Der Earl Grey, den du so magst,

Mama.« Mir kamen die Tränen, ich wischte sie mit dem Ärmel weg, noch ehe sie ganz da waren.

Linn erzählte, sie habe eine Treppe entdeckt, die auf einen großen Speicher führen würde. Es gebe dort eine Unmenge Gerümpel und alte Sachen, und vielleicht würde sie dort ja auch Bücher finden. Für den Fall, dass ihr der mitgebrachte Lesestoff ausgehen sollte und sie noch mehr bräuchte.

Wenig später gingen wir schlafen. Axels Bett war von meinem durch einen gemeinsamen Nachttisch getrennt, auf dem ein kleines Spitzendeckchen lag. Er legte sich in seinem neu gekauften Schlafanzug hin. Ich strich ihm über den Rücken und erhielt einen gedämpften Seufzer zur Antwort. Er hatte das Heizkissen mit ins Bett genommen. Das Radio lief und verbreitete nette Harmlosigkeiten.

Ich hatte vor, in meinen Notizen zu meiner Arbeit über die Ewigkeit zu blättern. Am Strand hatte ich das Gefühl gehabt, mich außerhalb der Zeit zu befinden und mich selbst zu beobachten. So haben es die Dichter in ihren Werken beschrieben, und ich habe genauso empfunden, als Linns Leben auf dem Spiel stand und man mir Zutritt zu einer Kirche gewährte, weil ich versuchen wollte, Gott nahezukommen.

Vielleicht hatte Axel ähnlich empfunden. Vielleicht würden wir ja morgen die Zeit finden, darüber zu sprechen.

Kapitel 3

Die Dämmerung nach einem schlechten Traum. Ein groteskes Wesen, weder Mensch noch Tier, war in ein Zimmer gekommen, in dem wir alle versammelt waren. Das Wesen hatte geschrien und um sich geschlagen, während Axel ganz ruhig erzählte, das sei sein Kind. Es stamme aus einer früheren Verbindung, und er habe das Kind all die Jahre auf dem Speicher versteckt gehalten.

Ich verließ leise das Bett, öffnete die Haustür und atmete die Morgenluft ein. Die Bäume des Gartens lagen noch im Schatten, und an einem alten Telefonmast hing ein Nistkasten. Axel hatte recht behalten. Es würde ein schöner Tag werden, obwohl es kalt war. Ich hatte das Gefühl, als läge weiterer Schnee in der Luft. Weiße Ostern statt venezianischer Frühling. Dass aus der Italienreise eine Schonenreise geworden war, lag jedoch nicht an mir. Axels Gesundheit hatte uns dazu veranlasst wieder einmal unsere Pläne zu ändern.

Rezina lag ausgestreckt vor dem Herd. Als ich mich zu ihr hinunterbeugte, legte sie sich auf den Rücken. Ich streichelte sie, und sie biss mich vorsichtig. Sie fraß das Futter, das ich ihr in den Napf füllte, und als ich das Haus verließ, drückte sie sich an mir vorbei und verschwand zwischen den Wacholderbüschen. Egal, sie würde schon allein zurechtkommen. Ich konnte weder unsere Katze noch die Mäuse, die sie jagen würde, vor allem Übel bewahren.

Linn war beinahe verzweifelt, als es hieß, wir könnten uns keine Katze zulegen. Doch dann war es mir gelungen, Axel zu überreden, aber dieser Sieg war teuer erkauft. Er mochte Rezina nicht. Er verabscheute vor allem den Schmutz, den ihr Katzenklo mit sich brachte. Ich fegte den Sand zusammen, saugte Haare mit dem Staubsauger weg und ging gegen die mindeste Andeutung eines schlechten Geruchs mit einem Spray vor. Linns Freude war der Dank dafür. Sie liebte ihre Katze über alles in der Welt.

Als meine Mutter uns besuchen kam, um sich Rezina anzuschauen, kam sie zum ersten Mal darauf zu sprechen, dass ich vielleicht wegen dem, was geschehen war, mit jemandem reden sollte. Über Axels Krankheit und deren Folgen.

»Nicht nur Axel hat damit zu kämpfen, sondern die ganze Familie. Du hast auch das Recht zu trauern«, hatte sie gesagt.

Vielleicht, aber ich empfand das nicht so. Ich konnte immer noch genauso schnell rennen wie vor einigen Jahren. Ich brauchte keine Brille und konnte unbehindert Auto fahren. Ich brauchte mir keine Sorgen zu machen, dass irgendein inneres Organ plötzlich aufhörte zu funktionieren und mich dazu zwingen würde, mit Schläuchen an irgendwelche Maschinen angeschlossen, auf der Intensivstation zu liegen. Axel hatte überlebt, und wir hatten zwei Kinder, die uns brauchten. Wenn ich nicht die Kraft aufbrachte, wer dann?

Es roch nach feuchter Erde, aber als ich die Augen schloss, sah ich Leute in weißen Kitteln, und der Frühlingsduft wich dem penetranten Geruch nach Desinfektionsmittel. Im Kopf hallte immer noch die Erklärung wider. Eine Infektion. Nierenversagen. Probleme mit dem Blutkreislauf. Machen Sie sich wegen des Beatmungsgeräts keine Sorgen. Das dient nur dazu, dass sich der Körper ganz auf die Genesung konzentrieren kann. Der Körper. Axels Körper. Als wäre der etwas anderes als Axel.

All die stillen Stunden neben Axels Bett. Menschen, die kamen und gingen, die Krankenakte lasen, Blut abnahmen und manchmal auch dafür sorgten, dass ich etwas aß. Das Erwachen, die Dankbarkeit. Dann das Urteil der Ärzte.

Bald würde meine Familie erwachen, und ich konnte sie mit Liebe überhäufen, um zu beweisen, dass unsere Welt immer noch intakt war. Ich würde Wasser aufsetzen, Brot auftauen, fragen, ob jemand Orangensaft trinken wolle und was wir an diesem Tag unternehmen wollten.

Axel umarmte mich von hinten, und ich zuckte zusammen.

»Wieso stehst du nur im Nachthemd hier draußen?«

»Es war so ein schöner Morgen. Ich habe Rezina nach draußen gelassen.«

»Du frierst ja. Außerdem weiß man nicht, was für Leute hier draußen in den Büschen herumschleichen. Geh rein und zieh dich an.«

Er selbst war bereits angezogen. Er sagte etwas über das schöne Wetter und dass er gut geschlafen habe. Die Betten seien hart genug. Aber er habe das Telefon klingeln hören. Ob ich mit jemandem telefoniert hätte? Jetzt müsse er eine Zeitung auftreiben. Am liebsten das lokale Käseblatt, damit man wisse, was in der Provinz so los sei.

Axel verschwand. Dann waren das Geräusch des Motors und lautes Rumpeln zu hören. Wenig später kehrte er mit der Zeitung und frischen Brötchen zurück. Die Bäckerei hatte er entdeckt, als wir auf der Hinfahrt an ihr vorbeigefahren waren.

Das Frühstück verlief harmonisch. Um den großen, einladenden Esstisch standen alte Küchenstühle mit frisch bezogenen Polstern. Die Mädchen, die eigentlich der Meinung waren, Schonen sei mit Italien nicht zu vergleichen, schienen sich mit allem abgefunden zu haben. Linn erklärte, jeden Tag ein Bad nehmen zu wollen. Im Badezimmer gab es eine weiß gekachelte Wanne. Eine bessere Möglichkeit, sich wie in Italien zu fühlen, gab es hier nicht.

Axel wiederholte, dass er im Laufe des Tages seine Mutter besuchen wolle. Keine unserer Töchter hatte Lust, ihn zu begleiten.

Einige Stunden später waren wir auf dem Weg zum Solgården, dem Heim, in dem Axels Mutter seit einigen Monaten wohnte. Als wir ins Auto stiegen, fiel mir ein Kratzer an der Seite auf. Axel war am Morgen offenbar an der Mauer entlanggeschrammt. Der Schaden war nicht groß, und mich störte er am allerwenigsten. Vielleicht würde ich ja später eine Werkstatt aufsuchen.

Ich fuhr. Axel hatte Musik eingeschaltet und summte mit. Als ich ihn fragte, wie sein Vater ohne seine Frau zurechtkäme, antwortete er kurz angebunden. Axel hatte bisher kaum darüber sprechen wollen, dass seine Mutter unheilbar krank war, und wie nahe sie sich eigentlich standen, wusste ich nicht. Meistens hatten Axels Schwestern sie angerufen und besucht. Axel konnte als einziger Sohn seine Aufwartung machen, wann er wollte. Seine kurzen Besuche stießen immer auf Jubel.

Ich dachte daran, wie mich Axel zum ersten Mal zu seinen Eltern mit nach Hause genommen hatte, um mich ihnen vorzustellen. Es hatte ein sehr gutes Essen gegeben. Alle hatten geschwiegen, nur ich nicht, denn aus meinem Elternhaus war ich anderes gewohnt. Einzig das Klirren des Bestecks und meine Stimme waren zu hören gewesen. Später hatten Axels Eltern ausrichten lassen, dass sie mich sehr nett fänden.

Beim zweiten Besuch waren meine Eltern dabei. Mama trug mitten im Winter ein Sommerkleid und Papa eine Fliege. Axels Mutter hatte gefragt, ob sie die Heizung aufdrehen solle. Dann hatte man Papa aus der Küche vertrieben, als er beim Abwasch helfen wollte.

Jetzt befand sich Axels Mutter auf dem Weg ins Land des Vergessens und wusste bisweilen nicht einmal mehr, wozu ein Kochtopf verwendet wird. An einem Sonntag hatte sie uns mit einem tadellosen Essen empfangen, an einem anderen hatte sie beim Öffnen der Tür Handschuhe und Mütze getragen.

Die vorläufige Unterbringung im Heim hatte Axels Vater organisiert. Er kannte das Personal und hatte nur Gutes gehört. Allerdings lag das Heim ziemlich weit weg. Aber wer konnte schon wissen, wie alles weitergehen würde? Den Abwasch in dem großen Haus von Axels Eltern erledigte derweil eine Zugehfrau, die drei Mal die Woche kam.

Kurz nach dem Umzug der Mutter hatte Axel vorgeschlagen, auf die weite Autofahrt in den Süden und den Osterurlaub in Italien zu verzichten. Stattdessen könne man in einem Haus von Freunden seiner Eltern wohnen. In Schonen. Am Meer. Ganz in der Nähe des Pflegeheims seiner Mutter. Man könne ein paar Tage extra frei nehmen, sich ausruhen und zusammen sein. Tora und Linn würden schließlich langsam erwachsen. Er spüre das, sagte Axel. Er wolle die Zeit nutzen, die uns noch bliebe, bevor sie endgültig flügge seien. Wir könnten gleichzeitig seine Mutter besuchen, solange sie noch halbwegs klar war. Und ich könnte anfangen, den Artikel über die Ewigkeit zu schreiben, von dem ich gesprochen hatte.

Ich hatte mich schon an den Kanälen Venedigs flanieren sehen und gab außerdem zu bedenken, dass die Mädchen enttäuscht sein würden. Axel antwortete nur, dass schließlich er es sei, der die Rechnungen zahle. Er fuhr sich über die Augen, und ich stellte den Italienreiseführer zurück ins

Bücherregal, um stattdessen Gummistiefel und Regenmäntel herauszusuchen.

Während Axel zur Kontrolle beim Arzt war, hatte ich Bettwäsche, Handtücher, Lebensmittel und Katzenfutter zusammengepackt. Er war in seine Rechtsanwaltskanzlei gegangen, um alles vorzubereiten, und ich ins Institut.

Jetzt waren wir also hier. Nur wir. Genau wie es sich Axel gewünscht hatte.

Nach einer guten Stunde bogen wir auf einen Kiesplatz ein. Der Solgården war eine prächtige Villa mit vielen Fenstern, einem überdachten Eingangstor und einem gepflegten Garten, der sowohl das Haupthaus als auch mehrere Nebengebäude umgab und in dem alte Bäume wuchsen.

Die Heimleiterin, die uns begrüßte, schien alles im Griff zu haben. Sie erinnerte sich an Axel, der beim Einzug seiner Mutter dabei gewesen war.

»Willkommen«, sagte sie und gab uns die Hand. »Marianne sitzt im Garten. Wir dachten, es würde ein warmer Tag werden, und dann war die Enttäuschung groß, als es plötzlich so aussah, als müssten wir im Haus bleiben. Deswegen haben wir uns einfach warm angezogen.«

»Wie geht es ihr?«

Wir gingen hinters Haus, und die Heimleiterin antwortete, Marianne gehe es den Umständen entsprechend gut. Axel fragte nicht weiter. Wir traten an einen Gartentisch, an dem mehrere ältere Menschen damit beschäftigt waren, zu essen und zu trinken. Die meisten saßen in Rollstühlen, einige beugten sich müde über den Tisch. Alle trugen Jacken und Mäntel, einer hatte sich einen Schal um den Kopf gewickelt.

Axels Mutter saß an der Schmalseite des Tisches. In ihrem Mantel und mit den Perlenohrringen sah sie sehr gepflegt aus.

Über ihren Knien lag eine Decke. Auf der Decke prangte ein großer Kaffeefleck.

Als sie uns sah, stand sie so hastig auf, dass eine Tasse umfiel.

»Viola! Wie schön, dass du noch einmal gekommen bist. Wir hatten es doch gestern so nett.«

Ich wagte es nicht, Axel anzusehen, der sich vorbeugte, um seine Mutter zu umarmen. Marianne schreckte zurück.

»Wer sind Sie?«

»Mama, ich bin es, Axel.« Er klang verärgert.

»Axel? Ich habe einen Sohn, der Axel heißt. Kennen Sie ihn?«

»Ich bin dein Sohn, Mama. Ich bin Axel«, antwortete Axel mit noch schärferer Stimme.

Marianne runzelte die Stirn.

»Schade, dass ihr nicht morgen kommt. Dann wollen die Leute von Saab für uns singen.«

»Saab ist eine Automarke«, sagte Axel.

»Was für eine schöne Frisur du hast, Viola.« Marianne wandte sich an mich.

»Entschuldige, aber ich glaube, ich sollte euch jetzt besser allein lassen«, flüsterte ich Axel zu und entfernte mich.

Ein Ruf, jetzt war das Maß offenbar voll. Ich spürte seinen wütenden Blick in meinem Rücken. Doch ich bog rasch um die Ecke, ließ mich auf eine Bank sinken und vergrub den Kopf in den Händen.

Das Gefühl, mich nicht beherrschen zu können, war schlimmer als Axels Wut. Absurder Irrsinn und die Trauer über den Verfall eines Menschen. So nahe lag der Abgrund, so leicht war es, einen Fehltritt zu begehen. Plötzlich begriff ich, dass sich Axel in Mariannes Welt wie ein Idiot benehmen musste. Einfach daherzukommen und zu behaupten, er sei ihr

Sohn. Ein Fremder. Man brauchte das Kaleidoskop nur umzudrehen, und schon wirkte Marianne wie die Kluge von uns.

Jemand setzte sich neben mich, und ich nahm einen unbestimmten Duft nach Gebäck oder einem würzigen Parfüm wahr.

»Vielleicht sollte ich Sie besser in Ruhe lassen, aber Sie weinen so herzzerreißend. Allerdings hat Tränenvergießen noch keiner Frau zu einem glücklicheren Leben verholfen. Obwohl ich sehe, dass Sie einen Grund haben.«

Ich blickte auf. Die Frau sah aus wie ein kleiner Vogel. Ihr Haar war zu einem Knoten gebunden.

»Ich heiße Linnea, aber Sie können mich Lea nennen. Alle nennen mich so. Das passt auch besser zu mir. Ich hatte nie etwas mit diesem rosa Blümchen gemein, das sich im Moos versteckt.«

»Ich heiße Viola. Ich verstehe also, was Sie meinen.«

»Viola. Was Sie nicht sagen. So ganz abwegig ist das aber nicht. Schließlich könnte man Sie mit diesem Haar und der hellen Haut für zerbrechlich halten. Aber ich glaube, dass Sie zäher sind, als Sie aussehen. Was machen Sie hier?«

»Ich besuche zusammen mit meinem Mann meine Schwiegermutter Marianne Odin. Sie ist vor einiger Zeit hier eingezogen.«

»Marianne. Dann ist mir alles klar.«

»Sie kennen sie?«

»Ich kann nicht behaupten, sie wirklich zu kennen, aber wir haben uns einige Male unterhalten. Viel zu intelligent für dieses Heim. Humor hat sie auch.«

»Sie ist nicht ganz … ich meine, sie ist etwas verwirrt.«

»Das sind wir doch alle. Manche mehr, manche weniger.« Sie reichte mir ein Taschentuch und sah sich dann um.

»Wenn Sie wollen, können wir einen kleinen Spaziergang

durch den Park machen. Wir können aber auch auf mein Zimmer gehen. Vielleicht wollen Sie sich ja erst mal die Nase putzen und etwas Warmes trinken. Irgendwo, wo Sie niemand sieht. Hier wird es langsam so kalt, dass man auf der Bank festfriert.«

Das Letzte, was ich jetzt wollte, war Axel und seiner Mutter zu begegnen, und so willigte ich ein. Während wir gemeinsam in Richtung Eingang liefen, fragte ich mich, warum Lea überhaupt im Solgården wohnte. Sie war zwar bedeutend älter als Marianne, wirkte aber recht rüstig. Allerdings bat sie mich nach einer Weile, sich auf meinen Arm stützen zu dürfen. Als hätte sie meine Verwunderung gespürt, begann sie zu erklären.

»Bei mir meldet sich manchmal so eine teuflische Krankheit zurück, die ich mir in Afrika zugezogen habe, mit Fieber und Schüttelfrost. Dann bin ich ganz schwach und verwirrt. Deswegen bin ich hier. Aber glücklicherweise ist das kein dauerhafter Zustand.«

»Ich kann mir vorstellen, wie deprimierend es sein muss, mit Leuten wie meiner Schwiegermutter zusammenzuleben.«

»Ach was. Marianne ist eher erfrischend. Vermutlich hat sie ihr ganzes Leben lang nur anderen gedient und ist nie auf die Idee gekommen, sich einmal das Recht herauszunehmen, ein Machtwort zu sprechen. Jetzt kommt alles hoch, und daraus mache ich ihr keinen Vorwurf. Die Leute hier können einem leid tun. Es wird zwar auch viel gelacht, aber oft fallen auch böse Worte. Dennoch ist sie, glaube ich, bei allem sehr gefasst.«

»Ja, sie hat sich wirklich ihr gesamtes Leben lang um andere gekümmert. Ich habe ihr nie bei irgendetwas helfen dürfen, wenn wir bei ihr zu Besuch waren. Axel, mein Mann, behauptete immer, sie wolle das so. Er ist eigentlich nicht der Auffassung, die Frau müsse sich um alles kümmern. Aber mein Schwiegervater hat nie im Haushalt geholfen.«

»Ich könnte mir vorstellen, dass das ihr einziger Freiraum war. Verheiratet mit einem Mann, der sich wie ein Pascha auf dem Sofa ausstreckte. Ich hatte eine Freundin, die auch so einen Partner hatte. Sie sagte immer, ein arbeitender Mann sei der beste Mann. Und schlafende Kinder die besten Kinder.«

Wir hatten den Eingang erreicht und traten ein. Das Foyer war riesig, im Hintergrund führte eine breite Treppe mit einem Geländer aus poliertem Holz nach oben. An den Wänden hingen Gemälde in vergoldeten Rahmen, und es hallte, als wir über den Steinfußboden liefen. Im Stein waren blutrote Versteinerungen zu erkennen. In einer Ecke stand ein Spinnrad.

Langsam stiegen wir die Treppe hinauf. Lea atmete angestrengt. In einem Korridor blieben wir vor einigen Schwarzweißfotos stehen, auf denen Menschen zu sehen waren, die auf Pritschen in einer stillen Schneelandschaft lagen. Eine Krankenschwester servierte Suppe, und ein Patient in Pelzmütze und Handschuhen streckte die Hände aus, um einen Teller entgegenzunehmen. Ein Schild daneben erläuterte, dass der Solgården einmal ein Sanatorium für Lungenkranke war.

Nach einer Weile kamen wir zu Leas Zimmer, und sie bat mich hinein. Es war überraschend groß. In einer Ecke stand ein Metallbett und an der Wand ein Tisch aus Mahagoni. Auf dem Fensterbrett lagen einige lackierte Ziergegenstände. Neben dem Bett befand sich eine Truhe mit geschnitzten Figuren auf dem Deckel. Teppiche dämpften unsere Schritte, und als die Uhr an der Wand schlug, zuckte ich zusammen.

»Ich habe darum gebeten, einiges von zu Hause mitnehmen zu dürfen. Ich würde die vornehmen Möbel hier sonst nicht ertragen, wo ich weiß, dass ich eine ganze Weile bleiben muss.

Wollen Sie einen Kaffee? Einen richtigen Kaffee, nicht diese Brühe, die sie einem hier servieren.«

Sie wartete meine Antwort nicht ab, sondern griff zu einer alten Kaffeemühle, füllte sie mit Kaffeebohnen und verschwand in der Kochnische. Als sie zurückkehrte, hielt sie zwei Tassen in der Hand.

»Ist außerdem gut gegen Schmerzen.«

Sie musste bemerkt haben, dass ich Schmerzen litt. Als Kind hatte ich einmal mit meinem Bruder und meiner Schwester Kerzen gegossen. Wir hatten Kerzenstummel in einen Topf gelegt und begeistert zugesehen, wie es anfing zu brodeln. Plötzlich waren Flammen an die Decke gestiegen, ich hatte den Topf genommen und zur Spüle getragen. Dann hatte es geknallt, und heißes Wachs war über meinen Arm gelaufen.

Die Brandnarbe war verblasst. Der einzige bleibende Schaden war eine Empfindlichkeit der Haut des linken Arms. Deswegen trug ich oft lange Ärmel und sonnte mich nicht. Jetzt schmerzte die Haut richtig, und zwar so, wie sie das oft tat, seit Axel krank geworden war. Aber der Kaffee war gut, und ich lobte ihn. Dann schwiegen wir. Nur das Ticken der Uhr war zu hören und Schritte in weiter Ferne.

Das Zimmer lag im Halbdunkel, und Lea zündete eine Kerze an. Ein Stück des Streichholzes fiel auf den Tisch. Sie nahm es weg und schnippte den Ruß von der Tischdecke.

»Sie sind also die Schwiegertochter von Marianne Odin«, begann sie schließlich. »Und wie ist das?«

»Nun … sie war immer nett zu mir.«

»Warum hätte sie das auch nicht sein sollen?«

»Da haben Sie recht. Aber ich kenne sie nicht sonderlich gut, obwohl das seltsam klingt. Axels Mutter war wie gesagt immer zu Hause. Bei uns war das nicht so, als ich klein war.«

»Ich verstehe. Vermutlich war es das, was Ihren Mann angezogen hat. Eine Frau, die auf eigenen Beinen steht. Dass er dann erwartet hat, dass Sie sich auch noch um alles kümmern, worum sich seine Mutter gekümmert hat, steht auf einem anderen Blatt. Am Anfang sind sie stolz und glücklich. Dann kommt die Rechnung. Natürlich sind nicht alle so. Es gibt Ausnahmen, allerdings nur wenige.«

»Ich finde, dass sowohl Axel als auch ich Verantwortung für die Familie übernommen haben. Er hat mehr gearbeitet als ich. Meine Eltern waren vollkommen gleichberechtigt, aber das war damals durchaus nicht üblich. Sie waren beide Musiker und hatten unregelmäßige Arbeitszeiten.«

»Welch ein Glück. Wenn man bedenkt, was man bekommt, wenn man sich aufopfert. Einen Platz in einem Pflegeheim, in dem einen niemand besucht. Ich wette, dass Ihr Mann bereits nach Ihnen sucht, weil er nach Hause fahren will.«

Das war ziemlich wahrscheinlich. Ich konnte mich nicht daran erinnern, dass Axel jemals eine längere Unterhaltung mit seiner Mutter geführt hatte. Wenn er ausnahmsweise einmal Zeit für sie hatte, musste ich oft vermitteln. So wie heute.

»Sie erinnern mich an meine beste Freundin. Sie hieß Rakel. Sie hat auch nie den einfachsten Weg gewählt. Ich glaube, Sie sind genau wie Rakel. Sie wollen verstehen, was wir anderen nicht verstehen können.«

Mir fiel keine Antwort ein. Verlegen betrachtete ich den silbernen Kerzenhalter und sagte etwas über schönes Handwerk.

»Der Kerzenhalter? Der stammt aus Rakels Familie. Ich gebe nicht viel auf materiellen Besitz. Der wird am Ende nur zur Last, das Haus voller Dinge und das Geld in der Schatztruhe. Das erfordert Arbeit und bedrückt. Aber dieser Kerzenhalter ist mir wichtig. Als ich bei Rakel saß und wir beide wussten, dass sie sterben würde, bat sie mich, die Kerze im Kerzenhalter anzuzünden … in ihrem, denn es gab zwei.«

Die Flamme flackerte. Leas Schatten huschte über die Wand, als sei die tote Rakel zu Besuch gekommen. Mir kamen erneut die Tränen.

»Verzeihen Sie einer alten Frau ihre Indiskretion. Ich weiß, dass es sich meistens nicht lohnt, mit Leuten, die nichts begreifen, über die schweren Dinge zu sprechen, aber sagen Sie, was bedrückt Sie? Sie gehören nicht zu den Leuten, die wegen jeder Kleinigkeit losheulen. Sie tragen vermutlich mehr, als Sie verkraften.«

Ich schüttelte den Kopf, mehr über mich selbst als über Leas Worte. Die Scham über mein Benehmen stieg mir in einer warmen Woge zu Kopf.

»Es hat mit Ihrem Mann zu tun, nicht wahr?«

Ich spürte, dass ich ihr eine Erklärung geben wollte.

»Merkt man das so deutlich?«

»Wenn man so lange gelebt hat wie ich, lernt man, das eine oder andere zwischen den Zeilen zu lesen.«

»Ich weiß nur nicht, wo ich anfangen soll.«

»Am Anfang. Das funktioniert eigentlich immer gut.«

Als wenn ich das nicht gewusst hätte.

»Ich … Axel … vor vier Jahren wurde er krank. Er bekam hohes Fieber und begann zu fantasieren. Er wurde in einem Krankenwagen in die Klinik gebracht und musste wenig später künstlich beatmet werden.«

»Ach du meine Güte.«

»Irgendwann erwachte er aus dem Koma. Aber eine Niere funktionierte nicht mehr so wie sie sollte, und jetzt wartet er auf eine Transplantation. Es besteht die Gefahr, dass er regelmäßige Dialyse benötigt. Außerdem sieht er auf einem

Auge nicht mehr richtig. Er hat schon immer schlecht gesehen, doch aus irgendeinem Grund hat sich seine Sehkraft weiter verschlechtert. Axel glaubt, dass das alles mit dieser Krankheit zu tun hat.

Wie auch immer, war er fast ein ganzes Jahr lang krankgeschrieben. Jetzt hat er wieder angefangen zu arbeiten und ist in ziemlich guter Form. Aber er erreicht nicht mehr dasselbe Tempo wie früher. Das frustriert ihn.«

»Was hat er für einen Beruf?«

»Er ist Anwalt.«

»Dann ist er es mit anderen Worten gewohnt, immer alles besser zu wissen. Worum auch immer es gehen mag.«

Ich wusste nicht, was ich darauf antworten sollte. Erinnerungsfetzen der letzten Jahre wirbelten durch meinen Kopf. Axels Verärgerung, als er sich so lange krankschreiben lassen musste. Sein fürchterliches Keuchen nach jeder körperlichen Anstrengung, seine müden Augen, wenn er auf dem Sofa lag und dicke Akten durchblätterte.

Axels Widerwille, auszugehen, andere Menschen zu treffen, sich irgendwo anders als in der Kanzlei oder zu Hause bei der Familie aufzuhalten. Axel, der Gesellschaftsmensch, hatte sich plötzlich in jemanden verwandelt, der sich in seiner Freizeit in der kleinen, nicht in der großen Welt aufhalten wollte. *Nur wir.*

Axels Wutausbrüche. Seine Verärgerung, seine Verdächtigungen. Dass er alles und alle verurteilte. Dass er alles kontrollieren musste.

»Wir waren bei mehreren Spezialisten. Einige sind optimistisch. Axel leidet schließlich nicht an einer tödlichen Krankheit. Aber dass er keine Kraft hat ...«

»Etwas Jämmerlicheres als einen kranken Mann muss man lange suchen. 37,2° Temperatur und ein verstopftes Nasenloch, dann sind sie todkrank. Kein Wunder, dass Sie es nicht leicht hatten.«

»Ich muss jetzt eben mehr Verantwortung übernehmen. Außerdem haben Axel und ich uns gestritten, bevor er erkrankte. Eine Bagatelle, aber er fuhr daraufhin mit dem Auto fort. In der Nacht wurde er krank.«

Ich verstummte erneut. Was sollte ich auch sagen? Dass Müdigkeit und undefinierbare Schuldgefühle mir ständig die Tränen in die Augen zu treiben drohten? Dass alles, was mit eigenen Wünschen, Träumen und Bedürfnissen zu tun hatte, zerfiel, wenn es immer nur um Axel und seinen Gesundheitszustand ging?

»Sie sind von einer großen Trauer erfüllt, Viola. Ich weiß, wie das ist.«

Lea hatte ihre Hände auf dem Schoß gefaltet. Ihr Brustkorb hob und senkte sich. Die Uhr schlug ein paar Mal leise.

»Wo nehmen Sie die Kraft her?«

»Ich weiß nicht. Meine Kinder natürlich. Wir haben zwei Töchter, vierzehn und sechzehn. Und meine Arbeit gefällt mir. Ich unterrichte angelsächsische Literatur an der Universität. Eigentlich möchte ich während der Osterferien auch etwas arbeiten. Ursprünglich wollten wir nach Italien fahren, aber Axel ging es nicht so gut. Hinzu kam die Geschichte mit seiner Mutter … wir haben hier in der Nähe ein Haus für die Ferien bekommen. Damit wir sie besuchen können.«

»Sie wollen also arbeiten. Und sich um einen kranken Mann kümmern. Und Ihre kranke Schwiegermutter besuchen. Kein Wunder, dass Sie weinen.«

Das Wachs lief die Kerze hinunter, auf den Kerzenleuchter und von dort auf das Tischtuch, wo es eine runde Pfütze bildete und erkaltete. Seit dem Unfall in meiner Kindheit hatte ich Angst vor Feuer, und jetzt widerstand ich dem Verlangen, einen Finger in das warme Wachs zu tauchen, um eine schützende Schicht darauf entstehen zu lassen. Linn und Tora liebten es, mit Kerzen zu spielen, Wachs abzubrechen und in der Flamme zu schmelzen. Axel wies sie immer zurecht.

»Die Arbeit macht mir am wenigsten aus. Ich sehne mich sogar nach ihr. Zurzeit bin ich damit beschäftigt, einen Artikel zu schreiben, der vom Ewigkeitsbegriff in mehreren ausgewählten Gedichten handelt. Von Shakespeare bis zu T.S. Eliot. Ein gigantisches Projekt, aber das hatte ich schon lange vor. Bisher hatte ich nur nicht die Zeit.«

»Die Ewigkeit? Ich wünschte mir, ich könnte an sie glauben. Mehr als nur an einen Wunschtraum. Aber jetzt übertreibe ich. Gewiss gibt es einiges, was für immer besteht. Gefühle und Erinnerungen, auch wenn das vielleicht in Ihren Augen zu schlicht ausgedrückt ist.«

»Überhaupt nicht.«

Nie darf ein Hemmnis reiner Seelen Bund / Im Wege stehn. Shakespeare, Sonett 116. Ich öffnete den Mund, um zu einer Erklärung anzusetzen, schloss ihn dann aber wieder. Ich dachte, dass theoretische Betrachtungen über jahrhundertealte Gedichte mein Gegenüber vielleicht langweilen könnten.

Aber die Verse flossen durch meinen Kopf. *Im flinken Lauf der Zeit unwandelbar / Besteht die Liebe bis zum Jüngsten Tag.* Ein Gefühl der Ewigkeit zu erfahren, indem man liebte. In der Liebe die Ewigkeit zu erleben. Dem Stern zu folgen, der den Menschen durch den Sturm in eine höhere existenzielle Dimension führt.

Die Lieb ist Liebe nicht, / Die schwankend wird, schwankt unter ihr der Grund, / Und schon an einem Treuebruch zerbricht. Diese Worte hatten mir schon schlaflose Nächte bereitet.

Lea lächelte sanft.

»Ich habe mehrere Jahre in China gelebt. Dort gab es Vorstellungen über die Ewigkeit, die sich scheinbar schwer mit unseren eigenen Vorstellungen vereinbaren ließen. Doch dann begriffen die Klügeren von uns, dass die Unterschiede gar nicht so groß sind. Menschen sind Menschen, sie leben und müssen sterben. Alle wollen wir unsere Unruhe in den Griff bekommen und uns Dinge begreiflich machen, die sich doch nicht verstehen lassen.«

»China? Was haben Sie dort gemacht?«

»Ich war Missionarin. Das war nichts, was irgendwie abgefärbt hätte, und ansteckend ist es auch nicht. Aber ich habe zu diesen Leuten gehört, die sich in die sogenannten Länder der Heiden begeben haben, um zu predigen und den Menschen zu erzählen, dass das, was sie seit Jahrhunderten für wahr und richtig gehalten haben, verräterisch ist wie das Eis im Frühjahr.«

»Wann waren Sie dort?«

»Wir waren erst in Afrika. Das war während des Ersten Weltkriegs. Wir flohen vor der Not hier daheim. Nach China gingen wir bei Ausbruch des Zweiten Weltkriegs.«

Lea lehnte sich zurück. Ihr Kleid war über den Knien zerknittert, und sie zupfte es mit ein paar raschen Handbewegungen zurecht.

»Zum ersten Mal reisten wir im August 1939 dorthin. Es mag seltsam scheinen, dass ich mich so genau erinnere, aber ich tue es. Als wir in den Zug stiegen, schien die Sonne über den Wiesen, und als wir nach Deutschland kamen, liefen junge Männer mit eisenbeschlagenen Wanderschuhen herum, und die Juden warf man aus unserem Hotel. Hitlers Foto hing überall an der Wand.

Wir waren bei einer freikirchlichen Versammlung und sangen: ›Herrlichkeit Dir, Jesu, allein.‹ Meine Güte, was für eine Herrlichkeit! Heuchelei der schlimmsten Art. Ich erinnere mich, wie Ruben außer sich war. Mein Mann konnte sich nie damit abfinden, dass der Mensch zwei Gesichter hat. Dass Böses auf Gutes folgen kann und umgekehrt.«

Ich lehnte den Kopf gegen die Stuhllehne. Meine Glieder waren schwer. Der Abreißkalender an der Wand zeigte das Datum, es war der 13. April 1992.

»Wir durften über das Meer fahren. Dann mussten wir wieder zurück in die Heimat. Der Krieg setzte allem ein Ende. Wir hätten auch dort sterben und den Fischen predigen können. Verzeihen Sie, Viola, aber es gibt einen Wahnsinn, der sich nicht beschönigen lässt. Genauso waghalsig wie uns die Leute beim ersten Mal fanden, genauso ratlos waren sie, als wir zum zweiten Mal fuhren.«

»Aber Sie fuhren trotzdem?«

»Ja, das taten wir. Nur wenige Monate später. Am Luciatag. Um Licht zu verbreiten, genau wie sie. Passend, könnte man meinen.«

»Das klingt mutig.«

»Es gab so vieles, was wir damals nicht wussten. Obwohl ich schon eine Menge wusste. Etwa was in Kriegszeiten auf dem Meer geschehen kann. Irgendwann habe ich mir geschworen, mich nie wieder in die Nähe des Meeres zu begeben, solange es sich vermeiden ließe. Aber das Menschengeschlecht ist unzuverlässig. Manchmal kann man sich nicht einmal auf sich selbst verlassen.«

Etwas in dem, was sie sagte, rief mich in die Gegenwart zurück.

»Danke für alles. Ich glaube, ich muss jetzt gehen. Aber ich komme bestimmt wieder. Wenn Sie Zeit haben, würde ich Ihnen gerne weiter zuhören.«

Der Gedanke, dass Axel auf mich wartete, machte mich nervös. Ich schaute auf meine Armbanduhr und dann auf die

Wanduhr. Ich war eine gute Stunde fort gewesen. Vielleicht war Axel so verärgert, dass er bereits nach Hause gefahren war? Nein, bei Regen fuhr er nicht.

»Zeit ist das Einzige, was ich habe. Kommen Sie, wann immer Sie Lust haben.«

Lea trat auf die geschnitzte Truhe zu und klappte den Deckel auf. Nach einer Weile fand sie eine Mappe und reichte sie mir.

»Vielleicht haben Sie Spaß daran, das hier bis dahin zu lesen. Ich habe mir dabei helfen lassen, damit es lesbarer wird. Ich habe einen Bekannten, der so etwas kann.«

»Gerne. Was ist das?«

»Es sind Erzählungen. Über alles Mögliche. Vielleicht geben die Ihnen ja Stoff zum Nachdenken, wenn Sie sich über Ihre Gedichte den Kopf zerbrechen.«

Etwas fiel zu Boden, als ich die Mappe entgegennahm. Ich beugte mich vor und hob es auf. Ein gepresstes Blatt.

»Bambus. Legen Sie es bitte wieder zwischen die Papiere. Dort gehört er hin.«

Ich legte das Blatt zurück in die Mappe. Mit einem Mal empfand ich eine tiefe Dankbarkeit für die Zeit, die wir miteinander verbracht hatten, und für das Vertrauen, das sie bewies, indem sie mir etwas Persönliches überließ.

Ich reichte ihr die Hand, und sie umschloss sie mit beiden Händen. Dann streichelte sie mir vorsichtig über die Wange.

»Schämen Sie sich jetzt nicht dafür, dass Ihr Mann sich allein mit seiner kranken Mutter abgeben musste. Es gibt Schlimmeres. Sie sollten nur dann etwas bereuen, wenn es tatsächlich einen Grund gibt. Und auch dann eher nicht. Es ist besser, stattdessen zu versuchen, die Dinge wieder in Ordnung zu bringen.«

Mit einem freundlichen Nicken öffnete sie mir die Tür. Lea konnte nicht wissen, dass Axel es verabscheute, zu warten. Früher wäre mir das egal gewesen.

Kapitel 4

Auf dem Korridor begann ich zu rennen und lief einem Mann in die Arme, der im selben Tempo in die entgegengesetzte Richtung unterwegs war.

»Hoppla! Sie haben sich doch nicht etwa weh getan?«

Er trug einen weißen Kittel über Hose und Hemd, stellte sich als Mikael Fagerberg vor und sagte, er sei der zurzeit zuständige Arzt.

»Suchen Sie jemanden?«

»Nein, eigentlich nicht. Mein Mann und ich sind zu Besuch bei meiner Schwiegermutter Marianne Odin.«

»Sie ist auf ihrem Zimmer. Allein. Vielleicht sucht Ihr Mann Sie ja?«

»Vermutlich.«

»Ich kann Sie begleiten. Das Gebäude ist schön, aber es hat etwas von einem Labyrinth. Die Korridore scheinen im Kreis zu verlaufen, solange man sich nicht auskennt.«

Er drehte sich um, lief neben mir her und begann vom Solgården zu erzählen. Die Gemälde verdankten sich einem ehemaligen Direktor, der sich für Kunst interessiert und klug investiert habe. Die Sammlung sei recht wertvoll. Er deutete auf eines der Gemälde und erklärte, dass der Künstler oft seinen Heimatort gemalt habe und auf manchen Gemälden auch selbst zu sehen sei, manchmal nur als Schatten neben einer Heuharfe.

Als Mikael auf das Bild zeigte, fielen ihm die Haare über Stirn und Augen. Ich ertappte mich bei dem Wunsch, sie ihm beiseitezustreichen, erkundigte mich dann aber lediglich nach Mariannes Gesundheitszustand. Er antwortete, sie sei zwar dement und würde immer weiter ins Vergessen abgleiten, aber letztlich sei es für die Angehörigen am allerschlimmsten. Marianne selbst leide nicht unter ihrem Zustand. Es habe keinen Sinn ihr zu widersprechen, wenn sie etwas Abwegiges sagte. Man könne ihr genauso gut recht geben.

Auf dem Vorplatz verabschiedete er sich, nachdem er mich ermahnt hatte, Axel und ich sollten uns melden, wenn wir Fragen hätten. Ich hatte Axel bereits entdeckt. Er stand, ans Auto gelehnt, auf dem Parkplatz. Ein gepflegter Mann in dunklem Mantel, mit Schal und Lederhandschuhen. Rasch eilte ich über die Wiese.

»Entschuldige bitte. Ich bin auf einen Kaffee eingeladen worden.«

»Von diesem Mann?«

»Nein. Das ist einer der Ärzte. Er hat mir nur geholfen, den Weg aus dem Gebäude zu finden. Es war eine der Heimbewohnerinnen. Sie heißt Linnea. Sie …«

Axel war bereits eingestiegen. Ich legte Leas Mappe auf den Rücksitz und setzte mich ans Steuer. Erst jetzt merkte ich, wie kalt es war. Wir ließen den Solgården hinter uns und fuhren an einem Strand, ein paar Sommerhäusern und einer Wiese, auf der sich einige Schneeflecken gebildet hatten, vorbei. Der Winter stattete uns noch einmal einen Besuch ab.

Axel versuchte, das Handschuhfach zu öffnen, aber es gelang ihm nicht. Er fluchte, zog sich die Handschuhe aus und versuchte es erneut. Schließlich schaffte er es, nahm eine Landkarte heraus und begann zu erklären, wo wir uns befanden.

»Welchen Eindruck macht deine Mutter auf dich?«

»Ich wusste, dass du das fragen würdest.«

»Aber ich will wirklich deine Meinung hören.«

»Welchen Eindruck soll sie schon machen? Es ist, wie es ist.«

»Worüber habt ihr euch unterhalten?«

Axel seufzte.

»Unterhalten? Sie hat sich wieder hingesetzt, ich habe ihr Kaffee eingegossen, und sie hat sich bekleckert. Dann habe ich eine neue Tasse geholt, die sie ebenfalls verschüttet hat. Anschließend sind wir in ihr Zimmer hinaufgegangen.«

»Wie sieht es da aus?«

»Ich dachte, du warst ebenfalls bei jemandem auf dem Zimmer und hast Kaffee getrunken. Dann musst du doch wissen, wie die Zimmer aussehen.«

Axel hatte sich mir zugewandt, aber wie ich aus den Augenwinkeln erkennen konnte, hielt er den Blick auf die Fahrbahn gerichtet. Die weiße Mittellinie schien gerade erneuert worden zu sein und glänzte auf dem Asphalt.

»Ich dachte, dass sich die Zimmer vielleicht unterscheiden. Die Bewohner dürfen ja offenbar eigene Sachen mitbringen.«

»Mama hat nicht so viele persönliche Dinge auf dem Zimmer.«

»Schade, dass wir das nicht wussten. Wir hätten ihr sonst etwas mitbringen können.«

»Weil wir noch so viel Platz im Auto hatten, nachdem du gepackt hast. Aber klar. Wir hätten die Dachbox verwenden können.«

Ich verzichtete auf eine Antwort. Axel hatte wegen seines Rückens die Taschen nicht so verstauen können, dass der Kofferraum optimal genutzt wurde.

»Wir sollten sie beim nächsten Mal fragen, ob sie etwas benötigt.«

»Wir brauchen so bald nicht wieder hinzufahren. Sie hatte uns bereits vergessen, noch ehe wir fort waren.«

»Ich habe mir sagen lassen, dass es trotzdem wichtig ist.«

»Wer hat das gesagt?«

Axels Ton war anzüglich. Ich versuchte, mich noch stärker aufs Fahren zu konzentrieren und auf die weiße Linie, die uns nach Hause führen würde. Falls ich erröten würde, wäre das für Axel ein Indiz dafür, dass ich mir irgendetwas hatte zuschulden kommen lassen. Er würde sich das Recht herausnehmen, mir zu erzählen, was das war.

»Ich fahre jedenfalls gerne wieder auf einen Besuch dorthin. Die Frau, die ich kennengelernt habe, hat als Missionarin in China gearbeitet. Es wäre sicher interessant, sich einmal länger mit ihr zu unterhalten. Auch im Hinblick auf den Artikel, an dem ich gerade arbeite. Egal, ob es sich verwerten lässt, ist es immer spannend, jemanden aus seinem Leben erzählen zu hören. Insbesondere Leute, die etwas Ungewöhnliches gewagt haben.«

»Sprichst du von diesem Ewigkeitsartikel?«

»Ja, ganz genau.«

Axel hatte positiv reagiert, als ich ihm von meiner geplanten Arbeit erzählte, hatte aber zu bedenken gegeben, dass das Thema leicht ausufern könne. Ob es nicht klüger wäre, es stärker einzugrenzen? Aber natürlich müsse ich selber wissen, was ich täte.

»Ein Glück, dass zumindest *du* von dem Besuch profitiert hast.«

»Ich hatte gedacht, dass ihr vielleicht etwas Zeit füreinander bräuchtet. Ich wollte eigentlich nicht einfach verschwinden. Aber ich wurde wie gesagt eingeladen und wollte nicht ablehnen.«

»Als ob das der Grund für dein Verschwinden war, und als ob du deshalb zurückwillst.«

»Wie meinst du das?«

Axel vollführte eine unerwartete Bewegung, plötzlich hatte er das Bein ausgestreckt und war auf die Bremse getreten. Das Auto geriet leicht ins Schleudern, und der Motor ging aus. Wir standen mitten auf der Straße.

»Was soll das?«

»Ich habe dir schon so oft gesagt, dass du zu schnell fährst. Aber du hältst dich einfach nie an die Geschwindigkeitsbegrenzung. Oder überhaupt an irgendwelche Begrenzungen.«

»Jetzt hör aber mal auf …«

»Warum konntest du nicht einfach bei Mama sitzen bleiben und dich mit uns unterhalten? Stattdessen musstest du unbedingt irgendeinen Arzt kennenlernen.«

»Ich war bei einer Heimbewohnerin, das habe ich doch schon gesagt. Wenn du willst, fahren wir sofort zurück, dann kannst du dich selbst davon überzeugen, wie es war.«

Axel antwortete nicht, sondern wandte sich ab und starrte demonstrativ aus dem Fenster. Ich ließ den Motor wieder an und fuhr weiter. Ich war froh, dass nur so wenig Verkehr herrschte. Es gab nichts weiter zu sagen. Axel schaltete das Radio an, und wir hörten den Wetterbericht. Schneeregen und Sturm waren für das Osterwochenende angekündigt. Nichts über das Wetter in Italien.

Schweigend legten wir die letzten Kilometer nach Hause zurück. Axel verschwand sofort die Treppe hinauf. Ich folgte ihm. Rezina saß vor der Tür, und ich beugte mich vor, um sie zu kraulen. Ihr Fell war so kräftig wie schon lange nicht mehr.

Tora erschien und berichtete, sie habe unterwegs ein paar junge Leute getroffen und sich mit ihnen unterhalten. Sie wohnten auf einem Campingplatz ganz in der Nähe. Dort sei abends einiges los. Vielleicht war es hier gar nicht so einsam, wie sie geglaubt hatten. Sie erzählte eifrig und wollte dann wissen, ob wir nicht ans Meer gehen könnten. Linn müsse auch mal an die frische Luft. Sie habe fast die ganze Zeit, während wir unterwegs waren, auf ihrem Zimmer gesessen und gelesen.

Axel erklärte, er wolle nicht mitkommen, aber vermutlich lege ohnehin keiner darauf Wert. Niemand entgegnete etwas. Wenig später lief ich gemeinsam mit meinen Töchtern den Pfad entlang. Ich trug meine wärmsten Kleider und dazu noch einen Pullover, den ich vom Besitzer des Hauses geliehen hatte. Ich stolperte über eine Wurzel und wäre fast hingefallen. Tora fing mich auf und sagte, dass sie zum Glück inzwischen größer sei als ich.

Als wir das Meer erreicht hatten und ich sie über den Strand rennen sah, dachte ich, dass ich doch nicht alles falsch gemacht hatte. Sie waren beide klug. Sie spürten meine Fürsorge, auf die sie bisweilen mit Trotz reagierten. Sie hatten die Fähigkeit, die Tage zu nehmen, wie sie kamen, den Mut, zu widersprechen. All die Stunden im Gymnastikverein, in der Kirchenbank bei Chorauftritten, an der Beckenkante beim Schwimmunterricht, abends am Bett. All die Gespräche, von denen ich nie gedacht hätte, dass sie etwas Besonderes bedeuten und die dennoch offenbar so wichtig waren.

Bald würden sich die Mädchen nicht mehr in meiner unmittelbaren Nähe befinden. Axel und ich würden aufeinander angewiesen sein. Zusammen würden wir die Stunden mit all dem füllen, wofür wir, als die Kinder kleiner waren, nicht die Zeit gefunden hatten. Wir würden reisen, abends ausgehen, uns in Dinge vertiefen, die uns interessierten, Freunde treffen, uns mitten am Tag lieben. Wir würden einander erneut kennenlernen.

Aber dafür mussten wir den Mut finden, wieder an uns beide zu glauben, daran, dass wir zu dem zurückfinden würden, was wir einmal besessen hatten.

Ich setzte mich auf einen Stein und schaute zum Horizont, dachte an unsere erste Begegnung. Wie ich mich durch eine bereits besetzte Reihe im Konzerthaus gedrängt hatte, um meinen Platz zu finden. Axel hatte mir sein Programm geliehen und gemeint, die Stimme der Solistin würde sich so anhören, als wäre jemand einer Katze auf den Schwanz getreten. Wie charmant, zuvorkommend und in der Tat lustig er zu der Zeit noch war. Wie gut er ausgesehen hatte. Es war ihm damals trotz des Gedränges gelungen, Erfrischungen zu besorgen.

Dann hatten wir uns immer wieder verabredet. Er hatte deutlich gezeigt, was er wollte. Er wollte mich. Ich hatte gerade eine Beziehung zu einem chaotischen Mann beendet und wusste den Gegensatz zu schätzen. Axel hatte sein Leben im Griff. Er legte ein echtes Interesse für meine Arbeit an den Tag, wir liebten beide Musik und diskutierten gerne miteinander. Er war ein guter Rhetoriker, und ich war frech genug, ihn herauszufordern. Ich weiß noch, wie ich eines Tages allein in einem Café saß und dachte, das kann nur gut werden.

Meine Kindheit und Jugend waren von ständigen Aufbrüchen geprägt gewesen, da meine Eltern so oft umgezogen waren. Dann waren die Freunde und Liebhaber gekommen und wieder verschwunden. Am wichtigsten war immer der momentane Spaß und das tagtägliche Beisammensein gewesen, nicht der Gedanke an ein geordnetes Alter. Doch in meinem Inneren hatte sich immer der geheime Wunsch verborgen, irgendwann einmal einem Seelenverwandten zu begegnen.

Möglicherweise hatte ich einen Punkt in meinem Leben erreicht, an dem für mich die Zeit für etwas Beständiges gekommen war. Axel hatte versichert, dass das, was uns verband, von Dauer sei. Wir würden uns alle Verantwortung teilen, und er würde nie aufhören, mir die Tür aufzuhalten.

Natürlich gab es Dinge, die mich störten. Seine manchmal vollkommen unmotivierte Launenhaftigkeit. Ein vermeintlich wohlwollender, in Wahrheit herablassender Kommentar. Eine bizarre, bisweilen verletzende Art zu scherzen. Ein allzu ausgeprägter Beschützerinstinkt. Meine Eltern hatten mich ohne Schuldzuweisung erzogen. Ich begegnete seiner manchmal rigiden Sicht auf die Dinge mit selbstverständlichen Protesten. Wir entwickelten uns zu einem Paar, das im anderen jeweils die besten Eigenschaften hervorzurufen schien.

Wir heirateten. Wir bekamen Tora und Linn. Wir überstanden die Babyjahre mit Toleranz, Disziplin und manchmal mit Hilfe von Axels Mutter und meinen Eltern. Ich lernte, keine Eselsohren in die Bücher zu machen. Axel lernte, nicht die Tür zuzuknallen, wenn er wütend war. Ich lernte, die Tassen mit dem Henkel nach links auf den Tisch zu stellen, und Axel akzeptierte, dass ich keinen Schuhlöffel benutzte. Manchmal, wenn sich wieder einmal ein Paar aus dem Bekanntenkreis scheiden ließ, dachte ich, dass ich recht gehabt hatte. Unsere Ehe war so gut geraten, wie man es vernünftigerweise erwarten konnte.

Axel brauchte, ebenso wie ich, jemanden, der sich ihm widersetzte. Wir waren gleichberechtigt. Bis er im Rettungswagen ins Krankenhaus gebracht und das Gleichgewicht zerstört worden war.

Da biss ich die Zähne zusammen. Weil wir gelobt hatten, füreinander da zu sein, auch in schweren Zeiten. Weil wir Kinder hatten, die es mit einem kranken Vater schon schwer genug hatten. Und weil ich glaubte, dass es besser werden würde. Das war meine Antwort, wenn ich gefragt wurde. Das sagte ich auch mir selbst, wenn mein Inneres es wagte, Zweifel anzumelden oder zu verzagen.

Die Mädchen waren weitergelaufen und ließen Steine flitschen. Das Wasser funkelte grünlich, und die Wellen schäumten wütend auf dem Sand und den Steinen. Ein Hund mit einem großen Ast im Maul kam angelaufen. Ein Mann, vermutlich sein Besitzer, holte ihn ein, nahm ihm den Ast ab und warf ihn ins Wasser. Der Hund sprang ins Meer und schwamm auf seine Beute zu, bekam sie zu fassen und kehrte zurück. Am Ufer ließ er sich ermattet, aber zufrieden fallen und wedelte mit dem nassen Schwanz. Der Hundebesitzer sagte etwas. Es klang so, wie es immer klingt, wenn Mensch und Tier miteinander sprechen. Beinahe, als würden sie lachen.

Tora und Linn kamen mir entgegen und hakten sich bei mir unter. Auf dem Weg nach Hause sangen wir Brecht, einige der Paradenummern meiner Mutter. Tora fragte, warum Großmutter nie auf den richtig großen Bühnen gesungen habe. Ich antwortete, ihre Stimme sei eben so gewesen, wie die Natur sie ihr gegeben hatte. Ihr Vater, mein Großvater, hätte immer gesagt, seine Tochter habe Eisenbahnschienen statt Stimmbänder im Hals. Er hatte auch nie genug Geld, um ihre Stimme ausbilden zu lassen, so gerne er das getan hätte. Aber seine Tochter hatte das Beste aus ihrer Begabung gemacht und ihr Publikum immer in ihren Bann gezogen.

Wir unterhielten uns über meine Großmutter mütterlicherseits, die Französischlehrerin war, und meine Großmutter väterlicherseits, die als Schwesternschülerin einen Exhibitionisten vertrieben hatte, der sie und die anderen Schülerinnen behelligen wollte. Dann tauchte eine Anekdote nach der anderen in der Erinnerung auf, und wir lachten und redeten durcheinander.

Beim Anblick des Hauses verstummten wir. Nachdem wir Schuhe und Stiefel sorgfältig abgetreten hatten, erfuhren wir, dass der Herr des Hauses bereits mit dem Kochen begonnen hatte. Ich ging Axel noch ein wenig zur Hand, und bald konnten wir uns zu Tisch setzen. Beim Essen unterhielten wir uns recht ungezwungen.

Linn wollte wissen, wie es ihrer Großmutter gehe, und Axel berichtete, seine Mutter habe lange Geschichten über ihren Sohn zum Besten gegeben. Axel sei der erfolgreichste Leichtathlet seiner Schule gewesen. Er hätte bereits in der siebten Klasse den Schulrekord aufgestellt, das habe er von seiner Mutter geerbt. Axels Vater war dagegen träge wie eine Schildkröte. Merkwürdigerweise erinnerte sich Großmutter umso besser an Dinge, je länger diese zurücklagen. Offenbar wurde das Gedächtnis in umgekehrter Richtung gelöscht. »Ihr solltet einmal mitkommen«, schloss Axel. »Schließlich seid ihr ihre Enkelinnen.«

Sein Ton verschärfte sich, und ich begann abzuräumen. Als ich mit dem Spülen fertig war, trat Axel mit einem Verbandskasten in die Küche und bat mich, ihn zu verbinden. Er hatte sich an einem scharfen Messer geschnitten. Vorsichtig löste ich das Papier, das er sich um den Finger gewickelt hatte. Der Schnitt war frisch und das Blut noch nicht geronnen. Ich desinfizierte die Wunde.

»Das sieht gut aus.«

»Findest du?«

»Woran denkst du?«

»An nichts.«

»Du bist so still.«

»Ich entspanne mich einfach nur.«

Axel lehnte an der Wand. Er blinzelte und erklärte, seine Augen fühlten sich trocken an.

»Bist du froh, dass wir hierhergekommen sind?«

»Ja, das bin ich. Übrigens hat man mich gefragt, ob ich im Herbst in der Kanzlei in London arbeiten will. An einem Fall, bei dem wir mit unseren englischen Kollegen zusammenarbeiten müssen.«

»London? Das ist doch fantastisch. Davon hast du noch gar nichts erzählt.«

Axel wirkte hochzufrieden.

»Ich habe es gerade erst erfahren.«

»Aber so etwas musst du doch erzählen.«

»Das tue ich doch gerade.«

»Und was hast du geantwortet?«

»Dass ich ihnen so bald wie möglich Bescheid gebe. Wir müssen schließlich darüber sprechen. Die ganze Familie. Das würde bedeuten, dass ich zwischen England und Schweden pendeln muss. Oder dass wir für eine Weile nach London ziehen, wir vier. Das kann nicht ich allein entscheiden.«

Axel lächelte. Ich erwiderte sein Lächeln, und für einen kurzen Moment flackerte sie wieder auf, unsere Gemeinschaft, unser Respekt vor den Ansichten des anderen, unser »Wir«. Dann beugte ich mich vor, um Rezina zu streicheln, und stieß dabei gegen die Flasche mit dem Antiseptikum. Die Flüssigkeit ergoss sich über die Spüle, lief über die Kante und tropfte auf den Fußboden.

Axel rief verärgert, die Reinlichkeit der Katzen sei ein bloßer Mythos. Auch wenn sie selbst keinen Schmutz verursachten, so brachten sie doch andere dazu, es zu tun. Er runzelte die Stirn, nahm einen Holzlöffel und warf damit nach Rezina. Dann verließ er die Küche, und ich hörte, dass er telefonierte.

Wir trafen uns vor dem Fernseher wieder. Eine Wiederholung der Forsyte-Saga. Axel stand auf, um ein Glas Whisky und ein Stück Käse zu holen. Das brauche er, um dieses dekadente Upper-Class-Leben herunterzuspülen. In der Tat recht pervers. Tora und Linn hatten sich in ihr Zimmer zurückgezogen, sie waren sich ausnahmsweise in ihrer Musikwahl einig. Eine gute Stunde später gingen wir alle zu Bett.

Axel schlief fast sofort ein, ich lag dagegen noch lange wach. Das Zimmer war kühl, und das Rollo schlug gegen das spaltbreit geöffnete Fenster. Die Erinnerung an den vergangenen Tag schwebte noch im Zimmer. Der Besuch im Solgården, die Begegnung mit Marianne, das Gespräch mit Lea. Die kläglichen Versuche, unser Dasein zu meistern.

Leas Worte. Sie wisse, was Trauer sei.

Linnea und Viola. Zarte Blumen, beide. Mama pflegte zu sagen, der Name Viola passe zu mir. Aber nicht weil Veilchen schüchtern seien und sich im Moos versteckten, sondern weil sie herzförmige Blätter hätten und an Orten wüchsen, die sowohl Licht als auch Schatten böten.

Mama. Sie hatte zwei Arten von Lächeln, eines für die Menschen, auf die Verlass war, ein anderes für die Unzuverlässigen. Alle reagierten auf die gleiche Weise. Die Gesichtszüge strafften sich, und sie lächelten zurück.

Papa. Ein Perpetuum mobile in einem eigenen, rastlosen Universum. Ein Musiker, der sich ebenso auf seine Instrumente wie auf den Umgang mit Sängerinnen verstand.

Beide unterschieden sie sich vollkommen von Axels Vater. Dieser hatte unverblümt gesagt, ich sei schnippisch und würde überzogene Forderungen an meinen Mann stellen. Axels Mutter hatte stets geschwiegen, jedenfalls solange sie noch gesund war.

Jemand seufzte, jemand flüsterte, jemand lachte, alles in der in warme Laken gehüllten Fantasie. Der Zeiger der Uhr bewegte sich langsam vorwärts, nach zwei Stunden gab ich es auf und schlich mich ins Wohnzimmer. Hinter dem Verandafenster ließ der Wind die Wacholderbüsche schwanken, und ein paar vereinzelte Schneeflocken wirbelten durch die Luft. Die Felsen im Garten sahen aus wie chinesische Pandas, schwarz mit weißen Flecken. Ich würde vorläufig nicht einschlafen können. Vielleicht sollte ich etwas lesen.

Wohin hatte ich die Mappe aus dem Solgården gelegt? Lag sie noch im Auto?

Die Steintreppe war glatt, und ich lief so vorsichtig wie möglich. Die Autotür klemmte, ließ sich dann aber doch öffnen. Wie ich es mir gedacht hatte, lag die Mappe noch auf dem Rücksitz. Meine Haare klebten feucht an Wangen und Schultern, kalte Tropfen rannen über meinen Nacken.

Die Mappe an die Brust gedrückt, schaute ich hinauf zum Haus. Es sah abwartend aus, als hätte es noch nicht entschieden, ob wir wirklich dorthin gehörten. Die Fenster begutachteten mich, als ich mit hochgezogenen Schultern zurückeilte.

Ich setzte mich auf die Couch auf der Glasveranda und zog den Bademantel enger um die Schultern. Ich hätte mir gerne eine Kanne Tee gekocht, aber ich befürchtete, das Geräusch des Wasserkochers könnte Axel wecken. Stattdessen zündete ich eine alte Petroleumlampe an und begann zu lesen.

Die Vogelscheuche

Während Monika am Straßenrand stand und auf Julia wartete, fragte sie sich, weshalb eigentlich immer sie als Erste am vereinbarten Treffpunkt erschien.

Der Morgen war so verlaufen wie immer. Mama hatte sie geweckt, sie war aufgestanden, hatte sich gewaschen und angezogen. Dann hatte die Mutter ihr die Zöpfe geflochten, und Monika hatte sich an den Küchentisch gesetzt, um ein Glas Milch zu trinken und ein Butterbrot zu essen. Anschließend hatte sie ihre Schultasche genommen und war zur Kreuzung gegangen, an der sie sich immer mit Julia traf.

In der kühlen Frühlingsluft hing der Duft von Gras. Es kribbelte ein wenig in ihren Beinen, und sie hatte Lust, zur Schule zu rennen, um warm zu werden. Mit Julia konnte man gut rennen. Dass immer Julia gewann, machte nichts. Es gab kaum etwas, das Julia nicht besser konnte, außer vielleicht, sich ordentlich hinzustellen und die Frage zu beantworten, die die Lehrerin gestellt hatte. Nicht etwa, dass sie die Antworten nicht gewusst hätte. Antworten konnte sie, jedenfalls meistens. Aber sie konnte nicht stillstehen.

Monika war schon früh aufgefallen, dass Julias Leben ganz anders war als ihr eigenes. Bei Monika zu Hause gab es einen Papa und eine Mama, zwei Geschwister, ein gemachtes Bett und tägliche Mahlzeiten zu ungefähr denselben Zeiten. Es gab Brennholz, wenn es kalt war, und frisch gebackenes Brot auf dem Tisch, wenn Gäste kamen. Es roch nach Schmierseife und freitags nach gebügelter Wäsche. Sonntags ging man in die Kirche, saß gerade und versuchte, wach zu bleiben. Es war von Gott die Rede, und sie schickten Geld an missionierende Freunde.

Bei Julia gab es eine Mama, die ihr Haar offen trug und manchmal noch im Nachthemd herumlief, wenn man zu Julia nach Hause kam. Bei Julia roch es irgendwie säuerlich, und oft war es kalt und etwas dunkel. Aber es gab viele Kerzen, und wenn Julias Mama Zeit hatte, dann setzte sie sich zu ihnen an den Küchentisch und servierte ihnen Kaffee.

Julias Mama goss den Kaffee in die Untertasse und trank aus dieser. Sie tunkte Würfelzucker in den Kaffee, und manchmal sprach sie von Julias Papa. Sie erzählte immer davon, wie er zu Besuch gekommen war, und verlor nie ein Wort darüber, wann er das nächste Mal kommen würde.

Monika hatte zufällig einmal eine Unterhaltung ihrer Eltern über Julia und deren Familie mit angehört. Mama hatte sich beklagt, dass sie scheinbar nur mit Julia spielen wolle und dass das nicht wünschenswert sei. Es sei wichtig, mit unterschiedlichen Menschen Umgang zu pflegen. Papa meinte, das gehe bestimmt vorüber. Man solle sich in Freundschaften kleiner Mädchen besser nicht einmischen, hatte er gesagt. Mama hatte sich offenbar überzeugen lassen, denn damit war die Unterhaltung zu Ende gewesen.

Monika schaute die Straße hinunter und hielt nach Julia Ausschau. Ob der Vater wohl recht behalten sollte und ihre Freundschaft mit Julia vorübergehen würde? Monika ballte bei dem Gedanken ihre Hände zu Fäusten. Nein, für sie würde diese Freundschaft niemals enden. Es gab ganz einfach außer Julia niemanden, mit dem man reden, etwas unternehmen und schweigen konnte. Die Bibel sei ein Führer für die Menschen, hieß es bei ihr daheim. In diesem Falle hieß ihre Bibel Julia.

Was Julia sagte, stimmte, was sie tat, war richtig. Wenn Monika ehrlich war, dann lebte sie in der ständigen Furcht, Julia könne ihr eines Tages ins Gesicht sagen, dass sie im Grunde doch nur ein normales, langweiliges Mädchen sei, und sich dann einer anderen zuwenden.

Deswegen bemühte sich Monika, nicht zu eifrig zu klingen, wenn sie vorschlug, man könne sich doch an der Kreuzung treffen. Sie durfte nicht zu sehnsuchtsvoll erscheinen, wenn sie nebenbei fragte, ob Julia nicht am Nachmittag zu ihr nach Hause kommen wolle, oder wenn sie den Vorschlag machte, im Wald eine Hütte zu bauen.

Immer wenn Julia nickte, strahlte die Sonne, wenn sie nein sagte, verschwand die Sonne hinter den Wolken. Monika lag manchmal den ganzen Nachmittag auf ihrem Bett und dachte darüber nach, warum Julia nach der Schule nicht mit ihr zusammen sein konnte. Am Tag darauf gab ihr Julia vielleicht ganz unmotiviert einen Kuss auf die Wange. Mit einem Mal war alles wie immer, und Monika fragte sich, warum sie in der Nacht so seltsame Träume gehabt hatte.

Endlich bog Julia um die Ecke und kam mit raschen Schritten näher. Ihre dunklen Zöpfe wippten, und sie hatte den Mantel eng um sich gezogen. Es fehlten schon seit Wochen zwei Knöpfe, aber Julia hatte erklärt, dass sie ihn gar nicht zuknöpfen bräuchte, weil er ohnehin so warm sei. Julia tat zerschlissene Kleider immer mit einem Scherz ab. Einmal war ein Loch in ihrem Strumpf gewesen, und sie hatte einfach dort, wo das Loch war, mit einem Stück Kohle auf die Haut gemalt, so dass man nichts mehr davon sah.

Jetzt blieb sie kaum stehen, um Hallo zu sagen. Sie riss Monika förmlich mit, und Monikas Füße hoben sich von der Bordsteinkante wie die eines aufgeschreckten Vogels. Atemlos erklärte Julia, sie sei etwas spät dran, weil sie auf dem Weg eine Brieftasche gefunden habe. Sie war zerfleddert, und ein Stein hatte das weiche Leder zerschnitten. Außerdem hatte ihre Mutter etwas Aufregendes zu erzählen gehabt.

»Mein Papa kommt heute Nachmittag zu Besuch. Er bringt mir ein Fahrrad mit.«

»Das hat er dir ja schon lange versprochen.« Diese Bemerkung konnte sich Monika nicht verkneifen. Sie wollte weder herablassend klingen noch war sie wirklich eifersüchtig, aber sie hatte so lange warten müssen.

»Mama meint, es habe so lange gedauert, weil mir Papa ein richtiges Fahrrad schenken will. Ein Damenrad.« Julia wechselte rasch die Straßenseite, ohne auf die Freundin zu warten.

Monika besaß ein schönes Fahrrad, das sie im Jahr zuvor bekommen hatte. Julia und sie waren abwechselnd damit gefahren. Julia besaß nur ein altes, sehr rostiges Jungenrad. Damit könne man gut im Wald radeln, hatte Julia erklärt, außerdem sei es zwischen den Tannen kaum zu sehen und somit prima getarnt.

Nach dieser Bemerkung hatte sich Monika gewünscht, ihr Fahrrad würde nicht so auffallend neu funkeln. Heimlich hatte sie versucht, mit den Fingernägeln etwas Farbe abzukratzen.

Als sie sich dem Schulgebäude näherten, mussten sie einsehen, dass sie auf keinen Fall mehr pünktlich kommen würden. Julia verlangsamte ihre Schritte. Sie schlenderte die Straße entlang und trat eine leere Bierflasche vor sich her. Als sie zu Vedholms Haus gelangten, blieb sie am Zaun stehen und lehnte sich dagegen. Monika lehnte sich neben sie.

Schweigend betrachteten sie das Haus, den großen Garten und die dunklen Fenster. Vedholms Grundstück war so dicht bewachsen, dass es irgendjemand einmal den Garten der hundert Blumen genannt hatte. Die Apfelbäume blühten, und rosa Blätter wiegten im Wind.

Im Herbst prahlten noch die feigsten Apfeldiebe mit ihren Heldentaten, aber die wenigsten wagten es, sich irgendwo hineinzuschleichen, um Äpfel zu stibitzen, wenn es wirklich schwierig wurde. So verlockend es auch schien, in einen von Vedholms Astrachanäpfel zu beißen, war nicht auszudenken, wie entsetzlich es sein würde, erwischt zu werden.

Vedholm war alt, aber niemand wusste genau, wie alt. Es schien ihn schon immer gegeben zu haben. Nur selten verließ er sein Haus und seinen Garten. Wenn er ausging, benutzte er einen Ast als Krückstock. Manche Leute wechselten eilig die Straßenseite, wenn sie ihm begegneten.

Niemand wusste zu sagen, warum eigentlich alle vor Vedholm Angst hatten. Man konnte sich nicht erinnern, dass er jemals hinter jemandem hergebrüllt hätte. Und wenn einer der Jugendlichen aus dem Ort einen Stein über seinen Zaun warf, kam er nie auch nur auf die Idee, sich bei den Eltern zu beschweren. Es war ganz einfach das Gefühl, dass er das tun könnte.

Der Gedanke, sich in seinen Garten zu schleichen, auf einen Baum zu klettern, einen Apfel zu pflücken, wieder herunterzuklettern und dann Vedholms Gesicht am Fenster zu sehen, war so furchterregend, dass niemand dieses Risiko eingehen wollte. Vielleicht gefiel es deshalb den Vögeln so gut in Vedholms Garten. Dort konnten sie ungestört zwischen den Apfelbäumen, Pflaumenbäumen und Johannisbeerbüschen, die nicht beschnitten wurden und im Laufe der Jahre immer weiter wucherten, hin und her fliegen. Den größten Teil des Jahres tummelten sich in Vedholms Garten Krähen, Elstern, Dohlen und eine Unmenge kleinerer Vögel. So war es jedenfalls, bevor er die Vogelscheuche aufstellte.

Inzwischen flüchteten die Vögel auf die großen Bäume hinter dem Haus. Dort saßen sie dann, Unheil verheißende und sehnsüchtige Schreie ausstoßend, und schienen darüber nachzudenken, ob sie wegen einer Johannisbeere der Gefahr trotzen oder besser andere Jagdgründe suchen sollten.

Die Vogelscheuche war einige Wochen zuvor aufgetaucht. Niemand hatte beobachtet, wie Vedholm sie aufgestellt hatte, und man vermutete, dass es nachts geschehen war. Von ferne konnte man fast glauben, dass ein Soldat zwischen den Bäumen Wache hielt. Die Vogelscheuche trug einen Militärmantel und Hosen mit Biesen. Auf dem Kopf thronte eine Uniformmütze, und aus den Ärmeln des Mantels ragten Handschuhe, die bei Wind leer gegen die Hosenbeine schlugen. Das Hemd unter dem Mantel hing in Fetzen und war einmal weiß gewesen.

Am schlimmsten war jedoch das Gesicht. Der grinsende Mund und die geschwärzten Augenhöhlen verliehen der Vogelscheuche ein bösartiges Aussehen. Die Nase glich einem spitzen Schnabel. Leute, die rasch vorbeigeeilt waren und einen kurzen Blick über die Schulter geworfen hatten, schworen darauf, die Vogelscheuche habe sich bewegt. Jemand behauptete sogar, sie habe salutiert.

Rasch verbreitete sich das Gerücht, Vedholms Soldat steige nachts von seinem Pfahl herab und spaziere auf dem Grundstück herum, um jeden eventuellen Eindringling gewaltsam über den Zaun zu befördern. Eine Frau wollte die Vogelscheuche in einem angrenzenden Wäldchen gesehen haben. Alles war überaus glaubhaft.

Julia trat auf die schmiedeeiserne Pforte zu und spuckte auf das Grundstück. Monika zögerte und tat es ihr dann gleich. Im selben Augenblick dachte sie, dass niemand außer Julia sich in Vedholms Garten wagen würde, um Äpfel zu stehlen.

»Er hat seinen Bruder erschossen«, sagte Julia plötzlich.

Monika drehte den Kopf zur Seite und betrachtete Julia, die geradeaus starrte.

»Woher weißt du das?«

»Das hat Mama erzählt. Einmal haben wir Vedholm im Dorf getroffen, und da sagte Mama, er sei so seltsam geworden, weil er seinen Bruder erschossen habe.«

»Warum hat er das getan?« Monika wagte es kaum, diese Frage zu stellen. Ihr war ganz weich in den Knien, und am liebsten wäre sie so schnell wie möglich weitergelaufen.

»Es war ein Unfall«, sagte Julia. »Sie haben im Wald gejagt. Sie sind in verschiedene Richtungen gegangen, und dann glaubte Vedholm, ein Elch bewege sich in den Büschen, und schoss. Aber es war sein Bruder. Mama sagte, er sei nicht sofort gestorben. Sie hätten ihn ins Krankenhaus gefahren und geglaubt, er würde wieder gesund, aber dann ist er trotzdem gestorben. Daraufhin ist Vedholm so seltsam geworden.«

Julia kletterte ein Stück an der schmiedeeisernen Pforte hinauf.

»Mama sagt, dass es die Uniform von Vedholms Bruder ist, die an der Vogelscheuche hängt. Er war Soldat, sagt Mama.«

»Wie will sie das …?«, begann Monika, aber verstummte dann. Julias Mama wusste immer über andere Leute Bescheid, Dinge, die offenbar sonst niemand wusste. Oder sie sprach Dinge aus, die andere Erwachsene nur dachten.

Julia starrte in den Garten. Eine große schwarze Krähe flog von einem Baum auf und landete ganz in der Nähe der Mädchen, in gehörigem Abstand zur Vogelscheuche. Der Kopf des Vogels bewegte sich hin und her, während er sich mit ruckartigen Bewegungen auf den Zaun zubewegte. Seine Augen sahen aus wie glänzende Knöpfe. Julia fuchtelte mit der Hand, und der Vogel flog mit einem gedehnten Krächzen auf.

»Mama sagt, dass Vedholms Bruder nachts hier umgeht«, fuhr sie fort. »Die Leute glauben, es sei die Vogelscheuche, aber er versteckt sich nur in ihr. Um Mitternacht klettert er herab, wandert im Garten herum und spricht mit sich selbst. Er sagt Gedichte auf. Er hat Gedichte geschrieben, sagt Mama. Sie hat mir mal eins vorgelesen. Es handelte vom Schnee.«

Monika öffnete den Mund, um etwas zu fragen, schloss ihn dann aber wieder. Dieser Morgen war wahrhaftig nicht wie alle anderen.

»Ich habe keine Angst vor Gespenstern«, sagte Monika endlich. Sie musste schließlich etwas sagen, wenn Julia schon mit so vielen Überraschungen kam.

Julia sah sie überlegen an.

»Ich habe nicht gesagt, dass es ein Gespenst ist. Ich habe nur gesagt, dass es Vedholms Bruder ist. Aber ich wette, dass du dich nicht traust, um Mitternacht das Grundstück zu betreten und die Vogelscheuche anzufassen.«

»Natürlich traue ich mich das.«

Sie hatte es gesagt, und es ließ sich nicht zurücknehmen, obwohl sie es schon im selben Augenblick, in dem sie die Worte aussprach, bereute. Julia starrte erneut vor sich hin.

»Um zwölf Uhr«, raunte sie. »Wir sehen uns hier heute Nacht, um zwölf. Dann komme ich auf meinem neuen Fahrrad. Wir klettern auf das Grundstück und begrüßen den Soldaten.«

»Aber, Julia …«

»Du hast doch gesagt, dass du dich traust!«

Es gab nur zwei Möglichkeiten, und beide waren gleichermaßen furchtbar! Sie konnte einen Rückzieher machen und sich von Julia verachten lassen. Oder sie konnte mitten in der Nacht ganz leise aufstehen, ohne dass die Eltern etwas merkten, sich zu Vedholms Haus schleichen und in den finsteren

Garten eindringen. Vielleicht würde sie ja nie mehr zurückkehren. Vielleicht würde sie ja auch erschossen. Vielleicht …

»Ich tue es«, sagte sie und spürte ein seltsames Hitzegefühl am Hals. »Ich steig da rein und begrüße die Vogelscheuche.«

»Gut«, antwortete Julia. Dann rannten sie zur Schule.

Die Lehrerin sah sie streng an, als sie in das Klassenzimmer schlichen. Sie klappten so leise wie möglich ihre Pulte auf, um die Schreibhefte herauszunehmen. Julia sah störrisch aus wie immer, Monika dagegen stand die Scham über ihr Zuspätkommen und die Nervosität hinsichtlich dessen, was kommen würde, ins Gesicht geschrieben.

Als sie an die Tafel gerufen wurde, um die Worte des Tages anzuschreiben, waren ihre Finger so verschwitzt, dass sie die Kreide fallen ließ. Außerdem schrieb sie ein Wort falsch: »Fischreier«. Es fehlte das h, und die Lehrerin korrigierte sie.

Den ganzen Tag lief Monika mit einem flauen Gefühl im Magen herum, und beim Abendessen bekam sie kaum einen Bissen hinunter. Ihr Zuhause, das ihr manchmal so langweilig vorkam, wenn sie mit Julia zusammen war, erschien ihr auf einmal ganz anders. Hier war sie geborgen. Nicht so wie in Vedholms Garten, in dem eine Vogelscheuche ihren Platz verlassen, herumlaufen und Gedichte deklamieren konnte. Vielleicht konnte sie auch kleine Mädchen fangen und töten.

Julia hatte ihr nie erzählt, ob er ein liebes oder ein böses Gespenst war. Aber war es überhaupt ein Gespenst? Monika beschloss, dass es nur eine Vogelscheuche war. Sie würde ganz schnell dorthin radeln, vom Fahrrad springen, zur Vogelscheuche rennen, sie anfassen und dann zurückrennen. Sie würde weder vorher noch hinterher nachdenken. Oder vielleicht hinterher schon, aber sie würde nicht zögern, genauso wenig, wie sie zu Beginn des Sommers zögerte, wenn es darum ging, zum ersten Mal ins kalte Wasser zu springen. Plötzlich erhob sie sich rasch vom Esstisch und eilte auf die Toilette, wo sie das wenige, was sie heruntergewürgt hatte, erbrechen musste. Der Gestank war widerwärtig, und sie schluchzte, bis sie Magenschmerzen bekam. Trotzdem zwang sie sich dazu, eine Weile auf der Toilette sitzen zu bleiben, bis sie sich beruhigt hatte, damit niemand merkte, was geschehen war. Danach ging sie auf ihr Zimmer.

Sie hatte zunächst befürchtet, nicht rechtzeitig aufzuwachen. Aber diese Sorge war unberechtigt. Seit sie zu Bett gegangen war, lag sie hellwach unter ihrer Decke. Die Uhr draußen schlug ihre Stunden, und als sie elf gezählt hatte, stand sie auf und zog sich an. Dann setzte sie sich ans Fenster und sah hinaus in die Dunkelheit. Um halb zwölf schlich sie sich aus dem Haus.

Die Dielen knarrten. Sie hielt inne, lauschte ängstlich, ob jemand erwacht war. Aber im Haus blieb es still. Vorsichtig öffnete sie die Haustür, ein kühler Luftzug kam ihr entgegen. Das Fahrrad stand dort, wo sie es nach der Schule abgestellt hatte, sie stieg auf und fuhr los.

Vor Schells Kneipe standen einige betrunkene Männer und grölten. Sie winkten ihr zu, als sie vorbeifuhr, aber niemand versuchte sie aufzuhalten. Mit klopfendem Herzen strampelte sie weiter, so schnell, dass sie wenig später Vedholms Haus erreichte. Sie lehnte ihr Fahrrad an den Zaun und spähte in den Garten.

Alles wirkte vollkommen ruhig. In den Fenstern brannte kein Licht, die Vögel schienen den Garten verlassen zu haben. Nur die Vogelscheuche stand an ihrem Platz, ein Schatten vor dem noch dunkleren Himmel.

Monika schaute hinauf zu den Bäumen hinter dem Haus. Sie hatte sich geirrt. Dort saßen sie. Ein riesiger Schwarm

Vögel. So viele hatte sie noch nie auf einmal gesehen. Nebeneinander und vollkommen reglos. Elstern, Krähen, Dohlen, Kohlmeisen, Blaumeisen, Spatzen, Tauben, Kraniche, ein Reiher, ein Eisvogel mit bläulichem Gefieder ... im Dunkeln sahen sie alle schwarz aus wie die Amseln. Der Wind hatte aufgefrischt, und einige Wolkenfetzen jagten über den Himmel, die Vögel ließen sich davon jedoch nicht beeindrucken, sie schienen in eine andere Welt zu gehören, wirkten wie verzaubert.

Monika begann vor Angst zu zittern. Sie wollte nach Hause. Wenn Julia ihre Freundin war, warum verlangte sie dann so etwas von ihr? Aber sie war ihre Freundin, sie war sogar die beste Freundin, die es gab. Wenn doch bloß alles rasch vorbeiginge. Hoffentlich schlief Vedholm, und hoffentlich würde sich die Vogelscheuche nicht bewegen. *Gott, der Du die Kindlein liebst und auch mich gar wohl behütst ...*

Ein Quietschen war von der Straße zu hören, und wenig später sah sie Julia, die auf ihrem alten Jungenrad auf sie zuradelte. Monika war so erleichtert, sie zu sehen, dass sie beinahe in Tränen ausbrach. Julia erzählte, sie sei auf einen Stein gefahren und gestürzt. Sie zeigte ihre Handflächen, Sand in den blutigen Schürfwunden. Erst jetzt fiel Monika ein, dass Julia eigentlich mit ihrem neuen Fahrrad hätte kommen müssen. Wollte ihr Vater es nicht am Nachmittag vorbeibringen?

»Ich bekomme es zum Geburtstag«, antwortete Julia, noch ehe Monika die Frage stellen konnte. »Er kommt morgen, dann habe ich nämlich Geburtstag. Das passt außerdem viel besser.«

Die leeren Knopflöcher ihres Mantels sahen aus wie traurig grinsende Münder, Fäden hingen herab, wo einmal die Knöpfe gesessen hatten. Sie trat neben Monika und starrte in den Garten. Die Wolken aus rosa Apfelblüten erschienen ihr wie die Schleier, die die Frauen bei Begräbnissen tragen. Julias Gesicht leuchtete in der Dunkelheit.

»Worauf wartest du?«

Monika war erstaunt.

»Gehen wir denn nicht zusammen?«

»Du wolltest doch beweisen, dass du dich traust. Geh du zuerst. Ich komme nach.«

Monika erstarrte. Das war Verrat. Ihre Enttäuschung war so groß, dass sie sich beinahe gleich wieder übergeben hätte. Julia sah sie an, und plötzlich veränderte sich ihr Gesichtsausdruck.

»Dann geh ich halt mit, aber du musst die Gartenpforte öffnen.«

Monika ging auf die schmiedeeiserne Pforte zu, drückte die Klinke und trat, dicht gefolgt von Julia, in den Garten. Die Pforte fiel hinter ihnen zu. Monika näherte sich der Vogelscheuche, deren leere Ärmel im jetzt auffrischenden Wind noch wilder flatterten.

Sie zwang ihre Beine zum Weiterlaufen, eins, zwei, eins, zwei, rechts, links, rechts, links. In der Schule sangen sie manchmal das Lied, das von den Soldaten handelte, und Vedholms Bruder war ja …

Ein Zweig schlug ihr ins Gesicht. Sie wäre fast gegen einen der Apfelbäume gerannt. Sie drehte sich um, um Julia zu warnen, und stellte zu ihrem Schrecken fest, dass sie nicht mehr hinter ihr war. Monika ließ den Blick durch den Garten schweifen, in der Hoffnung, die Freundin irgendwo zu entdecken, aber sie sah nur Büsche, Unterholz und Reihen von Zypressen.

Der Boden war lehmig, und sie hatte plötzlich das Gefühl, abwärtsgezogen zu werden. Sie begann hektisch hin und her zu eilen, suchte hinter Bäumen und Sträuchern, rief erst leise, dann immer lauter. »Julia! Julia, wo bist du? Juliaaaa?« Plötzlich hielt sie inne. Etwas war hinter ihr, sie spürte es ganz deutlich. Ängstlich wandte sie sich um, und der Anblick ließ ihr das Blut in den Adern gefrieren: Vor ihr stand die Vogelscheuche.

Die Augen funkelten schwarz in dem bleichen Gesicht, der zu einem Grinsen verzerrte Mund sah aus wie eine offene Wunde. Der Mantel schlotterte um den Körper, die Handschuhe raschelten im Wind, und der gesamte Körper bewegte sich seltsam ruckartig. Nicht wie der hinkende Vedholm, sondern merkwürdig steifbeinig, fast wie ein Vogel. Monika hörte, wie er vor sich hin murmelte: »… niemand hat gesehen, was im Dunkeln harrt, wohin die Seelen gehen.«

Unfähig sich zu rühren, musste sie mit ansehen, wie die Vogelscheuche mit ausgebreiteten Armen immer näher kam. »Julia, wo auch immer du bist, verstecke dich, Julia, ich sterbe jetzt, aber du kannst noch entkommen. Oh, Julia, *hilf mir* …«

Im selben Augenblick hörte sie zehn-, nein, hundertfaches Flügelschlagen. Sie schaute hinauf und sah, wie sich eine pechschwarze Wolke aus den Bäumen erhob und diese umkreiste. Die Luft war von einem Sausen erfüllt, und mit einem Mal begriff sie, dass es die Vögel waren, die ihre Äste verlassen hatten und jetzt in rasendem Tempo auf sie und die Vogelscheuche zuflogen.

Wie auf ein Signal hin stürzten sie sich hinab. In ihrer Todesangst dachte Monika noch, dass es nichts Grauenhafteres geben konnte als diesen Anblick.

Die Wolke raste immer schneller auf sie zu und stürzte sich auf die Vogelscheuche. Plötzlich stand diese nicht mehr vor ihr, sie schwebte in der Luft, sie flog. Die Vogelscheuche fuchtelte mit den Armen und strampelte mit ihren steifen Beinen. Der Schrei, den sie ausstieß, war hell und schrill, als käme er ebenfalls von einem Vogel, dem größten von allen, einem *menschlichen* Vogel.

Mit einem Mal bemerkte Monika, dass in einem der Fenster das Licht anging, die Tür wurde geöffnet, und Vedholms Silhouette erschien. Er wankte hinaus und auf sie zu, und sie begann zu rennen, nicht von ihm weg, sondern genau in seine Richtung.

Dort war Vedholm, er sah nicht böse aus, und sie warf sich in seine Arme und begann zu weinen. Die Beine gaben unter ihr nach, sie hatte das Gefühl, dass alles um sie herum in einem Nebel verschwand. Das Letzte, woran sie sich erinnern konnte, war, dass Vedholm sich über sie beugte, und es hatte fast den Anschein, als weine auch er. Doch dann erkannte sie, dass die Tränen auf seinen Wangen von ihr stammten.

Als Monika am nächsten Morgen zur Kreuzung kam, an der sie immer Julia traf, beschleunigte sie ihre Schritte. Nie mehr würde sie auf Julia warten. Sie würde ihr das, was sie getan hatte, nie verzeihen. Ihre beste Freundin war fortgegangen und hatte sie mit der Vogelscheuche alleingelassen.

Bei Vedholm hatte sie kein Wort hervorgebracht, sie hatte nur am ganzen Körper gezittert. Vedholm hatte Milch warm gemacht und ebenfalls geschwiegen, während sie die Milch trank. Dann hatte er seinen Mantel angezogen, seinen Stock genommen und sie wortlos nach Hause begleitet. Sie hatte ihr Fahrrad geschoben und Julia nirgends entdecken können. Aber das war ihr bereits egal. Sie würde keinen weiteren Gedanken an Julia verschwenden, sie würde sich eine andere Bibel suchen.

Auch an die Vögel, die mit dem toten Soldaten davongeflogen waren, wollte sie nicht mehr denken. Und nie wieder würde sie die furchtbare Vogelscheuche anschauen, obwohl sie jetzt wusste, dass Vedholm nett war.

In der Schule starrte sie aufs Pult, um Julia nicht anschauen zu müssen, wenn sie kam. Aber Julia kam nicht. Weder am nächsten Tag noch am übernächsten. Monika eilte weiterhin an der Kreuzung vorbei. Sie musste sich dazu zwingen, nachmittags nicht an Julias Haus vorbeizugehen, sich dazu zwingen, so zu tun, als sei alles wie immer. Am Abend versuchte sie in der Bibel zu lesen. Aber sie verstand nicht viel und fand auch nichts über Seelen, die im Dunkeln wandern.

Einige Tage später betrat die Lehrerin das Klassenzimmer mit einem Gesichtsausdruck, als würde sie gleich in Tränen ausbrechen. Sie setzte sich ans Klavier und sang wie jeden Morgen ein Kirchenlied. Anschließend stellte sie sich neben das Lehrerpult, schloss kurz die Augen und erzählte dann, dass ihre Mitschülerin Julia in der vergangenen Nacht gestorben sei.

Julia war erkrankt, aber niemand hatte bemerkt, wie ernst es stand. In der Nacht war das Fieber gestiegen, und am Morgen, als Julias Mutter nach ihr schauen wollte, lag sie tot im Bett. Wir wollen Julia gedenken, sagte die Lehrerin, faltete die Hände und sprach davon, dass Gott mit allen seinen Taten einen Plan verfolge. Dass alle für den Aufbruch in die andere Welt vorbereitet sein müssten.

Als Monika auf dem Heimweg an Vedholms Haus vorbeikam, blieb sie am Zaun stehen. Sie sah in den Garten. Vedholm beschnitt einen der Apfelbäume, und als er sie bemerkte, winkte er ihr zu. Nach kurzem Zögern öffnete sie die Pforte und näherte sich ihm.

»Geht es dir besser?«, fragte er.

Vedholm schaute über die Schulter, und Monika folgte seinem Blick. Dort, wo die Vogelscheuche gestanden hatte, steckte nur noch ein Pfosten in der Erde. Daneben lag ein Haufen Kleider.

»Es hat sie umgeweht«, sagte Vedholm. »Sie hat ihre Kleider verloren. Ich muss sie wieder in Ordnung bringen. Dieses Jahr wird ein gutes Apfeljahr. Dann kommen die Vögel.«

Monika schaute in die Baumkronen. Dort saßen tatsächlich wieder die Vögel.

»Komm vorbei und pflück Äpfel, wann immer du magst«, sagte Vedholm.

»Danke«, antwortete Monika und machte einen Knicks.

Dann schaute sie erneut hinauf in die Bäume. Auf den Zweigen drängten sich noch immer die Vögel, aber sie waren jetzt alle weiß. Reglos starrten sie auf Monika hinab, hockten nebeneinander wie dicke Schneeflocken, dicht an dicht, Vogel an Vogel. Plötzlich flogen sie auf, erhoben sich immer weiter in die Luft und bildeten eine lange weiße Linie, die in eine unbekannte Ewigkeit, gen Himmel, deutete.

Kapitel 5

Rezina strich um mein Bein. Ich spürte ihre raue Zunge an meinen Fingern. Gemeinsam schlichen wir in die Küche, und ich füllte den Futternapf. Axel würde das missfallen. Er fand Rezina zu dick. Aber Rezina war schlau genug, alles aufzufressen, bevor Axel erwachte.

Hinter dem Verandafenster verdrängte das erste Morgenlicht die Dunkelheit. Der Wind hatte aufgefrischt, der angekündigte Sturm war auf dem Weg. Ein einsamer Vogel hüpfte im Garten herum, als hätte er sich aus den Seiten der Erzählung erhoben und beschlossen, real zu werden. Vielleicht war es ja eine der Krähen, die uns empfangen hatten. Wir waren Eindringlinge in ihrem Revier.

Ich weiß nicht, was ich erwartet hatte. Harmlose Anekdoten und Beobachtungen vielleicht oder etwas über den Aufenthalt in China. Aber nicht das, was ich soeben gelesen hatte. Eine Geschichte über Leben und Tod. Vertraute Gegensätze, die so oft Thema jener Gedichte waren, die ich im Laufe der Jahre studiert hatte.

Lea hatte gesagt, sie habe sich von einem Bekannten helfen lassen. Bezog sich das nur auf die Reinschrift? Stammte die Geschichte selbst wirklich von der Frau im Solgården? Oder hatte sie eine Schauergeschichte aufgeschrieben, die sie in ihrem Heimatdorf oder auf ihren Reisen gehört hatte?

Durch die Ritzen der Fenster drang kalt der Wind. Hin und wieder schepperten leise die Scheiben, und die ersten Frühlingsblumen, die ich im Garten gepflückt hatte, sahen aus, als würden sie die Köpfchen einziehen. Die Blätter hatten sich an den Rändern aufgerollt, und einige Knospen würden sich vermutlich nie öffnen. Sie vertrockneten bereits.

Ich holte die Papiere für meine Arbeit hervor. Nachdem ich eine Weile geblättert hatte, fand ich die Notizen, die ich suchte. *Und tiefe Feierstille hält die Luft* … Thomas Grays zartfühlende Huldigung der Toten eines Dorfkirchhofes, die nie die Möglichkeit hatten, Könige, Pfarrer oder Dichter zu werden. In meiner Analyse, die ich vor einigen Jahren verfasst hatte, beschrieb ich die Ewigkeit als einen Kreislauf oder etwas, was der Liebe oder anderen Tugenden innewohnt. Ich hatte damals auch Betrachtungen über die Ewigkeit unter Berücksichtigung verschiedener Gottesvorstellungen angestellt.

Wie in Leas Erzählung gab es in Grays Gedicht den Wechsel der Jahreszeiten, die Apfelbäume, die blühten und Früchte trugen, den Flug der Vögel und die Resignation angesichts ewiger Nacht.

Es war halb drei. Axel stand gern zeitig auf und würde in ein paar Stunden bereits auf den Beinen sein. Ich löschte die Petroleumlampe und tastete mich im Dunkeln durchs Haus, sah ein Paar funkelnde Katzenaugen und hörte ein leises knirschendes Geräusch. Im Schlafzimmer lag Axel mit dem Gesicht zur Wand. Er atmete ruhig. Im Schlaf wirkte er so verletzlich. Ich wagte es nicht, mich zu ihm zu legen.

Axel entdeckte sie als Erster. Sein verärgerter Ausruf und das Licht der Lampe weckten mich um kurz nach sechs. Schlaftrunken setzte ich mich auf. Axel war beinahe auf irgendetwas getreten, eine Maus oder das, was von ihr noch übrig geblieben war. Blut und Fleischfetzen befleckten den Fußboden, ein sauber abgenagter Schädel lag daneben.

Rezina hatte sich in der Nacht ein ordentliches Mahl gegönnt. Meine Futterration hatte ihr offenbar nicht genügt. Dass die Beute als Trophäe in unserem Schlafzimmer lag, interessierte Axel nicht. Er war bereits dabei, die Reste zu beseitigen, und murmelte wütend etwas von Katzenvieh und dass es ja wohl nicht mehr normal sei, Haustiere zu halten, die sich wie die Bestien benahmen.

»Lass es, Axel, ich mach das schon.«

»Ich bin bereits fertig.«

»Wir müssen es den Mädchen doch wohl nicht erzählen?«

»Warum nicht?«

»Linn ist so zart besaitet.«

»Es ist ihre Katze. Sie muss endlich begreifen, dass dieses Tier niemals zahm wird. Ich habe nicht übel Lust, sie zu wecken und sie die Sauerei hier selbst wegmachen zu lassen.«

Er verschwand ins Badezimmer, kehrte kurz darauf zurück und wischte ein letztes Mal über den Fußboden. Wenig später bemerkte ich den Duft von Kaffee und stand auf. Die Müdigkeit ließ alles vor meinen Augen verschwimmen.

In der Küche war Axel dabei, zwei Tabletts vorzubereiten. Wir könnten es uns doch etwas gemütlich machen, solange die Mädchen noch schliefen. Er habe auch Tee gekocht. Dankbar ging ich auf seinen Vorschlag ein, und wenig später saßen wir auf der Veranda. Dort lagen meine Papiere noch auf dem Tisch. Ich schob sie zusammen und legte sie auf die Fensterbank. Von Rezina weit und breit keine Spur.

Axel rückte die Stühle hin und her. Die Veranda war mit Korbmöbeln ausgestattet, die ihre besten Tage hinter sich hatten. Axel griff sich ein Kissen und platzierte es sorgsam hinter seinem Rücken. Dann streckte er die Hand nach der Zeitung vom Vortag aus und begann zu lesen. Ich griff wieder zu der Erzählung.

»Habe ich eigentlich schon erwähnt, dass ich gestern ein paar Erzählungen bekommen habe?«

Axel ließ die Zeitung sinken.

»Nein, hast du nicht.«

»Die Frau, die mich auf einen Kaffee eingeladen hat, gab mir etwas zum Lesen mit. Kurze Geschichten. Ich habe inzwischen eine davon gelesen. Sie ist … nun, sie hat mich berührt.«

Ich hätte mir die Zunge abbeißen können. Aus irgendeinem Grund wollte ich Axel gegenüber nicht preisgeben, dass ich in der Nacht wach gewesen war.

»Die *Frau*, die dich auf einen Kaffee eingeladen hat. Ach wirklich?«

Axel vertiefte sich wieder in den Artikel. Ich beschloss, seine unfreundliche Reaktion einfach zu ignorieren.

»Vielleicht willst du sie ja auch lesen. Es wäre interessant, sich mit dir darüber zu unterhalten.«

Axel antwortete nicht. Ich streckte die Hand nach meinen Notizen aus. John Donne. »Die aufgehende Sonne«. Donnes Beschreibung eines Liebespaares, in der die Liebenden ein Universum und eine Ewigkeit darstellen. *Lieb, immer gleich, nicht Ort noch Zeiten kennt …*

Axel und ich. Einander gegenüber.

Schweigend lasen wir, jeder für sich, und eine gute Stunde später kamen Tora und Linn zu uns auf die Glasveranda. Sie antworteten beide mit einem Nicken auf die Frage, ob sie gut geschlafen hätten. Axel meinte, sie sähen aus wie das blühende Leben, und Tora warf ihm einen säuerlichen Blick zu, bevor sie Richtung Küche verschwanden. Sie frühstückten am Esstisch in gehörigem Abstand zu uns.

Axel und ich beschlossen, einkaufen zu fahren. Axel hatte einen Lebensmittelladen entdeckt, der akzeptabel wirkte, schließlich könne man bei Milch nicht viel falsch machen. Ich meinte zu hören, wie die Mädchen erleichtert seufzten, als wir die Tür hinter uns schlossen.

Axel nahm auf dem Beifahrersitz Platz. Einer stillschweigenden Übereinkunft gemäß fuhr fast immer ich. Das sich verschlechternde Sehvermögen wirkte sich auf Axels Aufmerksamkeit und Reaktionsgeschwindigkeit aus. Er gab das aber nicht zu, sondern behauptete stets, einfach zu müde zu sein und sich ausruhen zu müssen. Vielleicht hatte er ja erkannt, welche Grenzen ihm gesetzt waren. Den Kratzer am Auto hatte er immer noch nicht erwähnt.

Unser Haus lag etwas außerhalb des Ortes. Die Straßen waren menschenleer und kaum Autos unterwegs. Zarte Nebelschleier tanzten über die Landschaft. Hinter der Kurve tauchte eine alte Kirche auf. Schmiedeeiserne Gitter oder niedrige Hecken umrahmten alte Grabsteine. Ein gelber Fleck stach mir in die Augen, jemand hatte frische Blumen auf ein Grab gelegt.

Wir parkten vor dem Laden. Axel eilte als Erster hinein. Als ich eintrat, unterhielt er sich bereits mit jemandem. Offenbar fand er nicht, was er suchte, und auch die Eier standen nicht dort, wo sie stehen sollten.

Die junge Frau, mit der er gesprochen hatte, trat einen Schritt zurück und begleitete ihn dann zum richtigen Regal. Ich legte ein paar Sachen in unseren Einkaufswagen, wir trafen uns an der Kasse. Als ich meine Tasche öffnete, um zu bezahlen, stellte ich fest, dass meine Brieftasche weg war.

Hinter mir warteten ein altes Ehepaar und ein Junge. Alle hatten denselben Gesichtsausdruck, eine Mischung aus innerer Ruhe und einer gewissen Neugier. Axel meinte, seine Frau würde auf ihre alten Tage vergesslich. Ein Glück, dass sie einen vernünftigen Mann habe, der sich um sie kümmere. Während ich noch in meiner Tasche wühlte, zog er seine eigene Geldbörse hervor, lächelte die Kassiererin breit an und begann dann rasch unsere Einkäufe in zwei Papiertüten zu packen.

Ich stellte mich neben ihn und suchte weiter. Schlüssel, Taschenspiegel und Kalender lagen, wo sie immer lagen. Die Kopfschmerztabletten auch.

»Wann hattest du sie zuletzt?«

»Gestern, glaube ich. Oder vorgestern. Sie liegt immer in der Handtasche. Ich lege sie nie woanders hin.«

»Könnte es sein, dass sie gestohlen wurde? Du rennst ja immer mit offener Handtasche herum.«

Axel warf mir oft vor, dass ich zu gutgläubig sei. In jeder Hinsicht, aber insbesondere, was andere Menschen angehe.

»Ich wüsste nicht, wann.«

»Vielleicht beim Tanken?«

Ich war allein hineingegangen und hatte bezahlt. Der Mann an der Kasse hatte die Autopolitur herausgesucht, die Axel haben wollte.

»Nein, ich glaube nicht.«

»Vielleicht erinnerst du dich nicht richtig, das Gedächtnis ist selektiv. Du könntest sie beiseitegelegt und dann dort vergessen haben.«

»Schon möglich.«

Schweigend gingen wir zum Auto. Ich fuhr rascher als sonst, um möglichst schnell nach Hause zu kommen. Entweder lag meine Brieftasche dort, oder ich würde herumtelefonieren müssen, um meine Karten sperren zu lassen. Ich hatte zwar nicht sonderlich viel Bargeld bei mir gehabt, aber ärgerlich wäre es dennoch.

Axel unterließ es ausnahmsweise, meinen Fahrstil zu kritisieren, und versuchte stattdessen, mich zu beruhigen. Vielleicht liege die Brieftasche ja zu Hause. Dann sagte er, dass man bei dem Angebot glatt glauben könnte, der Laden liege auf der anderen Seite des eisernen Vorhangs. Seltsam, er habe immer gedacht, dass es auf dem Land einfacher sei, an Frischwaren zu kommen.

Wieder daheim, fand ich die Telefonnummer der Tankstelle heraus, an der wir getankt hatten. Keine Brieftasche. Ich begann an allen nur erdenklichen Orten zu suchen. Axel, Tora und Linn halfen mir. Schließlich gaben wir es auf. Die Brieftasche war verschwunden. Ich rief bei der Bank an. Gleichzeitig versuchte ich den Gedanken an die alten Familienfotos zu verdrängen, die in einem der Fächer steckten. Dieser Verlust war schlimmer als der des Geldes.

Axel ließ erneut eine Bemerkung über meine zunehmende Vergesslichkeit fallen. Ich sei ja nie sonderlich ordnungsliebend gewesen, aber immerhin hätte ich doch bisher immer gewusst, wo ich die wichtigen Dinge aufbewahrte. Die Haut meines Armes begann zu schmerzen, und mein Kopf fühlte sich schwer an. Tora strich mir übers Haar und schlug mir vor, ein Bad zu nehmen. Ob sie mir Wasser einlaufen lassen solle? Sie habe selbst bereits gebadet und es sei sehr behaglich gewesen.

Dankbar begab ich mich ins Badezimmer. Es war noch von feuchtem Dunst erfüllt. Der Fußboden war nass, und ich wischte das Wasser auf. Als ich das Badezimmer wenig später erneut betrat, war der Fußboden genauso nass wie zuvor. Ich rief Axel, und gemeinsam begutachteten wir die Überschwemmung. Die Badewanne war undicht. Irgendetwas musste dummerweise defekt sein. Das Wasser sickerte wie eine schadenfrohe Sintflut unter den Kacheln hervor.

Axel fluchte und sagte, ein Unglück komme selten allein, aber das übertreffe wirklich alles. Jetzt müssten wir einen

Handwerker auftreiben und den Schaden reparieren lassen. Schließlich hätten wir das Haus in einwandfreiem Zustand vorgefunden und könnten schlecht abreisen, ohne in Ordnung zu bringen, was wir beschädigt hatten. Warum man stundenlang baden und duschen müsse, könne er ohnehin nicht verstehen, aber bitteschön, meine Damen, bezahlt die Wasserrechnung doch selbst.

Tora und Linn machten sich aus dem Staub. Als ich in ihr Zimmer schaute, lag Linn mit Rezina auf dem Bett. Die Katze drehte sich auf den Rücken und spielte mit einem Wollfaden, Linn kraulte ihr den Bauch. Nichts verriet, dass in der Nacht eine Maus ihr Leben gelassen hatte.

Ich zog mich wieder an. Mein Bad musste warten. Draußen frischte der Wind auf, und wir beschlossen, den Spaziergang auf später zu verschieben. Vage dachte ich darüber nach, die Osterdekoration auszupacken oder vorzuschlagen, Ostereier zu bemalen. Aber noch ehe ich etwas sagen konnte, hörte ich Lärm über meinem Kopf. Wenig später kam Tora hereingeplatzt.

»Du musst unbedingt mit auf den Speicher kommen«, verkündigte sie feierlich.

»Was hattest du auf dem Speicher zu suchen?«

Axels Frage klang scharf. Tora erwiderte keck, Schweden sei schließlich ein freies Land und sie könne tun, was sie wolle. Axel presste die Lippen aufeinander. Aber als auch Linn mitkommen wollte, schloss er sich uns widerwillig an.

Die Speichertreppe endete an einer Tür, die Tora ohne Probleme öffnete. Linn und ich folgten ihr, nach einer Weile tauchte auch Axel auf. Wir standen nebeneinander auf dem Speicher und sahen uns im Halbdunkel um. Licht drang nur durch ein kleines Fenster.

Sessel mit dunklen Bezügen. Vollgestopfte Bücherregale und stapelweise alte Illustrierte. Eine Kommode. Reisetaschen und Hutschachteln. Ein gesprungener Spiegel in einem vergoldeten Rahmen. Eine große Kiste mit alten Spielsachen. Obenauf lagen einige alte Kasperlepuppen.

Tora ging zu einem der Schränke, die zur Verwahrung von Winterkleidern dienten, und zog den Reißverschluss herunter. Begeistert schob sie die Bügel hin und her. »Schau mal, Mama. Abendkleider! Und was ist das hier? Ein Frack?«

Linn hatte währenddessen eine Tasche geöffnet und schien ebenso angetan zu sein. Halstücher, Hüte, eine Pelzboa, Handschuhe, Gürtel, Handtaschen. Eifrig zog sie ein Cape hervor und legte es sich um die Schultern. Anschließend setzte sie sich eine Baskenmütze auf und griff nach einem geschnitzten Stock, der an der Wand lehnte.

Axel ermahnte die Mädchen, vorsichtig mit den Sachen umzugehen. Er nieste und meinte, hier sei sicher seit Jahren schon nicht mehr saubergemacht worden. Dann zog er die oberste Schublade aus der Kommode und wühlte darin herum, und ich begann in den alten Zeitschriften zu blättern. Staubige Anzeigen auf vergilbtem Papier warben für Seife und Waschmittel. Auf einem Bild war eine Frau mit Schürze zu sehen, und der Werbetext betonte, wie wichtig es sei, sich für den Ehemann in Form zu halten. Ich warf einen Blick auf das Erscheinungsjahr: frühe Fünfzigerjahre.

Jemand klopfte mir auf die Schulter. Ich drehte mich um und schrie auf. Eine groteske Maske starrte mich an. Schwarz geschminkte Augen, zu einem Grinsen verzogene Lippen, gelbe Zähne. Axel lachte schallend, als er sie absetzte.

»Dr. Jekyll liegt noch in der Kiste. Das hier ist Mr. Hyde.«

»Mein Gott, wie du mich erschreckt hast!«

»Hast du keinen Humor mehr?«

Axel klang verstimmt, aber als er die andere Maske hervorholte und sie neben die erste hielt, war er begeistert. Was für eine Arbeit! Sie mussten ziemlich alt sein.

Die Masken waren tatsächlich ganz hervorragend gearbeitet. Die eine zeigte ein schönes Gesicht mit aristokratischer Nase und einem lächelnden Mund. Die andere stellte dieselbe Person dar, aber bösartig und hässlich.

»Woher willst du wissen, dass das Dr. Jekyll und Mr. Hyde sind?«

»Das steht auf der Innenseite. Sieh mal. Sie erinnern mich daran, wie wir das Stück über den Mord an Gustav III. aufgeführt haben. Das wusstet ihr vielleicht nicht, Mädels? Dass Papa früher mal ein recht begabter Amateurschauspieler war?«

Tora und Linn tauschten einen Blick aus und nickten dann einmütig. Über Axels Schauspielambitionen als Student hatten wir recht viel zu hören bekommen. Vor allem in den letzten Jahren, in denen er immer wieder dieselbe Geschichte zum Besten gegeben hatte. Am sichersten war es, zu nicken und an der richtigen Stelle zu lachen.

Axel legte die Masken zurück und nahm einen seltsamen Gegenstand in Augenschein, der auf einem Tisch stand. Er sah aus wie ein aufgeschlagenes Buch und bestand aus Metall. Ein Kabel ließ vermuten, dass er elektrisch in Betrieb gesetzt wurde. Axel drückte einen Knopf, und die Seiten begannen sich zu bewegen.

»Ein Buch, das von alleine weiterblättert. Wie interessant!«

Ich stellte mich neben ihn und betrachtete das absonderliche Ding. Offenbar ließ sich hinter jede gläserne Buchseite ein Papier schieben. Im Augenblick enthielten nur wenige Seiten etwas. Eine Tischordnung. Einige Lieder. Möglicherweise war das automatisch weiterblätternde Buch zuletzt bei einem Fest verwendet worden.

Es raschelte. Ob Rezina letzte Nacht hier die Maus entdeckt hatte? Vielleicht hatte die Tür ja einen Spalt offen gestanden, weil Linn vergessen hatte sie zu schließen, nachdem sie sich hier oben umgesehen hatte. Ich hob eine alte Matratze an, die in einer Ecke lehnte. Tatsächlich lag dort ein Stück Stahldraht. Jemand hatte eigene Methoden entwickelt, um unerwünschte Gäste loszuwerden.

Axel starrte immer noch fasziniert auf das automatisch weiterblätternde Buch. Es summte leise, und jedes Mal, wenn eine Seite umblätterte, folgte ein Klicken. Tora stand vor den Kleidern. Sie nahm ein weinrotes Kleid mit Schulterpolstern und einem Taillengürtel heraus.

»Das würde dir stehen.«

»Stimmt.«

Tora schüttelte den Kopf, sah aber doch recht angetan aus. Sie verschwand hinter dem Schrank, und als sie wieder zum Vorschein kam, hatte sie das Kleid übergezogen. Es war etwas zu lang, saß aber wie angegossen. Toras Arme leuchteten weiß, und der Rock flatterte durch die Luft, als sie eine Pirouette drehte. Linn beobachtete sie schweigend.

»Axel. Hast du gesehen, wie bezaubernd unsere Tochter aussieht?«

Axel drehte sich widerwillig um.

»Schön. Zieh es wieder aus. Es gehört nicht uns.«

»Vielleicht könnte man es ja kaufen? Vielleicht braucht es niemand mehr?«

Tora klang hoffnungsvoll. Axel schüttelte den Kopf.

»Ich habe nicht die Absicht, den Eltern meiner Freunde zu erzählen, dass wir in ihren Sachen herumgestöbert haben. Schlimm genug, es zu tun, noch schlimmer wäre es, dabei erwischt zu werden. Zieh das jetzt aus und sieh zu, dass niemand merkt, dass du es anprobiert hast.«

»Aber kann ich es nicht …«

»Es wird schmutzig, wenn du es über den Fußboden schleifst.«

Axel klang mal wieder verärgert. Tora verschwand erneut hinter den Schrank, zog das Kleid aus und hängte es zurück an seinen Platz. Dann polterte sie die Treppe hinunter, ohne noch etwas zu sagen. Linn folgte ihr.

»Meinst du nicht, dass wir mal fragen können? Dieses Kleid steht ihr wirklich ausgesprochen gut.«

»Meine liebe Vio. Ich sagte bereits, dass wir hier oben nichts, aber auch gar nichts verloren haben.«

Dann stellte er das mechanische Buch ab. Es blieb mit einem zischenden Seufzer stehen. Ich wandte mich ab und nahm mir vor, die Sache mit dem Kleid zu einem passenderen Zeitpunkt wieder aufzugreifen. Vorsichtig stieg ich die Treppen hinab. Hinter mir hörte ich, wie Axel die Tür verschloss und mir folgte.

Eine Stunde später saßen wir mit Wasserfarben am Tisch. Etwa zwanzig Eier warteten in einer Schale darauf, dekoriert zu werden. Pinsel in allen Größen lagen auf einem Stapel. Jeder nahm einen zur Hand, und gemeinsam machten wir uns ans Werk. Axel hatte sich den kleinsten Pinsel genommen. Er tauchte ihn in das Wasserglas, drehte ihn sorgsam in der grünen Farbe und begann dann vorsichtig sein Ei zu betupfen. Punkt neben Punkt, eine Reihe nach der anderen, mit sparsamen, genauen Bewegungen.

Linns erstes Ei war bald fertig. Die Farben flossen ineinander. Tora war fast ebenso schnell fertig: eine fröhliche Osterhexe mit Kopftuch und roten, aufgeworfenen Lippen. Wenig später hatte sie einen dazu passenden alten Mann mit Schnurrbart gemalt. Auch auf mein erstes Ei folgte rasch ein zweites und dann ein drittes, alle mit Meeresmotiven. Ein Sonnenuntergang, ein Felsen, ein Schiff und ein paar Seevögel, die nach Futter tauchten.

Ich unterhielt mich mit den Mädchen, während wir Nüsse und Pralinen aßen. Linn erkundigte sich unerwartet nach den Geschichten vom Solgården, die ich am Morgen erwähnt hatte. Jetzt musste ich also versuchen, »Die Vogelscheuche« zusammenzufassen.

»Die Geschichte ist sehr suggestiv. Die Stimmung wird vermutlich noch dadurch verstärkt, dass Lea, die Frau, die sie geschrieben hat, ein sehr aufregendes Leben hinter sich hat.«

»War denn Zeit, dir viel darüber zu erzählen?«

Linns Frage war brisanter, als sie ahnte.

»Eigentlich nicht. Nur so viel, dass sie zwei Kriege erlebt hat. Aber es genügt schon zu wissen, dass sie als Missionarin tätig war. Sie scheint auch einiges über asiatische Philosophie zu wissen, da sie in China gelebt hat. In dem Artikel, an dem ich gerade arbeite, ihr wisst schon, der über die Ewigkeit, geht es unter anderem um den Begriff des Tao. Die Taoisten sprechen von einem stetigen Wachstum, das zu sich selbst zurückkehrt und neue Formen hervorbringt. Vielleicht weiß Lea ja auch darüber mehr.«

»Und du glaubst wirklich, dass so etwas die Mädchen interessiert?«, fragte Axel, ohne aufzuschauen. Er war noch immer mit seinem ersten Ei beschäftigt. Ein minutiöses Muster breitete sich ganz allmählich über die weiße Fläche aus. Kleine, schwarze Quadrate mit einem grünen Punkt in der Mitte. Dazwischen gelbe Striche.

»Das Thema ist zu weit gesteckt, das habe ich von Anfang an gesagt. Diesen Fragestellungen, die so viele Menschen vor dir beschäftigt haben, neue Aspekte abgewinnen zu wollen, scheint mir einfach vermessen …«

»Wir haben in der Schule über den Taoismus gesprochen.«

Tora legte ihr viertes fertig bemaltes Ei in den Korb. Ein Mädchen mit heruntergezogenen Mundwinkeln und säuerlicher Miene.

»Warum sollte ich denn nichts Neues dazu beitragen können?«

Axel fluchte leise. Linn hatte versehentlich seinen Arm angestoßen, und ein Strich war an die falsche Stelle geraten.

»Fang nicht schon wieder damit an.«

»Wie meinst du das?«

»Behaupte nicht immer, ich würde nicht an dich glauben oder dich nicht ermuntern, denn das ist nicht wahr. Aber ich muss auch meine Meinung sagen dürfen. Sonst brauche ich überhaupt keine Meinung zu haben.«

»Du warst in letzter Zeit oft recht kritisch.«

»Dann sage ich eben nichts mehr.«

Axel schüttelte den Kopf. Ich starrte auf sein Ei. Punkt, Strich, Viereck, Punkt, Strich, Viereck, Punkt, Strich, Viereck.

»Aber es ist fantastisch, mit einer Frau verheiratet zu sein, die Expertin für alles ist. Eine Universaldozentin.«

Ich nahm das Glas, kippte das Wasser in die Spüle und füllte es erneut. Axel tauchte sofort seinen Pinsel in die klare Flüssigkeit, und schwarze Schlieren bildeten sich im Wasser. Tora schob ihren Stuhl zurück, stand auf und holte Teller aus dem Schrank und Löffel aus der Besteckschublade. Im Kühlschrank sei noch Apfelkuchen, ob wir den nicht essen wollten?

Wenig später klapperten Löffel auf Porzellan. Unter meinen Augenlidern quoll es plötzlich warm hervor. So ging das nicht. Was verlangte ich eigentlich vom Leben? Tanz am Morgen und Serenaden am Abend? Rasch erzählte ich weiter von meiner Arbeit. Dass viele Dichter in der Liebe den Weg gesehen hätten, die Ewigkeit zu erfahren. Dass sie in der Liebe die Zeitlosigkeit des Augenblicks erleben konnten, den Moment, in dem alles ringsum zum Stillstand kommt.

Meine Worte stießen auf Schweigen. Das Gerede über die Liebe erschien mir plötzlich lächerlich, und ich ging dazu über, einige Gedanken zu schildern, die mir am Meer gekommen waren, beim Anblick der Wellen, die ununterbrochen Steine an den Strand spülten und in Kies und Sand verwandelten. Das Gefühl, Teil eines großen Ganzen zu sein, könne eine Ahnung der Ewigkeit vermitteln, erklärte ich. Die Natur als etwas Göttliches zu betrachten sei schließlich kein neuer Gedanke.

»Pantheismus«, meinte Tora und legte ein weiteres Ei beiseite. Sie hatte eine schwarze Zickzacklinie um das ganze Ei gemalt und »kaputt« danebengeschrieben.

Axel hielt sein Ei hoch, damit alle es bewundern konnten. Das Muster überzog fast die gesamte Schale. Wir anderen lobten ihn. Er legte das Ei auf den Tisch, um die Enden zu bemalen, an denen er es festgehalten hatte. Dann stand er auf. Aus den Augenwinkeln sah ich, dass er seine Tablettendose aus der Tasche zog, sich zum Fenster umdrehte und eine Tablette schluckte.

Ich fragte ihn, ob er etwas beobachten würde, und er deutete auf eine Möwe, die im Garten herumspazierte. Dass sich die Meeresvögel an Land begäben, beruhe wahrscheinlich darauf, dass zu viel unerlaubt gefischt und daher die Nahrung knapp werde, erklärte er. Ob wir nicht irgendwann zum Fischen rausfahren sollten? Allerdings müsse, wer fischen wolle, erst einmal lernen, einen Wurm auf den Haken zu spießen.

Wenn er sich etwas von uns wünschen dürfe, so doch bitte, die Katze nicht mehr als nötig zu füttern. Sie sei ohnehin dick genug. Außerdem habe sie in der Nacht eine Maus totgebissen. Ob wir fertig seien?

Niemand äußerte sich zu der toten Maus, als wir uns vom Tisch erhoben. Tora und Linn verschwanden auf ihr Zimmer. Es war immer noch sehr windig, aber ein paar schwache Sonnenstrahlen schimmerten zwischen den Wolken hindurch. Ich schlug vor, spazieren zu gehen. Doch Axel zog es vor, den Abwasch zu übernehmen, er habe keine Lust sich zu erkälten.

Ich zog mich an, rief einen Abschiedsgruß und öffnete die Tür. Der Wind riss sie mir aus der Hand und schlug sie gegen die Wand. Die Kälte drang mir bis in die Knochen, aber die Luft war frisch und duftete nach Rauch. Ich schob die Hände in die Jackentaschen. Die Haut meines Arms brannte. Ein Vogelschwarm zog mit klagendem Schrei am Himmel entlang. Einem plötzlichen Impuls folgend, drehte ich mich um und schaute zurück zum Haus. Axel stand an einem der Fenster und beobachtete mich.

Kapitel 6

Äcker und Wiesen breiteten sich aus, und dahinter tobte das Meer. Die Müdigkeit hatte mich im Griff.

Was hatten wir nur einst aneinander gefunden, Axel und ich?

Ich erinnerte mich an die Worte meines Vaters, als ich es gewagt hatte, ihm von meiner Verzweiflung zu erzählen. Axel und du, ihr seid so unterschiedlich, hatte er gesagt. Obwohl ihr auch gewisse Dinge gemeinsam habt. Gib nicht nach, bloß weil er krank ist. Du versuchst Konflikten auszuweichen, aber ich weiß nicht, ob das richtig ist. Wir vermissen alle die Viola, der es egal war, ob Axel es guthieß, dass sie allein ausging und sich amüsierte. Natürlich wollte er dich ganz für sich allein haben. Wer hätte das nicht gewollt? Aber früher hast du ihm nicht erlaubt, dich zu kontrollieren. Jetzt tust du es. Du wirst untergehen, wenn du so weitermachst.

Ich hatte den Strand erreicht. Die Sonne verlieh dem Wasser einen kristallenen Glanz. In weiter Ferne erkannte ich einen Windsurfer, er fiel ins Wasser und kletterte wieder auf sein Brett. Langsam hob sich das Segel aus dem Wasser, es flatterte und füllte sich dann mit Wind wie auf meinen Ostereiern. Papa hatte recht. Ich wünschte mir nichts sehnlicher zurück als die alte Viola, die sich jetzt in die sogenannte Angepasstheit verkroch.

Ja. Ich hatte Angst vor der Zukunft, vor einem dem Zwang unterworfenen Leben. Aber auch vor dem Gedanken an Veränderung.

Mein Haar flatterte im Wind, einer meiner Füße war feucht. Der Gummistiefel hatte offenbar ein Loch. Meine alten Stiefel, die ich von Mama geerbt hatte. Sie waren in den Sechzigerjahren modern gewesen und waren jetzt wieder schick. Spitz, Gummiabsatz. Hässlich, fand Axel.

Ich musste daran denken, dass es meinen Eltern nie wichtig gewesen war, eine bestimmte Form zu wahren. Flecken, Löcher und ramponiertes Porzellan hatten keine Rolle gespielt. Axel verabscheute es hingegen, wenn ich ungepflegt wirkte oder zu wenig Wert auf Äußerlichkeiten legte. Es gebe Grenzen dafür, was ein Partner ertragen können müsse, pflegte er zu sagen, am besten sei es, getrennte Badezimmer im Ehevertrag festzuschreiben. Früher hatte ich darüber gelacht.

Axel war arbeitsfähig. Er galt als wiederhergestellt, aber das war er nicht. Ich erkannte es. Andere erkannten es. Er war empfindlicher, sowohl psychisch als auch physisch. Er würde nie wieder derselbe sein.

Aber wir hatten gelobt beisammenzubleiben, *bis dass der Tod uns scheide.*

Und wenn ich in diese Situation geraten wäre? Hätte Axel genauso empfunden?

Ich hatte Axel geheiratet, weil ich ihn liebte. Wegen seiner Treue und seinem Vertrauen in uns beide. War es immer noch möglich, Vertrauen zu empfinden, sich darauf zu verlassen, dass alles einen Sinn hatte und dass es irgendwann besser werden würde? Vielleicht konnte ich mich auf das stützen, was Glaube genannt wurde. Damals in der Kirche erschien das durchaus möglich.

Als ich den Rückweg antrat, besserte sich meine Stimmung. Im Grunde war ich einfach nur genauso müde und abgearbeitet wie Axel. Hier hatten wir unendlich viel Zeit, miteinander zu sprechen. Ich würde ihn bitten, mir von der Versetzung nach London zu erzählen. Vielleicht war das ja eine Chance für uns alle. Ich wollte gerne mitkommen, und Tora und Linn würden sich sicher überreden lassen. Es war die Gelegenheit, richtig gut Englisch zu lernen. Shelleys Gedichte im Original lesen zu können. Ha, ha, Mama, als ob das ein Grund wäre!

Zu Hause war alles abgespült und aufgeräumt. Auf der Veranda saßen Axel und die Mädchen und spielten Mensch-ärgere-dich-nicht. Das Spiel war alt, aber vollständig. Es hatte zusammen mit ein paar Spielkarten und einem Zauberkasten in einer Kiste gelegen. Tora fragte, ob ich mitspielen wolle. Sie sei ohnehin so oft rausgeflogen, dass sie fast wieder am Anfang sei.

Ich setzte mich dazu und stellte die roten Figuren, die für mich übrig geblieben waren, in der letzten noch freien Ecke auf. Gleich beim ersten Versuch würfelte ich eine Sechs. Fröhlich marschierte ich los und warf eine von Axels Figuren raus. Das sei ja unglaublich, wie ich auf Zack sei, meinte er. Dann würfelte er. Eine Eins. Offenbar brachte ich ihm kein Glück. Aber ich würde schon sehen.

Linn sprintete mit mehreren Figuren los. Tora folgte ihr, holte sie aber nicht ein. Axels einzige Figur arbeitete sich methodisch die Bahn entlang. Seine Miene war konzentriert, und er trommelte mit den Fingern auf den Tisch, während er das Brett beobachtete. Ich brachte weitere Figuren auf die Bahn und hatte Glück beim Würfeln. Als ich die Möglichkeit hatte, Axels einzige Figur rauszuwerfen, wählte ich einen anderen Zug.

»Warum hast du Papa nicht rausgeworfen?« Linn klang erbost.

»Oh! Das habe ich gar nicht gesehen.«

Meine Antwort kam etwas zu schnell.

Axel lächelte, aber seine Augen blickten ernst. Dank einer

Sechs bekam er eine weitere Figur aufs Brett. Er würfelte eine Vier und schaffte es, eine meiner Figuren zu schmeißen. Jetzt lächelte er auch mit den Augen, und ich fühlte mich seltsam erleichtert.

Schweigend würfelten wir, rückten mit unseren Figuren vor, brachten Männchen ins Spiel und warfen die der anderen raus. Mein Blick wanderte durch den Raum. Schöne holzvertäfelte Wände, grüne Leisten. Alte Bauweise, vielleicht aus den Vierzigerjahren. Ein Bücherregal. Jemand hatte sich für Psychologie und Geschichte interessiert. Freud. Erster Weltkrieg. Ein Band Gedichte von Vicente Aleixandre. Auf einem der Regalbretter eine hübsche Skulptur aus Stein. Ein Mädchenkopf, das Haar in erstarrten Wogen.

Axel strich sich über die Schläfen. Er rückte auf dem Sofa hin und her, als suche er ständig nach einer bequemeren Stellung. Mein Wunsch, das Spiel zu Ende zu bringen, war plötzlich sehr stark. Ich begann, taktisch zu spielen, um einen von uns gewinnen zu lassen. Endlich brachte Linn ihre letzte Figur ins Häuschen und ließ irgendeine triumphierende Bemerkung fallen.

Tora rief, wir müssten noch um den zweiten, dritten und vierten Platz spielen, aber ich sammelte die Spielsteine ein und verstaute sie in einem verschlissenen Stoffbeutel, ohne ihr zu antworten. Sie stand rasch vom Tisch auf, wir anderen folgten ihr. Zaghaft strich ich Linn über das Haar, aber sie schüttelte meine Hand ab. Axels Haarfarbe. Meine Haut fühlte sich trocken an, ihre war weich und noch vollkommen glatt.

Hinter mir hörte ich Axel sagen, nichts übertreffe ein altmodisches Gesellschaftsspiel. Als er klein gewesen sei, hätten sie oft sonntags etwas gespielt oder ein richtig großes Puzzle gelegt. Er nahm mich in den Arm, und meine Haut brannte unter seiner Berührung. Dann fiel der Strom aus, und wir standen im Dunkeln. Ein Blick aus dem Fenster zeigte, dass auch die Häuser der Umgebung dunkel waren. Der kräftige Wind hatte offenbar eine Leitung beschädigt. Vielleicht war ja ein umgestürzter Baum die Ursache.

Tora und Linn begannen durcheinanderzureden. Ihre Begeisterung ließ die Dunkelheit weniger bedrohlich erscheinen. Das hier war ein Abenteuer. Axel klang ebenfalls recht munter, als er sich Richtung Küche bewegte. Dort lagen die Streichhölzer, Kerzen gab es auf der Veranda. Glaubst du, dass du sie findest, Vio?

Dann war ein dumpfes Krachen zu hören und kurz darauf ein Schrei. Axels.

»Diese verdammte Katze!«

»Axel? Was ist passiert?«

»Ich bin über Rezina gestolpert. Diese verdammte Katze hat sich um meine Beine geschlungen.«

»Das war nicht Rezinas Schuld!« Linns Stimme klang schrill.

»Sie ist aber verdammt noch mal die Einzige, die im Dunkeln was sehen kann!«

»Immer mit der Ruhe. Wo hast du dir denn weh getan?«

»Ich habe mir den Kopf angeschlagen. Verdammte Scheiße!«

»Setz dich auf den Fußboden. Setz dich einfach.«

Ich tastete mich auf die Veranda und fand eine Kerze. Vorsichtig begab ich mich zur Küche, zündete die Kerze an und hielt sie Axel vors Gesicht.

Er saß auf dem Fußboden und drückte sich ein Handtuch an die Stirn. Es war blutbefleckt. Axel hatte sich ziemlich den Kopf angeschlagen.

»Glaubst du, du kannst aufstehen? Hak dich bei mir ein. Tora, könntest du bitte die Kerze nehmen …?«

»Mir ist übel. Mir wird schwindlig.«

Axels Stimme klang panisch. Ich hielt ihn mit dem einen Arm, während ich blind den anderen ausstreckte, um mich irgendwo abzustützen. Rezina strich, trotz der Katastrophe, die sie verursacht hatte, ungerührt durch den Raum.

Axel kam auf die Beine. Er stützte sich schwer auf mich. Als wir das Sofa erreichten, ließ er sich auf die Kissen sinken und wiederholte, es gehe ihm schlecht. Tora trat ein und zündete weitere Kerzen an. Die Wunde war groß, aber nicht so tief, wie ich zunächst befürchtet hatte. Ich war nicht sicher, ob sie genäht werden musste, aber es war besser, sie professionell verarzten zu lassen, damit keine Narbe zurückblieb.

»Kein Arzt. Ich will nicht wieder ins Krankenhaus. Ich verkrafte das nicht mehr. Wirklich nicht.«

»Du sollst ja gar nicht stationär dort bleiben. Aber ich denke …«

»Du hast keine Ahnung, wie das ist. Man wird untersucht. Dann stimmt irgendetwas mit einer Probe nicht, und gleich wird die nächste entnommen. Wie soll man sich dagegen wehren? Dann entnehmen sie weitere Proben und machen ernste Gesichter. Man selbst liegt da und wartet. Man weiß, ihre Rückkehr kann alles Mögliche bedeuten. Und dann fängt die ganze Prozedur von vorne an, mit Infusionen und anderem Teufelszeug.«

»Alles wird gut, Axel. Das ist nicht weiter schlimm. Nur eine hässliche Platzwunde.«

Ich versuchte, ihn zu beruhigen. Axel war auf dem Sofa noch tiefer nach unten gerutscht. Seine Stimme überschlug sich, als er weitersprach.

»Die anderen Patienten liegen um einen herum, sprechen darüber, wann sie das letzte Mal gepinkelt haben oder was sie nicht essen dürfen. Überall aufgeschlitzt, Blut läuft aus

Schläuchen, Katheter, weißt du, wie eklig das ist? Das Einzige, was man will, ist ein eigenes Zimmer, um sich nicht mit einem dieser armen Teufel, denen es noch schlechter geht als einem selbst, unterhalten zu müssen. Man sieht, wie sie, auf die Infusionsständer gestützt, herumschleichen und sich nicht selbst rasieren können. Dann kommt die Schwester mit dem Becken. Die ist zwar vielleicht abgehärtet, aber man will trotzdem nicht, dass sie die Scheiße von einem sehen muss!

Irgendwann geht es einem etwas besser, man kann duschen, sich die Haare waschen und fühlt sich fast wieder gesund. Aber du kannst Gift drauf nehmen, dass sie doch wieder etwas finden. Weißt du, wie das ist, sich wie ein Kind waschen lassen zu müssen, um dann zu versuchen einzuschlafen? Weißt du, wie widerlich das Krankenhausessen nach ein paar Tagen schmeckt?«

Ich setzte mich neben Axel und nahm seine Hände in meine.

»Ich verstehe, dass du nicht wieder ins Krankenhaus willst. Ich war schließlich mit dir dort.«

»Du verstehst nichts! Überhaupt nichts verstehst du!«

»Dann erkläre es mir. So gut es geht. Ich will dich ja verstehen, Axel.«

»Was soll nur … aus allem werden …?«

Schluchzen. Keuchendes Schniefen. Axel klammerte sich an mir fest, während ich tröstend murmelte, dass alles wieder gut werden würde, dass es nichts gebe, wovor man Angst haben müsse. Ich war eine Lügnerin. Ich wusste genauso wenig wie er, wie alles weitergehen würde.

Die Mädchen waren verschwunden. Axel umarmte mich noch fester. Dann zog er meine Bluse hoch und betastete mit seinen Fingern meinen nackten Rücken. Ich küsste ihn vorsichtig und überlegte, wo Tora und Linn wohl gerade waren. Axel stöhnte leise und drehte sich, so dass er auf mir lag. Sein Körper war schwer, sein Atem warm, seine Hände waren plötzlich überall. Er kämpfte mit meinem BH-Verschluss, kratzte mich, küsste mich hart. Ich versuchte, mich anders zurechtzulegen. Wo waren die Mädchen? Da kam der Strom zurück und damit das Licht, das uns bloßstellte.

Axel zog sich sofort von mir zurück. Ich brachte meine Kleidung in Ordnung, ging in die Küche, machte ein Handtuch feucht und holte die Verbandssachen. Ich reinigte Axels Wunde und klebte ein Pflaster darauf. Er sagte kein Wort, nicht einmal, als ich zu lächeln versuchte und meinte, alles habe schließlich auch sein Gutes und dass wir ja vielleicht den erfreulicheren Teil der Behandlung etwas später fortsetzen könnten.

Ein kläglicher Versuch, eine Idiotie, die er mit einem abgewandten Blick beantwortete. Axel schob mich zur Seite und ging ins Badezimmer. Dort fluchte er erneut, nicht über seine Verletzung, sondern über das Wasser, das immer noch auf den Fußboden sickerte. Dieses Leck müsse repariert werden, brüllte er durchs ganze Haus. Unglaublich, dass immer alles auf einmal käme. Er klang wie immer. Zu Recht erzürnt über eine ungerechte Welt.

Meine Glieder schmerzten, als ich zu Tora und Linn ins Zimmer trat. Sie lagen in ihren Betten und schienen zu schlafen. Wer wusste schon, was sie gehört hatten und wie rasch sie zu Bett gegangen waren, um nicht noch Schlimmeres mitzuerleben. *Gott, der Du die Kindlein liebst*, aber sie hörten mein Flüstern nicht oder taten zumindest so. Das Gebet der Kindheit, das immer gesprochen wurde, hatte heute Abend seine Wirkung verloren.

Im Badezimmer war niemand. Ich wischte das Wasser vom Boden auf. Die vanillefarbenen Wände und die Decke wirkten erdrückend. Auf den Borden standen winzige Parfümflaschen, die vermutlich einmal jemand gesammelt hatte. Am Wischlappen klebten Schmutz und Haare. Von den Mädchen, der Katze, mir selbst und Axel. Alle hatten wir eine ziemliche Mähne.

Ich lehnte den Kopf gegen die Badewanne, fing an zu weinen und hörte fast sofort wieder damit auf. Dann hängte ich den Lappen über den Wannenrand, ging vors Haus und sog die Abendluft ein. Ein einsamer Stern wachte über mich.

Draußen schlafen. In einem Schlafsack zu liegen und die Bewegungen des Weltalls zu betrachten. In meiner Kindheit hatte ich das oft getan. Axel war mit seinen Eltern nie zelten gewesen und fand das auch nicht im Geringsten verlockend. Von Ameisen und Mücken gepiesackt zu werden und neben irgendwelchen Wurst grillenden Leuten zu schlafen. Nein danke. Aber du kannst ja auf dem Grundstück zelten, wenn du Lust hast.

Als ich ins Schlafzimmer zurückkehrte, war es dunkel und still. Axel hatte sich bereits hingelegt. Ich kroch zu ihm unter die Decke.

Mein Körper an seinen gedrückt. Ich umarmte ihn, du bist mein Mann und der Vater meiner Kinder. Seine Hand umschloss, einem schlafenden Wunsch gleich, die meine, ein fester Griff, wie um sie zu zwingen, dort zu verweilen. Unsere Atemzüge gingen nicht im selben Takt, wurden später ruhiger.

Vorsichtig löste ich den Griff, stieg aus Axels Bett, schlüpfte in mein eigenes und faltete die Hände. Das Haus zitterte im Wind, und Dielen und Decke knarrten, als würden ein paar verirrte Gespenster auf dem Speicher tanzen.

Guter Gott. Wenn du mich lieb hast. Dann hilf mir.

Kapitel 7

Als ich erwachte, war Axels Bett leer. Er stand in der Küche und briet Pfannkuchen, nannte mich Schlafmütze und erklärte, er habe bereits am Morgen einen Installateur aufgetrieben. Man müsse halt früh unterwegs sein.

Johannisbeermarmelade, haben wir die eigentlich dabei? Daran hättest du doch wohl denken können? Wir haben ja zu Hause eine Unmenge davon im Keller. Alles einmachen und dann nie verwenden, wozu dann überhaupt?

Er hatte mit seinem Vater gesprochen, der die Gegend kannte. Es gab hier einen Familienbetrieb, Türken oder Bulgaren, die fast alle Reparaturarbeiten übernehmen konnten. Sie würden so schnell wie möglich vorbeikommen. Sein Vater war froh, dass wir Marianne besuchten. Das beruhigte ihn.

Die Mädchen waren bereits startbereit. Sie wollten auf den Campingplatz. Tee hatten sie selbst gekocht und dazu Pfannkuchen bestellt. Es war eine Weile her, dass sie das letzte Mal Pfannkuchen hatten essen wollen. Mit Johannisbeermarmelade.

»Was macht die Platzwunde?«

»Alles in Ordnung. Ich habe heute Morgen das Pflaster erneuert.«

»Hast du gut geschlafen? Ist dir immer noch übel?«

Es war nötig, über den gestrigen Tag zu sprechen. Wir waren allein, und einen besseren Zeitpunkt würden wir nicht finden.

»So schlimm war es nicht.«

»Und was du über, du weißt schon, gesagt hast …«

»Ich hatte keine Lust, wieder in irgendwas hineinzugeraten. Natürlich war ich etwas besorgt. Hinzu kam noch der Stromausfall. Den Kühlschrank und die Gefriertruhe voller Lebensmittel. Das ist nicht gerade lustig. Das mit der Badewanne reicht mir schon. Schließlich will man seine Ferien nicht damit verbringen, die Häuser anderer Leute zu renovieren.«

»Du hast gesagt, du hättest keine Kraft mehr.«

»Daran erinnere ich mich nicht.«

Axel hatte sich von mir abgewandt. Er war wegen der Pfannkuchen an den Herd gebunden, sonst wäre er schon längst hinausgegangen. Ich sah es ihm selbst von hinten an, an der Art, wie er mit der Butter herumfuhrwerkte. Das Messer in den Butterklumpen und patsch!, in die Pfanne damit.

»Willst du keinen Tee, wo er schon mal fertig ist?«

»Ich nehme gern noch eine Tasse.«

Ich goss mir den Rest ein. Die Tasse wurde nur halb voll, und der Tee war kalt. Schweigend stellte ich Wasser auf, ließ es aufkochen, füllte die Kanne. Dann wich die Rücksicht einer unerwarteten Wut. Ich schnappte mir einen von Axels Pfannkuchen.

»Du könntest dir wenigstens einen Teller nehmen, Viola.«

Ich stopfte den Pfannkuchen in mich rein. Stopfte ihn ganz in den Mund und achtete nicht weiter darauf, als ein Stück zu Boden fiel. Ich nahm mir noch einen, kaute und schluckte, spülte mit wässrigem Tee nach. Stellte die Tasse ins Spülbecken statt in die Spülmaschine.

»Na danke! Da zeigt sich ja mal wieder deine gute Kinderstube. Diese Harmonie, mit der du mir immer in den Ohren liegst, hat wohl nicht für Messer und Gabel gereicht? Aber wenn man immer nur ein paar Monate am selben Ort wohnt, ist es vermutlich nicht so einfach, stets den Hausrat mitzuschleppen.«

»Lieber mit den Fingern essen, als dass einem das Silberbesteck die Unterhaltung erstickt.«

»Komm mir nicht schon wieder so.«

Ich flüchtete ins Badezimmer, das schon wieder feucht war, duschte und trocknete mich so fest ab, dass die Haut rote Flecken bekam. Durch eine ungeschickte Bewegung stieß ich eines der Parfümfläschchen um. Es fiel ins Waschbecken und zerbrach. Der Geruch war stark und ekelhaft, welke Rosenblätter, die in altem Wasser in der Vase schwammen.

Als ich mich eine halbe Stunde später fertig angekleidet hatte und zum Auto ging, stand Axel auf dem Weg. Er diskutierte mit zwei Männern. Die Installateure waren gekommen.

»Ich würde gern den Wagen nehmen, wenn es für dich okay ist.«

»Wohin willst du?«

»Mal beim Solgården vorbeifahren und Marianne Guten Tag sagen.«

Und Lea, wollte ich noch hinzufügen, ließ es dann aber bleiben. Axel würde mir doch nicht glauben.

»Und warum das, wenn ich fragen darf?«

»Weil ich mich beim letzten Mal nicht sonderlich viel mit ihr unterhalten habe. Ich dachte, dass ich das heute nachholen könnte. Die Mädchen sind unterwegs und die Handwerker im Haus, da passt es doch gut.«

»Wem?«

Ich ging zum Auto. Axel packte mich am Arm und riss mich zurück.

»Lass mich los, du tust mir weh.«

»Sag *Mama* viele Grüße.«

Der Griff um meinen Arm wurde fester. Dann erinnerte er sich an die Installateure, die ein paar Schritte entfernt standen und ihre Werkzeuge hervorsuchten. Er ließ mich los, und ich eilte zum Auto. Hinter mir hörte ich Axel schreien: »Irgendein Schwein hat unsern Wagen gerammt! Die Seite ist zerkratzt! Halt unterwegs nach einer guten Werkstatt Ausschau!«

Ich kurbelte die Seitenscheibe herunter, um Axel Gelegenheit zu geben, mich auf die Wange zu küssen. Das tat er. Einfach wegzufahren war undenkbar. Ein Unfall, und wir hätten uns auf eine Art getrennt, die mich für den Rest meines Lebens verfolgen würde. Und was war mit Axel, falls mir etwas zustieß? Vielleicht würde er sich das selektive Gedächtnis zunutze machen, von dem er immer sprach. Streit? Daran erinnere ich mich nicht.

Und wer konnte schon wissen, ob nicht Axels Art die bessere war? Er hatte in den letzten Jahren oft darauf bestanden, dass vieles, was wir in meiner Familie gesagt, getan und empfunden hatten, nicht unbedingt richtig sei. Meine Eltern hätten so eine Art Zigeunerexistenz geführt. Das sei zwar in Ordnung, schließlich könne er durchaus die Lebensführung anderer Menschen respektieren. Aber die Ansichten meiner Eltern seien doch wohl auch nicht der Weisheit letzter Schluss.

Die Außenwelt zog an der Windschutzscheibe vorbei. Hier und dort rissen ein paar vereinzelte Bäume mit ihren struppigen Ästen Löcher in den Himmel. Wohlgeordnete Bauernhöfe ruhten behäbig in der Landschaft, auf einer Weide standen ein paar Kühe. Wie sie wohl mit dem überraschenden Kälteeinbruch zurechtkamen, und was trieben sie eigentlich, wenn keine Autos vorbeifuhren? Stellten sie sich auf die Hinterbeine, zogen die Zigaretten hervor und rauchten eine? Das war ungefähr genauso wahrscheinlich wie mit Axel darüber sprechen zu können, wie es uns gerade ging. Was er empfand, was ich empfand. Darüber, was Axel herausgerutscht war. Wie es weitergehen sollte.

Ich gab Gas, kam zum Solgården und bog auf den Hof ein. Der Garten wirkte verlassen. In einiger Entfernung konnte ich einen großen Haufen Reisig und Zweige erkennen, die vielleicht für ein Osterfeuer dort lagen.

Als ich die Tür mit der Schulter öffnete, spürte ich noch immer Axels Finger um meinen Arm. Ich lief die Treppe hinauf und ließ die Hand über das Geländer gleiten. Plötzlich hörte ich schöne Klänge, die so gar nicht der gängigen Auffassung von dem entsprachen, was Alte und Kranke gerne hören. Eine Tür wurde geöffnet, und die Leiterin erschien.

»Herzlich willkommen! Wie schön, dass Sie heute schon wieder Zeit haben!«

»Wir verbringen unsere Ferien hier, damit wir uns um meine Schwiegermutter kümmern können. Eigentlich wohnen wir ziemlich weit weg.«

»Es ist schön, dass Sie so denken. Viele sind ja der Meinung, ein Besuch alle halbe Jahre würde genügen. Sie sagen, es lohne sich nicht, wenn die Angehörigen ohnehin alles wieder vergäßen, sobald die Tür hinter ihnen zufällt. Aber das Gehirn des Menschen ist nicht so gut erforscht, dass wir mit Sicherheit sagen können, was darin vorgeht. Und für uns, die wir wissen, wie sich unsere Patienten bei Vollmond benehmen, ist es unmöglich, immer rational zu sein.«

»Merkt man ihnen denn an, wenn Vollmond ist?«

Die Leiterin lächelte.

»Es ist erstaunlich. Viele werden wesentlich unruhiger. Sie laufen herum, brechen in Tränen aus oder verstummen vollkommen. Einige sitzen stundenlang am Fenster. Eine unserer Patientinnen bekommt Migräneanfälle, die direkt mit dem

Vollmond in Verbindung stehen. Dieser Fall hat eine Debatte unter den Ärzten ausgelöst. Wir sind ratlos, was die Behandlung angeht. Obwohl es Vorschläge von verschiedenen Spezialisten gibt.«

Falls der Schmerz meines brandverletzten Armes bei Vollmond ausgelöst wurde, dann hieß mein Vollmond Axel. Aber bedeutete das nicht, ihn und mich interessanter zu machen, als wir eigentlich waren?

»Marianne hat keine derartigen Beschwerden. Weder Kopfschmerzen noch etwas Vergleichbares. Sie gehört im Gegenteil zu den Gesündesten, wenn man von ihrer Verwirrtheit einmal absieht. Sie ist fast immer fröhlich.«

»Dass sie erst dement werden musste, um lachen zu können.«

Kaum hatte ich die Worte ausgesprochen, schämte ich mich auch schon dafür.

»Ich wollte damit sagen, dass ich sie immer sehr in sich gekehrt erlebt habe. Sie war ziemlich konventionell, was Ehemann und Kinder betraf. Ich weiß nicht einmal, ob sie eigene Freunde hatte. Sie hat nie welche erwähnt.«

»Jetzt hat sie jedenfalls welche.«

Wir waren vor dem Saal angelangt, aus dem die Musik drang. Er war verdunkelt, es brannten nur ein paar Lämpchen sowie einige Kerzen. Auf der Bühne befand sich ein Ensemble, die Musiker in Frack. Es wurde ein Tango gespielt. Auf der Tanzfläche drängten sich hauptsächlich Frauen. Ich konnte nur drei Männer erkennen. Dann sah ich Marianne.

Sie trug ein Kleid, an das ich mich vage erinnern konnte, sie hatte es vor Jahren einmal angehabt. Mit geschmeidigen Bewegungen folgte sie ihrer Tanzpartnerin, die sie nach hinten beugte, auffing und herumwirbelte.

Nie hatte ich meine Schwiegermutter so schön gesehen. Immer noch schlank, geschmeidig, graziöse Armbewegungen. Sie hob das Bein, streckte es aus und ließ das Knie an der Hüfte ihrer Tanzpartnerin ruhen. Hinter mir hörte ich die Stimme der Leiterin.

»Tanzen ist faszinierend. Viele, die hier wohnen, haben nicht einmal die Kraft aufzustehen. Sie unterhalten sich weder untereinander noch sprechen sie mit uns. Deswegen lassen wir gelegentlich Musiker kommen. Diese Wirkung ist mit Psychopharmaka kaum zu erzielen.«

Ruckartige Bewegungen hier und da, jetzt bemerkte auch ich es. Marianne gehörte zu den besseren Tänzern. Hatte sie sich eingehender mit Tanz beschäftigt? Nein, aber auf Festen hatte sie getanzt. Allerdings niemals auf diese Weise.

Die tanzenden Paare ließen sich los und klatschten, als die Musik verstummte. Wenig später stand Marianne mit rot geschminkten Lippen vor mir.

»Ich war noch nie so glücklich«, sagte sie.

Sie klang weder verwirrt noch eingeschüchtert.

»Jetzt erkenne ich dich«, fuhr sie fort. »Du heißt Viola. Du warst vor ein paar Tagen hier. Wir hatten es so nett. Was für eine schöne Frisur du hast. Du bist mit meinem Sohn verheiratet, mit Axel. Aber der besucht mich nie.«

»Er war auch hier, Marianne. Mit mir zusammen.«

»Axel besucht mich nie. Mein Mann auch nicht.«

Die Musik begann von Neuem. Lea war nirgends zu sehen.

»Haben Pinguine Knie?«

»Wie bitte?«

»Ich habe mich immer gefragt, ob Pinguine wohl Knie haben.«

Die Männer in Frack auf der Bühne.

»Ich weiß es nicht, Marianne.«

Sie verschwand erneut auf die Tanzfläche. Wieder wurde

sie geführt. Plötzlich lachte sie laut. Jemand stellte sich neben mich. Mikael, der Arzt, der mir bei unserem vorigen Besuch den Weg gezeigt hatte. Dieses Mal trug er keinen Kittel.

»Darf ich bitten?« Er streckte die Hände aus.

»Ich kann nicht Tango tanzen.«

»Das macht nichts. Das kann hier sonst auch niemand, vermute ich.«

Mit diesen Worten führte er mich auf die Tanzfläche, umfasste meine Taille, hob meinen Arm und trat einen Schritt zurück. Er konnte tanzen. Meinen Beinen, die nicht gewusst hatten, was sie tun sollten, blieb keine andere Wahl, als ihm zu folgen.

Bei unserer letzten Begegnung hatte ich ihn einfach nur als einen netten Menschen erlebt, als einen einfühlsamen Arzt, der mir in einer beschwerlichen Situation den Weg gewiesen hatte. Jetzt war er jemand, der mir seine gesamte Aufmerksamkeit schenkte.

Seine eine Hand ruhte auf meinem Rücken. Die andere hielt die meine. Er zog mich an sich, während er mir in die Augen schaute, und ich wusste, würde er mich jetzt küssen, dann würde ich seinen Kuss erwidern, ohne einen Gedanken daran zu verschwenden, wer zuschaute. In diesem Tanz gab es nur uns. Alles andere war unwesentlich.

Die Musik verstummte, und er führte mich zurück. Jetzt war er wieder der freundliche Arzt, mit dem ich mich über meine Schwiegermutter unterhalten hatte. Der Fragen zu körperlichen Gebrechen beantworten und Auskunft über den Stand der Dinge erteilen konnte.

»Hiermit verschreibe ich Ihnen Tanzen. An mindestens zwei Abenden pro Woche«, sagte er und lächelte mich an.

»Danke. Es ist eine Weile her, dass ich das letzte Mal getanzt habe.«

»Das hat man aber gar nicht gemerkt.«

Mikael wiederholte die Worte der Leiterin, sprach von der heilenden Wirkung des Tanzes. Und nicht nur Tanz. Alle Formen des künstlerischen Ausdrucks, ob Malen, Musizieren oder Singen. Dabei gehe es nicht darum, etwas zu leisten, sondern darum, die Kreativität zu wecken, die in jedem Menschen schlummere. Sie hätten darauf einiges an Arbeit verwendet. Marianne Odin finde das im Übrigen alles sehr interessant.

»Und Lea, Entschuldigung, Linnea?«

»Linnea Moréus. Sie ist gerade von einem Ausflug mit ihrem Enkel zurück. Der kümmert sich immer um sie, wenn sie hier ist. Der Sohn ist viel im Ausland. Eine interessante Frau, Linnea. Sie hatte auch ein interessantes Leben. Und es ist fast ein medizinisches Phänomen, dass sie sich solcher Gesundheit erfreut. Sie ist über neunzig.«

»Über neunzig? Das ist kaum zu glauben.«

»Es ist aber so. Sie war Missionarin sowohl in Afrika als auch in Asien. Dass es dort immer noch Armut gibt, ist aber wahrhaftig nicht ihre Schuld.«

»Sie hat mir ein wenig davon erzählt. Mir ist schon klar, dass sie sich ziemlich von den anderen Bewohnern unterscheidet.«

»Linnea ist eine der intelligentesten Frauen, die mir je begegnet sind. Und sie ist vollkommen klar im Kopf. Wenn sie die Kraft hätte, würde sie sich vermutlich so schnell wie möglich wieder auf Reisen begeben.«

Mikael nahm vorsichtig meinen Arm und führte mich beiseite, um ein paar Frauen und Männern Platz zu machen, die lachend zur Tür hereindrängten. Wir zwinkerten uns zu, und ich fragte ihn, ob er wisse, wo Lea gerade sei und ob sie wohl noch die Kraft für einen Besuch von mir habe. Er antwortete, sie sei vermutlich auf ihrem Zimmer.

»Sollte sie erfahren, dass ich Ihnen von einem Besuch bei ihr abgeraten habe, ohne sie selbst erst zu fragen, würde ich etwas zu hören bekommen. Diese Frau nimmt kein Blatt vor den Mund. Sie weist mich auch immer darauf hin, dass sie selbst am besten wisse, wie es ihr gehe, nicht ich. Damit hat sie sicherlich recht. Ich werde kurz mitkommen, dann kann ich sie auch gleich fragen, ob sie ihre Medizin genommen hat. Bei ihr weiß man nie.«

Mit diesen Worten führte er mich aus dem Saal. Wir wanderten die Korridore entlang und kamen schließlich an den alten Fotos aus der Zeit des Sanatoriums vorbei. Ich erzählte, dass auch meine Mutter der Überzeugung sei, frische Luft garantiere lebenslange Gesundheit. Als Kind ließ sie mich immer im Freien schlafen. Einmal an Weihnachten stand der Kinderwagen auf dem Balkon, und als es zu schneien begann, spannte Mama einfach einen Regenschirm darüber auf, der bald mit einer dicken Schicht Schnee bedeckt war. Darunter habe ich mehrere Stunden lang geschlafen.

Mikael erwiderte, meine Mutter sei eine kluge Frau. Dann waren wir auch schon vor Leas Tür angelangt. Als wir anklopften, öffnete sie prompt.

»Sieh mal einer an. Viola und der Doktor. Mussten Sie etwa Verstärkung mitzubringen, um sich zu vergewissern, ob ich dieses saure Gebräu trinke, das Sie mir aufgeschwatzt haben?«

Heute trug sie ein blaues Kleid und Schnürstiefel. Sie waren alt, aber gut erhalten. Tora hätte sicher einiges darum gegeben, sie anprobieren zu dürfen.

»Weder Sie noch ich finden, dass es Ihnen schlecht geht, Linnea. Ich habe Sie zwar gerne hier, aber es würde gegen meine ethischen Prinzipien verstoßen, meinen Patienten Arzneimittel zu verschreiben, die nichts nützen.«

Lea schnaubte.

»Damit wären Sie nicht der erste Arzt. Und auch nicht der letzte.«

»In den meisten Fällen geschieht es in guter Absicht.«

»Da bin ich mir nicht so sicher.«

Sowohl Lea als auch Mikael begannen zu lachen. Wenig später verschwand Lea in der Kochnische, und als sie zurückkam, hielt sie ein Glas mit einer goldfarbenen Flüssigkeit in der Hand. Sie leerte es und knallte dann das Glas auf den Tisch.

»So. Ist der Herr jetzt zufrieden?«

Mikael versicherte, er sei zufrieden und würde später noch einmal vorbeikommen. Er entfernte sich mit einem freundlichen Nicken. Lea verzog das Gesicht.

»Er meint es gut und tut, was er kann. Deswegen nehme ich mich auch zusammen. Zumindest wenn er zuschaut. Wie hübsch Sie heute sind. Grün passt zu Ihren Augen. Sie sehen aus wie Rakel, das sagte ich bereits beim letzten Mal. Kaffee?«

»Gerne.«

Eigentlich hatte ich ihr sagen wollen, dass ich zwar Teetrinkerin sei, aber dass ihr Kaffee das Beste war, was ich je probiert hatte. Ich nahm auf einem der durchgesessenen Sessel Platz. Auf dem Tisch lagen ein paar Zeitungen und ein in schwarzes Leder gebundenes Buch. Lea erschien mit einem Tablett, und ich erhob mich, um ihr zu helfen.

»Bleiben Sie ruhig sitzen. Ein paar Kaffeeflecken machen nichts.«

»Meine Mutter wäre da ganz Ihrer Meinung.«

»Scheint eine kluge Frau zu sein.«

Es war das zweite Mal innerhalb weniger Minuten, dass ich das hörte.

»Ja, das ist sie.«

Lea zündete die Kerze im Kerzenhalter an, und wir schwiegen einen Moment lang.

»Hat Sie Ihr Mann heute nicht begleitet?«, nahm Lea schließlich das Gespräch wieder auf.

»Nein, ich bin alleine hier.«

Am liebsten hätte ich ihr gestanden, dass ich ihretwegen gekommen war, aber stattdessen erzählte ich von den Abenteuern meiner Schwiegermutter auf der Tanzfläche. Lea nickte. Ja, das Tanzen muntere auf, und Aufmunterung könne man gebrauchen. Da würden vergessene Körperteile wieder aktiv.

»Ich wollte Ihnen für die Erzählungen danken, die Sie mir gegeben haben. Die erste habe ich bereits gelesen.«

Lea lehnte sich zurück. Über neunzig. Sie zu sehen verringerte meine Angst vor dem Altwerden.

»Sieh mal an.«

»Ich war ziemlich überrascht.«

»Warum?«

»Weil ich so viele Anregungen bekommen habe.«

»Wie gesagt, ein Bekannter hat das Ganze etwas aufgepeppt. Und die Erzählungen entstanden … wie soll ich das sagen … in Zusammenarbeit mit jemandem, der weiser war als die meisten Menschen.«

»Es gibt ein Gedicht von Thomas Gray. ›Elegie. Geschrieben auf einem Dorfkirchhofe‹. Es ist eigentlich eine Betrachtung über Menschen, die etwas Großes hätten werden können, wenn sie nur die Möglichkeit erhalten hätten. Oder wenn sie in ihrer Umgebung auf mehr Verständnis gestoßen wären. Ich dachte daran, als ich von dem Garten in ›Die Vogelscheuche‹ gelesen habe.«

»Ach.«

»Dann dachte ich an ein Gedicht von Emily Dickinson, in dem der Tod als umwerbender Kavalier dargestellt ist. Und als die Vogelscheuche auf das Kind zuwanderte …«

Da ich nicht halten konnte für den Tod, / hielt freundlich er für mich. Spitzengardinen umrahmten die Fensterscheiben. Sie bewegten sich im Luftzug. Ich hoffte, mehr über die Erzählungen herauszufinden, aber Lea antwortete ausweichend und fragte stattdessen nach meiner Arbeit. Ich erklärte, ich wolle untersuchen, wie die Dichter in ihren Werken mit unterschiedlichen Methoden ein Gefühl der Ewigkeit zu vermitteln suchten. Welche Art von Ewigkeitsgefühl die Poesie beschreibe. Lea nahm sich eines der mürben Plätzchen, die sie auf den Tisch gestellt hatte. Es regnete Krümel auf ihren Schoß.

»Und das haben Sie sich alles selbst zurechtgelegt?«

»Ein Freund hat mir bei der Formulierung der Fragestellungen geholfen. Er ist Religionshistoriker. Ein verrückter, äußerst scharfsinniger Mensch.«

»Klingt, als würden Sie ihn mögen.«

Ich dachte an meinen Freund. Wie er bei einem unserer Treffen eine Anzahl verschiedenfarbiger Karten hervorgezogen und mich gebeten hatte, sie in einer Reihenfolge anzuordnen. Dann hatte er sich die Karten angesehen und gesagt, ich sei ein Mensch mit Seele. Er hatte das ironisch gesagt, da seine Reihenfolge fast mit meiner identisch war. Ich weiß nicht mehr, wie und wann unsere Treffen ein Ende nahmen.

»Ja, ich mag ihn. Aber wir haben uns jetzt schon seit einigen Jahren nicht mehr getroffen.«

»Warum nicht?«

Ich streckte die Hand nach einem Plätzchen aus.

»In den letzten Jahren haben wir nur noch mit wenigen Leuten Umgang gepflegt, Axel und ich.«

»Hat er Sie daran gehindert?«

»Nicht direkt. Aber wenn ich allein weggehe, will er immer genau wissen, wo ich bin und wann ich zurückzukommen gedenke. Ich glaube, er fühlt sich unsicher, wenn er allein ist.«

Ich erzählte ihr nicht, dass Axel einige Male aufgebraust war und mich angeschrien hatte, ich würde mich herumtreiben und man müsse sich fragen, was ich eigentlich mache. Manchmal war mir das egal gewesen, und ich war trotzdem gegangen. In letzter Zeit hatte mir dazu jedoch die Kraft gefehlt.

»Aber ich habe viel darüber nachgedacht, was mein Freund mir von den Ewigkeitsvorstellungen in den verschiedenen Religionen erzählt hat. Diese Gespräche waren sehr anregend für mich.«

Lea schwieg.

»Unsere chinesischen Freunde haben die Ewigkeit auf eine ganz eigene Art und Weise betrachtet«, sagte sie nach einer Weile. »Viele von ihnen waren in dem Glauben erzogen worden, dass die Seele weiterwandert. Manchmal eilten sie in den Tempel und versuchten, Seelen wieder einzufangen, die geflüchtet waren, wenn jemand starb. Zu uns kamen sie vor allem wegen unserer Schule und unseres Krankenhauses oder weil sie Schutz vor den kriegerischen Auseinandersetzungen suchten. Schließlich geht es beim Glauben doch nur darum, das Unbegreifliche in irgendeiner Form begreiflich zu machen. Wie ist es mit Ihnen? Glauben Sie an etwas?«

»Sie meinen, ob ich Christin bin?«

»Nein, ich meine es so, wie ich es formuliert habe. Glauben Sie an etwas?«

Glauben Sie an etwas. Linns Säuglingskörper, die freundlichen Augen des Pfarrers. Aber keine Tränen.

»Ich habe viel über ein bestimmtes Ereignis nachgedacht.

Insbesondere in den letzten Monaten. Es liegt allerdings schon lange zurück.«

»Raus mit der Sprache, Viola. Es hilft nicht, mit zierlichen Schritten über den Misthaufen zu steigen. Es stinkt trotzdem. Und die Schuhe werden genauso schmutzig.«

Ich holte tief Luft.

»Es war bei der Geburt meiner jüngeren Tochter Linn. Die Entbindung meiner älteren Tochter hatte sich ziemlich lange hingezogen. Ich bekam keine Schmerzmittel, weil ich nicht darum gebeten hatte. Es kam mir nie in den Sinn, dass ich das tun könnte. Als Linn zur Welt kam, hatte ich deshalb ein wenig Angst.

Beim zweiten Mal ging es schneller, aber ich verlor viel Blut, und am Tag darauf wurde ich ohnmächtig, als ich ins Badezimmer ging. Ich wurde im letzten Moment von einer Krankenschwester aufgefangen. Einen Tag später, als ich im Bett lag, kam ein Arzt zu mir. Linn habe in der Nacht Krämpfe gehabt und müsse untersucht werden. Der Arzt meinte, das habe nicht unbedingt etwas zu bedeuten. Aber dann fing er an von ihrem Gehirn zu sprechen, dass es vielleicht nicht reif sei. Genau dieses Wort verwendete er.«

Ich hatte die Stimme des Arztes noch genau im Ohr, sein Gerede von bleibenden Schäden und sein »wir werden sehen« auf die Frage, ob Linn behindert sei. Die raschen Schritte zur Kinderabteilung, meine platzenden Brüste und der Anblick meiner Tochter.

»Sie wurde mehrere Tage lang untersucht. Gehirn, Herz, Sehvermögen … alles. Rückgrat, dort entnahmen sie ebenfalls Flüssigkeit. Eines Abends auf dem Heimweg vom Krankenhaus kam ich an einer Kirche vorbei. Sie war abgeschlossen, aber der Pfarrer war noch da, und er sah mir meine Verzweiflung an. Er holte eilig den Schlüssel, ließ mich in die Kirche treten und eine Kerze anzünden. Ich betete für die Gesundheit meiner Tochter.«

»Und sie war gesund.«

Ich nickte.

»Der Pfarrer fragte an der Tür, ob ich eine Kerze der Hoffnung oder eine der Trauer angezündet hätte. Ich konnte ihm nicht erklären, dass ich mich nie zuvor der Ewigkeit so nahe gefühlt hatte.«

»Ich glaube, ich weiß, wie Sie sich gefühlt haben, Viola. Als ich das, was man gemeinhin Bekehrung nennt, an mir selbst erfuhr, erlebte ich etwas ganz Ähnliches. Ich brauchte Hilfe, und in meiner Verzweiflung flehte ich zu Gott. Er nahm die Herausforderung an. Aber manchmal frage ich mich, ob er es in Bezug auf mich nicht bereut hat. Ich bin vermutlich ziemlich anstrengend.«

»Er trug sein Kreuz.«

»Wie bitte?«

Ich konnte mir ein Lächeln nicht verkneifen.

»Meine Großeltern väterlicherseits haben im Elternhaus meines Großvaters geheiratet. Als sie vor dem Pfarrer knieten, schaute meine Großmutter auf, und ihr Blick fiel auf eine Wandstickerei, auf der dieser Spruch stand. Er wurde in der Familie ein geflügeltes Wort.«

»Seien Sie froh, dass Sie Verwandte haben, mit denen Sie lachen können. Auch in schweren Zeiten. Es gibt so viele Menschen, die nicht einmal über sich selbst schmunzeln können. Rubens Familie war auch nicht die fröhlichste. Kein Wunder, dass er sich aus dem Staub gemacht hat.«

Lea rückte ein paar Tulpen in einer Vase auf dem Tisch zurecht und schaute dann an die Wand. Dort hing ein Gemälde mit Meeresmotiv. Die Fischer im Boot versuchten frierend ein Netz zu bergen. Dort gab es keinen Gott, der die Wogen des Wassers glätten konnte. Mir wäre es recht gewesen, wenn sie weitererzählt hätte, aber sie murmelte nur etwas von Krieg und von Menschen, die zu früh gestorben waren. Dann strich sie sich mit den Fingern über die Wange.

Ich wollte nicht den Eindruck erwecken, immer gleich vertraulich zu werden.

»Ich habe noch nie jemandem von diesem Besuch in der Kirche erzählt.«

»Aber Ihr Mann wird es doch wohl wissen.«

Diese Frage war unvermeidlich.

»Nein. Nicht einmal ihm habe ich es erzählt.«

»Und warum in aller Welt nicht?«

»Ich will damit nicht sagen, dass Axel nicht genauso besorgt war. Er muss ebensolche Angst davor gehabt haben wie ich. Die Angst, dass Linn nicht überleben oder einen Hirnschaden haben könnte. Aber wir haben nie richtig über dieses Ereignis sprechen können.«

Lea sah erstaunt aus.

»Waren Sie denn nicht zusammen im Krankenhaus?«

»Doch, schon. Aber ich erinnere mich vor allem an jene Male, als ich alleine dort war. Und daran, wie ich am Küchentisch saß, weinte und Axel fragte, wie wir es schaffen sollten, falls Linn wirklich schwer krank sei. Axel meinte, wir sollten abwarten, statt den Teufel an die Wand zu malen.

Vielleicht war das klug. Die Entbindung lag erst eine Woche zurück. Die Ereignisse hätten uns eigentlich einander näherbringen, uns dazu befähigen müssen, über die wirklich wichtigen Dinge zu sprechen. Ich wusste damals nicht einmal genau, ob Axel ein gläubiger Mensch war. Und ich bin mir selbst jetzt nicht sicher, ob ich es weiß. Meine Versuche, darüber zu sprechen, endeten immer damit, dass Axel aufstand und zu Bett ging.«

Lea seufzte.

»Die meisten Frauen würden Sie verstehen. Sie würden ähnliche Situationen beschreiben können, in denen sie in Erfahrung bringen wollten, was in ihren Männern vor sich geht, und dabei auf saure Mienen stießen. Vielleicht reden die Frauen hier im Hause deswegen so unentwegt. Sorgen und Gefühle, die jahrelang unterdrückt wurden, verschaffen sich endlich freien Lauf.«

Aber gab es nicht auch Ausnahmen? Wenn man nicht einmal dann die Sorgen teilen könnte, wenn das Leben des eigenen Kindes bedroht war, wenn man nicht einmal wusste, wovor der Mensch, den man liebte, Angst hatte, was bedeutete es dann überhaupt, mit jemanden in guten und in schlechten Zeiten zusammenzuleben?

»Manchmal denke ich, ich hätte darauf bestehen müssen. Ich hätte es öfter versuchen sollen, nachdem Linn nach Hause gekommen war und sich alles beruhigt hatte. Dann wären wir mit der Situation, in der wir uns jetzt befinden, vielleicht besser fertiggeworden.«

»Wie hat er sich denn verhalten, seit Sie zuletzt hier waren?«

Ich dachte an die Stimmung in unserem Ferienhaus, an die schleppenden Gespräche am Esstisch, beim Eier-Anmalen oder beim gemeinsamen Spiel.

»Sie brauchen nichts zu sagen, Viola. Man kann in Ihnen lesen wie in einem Buch. Gute Seelen sind leicht zu durchschauen.«

»Vielleicht eher gutgläubige. Das sagt zumindest Axel immer.«

»An das Gute im Menschen zu glauben ist nichts Schlimmes. Auch wenn es auf Dauer anstrengend wird.«

»Axel hat auch seine guten Seiten. Sonst hätte ich mich ja nicht …«

Entschieden mit ihm zusammenzuleben, wollte ich sagen.

»Das wäre ja noch schöner. Als sei das etwas, wofür Sie dankbar sein müssten, dass er auch gute Seiten hat.«

»Vieles war gut. Wir konnten uns aufeinander verlassen. Und ich habe ihn geheiratet, weil ich ihn liebte.«

»Liebe kann sehr unterschiedlich aussehen.«

»Als wir heiraten wollten, einen Monat zuvor ... da schenkte mir Axel eine Art selbst gebastelten Kalender mit kleinen Geschenken, für jeden Morgen eines.«

Pakete mit Süßigkeiten, hübschen Kleinigkeiten oder Vorschlägen für gemeinsame Unternehmungen. Sorgfältig verpackt, alles bis ins kleinste Detail vorbereitet. Damals ein Anlass zur Freude. Und jetzt? Punkt, Strich, Viereck, Punkt, Strich, Viereck.

Ich dachte daran, wie Leas Gesicht gestrahlt hatte, als sie Rubens Namen erwähnte. Sie hatte ihn geliebt.

»Ihr Mann ...«

»Er war ein guter Kamerad. Der beste, den ich mir an meiner Seite wünschen konnte.«

Lea legte eine Hand auf das Buch auf dem Tisch. Es war ein Fotoalbum. Kunstvolle Drachen waren in das Leder eingeprägt. Hier fand sich ein Teil ihrer Geschichte. Lea, die mit ihrem Ruben nach China gereist war. Ich hätte sie gern einiges gefragt, aber plötzlich klopfte es, und Mikael stand in der Tür.

»Zeit zum Blutabnehmen. Obwohl mir bewusst ist, dass ich störe.«

Lea erhob sich.

»Ganz richtig. Sie stören. Das muss warten.«

»Das geht leider nicht.«

»Ach so. Wollen Sie noch einen Moment bleiben, Viola? Wenn Sie wollen, können Sie sich das Album auf dem Tisch ansehen.«

Ich erhob mich ebenfalls.

»Ich weiß nicht, ob ich nicht lieber gehen sollte.«

»Aber nein.«

»Es dauert nicht lang. Ehrenwort.«

Mikael nickte mir zu und hakte Lea unter. Die Tür schlug hinter ihnen zu.

Ich blieb stehen und fühlte mich irgendwie zu Hause. Dann sah ich mich in dem Zimmer um, strich mit den Fingern über ein paar Bücher im Regal, beugte mich vor und betrachtete die Figuren auf dem Deckel der Truhe. Eine Bestattungszeremonie. Ältere Männer in langen Mänteln trugen einen Sarg, Frauen flankierten sie weinend. Ich goss mir Kaffee nach, setzte mich in den Sessel, nahm das Album zur Hand und schlug es auf.

Lea an die Reling eines Schiffes gelehnt, das Haar wie eine Gloriole im Wind. Ein Mann mit Anzug und Hut. Bilder von Tempeln, Kirchen und Wohnhäusern. Chinesische Männer und Frauen sitzend oder in einer Reihe stehend. Pastoren. Daneben Schrift, schwarze Tinte: Schülerinnen der Bibelschule. Vor unserer Kirche. Chinesisches Fest in Kaomi. Blumen. Unser Garten.

Der Duft der längst vergangenen Ereignisse erfüllte das Zimmer, und die Schwere des Bekenntnisses erfüllte meinen Körper. Das Album glitt aus meinen Händen und fiel zu Boden.

Kapitel 8

Das Geräusch der Tür weckte mich. Verwirrt sah ich zu Lea, die auf der Schwelle stand und zu strahlen schien. Ein Blick auf die Uhr verriet mir, dass ich eine Stunde lang geschlafen hatte.

»Sie hatten es offenbar nötig.«

»Ich muss jetzt gehen.«

Ich suchte nach meinen Sachen, und ein gehäkeltes Tuch glitt zu Boden.

»Es hat etwas länger gedauert, das habe ich mir schon gedacht. Aber jetzt ist es Gott sei Dank vorbei.«

Auf meine Nachfrage reagierte sie mit einer ungeduldigen Handbewegung.

»Ein paarmal gepiekst, nicht der Rede wert. Dann haben sie mich dazu gezwungen, etwas zu essen. Es lief alles ganz gut. Ich hätte Sie gerne in den Speisesaal mitgenommen, aber Sie haben so friedlich geschlafen, dass ich Sie nicht stören wollte.«

Sie war im Zimmer gewesen und hatte mich betrachtet. Sie hatte mir ein Tuch umgelegt.

»Vielen Dank nochmals.«

»Wollen Sie übrigens wissen, was Marianne gerade treibt? Sie spielt mit ein paar Gleichgesinnten Poker. Ich glaube, sie hat den Männern ein paar Kronen aus der Tasche gezogen. Sie brauchen sich keine Sorgen zu machen. Und ich finde, Sie sollten sie nicht stören.«

Sie nahm meine Hand zwischen ihre Hände. Der Ärmel

ihres Kleides rutschte hoch, und ein Verband kam zum Vorschein.

»Geben Sie jetzt nur nicht nach.«

Ich trat auf den Korridor. Der düstere Tag war durch die Wände gekrochen und verbarg sich in den Ecken. Die Luft draußen war feucht, und um das Auto hingen milchweiße Nebelschwaden. Meine Gedanken umkreisten Axel und die Mädchen, wie sie wohl den Tag verbracht hatten und ob sie jetzt auf mich warteten. Ich wollte gerade zum Autoschlüssel greifen, als jemand meinen Namen rief. Mikael kam über den Rasen und versuchte, vornübergebeugt, einen Regenschirm zu öffnen. Als er das Auto erreicht hatte, hielt er ihn über mich.

»Entschuldigen Sie, dass ich Sie gestört habe. Aber es war notwendig.«

»Kein Problem.«

»Einige ihrer Werte bereiten uns Kummer. Aber jetzt haben wir sie immerhin dazu gebracht, wieder zu essen.«

»Ja, das erwähnte sie. Sie meinte, es sei gar nicht so schlimm gewesen.«

Mikael strich sich das Haar aus der Stirn. Er hatte schöne Hände. Klavierspielerfinger, hätte mein Vater gesagt.

»Ja, das Essen hier ist gut. Aber das ändert nichts daran, dass es ganz nett ist, gelegentlich woanders zu essen. Ich war gerade auf dem Weg in ein italienisches Restaurant in der Nähe.«

»Ein italienisches Restaurant? Hier?«

»Ein Italiener hat es zusammen mit seiner schwedischen Frau eröffnet. Fantastisches Essen. Man glaubt, man sei in Florenz oder Rom.«

Ich sah hinauf in den bleigrauen Himmel.

»Eigentlich wollten wir diese Ostern in Italien verbringen.

Aber daraus ist nichts geworden. Bei dem Wetter ist das schon ziemlich bitter.«

»Haben Sie Lust, mich zu begleiten?«

Die Frage kam unerwartet. Ich war jetzt schon recht lange unterwegs, und die Stimmung daheim würde sicherlich nicht dadurch besser werden, dass ich noch länger fortblieb.

»Sie können bestimmt vom Restaurant aus telefonieren, damit sich Ihre Familie keine Sorgen macht.«

Der Gedanke, Axel anzurufen, um ihm zu erzählen, ich würde mit dem Arzt vom Solgården zu Abend essen, war einfach absurd. Aber Mikaels freundlicher Vorschlag hatte eine höfliche Antwort verdient. Ich bot ihm an, ihn in meinem Wagen mitzunehmen. Während der Fahrt unterhielten wir uns, dann bat er mich, an einer Kreuzung abzubiegen. Ein Haus an der Straße war erleuchtet. Lucianos Restaurant inmitten schonischer Äcker.

Hinter den großen Fenstern waren Tische mit karierten Tischdecken und Kerzen zu sehen. Die Gäste unterhielten sich und lachten, jemand hob ein Glas. Nichts konnte eigentlich schlimmer werden, als es ohnehin schon war.

»Okay, ich komme mit.«

Mikael schien sich aufrichtig zu freuen. Wir betraten das Lokal und wurden von einem Kellner in Empfang genommen, der uns zu einem Ecktisch führte. Er war für eine Person gedeckt. Der Kellner brachte ein zweites Gedeck.

Nach einer Weile standen alkoholfreies Bier und eine Karaffe Rotwein auf dem Tisch. Ich bat darum, telefonieren zu dürfen, und wählte mit nervösen Fingern die Nummer, aber niemand ging ran. Die Erleichterung darüber, nicht lügen zu müssen, wurde von der beunruhigenden Frage, wo meine Familie wohl sein mochte, verdrängt. Dann schob ich die Sorgen beiseite. Vermutlich machten sie gerade einen Spaziergang.

Während wir auf das Essen warteten, erzählte ich von meiner Arbeit und meinen Kindern. Mikael berichtete, er sei jetzt seit einigen Monaten im Solgården angestellt und wohne ganz in der Nähe. Er habe in Argentinien gelebt und sei gerade erst nach Schweden zurückgekehrt.

Seine Exfrau tanze Tango. Sie hätten sich allerdings bei anderer Gelegenheit kennengelernt, aber bald habe sie ihn in einen der Clubs in Buenos Aires mitgenommen, in denen Tango an der Tagesordnung war. Er habe sich in ihren Blick beim Tanzen verliebt. An dem Abend, an dem sie ihn mit diesem Blick angesehen habe, seien sie ein Paar geworden.

Ohne weitere Umschweife erklärte er, sie seien seit ein paar Jahren geschieden. Ihr hatte es nie in Schweden gefallen. Es war ihr zu kalt. Sie hatten versucht, stattdessen in Argentinien zu leben, aber nach einer Weile funktionierte auch das nicht mehr. Ihr Sohn wohnte im Augenblick bei seiner Mutter und wusste die kulturellen Unterschiede sehr zu schätzen.

Mikael lächelte zaghaft, während er sprach, als wolle er seine vermeintlich zu einfache Erklärung einer gescheiterten Ehe entschuldigen. Dann kam das Essen. Knackiger Salat, eine perfekte Piccata Milanese.

Es war schon eine Weile her, dass ich das letzte Mal im Restaurant gegessen hatte. Axel hatte selten Lust dazu, und wenn ich ihn doch einmal überreden konnte, war er meist mit dem Essen, der Bedienung, der Einrichtung oder den anderen Gästen unzufrieden. Ich lehnte mich zurück und merkte, wie sehr es mir gefehlt hatte, in einem gemütlichen Lokal zu sitzen und etwas Gutes zu essen und zu trinken. Die Menschen um uns herum wirkten ausgelassen, die Stimmung war entspannt.

Mikael fragte mich nach meiner Familie, und ich begann

von meiner Kindheit und Jugend zu erzählen. Dass sie von geistreichen Originalen erfüllt gewesen sei und dass meine Eltern Vagabunden mit großen Herzen seien.

»*Wildgeist der Rast im Lande ohne Ruh …*«

»Sie kennen Shelley?«

»Meine Mutter ist Irin. Ihr lag viel daran, mich mit den englischsprachigen Dichtern vertraut zu machen.«

»Welch Glück für Sie!«

»Meine Eltern lernten sich in einem Pub kennen, als mein Vater in Irland herumreiste. Und im Unterschied zu Ihrer Frau konnte sich meine Mutter an das schwedische Klima gewöhnen. Aber in Irland regnet es auch mehr als in Argentinien. Sie war abgehärtet.«

»Dann sind Sie also mit Gedichten aufgewachsen?«

»Ich würde nicht behaupten, dass ich mich sonderlich gut auskenne. Außerdem stammt mein Lieblingsgedicht von einem schwedischen Autor. Jeremias i Tröstlösa. *Meine Sehnsucht ist ein Vogel, der in seinem Käfig flattert …* Es ist schön und wehmütig. Fast so wie das Leben von Jeremias. Meine Mutter mag ihn auch.«

»Ist sie auf der Suche?«

»Das könnte man vielleicht sagen. Sie ist eine tiefgläubige Katholikin wie ihre gesamte Familie. Bei meinem Vater ist das anders. Das gab früher manchmal richtig Streit.«

Er beugte sich über den Tisch etwas näher zu mir heran. Sein Haar fiel ihm in die Stirn, und ich widerstand erneut dem Impuls, es beiseitezustreichen. Stattdessen bat ich ihn, von sich zu erzählen, und er erklärte, sein Vater sei vermutlich auf seine Art ebenfalls religiös gewesen.

»Sport im Fernsehen war für ihn genauso Religion wie ein Kirchgang. Ein Tor bei einem Fußballspiel konnte göttlich sein, auch wenn er es nicht so ausdrückte. Mama ärgerte sich oft darüber. Eines Sonntags, als sich Papa weigerte, in die Kirche mitzugehen, weil er ein Fußballspiel anschauen wollte, ergriff sie die Gelegenheit, als er in der Küche war. Sie stellte eine Madonna auf den Fernseher. Eine ziemlich hässliche und billige Figur. Als Papa sie wegnehmen wollte, ging das nicht, denn Mama hatte sie festgeklebt.

Papa schaute sein Spiel, Mama ging in die Kirche. Und die Madonna blieb alle Jahre auf dem Fernseher stehen, bis zu Papas Tod. Aber die Figur behielt ich. Es war gar nicht so einfach, sie von dem Fernseher abzulösen. Mama muss irgendeinen irischen Wunderkleber verwendet haben.«

»Was für eine wundervolle Geschichte.«

»Ja, nicht wahr? Ich hab Papa manchmal gefragt, warum er die Madonna nicht entferne, aber ich habe nie eine klare Antwort bekommen. Doch irgendwann habe ich es verstanden. Die Madonna stand an diesem Platz, weil meine Mutter meinen Vater liebte. Und sie blieb dort stehen, weil mein Vater meine Mutter ebenfalls liebte.«

Er sah ernst aus, und ich begann am Salzstreuer herumzufingern. Meine Lippen waren trocken. Das Dessert kam, und wir unterhielten uns darüber, dass jede Ehe eine besondere Sprache habe, die sowohl im Einvernehmen als auch im Streit einzigartig sei.

Ich dachte an jene Dinge, über die Axel und ich nur selten oder nie gestritten hatten. Kindererziehung. Darin waren wir uns bis vor einigen Jahren vollkommen einig gewesen. Geld. Axel war schon immer großzügig gewesen, der Familie und anderen gegenüber.

Allerdings erfuhr ich durch einen reinen Zufall, dass Axels Vater einen Teil seines Vermögens vor einem guten Jahr auf seine Kinder überschrieben hatte. Ein Bankangestellter hatte bei uns angerufen, um irgendeine Unklarheit, die unsere Konten und eine größere Überweisung betraf, aus dem Weg zu räumen. Axel hatte auf meine diesbezüglichen Fragen nicht weiter reagiert, sondern nur bestätigt, dass dem so sei. Seine Geschwister und er hätten eine größere Summe bekommen, weil der Vater sein Geld noch zu Lebzeiten vererben wollte. Natürlich hätte er mir davon erzählt. Wir hatten doch keine Geheimnisse voreinander. Oder?

Ich legte die Serviette auf den Tisch und stand auf, um ein weiteres Mal zu telefonieren. Wieder klingelte es, ohne dass jemand abhob.

Ich spürte Angst in mir aufsteigen.

Die Kopfverletzung. Der Sturz. Die Handwerker, vielleicht zu allem noch eine Joggingrunde. Glücklicherweise hatte ich das Auto. Aber vielleicht hatte er allein einen Ausflug an den Strand gemacht und war mit dem Boot, das wir benutzen durften, zum Fischen rausgefahren. Axel konnte ins Wasser gefallen sein. Rückenschmerzen, unerklärliche Nierenbeschwerden. Ich musste nach Hause.

Rasch wollte ich zu meiner Tasche greifen. Da fiel mir ein, dass ich überhaupt kein Geld bei mir hatte. Ich hatte meine Brieftasche immer noch nicht gefunden und war weggefahren, ohne Axel um Geld zu bitten. Vielleicht wurde ich nicht nur vergesslich, sondern noch dazu unzurechnungsfähig. Ich schämte mich in Grund und Boden, aber Mikael legte mir eine Hand auf den Arm.

»Ich zahle.«

Wir erhoben uns beide. Er begleitete mich zur Tür, versicherte mir, es mache nichts, dass ich sofort aufbräche, und ermahnte mich, vorsichtig zu fahren. Er müsse nicht nach Hause gefahren werden. Er habe es nicht weit.

Ich gab ihm die Hand. Dann setzte ich mich ins Auto und fuhr rückwärts aus der Parklücke.

Liebe. Die einzige Art, die Liebe zu begreifen, war selbst zu lieben. Das war die nachdrücklichste Botschaft der Gedichte, die seit Hunderten von Jahren gelesen wurden. Voller Unruhe die Landstraße entlangzurasen, weil jemand nicht abgehoben hatte – war das Liebe? War Axel meine größte Liebe?

Lea hatte gesagt, Ruben sei ein guter Kamerad an ihrer Seite gewesen. Mikael hatte von seiner Frau gesprochen und von dem Blick, mit dem sie ihn bedacht hatte. Eine Madonna war das Symbol für die Beziehung seiner Eltern gewesen, und meine Eltern waren durch Musik und Gesang vereint. Geliebt hatten sie sich alle, manche leidenschaftlich, manche ruhig und gelassen.

Der Nebel hatte sich nicht gelichtet, sondern umhüllte die Straße noch immer in dichten Schwaden, in die die Scheinwerfer Tunnel aus Licht bohrten. Ab und zu riss die weiße Wand auf und ließ schemenhafte Konturen erkennen. Eine Tankstelle tauchte am Straßenrand auf, und Axels Bitte fiel mir ein. Die Tankstelle schien geöffnet zu haben, und eine Werkstatt gehörte offenbar auch dazu. Trotzt meiner Unruhe bremste ich und bog ein.

Ein Mann kam aus dem Häuschen, betrachtete den Schaden und meinte, er sei nicht so schlimm, auch wenn die Stelle ein wenig ungünstig sei. Lackreparaturen seien teuer und nie ganz perfekt. Ich solle den Wagen einfach abgeben, wenn es mir passe. Kaffee? Er gebe mir einen aus. Ich könne vermutlich einen gebrauchen. Fahren Sie vorsichtig weiter, die Sicht ist schlecht. Die kleinen Häschen spielen verrückt, wenn das Licht direkt von vorne kommt und sie beim Überqueren der der Straße geblendet werden.

Den Becher in der Hand lehnte ich den Kopf ans Lenkrad. Alles ging viel zu schnell. Der Mann klopfte an die Seitenscheibe. Seine Wangen hatten tiefe Schatten. Ich winkte abweisend und fuhr weiter. Das Licht blitzte im Rückspiegel auf.

Als ich vor unserem Haus parkte, war alles still und dunkel, wie ausgestorben. Meine Familie schlief, so musste es sein. Die Luft war feuchtkalt, die Erde immer noch hier und da von Aprilschnee bedeckt. Ich blieb im Garten stehen. Durch den dünnen Nebel sah ich in den samtweichen Himmel und erspähte in der Ferne einen einsam schimmernden Punkt, ein Zeichen, an dem sich Schiffe, die von unsteten Winden vorangetrieben wurden, orientieren konnten. Eine Bewegung zwischen den Bäumen. Rezina?

Der welke Farn bei den Felsblöcken erinnerte an die Klauen wilder Tiere. Etwas huschte über meine Füße. Vielleicht eine Maus? Aber nur, wenn unsere Katze nicht in der Nähe war. Ein Rascheln im Wind, ein leiser Hauch wärmte die Wacholderbüsche. Ganz hinten in einem Gehölz schimmerte etwas Weißes auf.

Meine Schuhe sanken in der nassen Erde ein, als ich mir einen Weg durch das Gestrüpp bahnte und mich dem schimmernden Fleck näherte. Ein Kleid. Baumwolle, altmodische Spitze, Kragen, Rüschen. Es musste einem Kind gehört haben. Laub lag darauf, ein Zweig ragte aus einem der Knopflöcher. Es war nicht ganz einfach, es aus dem Geäst zu befreien. Es hatte kein Etikett oder etwas anderes, das verraten hätte, wo es herkam.

In einiger Entfernung flog ein Vogel von der Wiese auf und verschwand zwischen den Bäumen. Die Vogelscheuche, die in ihrer Soldatenverkleidung auf steifen Beinen herumgewandert war. Die jähe Erinnerung ließ das Blut in meinen Ohren pochen. Ich schob das Gestrüpp beiseite und spürte die Angst in mir aufsteigen. Schließlich gelang es mir, mich zwischen den Zweigen hindurchzuschlängeln. Mit dem Kleid über dem

Arm eilte ich auf das Haus zu. Ein leises Klagen, vielleicht kam es von mir. Mit ungeschickten Fingern öffnete ich die Tür. Ich schloss hinter mir ab und lehnte mich ermattet an die Wand. Mein Herzschlag beruhigte sich, die Vernunft schüttelte nur mit dem Kopf. Nicht einmal Hasen haben Angst vor der Dunkelheit.

Im Badezimmer lagen aus der Wand gebrochene Fliesen, Werkzeug und Putz. Die Arbeit der Installateure war offenbar alles andere als beendet. Wasser tropfte aus den Wasserhähnen. Ich putzte die Zähne und schlich mich dann ins Zimmer der Mädchen.

Tora lag mit ausgestreckten Armen und Beinen auf dem Rücken. Sie hatte sich in ihrer Decke verfangen, das Kissen war zu Boden geglitten. Linn lag ordentlich auf der Seite. Sie würde nach dem Aufstehen nicht viel Zeit brauchen, um das Bett zu machen. So war es immer gewesen. Sie selbst war ruhig und gelassen zur Welt gekommen, und Ordnung fiel ihr leicht. Sie, die mit ihrem Eintritt ins Leben Chaos verursacht hatte, baute sich gern Nester. Ich küsste beide auf die Wangen. Jemand seufzte im Schlaf, und ein surrendes Geräusch war zu hören.

Ich zog meine Kleider in der Diele aus, um Axel nicht zu wecken. In BH und Slip betrachtete ich erneut das kleine Kleid. Dicker Stoff, sauber aber vergilbt, als sei es vor vielen Jahren gewaschen und dann weggehängt worden. Behutsam legte ich es auf meinen Kleiderstapel und ging dann ins Schlafzimmer.

Axels Bett war leer. Sein Schlafanzug lag auf dem Kopfkissen, und auf dem Kleiderständer hingen keine Kleider.

In der Küche stand eine Flasche auf der Spüle. Der Kühlschrank brummte. Die Tür war nicht richtig geschlossen, und ein gelber Lichtschein sickerte durch den Spalt. Aber die Butter war noch hart.

Ich ging auf die Glasveranda und schaute aus dem Fenster. Vielleicht wollte Rezina ja ins Haus? Das Brummen war lauter geworden, dann klickte es.

»Bist du endlich zu Hause.«

»Axel! Hast du mir einen Schrecken eingejagt!«

Er lag halb auf einem Sessel, angekleidet und mit einem Kissen auf den Knien. Auf dem Tisch stand ein Glas Whisky und neben dem Glas das automatisch weiterblätternde Buch. Plötzlich setzte sich der Mechanismus in Bewegung, und eine neue Seite wurde aufgeschlagen.

»Warum sitzt du hier im Dunkeln?«

»Ich habe auf dich gewartet. Habe ein Glas getrunken. Dann muss ich eingeschlafen sein. Ich bin aufgewacht, als du kamst.«

Ich zündete ein paar Kerzen an, trat auf Axel zu und betrachtete seine Stirn. Er hatte das Pflaster erneuert, und die Haut um die Wunde herum sah gut aus. Axels Bartstoppeln bildeten dunkle Schatten auf den Wangen. Sein Gesicht war wie aus Stein gemeißelt.

»Bist du so gefahren?«

»In BH und Slip? Nein, ich habe mich in der Diele ausgezogen, um dich nicht zu wecken.«

»Hätte mich nicht gewundert.«

Er klang nicht so wütend, wie ich befürchtet hatte, eher ein wenig scherzhaft. In meinem Nacken kribbelte es.

»So weit ist es dann doch noch nicht mit mir. Außerdem ist es etwas kalt.«

Ich wickelte mich in eine Decke.

»Vielleicht bist du ja den ganzen Tag so herumgelaufen.«

Seine Stimme hatte immer noch diesen scherzenden Ton.

»Aber klar doch.«

»Im Solgården hätten sie sicher nichts dagegen einzuwenden.«

»Schon möglich. Aber es wäre dumm, es darauf ankommen zu lassen.«

Axel schnitt eine hässliche Grimasse, und ich fragte, ob er noch ein Glas wolle.

»Einen Schluck. Dann kannst du mir erzählen, worüber ihr euch den ganzen Tag unterhalten habt, meine Mutter und du.«

Sein Ton hatte sich verändert. Jetzt war er kalt und hart. Ich ging in die Küche, goss Axel einen Whisky ein und mir ein Glas Rotwein. Axel saß immer noch in derselben Haltung da. Ich nahm ihm gegenüber Platz.

»Warum steht dieses blätternde Buch hier?«

»Ich habe uns ein richtig gutes Abendessen gekocht. Und hatte plötzlich Lust, es etwas festlicher zu gestalten. Ich schrieb das Menü auf und legte die Blätter in das Buch. Das kam sehr gut an.«

Er klang sarkastisch. Ich beugte mich vor, um das Buch zu betrachten. Die aufgeschlagene Seite war tatsächlich ersetzt worden. Dessert: Vanilleeis mit Schokoladensauce.

»Ich verstehe, dass du enttäuscht bist, Axel. Ich habe versucht, dich anzurufen. Aber niemand hat abgehoben.«

»Hier war dauernd was los. Die Handwerker haben alles Mögliche gebraucht. Aber effektiv sind diese Burschen, das muss man sagen. Die sind anders als die Schweden. Erinnerst du dich an den Typen, der vor einigen Jahren unsere Fenster reparieren sollte? Ich werd nie vergessen, wie er plötzlich mitten in der Arbeit losfuhr, um eine Schraube zu besorgen, und zwei Stunden später zurückkam. Wenn alle so arbeiteten würden, gäbe es kaum Steuereinnahmen.«

»Du arbeitest doch gern.«

»Aber nur wenn die Bezahlung stimmt.«

Axel lächelte bösartig. Ich erwiderte sein Lächeln. Wir wussten beide, dass das Gerede über die Handwerker nur die Diskussion über meine Abwesenheit hinauszögern sollte. Ich hatte Axel noch nie auf diese Art belogen. Jetzt würde ich dazu gezwungen sein. Um die nächsten Tage zu überstehen. Um diesen Aufenthalt nicht für uns alle zu verderben.

»Tora wollte wissen, warum du nicht nach Hause kommst. Sie wollte dich unbedingt etwas fragen. Ich habe ihr gesagt, du hättest vermutlich wichtige Termine. Mit wichtigen Leuten.«

»Hatte ich nicht. Jedenfalls nicht so, wie du es meinst.«

»Kannst du mir verdammt noch mal verraten, wo du dann warst?«

»Ich habe Marianne besucht. Dann habe ich bei Linnea vorbeigeschaut.«

Etwas zu rasch beschrieb ich, wie Marianne getanzt hatte, wie glücklich sie gewirkt und was sie gesagt hatte. Ihr Pokerspiel. Dann erzählte ich von Lea und erklärte, wir hätten gemeinsam zu Abend gegessen, seien noch eine Weile sitzen geblieben und hätten uns über China unterhalten. Ich hätte die Erlaubnis, die Solgården-Bibliothek zu benutzen, und würde davon bereits Gebrauch machen.

Axel wirkte skeptisch. Nach einer Weile begann er den Kopf zu schütteln.

»Habt ihr euch auch geprügelt.«

»Wie kommst du darauf?«

»Du hast eine Schramme im Gesicht.«

»Die habe ich eben gerade bekommen. Ich muss an einem Ast hängengeblieben sein. Ich habe draußen im Garten etwas hängen sehen. Es war ein Kleid. Ein Kinderkleid.«

Axel streckte die Beine aus. Er trug Pantoffeln, wie sie auch sein Vater zu tragen pflegte. Beide mochten keine alten Pantoffeln und schenkten sich zu Weihnachten immer gegenseitig neue und immer die gleichen. Das gab oft Anlass zur Heiterkeit. Wie der Vater, so der Sohn …

»Das muss die Katze gewesen sein. Sie war in einer der Kleiderkammern und hat dort herumgewütet. Dann ist sie mir auf den Speicher gefolgt. Ich habe sie hinausgeworfen. Schlimm genug, dass sie unsere Kleider mit ihren Krallen ruiniert. Dieses Kinderkleid hatte sie im Maul, ich bekam es nicht mehr zu fassen. Sie war einfach schneller.«

»Es hing in einem Gebüsch.«

»Clevere Katze, muss man schon sagen.«

Ich fragte Axel, wie es ihm gehe, und er antwortete, es sei zumindest nicht schlimmer geworden. Sein Rücken war jedoch noch immer steif. Das Heizkissen verschaffte Linderung, vielleicht hatte er sich etwas gezerrt. Man werde halt manchmal nervös, sagte er. Aus Angst vor weiteren Rückfällen. Davor, von Neuem beginnen zu müssen. Er schaute aus dem Fenster und sah mich nicht an, als er wieder zu sprechen begann.

»Du hast also einen ganzen Tag und Abend mit meiner verwirrten Mutter und dieser alten Dame zugebracht. Das sind wirklich seltsame Dinge, die ganz oben auf deiner Prioritätenliste stehen. Sowohl Tora als auch Linn fanden es gelinde gesagt enttäuschend, dass du nicht nach Hause gekommen bist.«

»Es tut mir wirklich leid. Vor allem, wo du so ein gutes Abendessen gekocht hast. Ich habe wie gesagt versucht anzurufen. Aber wir hatten einige interessante Diskussionen, die meine Arbeit betreffen, darüber habe ich vollkommen die Zeit vergessen. Habt ihr mir vielleicht etwas übrig gelassen?«

Axel lächelte höhnisch, und ich verstummte.

»Deine Arbeit. Von der du nicht einmal weißt, wo sie hinführen soll.«

»Ich weiß, was du darüber denkst. Du hast es bereits mehrfach gesagt. Ich hoffe dennoch, dass ich sie irgendwo veröffentlichen lassen kann.«

»Etwas zu hoffen bringt einen nicht sonderlich weit.«

Ich antwortete nicht. Mir kam der vage Gedanke, zu erzählen, was ich auch Lea über Linns Krankenhausaufenthalt anvertraut hatte. Bislang hatte er mir nichts weiter vorgeworfen, als dass ich zu spät nach Hause gekommen war. Ich fühlte mich erleichtert, aber gleichzeitig verspürte ich auch ein gewisses Unbehagen. Das automatische Buch blätterte eine andere Seite auf. Hauptgang: Schweinefilet mit Reis.

»Schön, dass es dir besser geht.«

»Inwiefern?«

»Ich meine deinen Rücken. Wann musst du eigentlich wieder zur Kontrolle?«

»Du weißt doch, dass ich da einmal im Monat hingehe.«

»Stimmt. Ich wollte nur sagen … du hast alles so gut überstanden. Wir haben ja einiges hinter uns.«

»Wir?«

»Du, natürlich. Jetzt. Aber heute habe ich an Linn gedacht.«

»Und?«

»Als sie kurz nach der Geburt krank wurde. Ich dachte an meine Gedichte, und Lea und ich kamen auf Themen zu sprechen wie … also, wir sprachen über Religion. Wir haben eigentlich noch nie darüber gesprochen.«

»Wer wir?«

»Du und ich.«

»Doch, das haben wir.«

»Ach?«

Axel seufzte.

»Du hast immer gesagt, deine Eltern hätten ein recht pragmatisches Gottesbild. Ob das bedeutet, dass man glaubt oder nicht, weißt du besser als ich. Wenn man meine Eltern fragen würde, ob sie Christen sind, würden sie mit Ja antworten. Genauso wie ich.«

»Du glaubst also, dass Jesus Gottes Sohn ist? Dass er für unsere Sünden starb?«

»Historisch gesehen ist es doch mehr oder weniger bewiesen, dass Jesus existiert hat.«

»Genügt dir das?«

Axel seufzte erneut.

»Fürs Erste ja. Es ist spät, Vio.«

»Als ich dachte, Linn müsse sterben, habe ich zu Gott gebetet, dass sie gesund werden möge.«

»Das ist doch nichts Besonderes. Wenn man verzweifelt ist, sucht man überall Hilfe.«

Mir fröstelte unter meiner Decke.

»Aber für mich war es eher ein Gefühl, außerhalb der Zeit zu stehen. Gemeinsam mit Linn.«

»Sie war gesund. Das ist in meinen Augen das Einzige, was zählt.«

»Denkst du manchmal an damals?«

»Ich kann nicht behaupten, ständig darüber nachzugrübeln. Und du kannst nicht erwarten, dass ich mitten in der Nacht zu tiefsinnigen Diskussionen aufgelegt bin. Nur weil du der Meinung bist, es sei an der Zeit, nachdem du etliche Stunden lang fort warst.«

Ich versuchte, ruhig zu bleiben, und nippte an meinem Glas. Eine solche Gelegenheit würde sich nicht so schnell wieder bieten.

»Weißt du, dass ein Pfarrer seine Kirche für mich aufgeschlossen hat, um mich eine Kerze anzünden zu lassen?«

»Vorhin?«

»Nein, damals. Als Linn krank wurde.«

»Aha. Das war doch nett.«

»Was?«

»Dass er dir die Kirche aufgeschlossen hat.«

Axel sah mich an. Dann wandte er den Blick ab. Sein Glas war leer, und er schien dem Gespräch und weiteren suspekten Enthüllungen, die seine Frau noch rätselhafter erscheinen lassen würden, entfliehen zu wollen. Er rutschte hin und her, schob ein paar Papiere auf dem Tisch zurecht und schielte auf die Uhr.

»Herrgott, es ist später, als ich dachte. Die Handwerker haben angekündigt, morgen um halb acht hier zu sein. Nicht, dass man sich darauf verlassen kann, aber man muss trotzdem aufstehen, zumindest ich.«

Er erhob sich. In der Tür drehte er sich um.

»Ein bisschen unorganisiert warst du schon immer, Vio. Dass du jetzt auch noch vergesslich wirst, ist eine Sache, aber wenn du glaubst, dass ich dir alles abnehme, dann irrst du dich. Ich werde es nicht hinnehmen, dass du einfach abhaust und dich weiß der Teufel wo herumtreibst. Hörst du? Ich werde das nicht hinnehmen.«

Er schlug die Faust gegen den Türrahmen und verschwand, ehe ich ihn noch bitten konnte zu bleiben. Bald rauschte das Wasser in der Leitung. Ich blieb in die Decke gehüllt sitzen. Mit einem Gefühl der inneren Leere, nachdem die Geschichte über Linn auf ein paar kurze Sätze reduziert worden war.

Das blätternde Buch blätterte weiter seine Seiten auf. Vorspeise: Lachstoast. Hauptspeise, Dessert, immer und immer wieder. Dazwischen leere Seiten oder Festmenüs aus anderen Zeiten. Schließlich stand ich auf und zog den Stecker aus der Wand. Es wurde still.

Die Kerzen flackerten nervös. Auf dem Sofa, halb unter einem Kissen verborgen, lag Leas Mappe. Vor meinem inneren Auge sah ich, wie Axel sie zum Altpapiercontainer trug. Wie dieses einzigartige Material zerstört wurde. Das durfte nicht geschehen. Alles war mit Schreibmaschine geschrieben, und vielleicht gab es keine Kopie. »Die Vogelscheuche« lag noch immer zuoberst.

Ich blätterte weiter und begann zu lesen …

Die Burg der blinden Kinder

Als Mida an Deck ging, lag das Schiff noch am Kai. Sie sah sich um und erblickte in der Geschäftigkeit des Morgens eine Gestalt den hölzernen Pier entlangkommen, der die *Annie Johnson* mit Hisingen verband. Mutter. Obwohl sie sich gestern verabschiedet hatten. Einen kurzen Augenblick lang fand sie es unnötig, weil nichts gesagt werden konnte, was nicht bereits gesagt worden war.

Aber wie auch hätte sie die Unruhe ihrer Mutter begreifen sollen, die sich hinter unwirschen Bemerkungen über heidnisches Land und Mädchenträume verbarg?

Die folgende Unterhaltung war weder lang noch traurig, und als der Dampfer ablegte, hielten Midas Augen den Anblick ihrer Mutter fest, bis die Sicht von schwarzen Schiffsrümpfen versperrt wurde. Keine Tränen wurden vergossen, und das war gut. Pastor Sjöstrand würde sagen können, dass sie im Glauben ebenso stark war wie in ihren Taten.

»Es ist besser, für eine große Sache zu sterben, als für nichts zu leben. Aus dieser Überzeugung heraus folgen wir in der Fremde unserer Berufung«, hatte er gesagt, als sie sich über den Verlust der Heimat unterhalten hatten.

Sie ging wieder hinunter in ihre Kabine. Hier würde sie etliche Wochen wohnen, auch an Heiligabend. Natürlich hatte sie die Ermahnung befolgt, nur das Notwendigste mitzunehmen. Trotzdem hatte sie einige persönliche Dinge eingepackt. Mutter hatte darauf bestanden. Der Mensch lebt nicht von Gottes Wort allein.

Vater hatte ihr eine Flasche Hochprozentiges gegen Fieber und andere Teufeleien mitgeben wollen, aber in dem Fall war sie standhaft geblieben. Keiner ihrer Begleiter hätte dafür Verständnis gehabt.

Ihre Eltern nannten sich zwar Christen, unterschieden aber zwischen Werktag und Sonntag. Mida war mit dem selbstverständlichen Glauben an einen Gott aufgewachsen, der Flüche zuließ, wenn die Kuh verendete oder jemandem ein Unrecht widerfuhr. Derartige Ereignisse hatten bei ihr einige Fragen aufgeworfen. Sich im Vertrauen auf Gottes Willen mit dem, was einem zuteil wurde, abzufinden, mit der Armut auf dem Hof, mit der Unterdrückung durch die Obrigkeit, ließ sich schlecht in Einklang bringen mit den Predigten über Liebe, Vergebung und den gleichen Wert eines jeden. Die Menschen waren ganz offenbar nicht gleich viel wert, das konnte doch jeder sehen.

Als Vater nicht mehr als Arzt praktizieren durfte, weil er armen Frauen geholfen hatte, sich dessen zu entledigen, was ihnen Gott und die Männer allzu großzügig bescherten, hatte das nichts mit Gerechtigkeit zu tun. Diese Ansicht hatte sie vertreten, bis das Wunder geschehen war und sie, wie man sagte, erweckt worden war.

Das Schiff hatte sich inzwischen ein gutes Stück von der Küste entfernt. Sie verließ die Kabine und stieg hinauf, um sich auf die Suche nach den anderen zu begeben. Sie standen an Deck und unterhielten sich, vielleicht über den norwegischen Dampfer, der hier in die Luft geflogen war, oder über die Inspektion der Rettungsboote. Treibminen lauerten überall, und U-Boote und Flugzeuge waren instruiert worden, sie ausfindig und unschädlich zu machen.

Karins Wangen waren gerötet, sei es vor Aufregung, sei es vom Wind. Anders sprach mit einigen Besatzungsmitgliedern, und Anna, die Frau von Pastor Sjöstrand, war nirgends zu sehen. Sie war vermutlich unten in ihrer Kabine. Noch konnte man nicht von Seegang sprechen, aber das würde sich vermutlich bald ändern. Man gewöhnt sich daran, hatte der Kapitän gesagt, als er sie an Bord willkommen hieß.

Mida schloss sich der Gruppe an und erzählte, ihre Mutter habe sie nochmals besucht. Anders erkundigte sich, ob sie mit ihrer Kabine zufrieden sei. Seine schien gut positioniert zu sein, und er bot ihr an zu tauschen, falls sie etwas zu bemängeln hätte. Sie schüttelte den Kopf, wohl wissend, dass Pastor Sjöstrand in ihrer Nähe war.

Wie so oft fragte sie sich, ob er absichtlich oder zufällig neben ihr stand. Genauso wenig konnte sie vorhersagen, ob er verweilen oder plötzlich fortgehen würde, um irgendetwas anderes zu erledigen. Diese Unsicherheit ließ jeden Augenblick mit Pastor Sjöstrand zu einem Geschenk werden, ein Geschenk, das es auf die bestmögliche Art zu verwalten galt.

Aus den Augenwinkeln nahm sie wahr, dass die anderen in Richtung Bug liefen, aber sie folgte ihnen nicht.

Sie hatten sich alle bei der Ausbildung im Bethelseminar kennengelernt und waren von dem Wunsch erfüllt gewesen, schnellstmöglich die Baptistenmission in Shandong zu unterstützen. Dass der Krieg dazwischengekommen war und die Voraussetzungen verändert hatte, war ein herber Rückschlag, aber Widerstände waren dazu da, bezwungen zu werden.

Pastor Sjöstrand wandte sich ihr zu und rückte ihr den Schal zurecht, den sie um den Hals trug.

»Passen Sie auf, dass Sie sich nicht erkälten.«

Sie nickte, ohne eine Antwort über die Lippen zu bringen, und Pastor Sjöstrand schaute über das Wasser. Er deutete auf ein Schiff am Horizont und erklärte, die Schifffahrtswege seien nicht sicher. Krieg in Europa und Krieg dort, wohin sie unterwegs seien.

»Die Japaner haben sich großer Teile Chinas bemächtigt, aber es gibt auch Erfreuliches. Dass Shandong für die Deutschen so wichtig ist, hat zur Folge, dass die Verhältnisse für die schwedischen Baptisten etwas besser sind als für die Missionare im übrigen Land.«

»Weil die Japaner und die Deutschen auf derselben Seite kämpfen?«

Die Frage klang einfältig, und Mida bereute sofort, sie gestellt zu haben. Pastor Sjöstrand erklärte, dass sich ein hiesiger Feind in der Fremde rasch zum Freund wandeln könne. Man müsse sich ja nur vor Augen führen, wie der Bürgerkrieg zwischen den Nationalisten Chiang Kai-sheks und den Roten beendet worden sei. Jetzt hätten sie sich zum Kampf gegen die Japaner zusammengeschlossen, und möglicherweise würde dieser Zusammenschluss die Voraussetzungen für die Verbreitung der christlichen Botschaft verbessern.

»Wissen Sie übrigens, was passiert, wenn eine Schlange in einen Ameisenhaufen geworfen wird?«

Mida nickte erneut. Die Jungen zu Hause hatten alle möglichen Tiere auf Ameisenhaufen geworfen, um zu sehen, wie diese von einer schwarzen, gnadenlosen Horde vernichtet wurden.

»Genauso ist es in China. Das Volk wird niemals zulassen, dass die japanische Armee Fuß fasst. Die Ameisen besiegen die Schlange durch Fleiß und beharrliche Zusammenarbeit.«

Mida betrachtete Pastor Sjöstrands Gesicht, die wohlgeformte Nase und das Haar, das im Wind flatterte. Sie dachte an die gemeinsame Andacht am Vortag, als er von den Anstrengungen ihrer Kameraden in den letzten Jahren gesprochen hatte und dass es von Schwäche zeugen würde, daheimzubleiben und nur an die eigene Sicherheit zu denken.

Sein Gesicht hatte vor Zuversicht geleuchtet. Er hatte ihr geradewegs in die Augen geblickt, und in diesem Moment hatte Mida gespürt, dass sie noch nie einem solchen Mann begegnet war, einem Mann, der so von seiner Berufung erfüllt war, dass alles andere unwichtig erschien.

Nun begann er, über einen Abschnitt aus jenem Psalm zu sprechen, über den sie schon früher gesprochen hatten. Mida hatte eine interessante Deutung vorgeschlagen, über die er nachgedacht hatte. Das Lob auf die Liebe und dass sich die Liebe zwischen zwei Menschen eigentlich nicht sonderlich von der Liebe zu Gott unterscheiden könne. Gemeinschaft, Harmonie, Freude und Ekstase, Nähe zu etwas, was über dem eigenen Ich stand. Aber auch Anfechtungen, Zweifel und steter Kampf.

Pastor Sjöstrand hielt sich mit beiden Händen an der Reling fest, genau wie sie. Er sei nicht ihrer Meinung gewesen, sagte er. Aber je länger er darüber nachdenke, desto schwerer falle es ihm, sich des Gedankens zu erwehren, dass sie recht haben könnte. Jedenfalls teilweise, fügte er hinzu.

Ihre Hände lagen nur wenige Zentimeter voneinander entfernt, und Mida hörte sich selbst von der Liebe als einer Illusion und von der realen Liebe sprechen, von ihren guten und ihren schlechten Seiten. Wie immer erfüllte es sie mit Befriedigung, mit Pastor Sjöstrand über Dinge zu sprechen, über die sie lange nachgedacht hatte.

»Ich habe ein Buch, das ich Ihnen gerne zum Lesen geben würde. Es handelt sich um schwedische Übersetzungen heiliger chinesischer Texte. Meine Frau ist der Meinung, es gäbe keinen Sinn sich mit etwas auseinanderzusetzen, das uns derart fremd ist. Aber ich glaube, Sie denken anders darüber, oder?«

Pastor Sjöstrands Hand berührte beinahe die ihre, während er von Konfuzius, vom Taoismus und Buddhismus erzählte, von all den Einflüssen, die das Denken jener Menschen geprägt hatten, unter denen sie bald weilen würden. Nur indem man mit ihren Sitten vertraut sei, könne man sie davon überzeugen, das alte Leben für ein neues in Gottes Gnade aufzugeben.

Hier an der Reling hätte Mida bis ans Ende ihrer Reise verweilen können, um mit Pastor Sjöstrand über das Evangelium zu sprechen, aber auch über das Land, das sie verlassen hatten, und das Land, in das sie reisten. Doch noch während sie diesem Gedanken nachhing, legte Pastor Sjöstrand seine Hand auf die ihre, drückte sie und verschwand dann in Richtung der Kabinen.

Der Wind war kalt, und sie zog ihr Halstuch fester, ehe sie sich den anderen anschloss. Karin hatte schon früher den Verdacht geäußert, dass irgendetwas zwischen ihr und Pastor Sjöstrand sei. Mida hatte diese Behauptung empört zurückgewiesen und erklärt, dass sie sich lediglich gern miteinander unterhielten.

Die Frage hatte sie verärgert, aber gleichzeitig auch seltsam erfreut. Wenn es sogar anderen auffiel, dann konnte das, woran sie jeden Abend vor dem Einschlafen dachte, nicht pure Einbildung sein.

»Und was hatte unser Pastor diesmal so Interessantes zu erzählen?«, erkundigte sich Karin und sah sie dabei aufmerksam an.

Mit fester Stimme berichtete Mida von ihrem Gespräch über die Liebe zwischen den Menschen und die Liebe zu Gott.

Karin war der Meinung, dass es sich dabei um sehr verschiedene Dinge handle. Einen anderen Menschen zu lieben sei mit gewissen praktischen Forderungen verbunden.

Die Liebe zu Gott sei dagegen bedingungslos, sie sei eine Art von Zuflucht. Jene andere Form der Liebe sei sicherlich auch gut, könne jedoch nicht als Zuflucht bezeichnet werden.

Anders stieß Karin in die Seite und meinte, eine unromantischere Frau als sie müsse man lange suchen. Romantik sei in China vermutlich nicht gefragt, gab sie zurück. Dort werde wohl eher eine Frau gebraucht, die sich nicht scheue, mit beiden Armen im Misthaufen zu wühlen. Um dem Elend in den chinesischen Armenvierteln begegnen zu können, seien sowohl Vernunft als auch Vertrauen in die Liebe Gottes erforderlich. Alles andere ergäbe sich von selbst.

Dann wandte sich Karin an Mida, um zu erfahren, ob Pastor Sjöstrand etwas über ihre weiteren Pläne erzählt hätte. Würden sie zum Sprachstudium nach Peking gehen? War eine gemeinsame Reise nach Kaomi geplant? Dass Pastor Sjöstrand und seine Frau dorthin wollten, wusste Karin bereits. Das hatte ihr der Pastor selbst erzählt. Aber war vorgesehen, dass die Gruppe zusammenblieb?

Das war keine beiläufige Frage, auch wenn es so schien. Karin bewegte nervös ihre Finger. Mida erwiderte ruhig, sie wisse nichts und Karin sei da bereits besser informiert als sie.

»Stimmt eigentlich das Gerücht, dass Anna Sjöstrand etwas Kleines erwartet?«

Diese unverhohlene Neugier empfand Mida als ziemlich dreist, und sie hatte nicht übel Lust, zu erwidern, Pastor Sjöstrand habe nicht die Angewohnheit, bei ihr die Beichte abzulegen. Aber wenn sie ehrlich war, beruhte ihr Ärger vor allem darauf, dass sie selbst bisher noch nichts von dem bevorstehenden Ereignis gehört und dass Karin es vor ihr erfahren hatte.

Sie sagte etwas Belangloses, während sie über das Wasser blickte. Der Wind hatte aufgefrischt. Die Wellen schlugen gegen das Schiff, und der Himmel war gleichmäßig grau. Die Sonne, die bislang während der gesamten Fahrt geschienen hatte, war verschwunden. Nach einer Weile spürte sie, wie das Deck zu schwanken begann und wie sich dieses Schwanken auf ihren Körper und bis in ihr Innerstes übertrug. Sie erklärte, sie müsse in ihre Kabine gehen.

Anders begleitete sie. Er befürchtete, sie könne bereits seekrank sein, da alle Farbe aus ihrem Gesicht gewichen war. Bevor sie sich vor ihrer Kabine verabschiedeten, versprach er, etwas später noch einmal nach ihr zu schauen. Er und die anderen wollten sich in einer Stunde vor dem Radio versammeln, um die Nachrichten zu hören.

Er war der Sohn eines Fischers. Er würde die Überfahrt mühelos überstehen.

In der Nacht zog ein Sturm auf. Alles wirbelte durch die Kabine, und Mida wurde in ihrer Koje hin und her geschleudert. Auch Mitglieder der Besatzung klagten, selbst den Köchen wurde übel. Aber am Vorabend war Mida über das Deck geschlendert und hatte das prächtige Schauspiel genießen können.

Der Wind pfiff durch die Takelage, und Gischt peitschte durch die Luft. In den vergangenen Tagen, als sie Lervik und Bergen passiert hatten, war es immer kälter geworden. Auf dem Weg waren sie einem englischen Zerstörer begegnet, der sie nach wiederholten Signalen hatte passieren lassen. An einem auf Grund gelaufenen Schiff waren sie ebenfalls vorbeigekommen, einem Skelett, das leise schaukelnd immer tiefer gesunken war. Jetzt befanden sie sich vor Irland auf der Höhe von Dublin, aber mitten im Atlantik.

Es war Weihnachten. Zu Hause hatten sie vermutlich den Weihnachtsbaum in die Stube gestellt, ihn geschmückt und einen Stern an der Spitze befestigt. Die Tischtücher waren gestärkt, die Gardinen gewaschen, der Fußboden gebohnert und das Schwein geschlachtet und gebraten.

Auf dem Schiff hatten sie mit all diesen Dingen nichts zu tun. Alles war wie immer. Immerhin hatte die Besatzung ihre Kleider gewaschen und aufgehängt, aber das tat sie jedes Wochenende. Sie waren zum Sonntagsessen beim Kapitän eingeladen, ohne einen Finger rühren zu müssen.

Mida bürstete sich das Haar, schloss den Kragen ihrer Bluse mit einer Brosche und begab sich in den Speisesaal, wo die anderen bereits versammelt waren. Karin stand neben Pastor Sjöstrand und unterhielt sich mit ihm. Schräg hinter ihm stand seine Frau Anna. Sie war klein, zart, und ihre Haut leuchtete weiß, fast bläulich.

Pastor Sjöstrand wandte sich an Mida und lobte ihre schöne Brosche. Sie wollte gerade etwas erwidern, als der Kapitän auf sie zukam und sie zu Tisch führte.

Es gab einen Weihnachtsschinken, einen Schweinskopf, Würste und etwa zwanzig andere Gerichte. Auf einem Beistelltisch befanden sich Schüsseln mit Stockfisch in weißer Sauce und Milchreis. Überall standen Bier- und Schnapsflaschen, und Mida fragte sich, ob Pastor Sjöstrand Einwände erheben oder darüber hinwegsehen würde.

Der Seegang hatte etwas nachgelassen. Die Tischtücher waren jedoch mit Wasser getränkt, damit die Teller nicht zu Boden rutschten. Der Kapitän entschuldigte sich dafür. Dann rückte er Midas Stuhl zurecht und meinte, dass auf See wie im Leben eben manchmal alles in Bewegung gerate. Ob Christen oder Nichtchristen, seekrank würden auf diesem Schiff alle.

Aber jetzt war Weihnachten, und da man bislang durchgekommen war, würde wohl auch weiterhin alles gutgehen. Die Berichte wiesen auf keinerlei größere Gefahr hin. Allerdings war es nach wie vor verboten, Telegramme zu schicken. Für die Angehörigen, die ganz besonders zu Weihnachten auf Nachricht warteten, sei das sehr schade, bemerkte der Kapitän. Aber schließlich sei es nicht seine Schuld, dass dieser verdammte Hitler all das Elend vom Zaun gebrochen habe und dass es niemandem eingefallen sei, diesem Wahnsinn beizeiten Einhalt zu gebieten.

Mit diesen Worten stand er auf und erhob sein Glas, um auf das Wohl aller anzustoßen. Der erste Steuermann und der erste Maschinist erhoben sich ebenfalls, und auch Anders, dessen Glas mit Ingwerlimonade gefüllt war, schloss sich ihnen an. Pastor Sjöstrand blieb sitzen. Der Kapitän sah ihn an, als warte er auf eine Bestätigung, dass die Feier ihren Anfang nehmen könne, erhielt jedoch keine Antwort. Rasch leerte er sein Glas und forderte die Versammelten dann freundlich auf, zuzugreifen.

Die Unterhaltung verlief anfangs noch schleppend, wurde im Lauf des Festmahls aber zunehmend lebhafter. Mida begann ein Gespräch mit dem Kapitän und spähte dabei ständig zu Pastor Sjöstrand hinüber. Er saß zwischen Karin und seiner Frau, warf ihr aber hin und wieder einen Blick zu. Einmal hielt er ihren Blick so lange fest, dass ihr ganz warm ums Herz wurde.

Der Kapitän und seine Männer schenkten nach. Es wurde gelacht und gejohlt, jemand stimmte ein Trinklied an, und die anderen sangen mit. Plötzlich beugte sich der Kapitän zu Mida herüber.

»Servieren wir ein ausreichend christliches Mahl?«

Im ersten Augenblick wusste sie nicht, was sie antworten sollte. Sie sah ihn an und erkannte dieselbe Herzlichkeit in seinen Augen, die sie bereits gespürt hatte, als er sie mit einem warmen Händedruck an Bord willkommen geheißen hatte. Sie antwortete, es sei wirklich ein üppiges Mahl und er solle es ihnen nicht verübeln, dass sie als Baptisten keine alkoholischen Getränke zu sich nähmen. Das sei eine Frage der Überzeugung.

Der Kapitän beugte sich weiter zu ihr hinüber.

»Sehe ich aus wie ein Christenmensch?«

Sie fühlte sich durch die Frage überrumpelt. Die Haut des Kapitäns war grobporig, und ein Netz aus Äderchen zeichnete sich auf seinen Wangen ab.

»Genügt es, dass ich unseren Kurs berechne und dorthin steuere, wo es am sichersten ist, um ein guter Christ zu sein?«

»Herr Kapitän, Sie müssen entschuldigen. Aber …«

»Ist es nicht ein Bild des Göttlichen? Das Schiff auf dem Meer und der Steuermann, der den Weg kennt, auch wenn es dunkel ist und stürmt? War es nicht Jesus selbst, der auf dem Wasser schritt, als alle anderen besorgt auf dem Schiffsboden kauerten? Und wählte er nicht Fischer als Jünger? Statt feiner Priester?«

Der Kapitän verstummte abrupt. Er stach mit der Gabel in ein großes Stück Schinken, führte sie an den Mund, ließ sie dann aber wieder auf den Teller sinken. Anders lachte über die Bemerkung eines der Besatzungsmitglieder, und Karin schien in eine Unterhaltung mit Pastor Sjöstrand vertieft zu sein. Mida merkte, dass ihr Rock von dem durchweichten Tischtuch nass geworden war.

»Ich weiß nicht recht, was Sie meinen, Herr Kapitän. Wenn es um die Gleichheit der Menschen geht, so bin ich ganz Ihrer Meinung. Keiner von uns ist etwas Besseres. Obwohl wir alle nicht die Not gelitten haben, der wir vielleicht in unserer neuen Heimat begegnen werden.«

»Aber Sie beantworten meine Frage nicht, Fräulein Mida. Bin ich ein christlicher Mensch?«

Der Kapitän leerte sein Glas und stellte es geräuschvoll zurück auf den Tisch.

»Sehen Sie, Fräulein Mida, mir will das nicht in den Kopf. Sie möchten in einem Land missionieren gehen, über das Sie nichts wissen. Sie werden unvorstellbaren Sitten und Gebräuchen begegnen, Menschen, die so anders denken, dass Sie sie nie verstehen werden. Ich weiß das, denn ich kenne die Gelben.

Sie werden von jener Toleranz Gebrauch machen müssen, die, wie ich finde, einen guten Christen zuallererst auszeichnet. Denn Jesus Christus hat zwischen den Menschen keinen Unterschied gemacht. Er sah in sie hinein und beurteilte sie nach ihren Herzen und nicht nach ihrem Geld oder ihrer Stellung. Aber hier in diesem Raum scheint mir das anders.«

»Ich verstehe nicht.«

Der Kapitän machte eine Bewegung, die die ganze Gesellschaft einschloss, den Tisch mit den Schüsseln, die sich allmählich leerten, die halb gefüllten Gläser und das Tischtuch, das mit Rote-Bete- und Senfflecken übersät war.

»Ihr schaut auf uns herab«, sagte er, »weil wir an Heiligabend Schnaps trinken. Ihr distanziert euch von dem, was auf unserem Schiff üblich ist. Rabaukenlieder, habe ich gerade von der anderen Seite des Tisches gehört. Wir dürfen euer Schiff steuern und euch das Essen servieren, aber ihr habt nicht einmal soviel Anstand, Skål zu sagen, wenn wir auf euer Wohl trinken. Obwohl Jesus selbst Wasser in Wein verwandelt hat, um es auf einer Hochzeit lustig hergehen zu lassen.«

Mida dachte an ihren Vater. Er hätte den Kapitän verstanden. Er hatte selbst ähnliche Ansichten geäußert. Verwirrt sah sie ein weiteres Mal zu Pastor Sjöstrand hinüber.

»Wir schauen nicht auf Sie herab«, murmelte sie. »Aber vieles deutet darauf hin, dass Alkohol Unglück bringt. So viele Familien stürzen ins Unglück, weil der Vater das Geld vertrinkt. Das müssen Sie doch einsehen, Herr Kapitän.«

»Viele Familien geraten aber auch ins Unglück, weil die Ernte schlecht ist. Wessen Schuld ist das? Ist es die des Bauern, der im Frühjahr gesät und um Sonne und Regen gebetet hat, um im Herbst ernten zu können? Und der dann nicht ernten kann, weil die Sonne nicht geschienen hat und der Regen ausblieb.«

»Ich würde überhaupt nicht von Schuld sprechen. Aber Gott kann Wunder wirken …«

Sollte sie ihm von sich erzählen, von ihrer Abmachung mit Gott? Wenn du mir hilfst, dann helfe ich dir. Eine Abmachung, über die sie mit niemandem hatte sprechen wollen. Die Lähmung im Bein, die Bedrohung, irgendwann nicht mehr laufen zu können, ihre Wanderung zur Kirche, in der sie einsam und allein gebetet, nein, nicht gebetet, sondern *gefordert* hatte, Gott möge alles wieder in Ordnung bringen. Dann werde ich an dich glauben.

Das Bein heilte. Und sie gehörte nicht zu den Leuten, die ihr Versprechen nicht hielten. Aber sie hatte diese Geschichte nie erwähnt, nicht einmal Pastor Sjöstrand gegenüber. Warum? Weil sie nicht die geringste Demut an den Tag gelegt, weil sie sich damals für ebenbürtig mit Gott gehalten hatte.

»Ich …«, begann sie. In diesem Augenblick war Lärm von Deck zu hören.

Der Kapitän erhob sich und verschwand die Treppe hinauf. Noch immer ertönten Schreie, und sie konnte sich nicht länger beherrschen. Sie musste fort von diesem Tisch, fort von dem nassen Tischtuch und den Blicken Pastor Sjöstrands, die erneut auf ihr ruhten.

Die Kälte an Deck krallte sich in ihre Arme wie eine hungrige Katze. Der Wind riss ihr beinahe das Tuch von den Schultern, aber sie bekam es doch noch zu fassen und eilte vornübergebeugt auf ein paar Männer zu. Vorsichtig aber energisch, schließlich war sie Arzttochter, kniete sie sich neben die Gestalt, die zu ihren Füßen lag.

Bleiches Gesicht, schmächtig, zu weite Hosen. Ein Kind. Dann merkte sie, dass es der Schiffsjunge war. Er war noch keine sechzehn. Manchmal hatte sie ihn, wenn er nicht gerade in der Messe bediente, schwere Sachen schleppen sehen, und die Verzweiflung in seinen Augen war so groß gewesen, dass sie ihn gerne in die Arme geschlossen und ihm gesagt hätte, alles würde gut werden.

Der Junge war vielleicht durch eine Böe umgestoßen worden und hatte sich den Kopf angeschlagen. Gerade als Mida ansetzen wollte, ihn zu fragen, zog sich sein Körper in einem gewaltsamen Krampf zusammen. Er ballte die Hände zu Fäusten, seine Beine zitterten, und aus seinem Mund sickerten Blut und Speichel. Rasch steckte sie die Hand in die Tasche ihres Rocks und zog das Taschentuch ihres Vaters hervor, das immer noch nach Tabak duftete. Sie schob seine Kiefer auseinander und steckte ihm den Stoff zwischen die Zähne. Um sich herum hörte sie einzelne Worte … wurde krank … fiel um … der Wind …

Der Kapitän kniete neben ihr und hielt den Kopf des Jungen.

»Ein Anfall«, erklärte sie.

Die Kiefer des Jungen arbeiteten. Sie wusste jetzt, was ihm fehlte, hatte Ähnliches schon früher gesehen. Vater hatte gesagt, dass man an Erbrochenem ersticken könne. Das Ganze habe nichts mit Mondschein oder Verrücktheit zu tun.

Sie versuchte, den Jungen, der immer noch zitterte, auf die

Seite zu drehen. Der Kapitän half ihr dabei. Der erste Steuermann reichte ihr seine Jacke, und sie deckte den Jungen damit zu.

Es verging eine Minute, eine zweite. Während dieser Ewigkeit hatte sie das Gefühl, dass nichts mehr eine Rolle spielen würde, wenn dieser Junge nicht ins Leben zurückkehrte. Dann ließen die Zuckungen nach. Die Gesichtszüge des Jungen entspannten sich, und er öffnete die Augen. Sie strich ihm übers Haar.

»Es ist vorbei«, sagte sie laut.

Pastor Sjöstrand stand hinter ihr. Er beugte sich vor und nahm den Jungen in die Arme.

»*Vater unser, der du bist im Himmel* …«, murmelte er, ehe er sich zum Kapitän umdrehte und erklärte, der Junge brauche Ruhe und Wärme.

Der Kapitän nickte und begab sich zu den Kabinen. Pastor Sjöstrand folgte ihm mit dem Jungen, der noch immer sehr wacklig auf den Beinen zu sein schien.

Ein Matrose reichte Mida das Taschentuch. Es musste dem Jungen aus dem Mund gefallen sein.

»Danke«, sagte sie und steckte es in die Tasche.

Jemand zog sie am Ärmel. Karin. Sie wollte wissen, was vorgefallen war.

»Der Schiffsjunge hat einen Anfall gehabt«, antwortete sie. »Mein Vater hat mir einiges über diese Krankheit erzählt, ich kannte auch einen seiner Patienten …«

»Er hat vermutlich gesoffen wie alle anderen. Und das in dem Alter«, mischte sich Anders ein.

Er hatte sich zu ihnen gesellt, seine Worte gefielen Mida nicht. Die Männer, die verunsichert stehen geblieben waren, wandten sich einer nach dem anderen ab und verschwanden.

»Er hat nichts getrunken«, erwiderte sie. »Offenbar hat er

schon früher solche Anfälle gehabt. Ich werde den Kapitän morgen fragen. Wenn ihm so etwas passiert, während er allein ist, kann das schlimme Folgen haben.«

»Der Kapitän wird schon wissen, was er tut. Er muss davon gewusst haben«, antwortete Anders. Jetzt sei es an der Zeit, sich in den Salon zu begeben, denn dort werde der Kaffee serviert. Und Cognac und Zigarren für alle, die wollten.

»Also gehen wir einen Kaffee trinken«, fügte er noch hinzu.

Er und Karin entfernten sich. Mida blieb allein zurück. Sie trat an die Reling. Die Wogen schäumten hoch, und Salzwasser spritzte ihr ins Gesicht. Vater unser, der du bist im Himmel, hatte Pastor Sjöstrand gesagt. Aber der Vater des Jungen befand sich an Land, weit weg.

Der Gedanke war verheißungsvoll gewesen. Nach über drei Wochen auf See wieder festen Boden unter den Füßen zu haben. Fliegende Fische über der Wasseroberfläche hatten das Land angekündigt, dann war ein amerikanisches Aufklärungsflugzeug über ihrem Schiff gekreist. Später hatten sie das flache, sumpfige Ufer gesehen, dahinter grüne Anhöhen und grasende Kühe fast wie zu Hause.

Barranquilla war in seiner Mischung aus Reich und Arm faszinierend gewesen. Nun näherten sie sich Cartagena. Mida stieg gleich nach dem Erwachen an Deck, um frische Luft zu schnappen. Am Vortag hatten Pastor Sjöstrand und sie wieder über die Liebe gesprochen. Sie waren in der lauen Abendluft über das Deck geschlendert, und der Pastor hatte sich bei ihr untergehakt. Das Gefühl seiner Nähe hatte sie in der Nacht verfolgt, und sie war am Morgen mit rosigen Wangen erwacht.

Es war bereits Land in Sicht. Sie betrachtete die Hafeneinfahrt und bemerkte ein Gebäude auf einem Berg. Der Kapitän hatte sich neben sie gestellt, und sie erkundigte sich bei ihm, was es sei. Ein Aussichtsturm? Der Kapitän schüttelte den Kopf.

»Dieses Haus heißt die Burg der blinden Kinder«, antwortete er. »Während der Inquisition wurden die Ketzer dort gefoltert, bevor man sie erschlug. Dann besuchte ein amerikanischer Herr mit seiner Tochter die Stadt. Sie war von Geburt an blind. Es heißt, das Mädchen habe plötzlich auf den Berg gezeigt und behauptet, sie sehe ein Schloss.

Der Amerikaner nahm das als Zeichen. Er soll auch ein guter Christ gewesen sein und außerdem reich. Er ließ das Haus umbauen. Jetzt ist die Burg ein Heim für blinde Kinder, die von ihren Eltern im Stich gelassen wurden.«

Seit Weihnachten hatten sie und der Kapitän keine Gelegenheit mehr gehabt, ihr Gespräch über die Prinzipien des Christentums fortzuführen. Aber immerhin hatten sie sich über den Schiffsjungen und seine Krankheit unterhalten. Der Junge war eines Tages auf Deck zu ihr gekommen, um sich zu bedanken, denn der Kapitän hatte ihm von ihrem beherzten Eingreifen erzählt.

Mida hatte sich erkundigt, wie es ihm danach ergangen sei, und der Junge hatte geantwortet, er habe bei dem Tumult seine Brieftasche verloren. Er hatte sie vor seiner Abreise von den Eltern bekommen. Eine Brieftasche aus echtem Leder mit einer kleineren Geldsumme.

Er hatte sie in seiner Brusttasche aufbewahrt, und nun war sie fort. Vermutlich sei sie ihm aus der Tasche gerutscht, als er stürzte, und war dann von Bord gespült worden. Er habe überall nachgefragt, erklärte er, und sich sogar vom Kapitän helfen lassen, aber vergebens.

Mida schaute zur Burg hinauf, und der Kapitän fragte, ob er ihr und den anderen Passagieren die Stadt zeigen dürfe. Sie nickte, und nach dem Frühstück begab sie sich mit den anderen zu einem der wartenden Autos.

Sie saß neben Pastor Sjöstrand und seiner Frau auf der Rückbank. Der Pastor erzählte, sie hätten nun endlich die Genehmigung erhalten, nach Schweden zu telegrafieren, sofern sie ihre Position und ihr Reiseziel nicht erwähnten. Die Gemeinde würde die Grüße an die Angehörigen weiterleiten. Sein Bein berührte ihres, und die Hitze war allgegenwärtig. Schon bevor sie an Land gegangen waren, hatte das Thermometer 30 Grad überschritten.

Das Auto hielt vor einer katholischen Kathedrale. Drinnen war es deutlich kühler. Pastor Sjöstrand führte sie zu einem Altar, auf dem der Schädel eines Heiligen ausgestellt war. Sie beugten sich beide über die Glasvitrine und betrachteten das vermeintlich heilige Haupt.

Heilig? Es erinnerte sie an die von Ratten angefressenen Tierknochen, die sie als Kinder hin und wieder im Wald gefunden hatten, und sie wandte sich ab. Vor ihrem inneren Auge sah sie die heimatliche Dorfkirche. Die weiß gekalkten Wände, das helle Holz, die Birken zu Mittsommer. Einen flüchtigen Augenblick lang hatte sie das Gefühl, ihren Körper zu verlassen und sich von außen zu betrachten, ohne zu begreifen, dass sie jetzt hier war, in dieser fremden Kirche auf einem entlegenen Kontinent gemeinsam mit diesem Mann.

»Fühlen Sie sich nicht wohl?«

Pastor Sjöstrand sah sie forschend an. Sie standen sehr dicht nebeneinander.

»Doch. Ich dachte nur …«

Jemand zog sie am Arm. Ein Mädchen mit großen Augen und einem schmalen Gesicht. Ihr Kleid war zerrissen, die Füße schmutzig, das Haar verfilzt. Mida machte sich los und kniete nieder. Sie betrachtete das Gesicht des Mädchens.

Plötzlich spürte sie eine rasche Berührung an ihrem Hals. Das Kreuz war verschwunden. Die Kette musste gerissen sein.

Die Hand des Mädchens war zur Faust geballt, zwischen den Fingern sah Mida die Silberkette baumeln. Die Kleine drehte sich rasch um und verschwand in Richtung Ausgang. Mida folgte ihr. Sie drängte sich durch die Menschenmenge und schlug sich das Knie an einer Holzbank auf. Als sie auf die Straße trat, sah sie das Mädchen in einer schmalen Gasse verschwinden. Es schien keine Eile zu haben, und dennoch wurde der Abstand zwischen ihnen rasch größer.

Die Sonne blendete, aber trotz allem konnte Mida erkennen, wie das Mädchen auf einen Weg zusteuerte, der sich ebenjenen Berg hinaufschlängelte, den sie vom Schiff aus gesehen hatte. Ganz oben lag das schlossähnliche Gebäude, von dem sie inzwischen wusste, dass es die Burg der blinden Kinder war.

Das Kleid klebte an ihrem Rücken, als sie sich das letzte Stück Weges bis zum Gipfel emporkämpfte. Keuchend lehnte sie sich an die Mauer und sah ein Tor mit einem schweren Bronzering. Durch dieses Tor musste das Mädchen verschwunden sein.

Es war Irrsinn, hierherzukommen. Zwar hatte sie das Kreuz zur Konfirmation bekommen, eine schöne Silberarbeit, aber sie war es nicht wert, dafür das eigene Leben aufs Spiel zu setzen. Sie hatte jegliches Zeitgefühl verloren und niemandem Bescheid gesagt, ehe sie wie eine Wahnsinnige losgeeilt war. Vielleicht würde sie nicht einmal rechtzeitig zum Ablegen des Schiffes zurück sein. Aber ohne sie würde man doch wohl nicht fahren?

Dann ging das Tor auf, und das Mädchen aus der Kathedrale trat ins Freie. Erst jetzt bemerkte Mida, dass ein weißer Schleier über Iris und Pupille lag. Sie bewegte die Hand vor dem Gesicht des Kindes. Keine Bewegung der Augen, kein Blinzeln.

Das Mädchen war blind.

Die Kleine drehte sich um und trat wieder hinein. Mida folgte ihr und hörte das schwere Tor hinter sich zuschlagen. Dunkelheit umhüllte sie, und es dauerte ein paar Sekunden, bis sich ihre Augen daran gewöhnt hatten. Es war kühl in der Burg, es roch nach Erde, und die Luft schmeckte nach Metall. Die Wände waren rau wie im Vorratskeller daheim bei den Eltern.

Allmählich erkannte sie ein paar Umrisse und sah, dass das Mädchen eine Wendeltreppe hinabstieg. Nischen und Kammern gingen von der Treppe ab, und überall hörte man die Schreie der Inquisitionsopfer.

Das Mädchen erwartete sie am Fuße der Treppe und führte sie in einen von Fackeln erleuchteten Saal. Scharen von Kindern saßen auf dem Boden, lehnten an den Wänden und drängten sich in der Tür. Das Mädchen öffnete zum ersten Mal den Mund.

»Willkommen in der Burg der blinden Kinder.«

Überall leere Blicke. Augen, deren Lider wie ausgediente Gardinen über leeren Höhlen herabhingen, Augen, die mit farblosem Firniss überzogen waren. Für wen waren die Fackeln? Mida wollte sich gewaltsam einen Weg durch die Mauer aus kleinen Körpern bahnen, die Treppe hinaufrennen, durch das Tor und zurück nach Cartagena. Aber es war zu spät.

Das Mädchen aus der Kathedrale streckte die Hand aus. Darin lag die Halskette. Mida nahm sie und umklammerte sie ganz fest. Die Spitzen bohrten sich in ihre Handfläche wie die Nägel, mit denen einst Jesus Christus, der Erlöser der Welt, ans Kreuz genagelt worden war.

»Warum bist du hierhergekommen?«

»Ich bin dir gefolgt.«

»Niemand kommt ohne Anliegen in die Burg der blinden Kinder.«

»Ich wollte mein Kreuz zurückhaben. Es ist ein Geschenk meiner Eltern.«

»Die du verlassen hast, um in die Fremde zu reisen und das Licht zu predigen.«

Groteske Schatten huschten über die Wände.

»Woher …?«, begann sie, wusste dann aber nicht, wie sie fortfahren sollte.

»Was suchst du bei uns, die wir nichts sehen, dafür aber wissen, was andere nicht wissen?«

»Ich weiß nicht …«

Mida verstummte. Sie sprach ein Gebet, aber eher mechanisch als aus dem Wunsch heraus, von Gott erhört zu werden. Von welchem Gott? Einem Gott, der sie hierhergeführt hatte? In das Land der Dunkelheit, hatte jemand gesagt, als sie von der geplanten Reise nach China erzählt hatte. Jetzt befand sie sich im Land der Dunkelheit, noch ehe sie China erreicht hatten. Die Worte strömten verzweifelt aus ihr heraus.

»Ich glaube nicht so, wie ich glauben müsste. Ich fühle nicht, was ich fühlen sollte. Ich strebe nach Wahrheit, weiß aber nicht, wie sie aussieht.«

Der leere Blick des Mädchens war unerträglich.

»Du gibst stets und bekommst nur manchmal«, sagte es. »Aber du glaubst an einen Gott voller Liebe. Tut Gott dasselbe? Nimmt Gott dich zu sich, nur um dich fortzuschicken?«

»Ich kann nicht mehr klar sehen.«

»Aber du kannst das sehen, was wir Blinden das Licht nennen.«

Die Hand des Mädchens spielte mit einer Flasche. Dann

wurde Mida überwältigt. Kinderhände überall, klauenartige Finger, die sie an den Armen kratzten, sie an den Beinen zogen und sie zu Boden zwangen. Sie wurde festgehalten, unschädlich gemacht wie ein Käfer auf dem Rücken, während sich das Mädchen aus der Kirche über sie beugte.

Innerlich war sie auf Schmerzen vorbereitet, aber sie spürte nur etwas Feuchtes und dass ihre Lider flatterten wie gefangene Schmetterlinge. Jemand nahm sie am Arm, zog sie auf die Füße und führte sie hinauf, nach oben. Die Luft veränderte sich. Ein Tor wurde geöffnet, und sie spürte, dass sie sich im Freien befinden musste.

Alles war wieder da. Der Pfad, die trockenen Büsche, die Hitze, die sich wie eine Käseglocke über die baufälligen Häuser und engen Gassen senkte. Sie stolperte und fiel, immer noch mit dem Kreuz in der Hand. Sie sah das schwarze Holzstück, über das sie gefallen war, sah eine rote Echse in das hohe Gras verschwinden. Das war der Stadtrand, eine mit Gold gepflasterte Straße, in der einige Esel ohne Köpfe schwere Lasten auf dem Rücken trugen.

Plötzlich lag die Kathedrale vor ihr. Sie war einst weiß gewesen, hatte jetzt aber einen Grauschimmer. Vor der Kathedrale standen Karin, Anders, Pastor Sjöstrand, seine Frau und der Kapitän.

»Mida! Wo warst du? Was ist passiert?«

Pastor Sjöstrand lief ihr entgegen. Seine Augen hatten dieselbe blaue Farbe wie der weite stille Ozean, als der Wal vorbeigeschwommen war. Er war gesprungen wie ein Delphin, und die Matrosen hatten gesagt, sie hätten noch nie einen Wal gesehen, der sich so verhielt.

»Nichts«, brachte sie mühsam über die Lippen. »Ich habe Kopfschmerzen bekommen. Ich dachte, ich könnte irgendwo etwas zu trinken auftreiben.«

Der Kapitän sagte etwas, und eine flimmernde Sekunde lang sah sie ihn in einer Koje. Sein Gesicht war zerfurcht, Haare und Bart waren weiß. Seine Brust wurde von Husten geschüttelt, er fiel aus der Koje und landete, die geballte Faust auf dem Herzen, auf dem Fußboden. Der leblose Körper des Kapitäns, aber gleichzeitig der Körper eines alten Mannes. Die Bilder verschwammen, das Gesicht Pastor Sjöstrands vor ihren Augen verlor seine Konturen. Sie stürzte. Die Stimmen verstummten, alles wurde still.

Als sie erwachte, lag sie in ihrer Koje. Karin saß neben ihr und las. Vielleicht bemerkte sie eine Veränderung in der Kajüte, denn sie schaute auf.

»Endlich.«

»Kann ich etwas Wasser haben?«

Sie nahm ein paar Schlucke, während Karin erklärte, Mida habe tagelang im Fieber gelegen. Zeit, um einen Arzt zu holen, sei nicht gewesen, aber der Kapitän war sicher, dass es sich um einen Hitzschlag handelte. Ruhe und viel zu trinken, das sei die richtige Kur. Man hatte abwechselnd bei ihr Wache gehalten.

Sie hatten Colón passiert und waren durch den Panamakanal gefahren. Pastor Sjöstrand hatte erzählt, dass für jeden Meter des Kanals ein Arbeiter sein Leben gelassen habe. So furchtbar seien die Verhältnisse damals gewesen.

Schwimmende Schlangen hätten sie gesehen, berichtete Karin, mit schwarzen Streifen auf ihren gelbgrünen Rücken. Pastor Sjöstrand hatte mit ihr über die Schlange im Paradies gesprochen und über das Wesen der Frau. Sie war sicher, dass Gott etwas im Schilde führte, als er Adam und Eva verbot, vom Baum der Erkenntnis zu essen. Das sei doch gemeinhin bekannt, dass Verbotenes am meisten locke.

Pastor Sjöstrand hatte darüber gelacht, dass sie, Karin, zu wissen glaubte, was Gott denke und plane. Aber dann hatte er gesagt, ihm seien Frauen lieber, die eine eigene Meinung hätten, als Frauen, die es nicht wagten, überhaupt etwas zu äußern. Später war er mit ihr in den Maschinenraum gegangen, berichtete Karin weiter, um die Motoren anzuschauen. Mordsdinger seien das.

Mida hörte ihr zu. Ständig fiel Pastor Sjöstrands Name. Was er gesagt, was er getan, wo er sich aufgehalten hatte. Sie fasste sich an den Hals; dort hing ihr Kreuz. Jemand hatte sich um sie gekümmert. Vor ihrem inneren Auge sah sie den Schiffsjungen. Wie er den Kai entlanglief und in einer Kneipe verschwand. Dann kam die Dunkelheit, aber nicht mehr ihre, sondern seine. Ein angsterfüllter Schlaf, Erwachen, das Schiff, das vom Kai glitt, der Junge im Rinnstein.

Es war geschehen und konnte nicht rückgängig gemacht werden.

»Wie geht es dem Schiffsjungen?«

Karin antwortete erst nicht. Schließlich erwiderte sie zögernd, dass sich Corinto, wo sie angelegt hatten, als gefährlich für die Seeleute an Bord erwiesen habe. Einige seien stark betrunken gewesen, und der Schiffsjunge war den ganzen Tag und die ganze Nacht an Land geblieben, ebenfalls betrunken. Und das ausgerechnet an seinem Geburtstag.

Trotz wiederholten Aufheulens der Schiffssirene sei er bei Ablegen des Schiffes nicht an Bord gekommen. Er war in Corinto zurückgeblieben, ohne ein Wort Englisch oder Spanisch zu sprechen. Der Kapitän hatte die Abfahrt so lange wie möglich hinausgezögert, aber er musste schließlich auch an seine Fracht und die Passagiere denken.

Der Junge, allein in der Fremde.

»Karin?«

»Ja?«

»Meine Augen. Es ist, als würde etwas scheuern.«

Karin beugte sich über sie.

»Da ist nichts. Sie glänzen nur etwas vom Fieber.«

»Und der Junge, was können wir tun?«

»Ich glaube, der Kapitän hat sein Möglichstes getan. Und Pastor Sjöstrand hat für ihn gebetet.«

Mida sank wieder zurück auf ihre Kissen. Karin erzählte, dass sie nun unterwegs nach San Diego waren, wo sie versuchen wollten, an Land zu gehen und eine Baptistenkirche zu besuchen. Anschließend sollte es an San Pedro vorbei nach San Francisco gehen. Vor ihrem inneren Auge sah Mida bestickte Seidenkleider, geschnitzte und bemalte Ziergegenstände und eine große Menschenmenge. Dann schlummerte sie wieder ein. Im Halbschlaf hörte sie noch, dass Karin ihren Namen flüsterte, und ein Klopfen an der Tür.

Als sie das nächste Mal erwachte, stand der Kapitän in der Kabine. Er bat darum, sich auf den Rand der Koje setzen zu dürfen. Man sei in San Francisco, und es würden Beamte an Bord kommen, um Pässe und Papiere zu kontrollieren. Er werde sich um alles kümmern. Danach müssten sie Abschied nehmen. Die Dinge, die sie während der Tage an Land nicht bräuchte, könne sie direkt auf den Chinadampfer bringen lassen, mit dem es weitergehen würde.

Er wolle ihr bereits jetzt für die gemeinsame Zeit danken. Er kenne sie nicht so gut und könne sich auch nicht so ausdrücken wie ein Geistlicher, aber er wolle sich für die Male entschuldigen, die er sie angesprochen hatte, obwohl er nicht nüchtern war, und ihr ein weiteres Mal für ihr beherztes Eingreifen im Zusammenhang mit dem Anfall des Schiffsjungen danken.

Sie wisse ja bereits, dass der Schiffsjunge verschwunden sei. Aber vielleicht würde es sie beruhigen, zu erfahren, dass er die schwedischen Schiffe in der Nähe benachrichtigt hatte. Sie würden im Hafen und in den Kneipen nach dem Jungen Ausschau halten. Mehr habe er nicht tun können.

Mida streckte ihre Hand aus, und er ergriff sie zum Abschied. Wenig später kam Karin und half ihr auf die Beine. Man hatte ihre Sachen gepackt, während sie schlief. Auf den Arm ihrer Freundin gestützt ging sie an Deck, auf dem die anderen bereits warteten.

Pastor Sjöstrand trat sofort auf sie zu und verlieh seiner Freude über ihre Genesung Ausdruck. Sie sei zwar noch etwas bleich, aber dennoch schön wie immer. Mida wollte etwas erwidern, fand aber nicht die passenden Worte. Schließlich sagte sie, man müsse noch der Besatzung danken, und er nickte.

Sie wurden mit Autos in ein Hotel gebracht, wo Zimmer für sie reserviert waren. Pastor Sjöstrand hatte ein Auge auf sie und sorgte dafür, dass sie auf ihr Zimmer kam. Sie versuchte, seine Blicke zu erwidern, aber traf nur auf graue Schleier, die das Gesicht des Pastors verhüllten. Als sie allein war, warf sie sich aufs Bett, ohne die Kraft zu haben, ihre Kleider auszuziehen.

Im Traum sah sie, wie ein Schiff vom Kai ablegte und wie Chinesen an Deck bunte Papierbänder über die Reling warfen, die von den Zurückgebliebenen auf dem Kai aufgefangen wurden. Die Bänder spannten sich, als das Schiff auf das offene Meer zusteuerte, und plötzlich rissen sie, eines nach dem anderen.

Am Morgen darauf hatte sie zum ersten Mal, seit sie erkrankt war, wieder das Gefühl, ihre Beine würden sie richtig tragen. Beim Frühstück wurde sie von lächelnden Gesichtern und mit offenen Armen empfangen. Pastor Sjöstrand erzählte vom Besuch der Baptistenkirche in San Diego. Schade, dass sie das verpasst habe. Die First Baptist Church sei voller Menschen gewesen, darunter auch zahlreiche Männer in Marineuniformen. Und erst der Chor, etwa vierzig Frauen, alle in weißen Gewändern. Ein perfektes Mittel gegen Eitelkeit.

Er lächelte sie an, aber ihr fiel es schwer, dieses Lächeln zu erwidern. Die Sonne schien bleich, als sie das Hotel verließen. Sie fragte nach dem Schiffsjungen, erhielt aber keine Antwort, denn sie bogen in eine Seitenstraße ab und gerieten in eine Menschenmenge. Eine Explosion von Farben, überall Geschäfte und Restaurants. Schilder mit fremdartigen Zeichen. In den Schaufenstern bestickte Seidenkleider, geschnitzte und bemalte Ziergegenstände.

Sie sah sich überrascht um, und Pastor Sjöstrand erklärte, sie seien vermutlich in Chinatown. Hier, so habe er sich sagen lassen, lebten die meisten Chinesen außerhalb Chinas.

Langsam bahnten sie sich einen Weg durch die Menge. Die anderen waren ein Stück zurückgeblieben, und Pastor Sjöstrand und Mida blieben stehen, um auf sie zu warten. Das Gedränge auf der Straße nahm zu, und Pastor Sjöstrand ließ eine Bemerkung fallen, die sie erst nach einer Weile verstand. Ein Leichenzug.

Von ihrem Standort aus konnte Mida das mächtige Orchester, das einen Trauermarsch spielte, zunächst nur hören. Erst später sah sie es vorbeiziehen. Pastor Sjöstrand unterhielt sich mit einer Frau, die neben ihm stand, auf Englisch. Anschließend erklärte er Mida, was er durch sie erfahren hatte. Es war ein Doppelbegräbnis.

Ein Mann und seine Tochter waren im Abstand von wenigen Tagen gestorben. Der Mann war bei einem Streit auf offener Straße erschlagen und sein kleines Mädchen überfahren worden. Es gab noch die Witwe, und man konnte nur hoffen, dass ihre Familie ihr den nötigen Halt geben würde. »Mida«, fragte Pastor Sjöstrand, »hören Sie das Lied? *Näher, mein Gott, zu Dir …*«

Dem Orchester folgte ein Leichenwagen und dann ein zweiter, beide mit großen Fotografien, die mit bunten Papierbändern geschmückt waren. Die erste zeigte einen Mann mittleren Alters, die zweite ein Mädchen. Schmales Gesicht, große Augen, dunkles Haar.

Midas Arme wurden taub. Schrecken, eingehüllt in altes Fieber, steckte wie ein brennendes Untier in ihr. Als die Wagen mit den Särgen vorbeifuhren, war die Gewissheit da. In einem dieser Särge lag ein Mädchen, das genauso aussah wie die Kleine aus der Burg der blinden Kinder.

Mida schluchzte, aber ihr Weinen wurde von dem lauten Klagen des ganz in Schwarz gekleideten Trauerzugs übertönt. Sie wollte gerade Pastor Sjöstrand bitten, sie fortzubringen, als sie sah, dass er hintenüberfiel.

Er lag auf der Erde, und ein Mann beugte sich über ihn. Die Klinge des Messers funkelte, als sie gehoben wurde, um dann die Brust des Pastors zu treffen. Ein Schrei, ihr eigener. Der Mann kam wieder auf die Beine. Seine dunkle Gestalt verschwand rasch in der Menschenmenge.

Pastor Sjöstrand stöhnte. Er streckte die Hand aus, und Anders, der sie eingeholt hatte, half ihm auf die Beine, klopfte ihm den Straßenstaub von den Kleidern. Blut sickerte aus einer Platzwunde am Hinterkopf. Das Messer, dachte sie, die Verletzung durch das Messer, der Stoß ins Herz?

Der Mantel des Pastors öffnete sich, etwas fiel auf die Straße, und sie hob es auf. Eine schlichte Brieftasche aus dunklem Leder mit einem tiefen Riss in der Mitte, dort wo das Messer aufgetroffen war, hatte den Pastor vor einem tödlichen Stich bewahrt.

Und Mida sah, was sie bereits gesehen hatte, nämlich wie der Pastor den Schiffsjungen zu den Kabinen trug. Dann sah sie, was danach geschehen war, so deutlich, als würde es sich direkt vor ihren Augen abspielen. Sie sah, wie Pastor Sjöstrand in eine winzige Kabine trat und den Jungen auf die Pritsche legte. Sie sah, wie die Brieftasche des Jungen zu Boden glitt und wie Pastor Sjöstrand sie aufhob und in die eigene Tasche steckte.

Mida schaute Pastor Sjöstrand an, und in diesem Augenblick wusste sie, dass er begriffen hatte. Er legte ihr eine aufgeschürfte und blutige Hand auf den Arm.

»Das war ein reiner Akt der Barmherzigkeit«, sagte er freundlich. »Ich wollte ihn daran hindern, an Land zu gehen und sich trinkend zu Grunde zu richten. Der Junge hatte es ohnehin schwer genug, auf dem Schiff war er sicher. Ich konnte nicht wissen, dass ihm der Kapitän seinen Verlust ersetzen würde.«

Wie schön er war, ihr Pastor. Diese gleichmäßigen Gesichtszüge, das dunkle Haar. Das Mal auf der Stirn. Seltsam, dass es ihr noch nie aufgefallen war. Tränen begannen ihr über die Wangen zu laufen, silberglänzende Quecksilbertropfen, und der Pastor stand neben ihr, so schön wie immer.

Selig die, die nicht sehen und doch glauben.

Sie drehte sich um und trat den Rückweg an. Niemand folgte ihr. Sie war frei, zu gehen, wohin sie wollte.

Kapitel 9

Geräusche auf dem Grundstück. Männer, die lachten. Ein Klopfen ans Fenster und Axels Gesicht. Zeichensprache, Lippen, die überdeutlich ein Wort sprachen. Installateure. Mitten in der Nacht? Natürlich nicht, du Idiotin. Du bist auf dem Sofa eingeschlafen.

Die Decke glitt auf den Fußboden, und ich stand in Unterwäsche da. Die Handwerker wandten sich höflich ab, während ich ins Badezimmer ging. Rasche Wäsche, Zähneputzen im Baustellenchaos, Flucht ins Schlafzimmer, Kleider. Nacken und Rücken verspannt, noch den Schlaf in den Augen.

In der Küche standen die Reste des Frühstücks auf der Spüle. Der Käse war angetrocknet, und die Salatblätter waren welk. Im Zimmer der Mädchen lag Linn auf dem Bett und starrte an die Decke.

»Wo ist Tora?«

»Weiß nicht.«

»Du weißt nicht, wo Tora ist?«

»Sie wollte Leute auf dem Campingplatz treffen.«

»Wen?«

»Leute, die wir gestern kennengelernt haben.«

Linn drehte sich zur Wand, und ich trat ein paar Schritte ins Zimmer.

»Wolltest du nicht mit?«

»Nein, ich hatte keine Lust.«

»Weißt du, was sie gestern von mir wollte?«

»Wie, gestern?«

»Papa sagt, Tora hätte ein wichtiges Anliegen gehabt.«

»Ich weiß nicht. Sie war fast den ganzen Tag unterwegs. Ich bin vor ihr nach Hause gekommen.«

Linn klang traurig. Ihr Haar war nass. Sie war offenbar früh aufgestanden und hatte sich die Haare gewaschen. Vielleicht hatte Axel mit ihr geschimpft, weil sie die Dusche benutzt und den Schaden noch verschlimmert hatte. Oder sie war draußen gewesen, wo sich die Schneeflocken in Wasser verwandelten, sobald sie die Erde berührten.

Manchmal betrachtete ich heimlich meine jüngere Tochter und dachte, wie schön sie doch war. Lockiges Haar, große Augen, Schmutzränder unter den Fingernägeln. Prinzessin Tuvstarr im Wald, aber sie würde mich verfluchen, wenn ich das zu ihr sagen würde.

»Ich will, dass Rezina hierherkommt.«

»Wo ist sie denn?«

»Weiß nicht. Draußen, glaube ich. Papa hat sie heute Morgen hinausgelassen. Sie hat vor der Tür miaut, und er ist davon aufgewacht und war wütend, dass sie ihn geweckt hat.«

»Sie kommt sicher, wenn sie Hunger hat.«

»Sie hat alles gefressen, was ich ihr in den Napf getan habe. Wo warst du gestern?«

»Ich war bei Großmutter. Und dann habe ich Lea wieder besucht, du weißt schon, die mit den Erzählungen. Wir haben uns über alles Mögliche unterhalten. Unter anderem über meine Arbeit.«

Linn wandte sich mir zu und sah mich vorwurfsvoll an.

»Hast du vor, die ganzen Ferien über zu arbeiten?«

»Natürlich nicht. Heute zum Beispiel nicht. Vielleicht fahre ich ja wieder zu Großmutter. Willst du mitkommen?«

»Mal sehen.«

Ich strich ihr übers Haar. Ich konnte mich nicht beherrschen. Sie drehte den Kopf weg und fauchte. Sie hatte eine Katzenseele, die sich weder einschüchtern noch schmeicheln ließ.

»Ich habe gestern mit Bea telefoniert. Sie war Ostersamstag bei ihrem Vater und Ostermontag bei ihrer Mutter. Ostersonntag ist sie ziemlich lang mit der Bahn gefahren.«

»Das klingt anstrengend. Wohnen ihre Eltern so weit auseinander?«

»Ja, aber daran gewöhnt man sich.«

Keine Befürchtungen, keine besorgten Fragen. Waren Scheidungen inzwischen so häufig, dass es als exotisch galt, einen Vater und eine Mutter zu haben, die unter ein und demselben Dach aßen und schliefen?

»Siehst du das so? Dass du dich daran gewöhnen könntest, falls Papa und ich uns scheiden lassen würden?«

»Naja ... was würde einem anderes übrig bleiben?«

Diese seltsame Klugheit, die keine Antworten forderte.

»Wollt ihr euch denn scheiden lassen?«

Linn, Liebes. Diese Frage kann man nur gesunden Menschen stellen. Zwei Menschen, die die Kraft haben, in eine eigene Richtung zu gehen, wenn der Weg sich gabelt und der eine sich Wald wünscht und der andere das Meer. In ein paar Monaten, Linn, wenn es Papa besser geht oder wenn wir nach London gezogen sind und unser jetziges Leben hinter uns gelassen haben, kann ich vielleicht über deine Frage lachen. Oder sie beantworten.

»Warum antwortest du nicht?«

»Nein, wir wollen uns nicht scheiden lassen. Natürlich wollen wir das nicht.«

Linn setzte sich auf.

»Wann fahren wir?«

»Bald. Ich muss nur erst eine Kleinigkeit frühstücken.«

Ich ging wieder in die Küche und schmierte mir ein Butterbrot. Ich schaltete das Radio ein. Die Nachrichten wurden wenig später vom lärmenden Geräusch einer Bohrmaschine übertönt. Im Badezimmer hockten die Handwerker mit den Gesichtern zur Wand auf den Knien. Axel stand daneben und begutachtete die Arbeit und anschließend mich, als ich zu ihm trat und ihn begrüßte.

Die Handwerker lächelten fröhlich. Schwer, sich jetzt in Schale zu werfen. Aber in ein paar Tagen kriegen wir das schon hin, ein Glück, dass Ferien sind, keine festen Pläne für Ostern? Aber es ist ja wirklich sehr idyllisch hier. Freundlicher Blick, eingezogener Bauch, angespannte Arme.

»Wie geht es voran?«

»Wie zum Teufel soll ich das wissen?«

Axel hatte mir den Rücken zugekehrt, während er sich nach etwas ausstreckte, was er anschließend dem jüngeren Mann reichte.

»Aber Sie wissen, was defekt ist?«

Der Ältere versicherte mir, dass sie das wüssten, aber eine ordentlich durchgeführte Reparatur erfordere eben ihre Zeit. Die Sonne habe es schließlich auch nicht eilig, ebenso wenig wie der Mond. Axel fragte, ob sie einen Kaffee wollten, und verschwand dann in die Küche. Als ich hinterherkam, setzte er gerade Wasser auf. Ich legte ihm einen Arm um die Schultern, aber er schüttelte ihn ab. Er nahm Tassen aus dem Schrank und murmelte, jetzt müsse er auf seine alten Tage auch noch als Kellner arbeiten.

Dieser Schaden. Sie hätten etwas von alten Rohren oder Dichtungen gesagt oder irgendeinen anderen Schwachsinn. Aber sie hatten versprochen, weiterzuarbeiten, bis alles fertig war. Als sei das etwas Besonderes, weiterzuarbeiten, bis man fertig ist. Ziemlich komisch eigentlich.

»Die scheinen zu wissen, was sie tun.«

»Wenn du dabei bist, schon.«

Ich holte mir einen Apfel, nahm das Kleid, das ich am Abend zuvor im Garten gefunden hatte, und hängte es in einen der Schränke. Ein altes Stück vermutlich. So nähte man heute keine Kleider mehr.

Plötzlich war aus der Küche das Geräusch zerbrechenden Porzellans zu hören und anschließend Axels Flüche. Ich eilte zu ihm und sah eine zerbrochene Tasse auf dem Boden. Axel kehrte bereits die Scherben auf.

»Soll ich dir helfen?«

Keine Antwort.

»Axel, soll ich …«

»Lass mich in Ruhe.«

Ich flüchtete auf die Veranda. Dort lag noch »Die Burg der blinden Kinder« auf dem Sofa. Von Liebe und Ehrgeiz geblendet, geblendet von der Überzeugung, das einzig Richtige zu tun. *Is the Pacific sea my home? Or are / The eastern riches? Is Jerusalem?* Ich hatte während der Lektüre die ganze Zeit an Donne gedacht. An den Dichter John Donne, dessen Fieberträume jenen Midas auf dem Dampfer glichen. Glühende Verse in Erwartung des Todes, ein heiliger Raum erfüllt von Musik und Gesang.

Ich hätte gerne mit Axel über dieses Gedicht gesprochen. Er musste schließlich wissen, wie es war, auf einer Pritsche zu liegen und sich in die Hände eines vermeintlich allwissenden Arztes zu begeben. Aber ich wusste, dass es keinen Sinn hatte. Jetzt wollte ich nur eins. Lea wiedersehen.

Es klingelte. Axels Mobiltelefon lag auf dem Tisch. Er hatte sich früh eines zugelegt und war stolz darauf. Ich nahm das Telefon und ging damit in die Küche, während ich seinen Namen rief. Er war nirgends zu sehen.

Nach kurzem Zögern nahm ich das Gespräch entgegen. Ich konnte den Anrufer ja einfach bitten zu warten. Axel würde sich schwarzärgern, wenn er einen Anruf verpasst hätte, der vielleicht von der Kanzlei kam. Die Stimme am anderen Ende klang erstaunt. Es war einer von Axels engsten Mitarbeitern. »Hallo, Viola. Lange nichts von dir gehört. Wie geht's? Schnee? In Italien? Wie bitte, Schonen? Ich dachte, Axel hätte von Venedig gesprochen.

Ist er da? Sag ihm, er soll so bald wie möglich zurückrufen. Er muss einige Dinge früher übergeben, als wir dachten.«

»Ich richte ihm aus, dass du angerufen hast. Weiß er, worum es geht?«

»Ja, natürlich, das wissen wir doch alle.«

»Ach so, alles Gute noch.«

»Dir auch, Viola. Und ... Ciao.«

Axel stand in Gummistiefeln, aber ohne Jacke im Garten. Offenbar hatte er die zerschlagene Tasse vergessen, denn er sah fröhlich aus, als ich kam. Es könnte besseres Wetter geben, er fühle das mit allen seinen Zipperlein, und das seien mittlerweile ziemlich viele.

»Du. Sie haben von deiner Kanzlei angerufen.«

»Hast du mein Mobiltelefon benutzt?«

»Ich habe dich nicht gefunden, und ich dachte, es könnte vielleicht wichtig sein.«

Axel riss mir das Telefon aus der Hand. Seine Lippen waren zu einem wütenden Strich zusammengepresst.

»Ich will nicht, dass du es benutzt. Das ist privat. Genauso wie meine Post und mein Schreibtisch.«

»Axel, ich ...«

»Das gilt auch für die Mädchen. Du findest vielleicht, ich sei überempfindlich, aber es geht hier ums Prinzip.«

»Es würde mir nicht im Traum einfallen, deine Briefe zu lesen oder in deinen privaten Sachen herumzuschnüffeln. Aber jetzt bin ich drangegangen, weil …«

»Weil?«

»Weil ich dachte, dass es vielleicht ein Kollege ist und du das Gespräch entgegennehmen willst.«

»Und was haben sie gesagt?«

»Nichts. Doch, es muss irgendetwas übergeben werden. Es ist wohl ziemlich eilig. Es hieß, du wüsstest schon, worum es geht.«

Das wissen wir doch alle.

Axel seufzte. »Ach so, die Geschichte. Einen wegen so etwas in den Ferien stören. Aber das war wirklich eine blöde Sache.« Ein neuer Kollege hatte wegen seinem Büro Ärger gemacht. Irgendein Geräusch störte ihn. Eine Lampe oder ein Rohr in der Wand. Er hatte alle Partner, die Gewerkschaft und den Personalrat dorthin geschleift. Alle hatten herumgestanden wie die Idioten und versucht, ein Geräusch zu hören, das es vermutlich nur im Kopf dieses Typen gab.

Zum Schluss hatte einer der Kollegen gefragt, ob Axel nicht sein Büro mit dem neuen Mitarbeiter tauschen könne, um die Sache beizulegen. Eigentlich wussten alle, was er durchgemacht hatte, aber offenbar hatte man die Krankheitsfolgen missverstanden. Schwerhörigkeit statt Beeinträchtigung des Sehvermögens, aber was spielte das schon für eine Rolle.

»Und kaum hatte ich, nett wie ich bin, eingewilligt, hatte dieser Typ auch schon sein Namensschild an meine Tür geschraubt. Es gibt wirklich Leute, die noch gestörter sind als ich.«

Das Letzte sagte er mit einem sarkastischen Unterton in der Stimme.

»Aber es war doch gut.«

»Was?«

»Dass du das getan hast.«

»Warum?«

»Das zeigt, dass du flexibel bist. Dass sie gerade dich fragen, bedeutet, dass sie dir offenbar vertrauen.«

Axel sah auf. Er trat einen Schritt auf mich zu, und ich wich unfreiwillig zurück.

»Ja. So kann man das auch sehen.«

Er umfasste meine Handgelenke hinter meinem Rücken und gab mir einen Kuss auf den Mund.

»Ich weiß nicht, was ich ohne dich tun würde. Ich würde vermutlich nicht zurechtkommen. Ich würde auf der Straße landen.«

Ich versuchte mich loszuwinden, aber er lachte und meinte, ich hätte keine Chance. Er wedelte mit einer Hand in der Luft und erklärte triumphierend, eine Hand würde reichen, um mich zu besiegen. Dann ließ er los und ging auf das Haus zu. Ich rief ihm hinterher. Ob er die Geschichte über die Vogelscheuche gelesen habe?

»Nein, noch nicht. Tue ich aber noch.«

»Denn ich …«

Ich sprach mit der Tür. Axel hatte sie hinter sich zugezogen.

Aus dem Haus rief Linn, sie sei so weit und würde gerne mitkommen, um Großmutter zu besuchen. Ich ging ins Haus. Im Badezimmer lehnten die beiden Installateure an der Wand und tranken Kaffee. Es waren Brüder. Sie wohnten seit etlichen Jahren in Schweden. Alles sei viel besser, seit sie arbeiten durften, erklärten sie.

Sie waren zwar keine gelernten Installateure, konnten aber fast alle anfallenden Arbeiten erledigen. Und für den Notfall hatten sie einen Bekannten, eine Fachkraft, die aushelfen konnte. Fremdenfeindlichkeit hätten sie bisher kaum zu spüren bekommen.

Allerdings seien sie, wie alle anderen, Opfer von Diebstählen und Einbrüchen geworden. Einem habe man die Wohnung ausgeräumt, andere seien Spielsachen losgeworden, die vor dem Haus gelegen hatten. Sogar Wäsche, die zum Trocknen auf der Leine hing, sei verschwunden. Gleichzeitig hatte jemand »Zigeuner« an eine Haustüre geschmiert.

»Die Schweden sind okay«, erklärte einer der Brüder, »aber auch leichtgläubig. Wo wir herkommen, weiß man, dass man sich schützen muss.«

Ich fand Axel und Linn auf der Glasveranda. Ihre Stimmen klangen ernst, und sie verstummten, als ich eintrat. Ich hatte erwartet, Axel würde ausflippen, wenn ich ihm erzählte, ich wolle wieder zum Solgården fahren und außerdem Linn mitnehmen. Aber seine Stimme klang beinahe freundlich, als er erwiderte, wir bräuchten uns mit der Rückkehr nicht zu beeilen. Er müsse ohnehin arbeiten. Es sei vielleicht gut für Linn, ihre Großmutter einmal zu besuchen und zu sehen, dass es andere Menschen gab, die es schwer hatten. Denn junge Leute glaubten ja immer, sie selbst hätten es am schwersten.

Linn fauchte etwas und drängte sich an mir vorbei. Axel fragte, ob ich wirklich diese alte Jacke anziehen wolle. Sie hatte ein Brandloch im Rücken. Vermutlich hatte ich sie getragen, als wir im Herbst Laub verbrannten. Aber das mache vielleicht nichts, fuhr er fort, schließlich seien wir ja auf dem Land. Und wenn man bedenke, wie sich seine Mutter mittlerweile kleide. Wie hieß es gleich wieder? Im Reich der Blinden war der Einäugige König.

Die Fahrt im Auto war eine Wohltat. Einige Kilometer lang saßen wir einfach nur da und lauschten dem Geräusch des Motors und der Musik. Linn starrte aus dem Fenster. Obwohl die Sonne schien, ging gleichzeitig ein mächtiger Platzregen nieder. Die Farben der Äcker verschwammen, und in den Gräben neben der Straße wurde das Unkraut plattgedrückt.

Wir kamen an einem Radfahrer vorbei, der den Kopf im Wind nach unten beugte. Sein Regenmantel hatte sich am Rücken zeltartig aufgeblasen. Linn stellte fest, dass er es vermutlich bereute, nicht sein Auto genommen zu haben.

Ich ertappte mich dabei, dass ich an Mikael dachte. Er hatte den Schmerz der Trennung erlebt, schien diese aber mit einer gewissen Fassung und Ruhe zu tragen. Ich hatte Freundlichkeit, Interesse und Besorgnis gespürt, an die ich mich teils gern, teils ungern erinnerte. Einen Augenblick lang fragte ich mich, ob ich mit ihm wohl über Axel und mich sprechen konnte. Dann schob ich diesen Gedanken beiseite. Wenn ich ihn wiedersehen würde, wollte ich unser Zusammensein nicht belasten. Ich hatte ihn gerade erst kennengelernt, und er hatte nichts mit meinen Problemen zu tun.

Nach einer Weile fragte ich Linn, worüber sie mit ihrem Vater gesprochen habe. Widerwillig erzählte sie, dass Papa wusste, dass Kirre nicht mehr von sich hören ließ, seit er die Schule gewechselt hatte. Nicht dass ihr das besonders viel ausmache, aber warum konnten sie nicht wenigstens wie früher Mathe üben, das hätten sie doch immer getan? Es gab niemanden, der ebenso weit war wie sie.

Papa sei verärgert gewesen. Er hätte den Kopf geschüttelt und wissen wollen, warum sie sich derart von Außenstehenden abhängig mache. Das Einzige, wovon man abhänge, sei die Familie.

Linn hatte innerlich geflucht.

»Ich glaube nicht, dass Papa das so gemeint hat.«

»Er hat es aber so gesagt.«

»Vielleicht. Aber er meinte, dass du niemandem erlauben solltest, dir ein Gefühl der Minderwertigkeit zu geben. Und wenn jemand so dumm ist, dass er auf deine Gesellschaft keinen Wert legt, dann hat er es nicht verdient, dass man ihm nachläuft. Du bist die Beste. Du bist einzigartig.«

»Hör auf, Mama.«

»Aber es ist so. Du bist die Beste, die es gibt.«

»Das sagen alle Mütter zu ihren Kindern.«

Ich lächelte.

»Vielleicht, aber deswegen habe ich trotzdem recht.«

Linn antwortete nicht, aber ich sah aus den Augenwinkeln, dass sie sich entspannte. Als wir im Solgården ankamen, sprang sie rasch aus dem Auto und meinte, so wolle sie auch wohnen. In einem großen Haus auf dem Land mit vielen Apfelbäumen.

Dieses Mal gingen wir direkt zu Mariannes Zimmer. Einer der Pfleger zeigte uns den Weg. Er sagte, meine Schwiegermutter habe sich nach dem Essen hingelegt. Sie sei guter Laune gewesen. Überhaupt hätten ihre aggressiven Anwandlungen nachgelassen.

Marianne öffnete sofort. Sie trug eine Hose und eine Bluse und sah beinahe aus wie immer. Ihr Haar war zu Locken frisiert, im Nacken jedoch etwas durcheinandergeraten.

»Linn. Wie lange ist es her, dass wir uns das letzte Mal gesehen haben! Und Viola. Wir hatten es gestern so nett. Was für eine hübsche Frisur du hast.«

Linns Freude darüber, dass ihre Großmutter sie erkannte, war rührend. Marianne meinte, sie könne uns leider keinen Sonntagsbraten vorsetzen, und stellte stattdessen eine Bonbonniere mit Himbeerkonfekt auf den Tisch. Sie hatte darin immer ihre Süßigkeiten aufbewahrt, und die Mädchen durften sich bedienen, wenn sie ihre Großeltern besuchen kamen. Das war ihr kleines Geheimnis. Jemand war so umsichtig gewesen, ihr diese Bonbonniere mitzugeben. Wenn es Axels Vater war, so zeugte das von überraschender Fürsorge.

Linn ließ Marianne auf einem Stuhl Platz nehmen und begann, ihr die Haare zu kämmen, während sie von der Schule, von Büchern und von Rezina erzählte.

»Wir hatten auch mal eine Katze.«

Linn und ich nickten und sahen uns gleichzeitig an. Niemand konnte sich daran erinnern, dass Großvater und Großmutter jemals eine Katze besessen hatten. Aber Marianne fuhr mit Nachdruck fort:

»Ein Katzenjunges. Es hatte sich im Holzschuppen eines Ferienhauses, das wir in einem Sommer gemietet hatten, versteckt. Ich wollte das Tier unbedingt behalten. Eine kleine süße Bauernkatze, grau mit weißen Pfoten. Sie war ganz zutraulich, fühlte sich sofort wohl bei uns. Ich nannte sie Fridolf, denn es war eigentlich ein Kater. Wir nahmen Fridolf mit in die Stadt. Er saß immer im Küchenfenster, wenn ich kochte. Er ging nicht so gerne hinaus, konnte aber vom Fenster aus die ganze Straße überblicken. Er leistete mir Gesellschaft.

Die Kinder hatten viel Spaß mit Fridolf, als sie klein waren. Sie zogen ihm Kleider an, legten ihn in den Kinderwagen und schoben ihn durch die Gegend. Er biss und kratzte nie. Doch schon bald bekam Axel einen Schnupfen, den er nicht mehr loswurde. Er hatte immerzu eine verstopfte Nase, und ich musste mit ihm zum Kinderarzt. Der führte einen Allergietest durch. Auf dem ganzen Rücken klebten diese Pflaster, und er musste sie mehrere Tage darauf lassen. Er war gegen die Katze allergisch.«

Marianne sah sich um, als würde Fridolfs Geist irgendwo im Zimmer sitzen und zuhören.

»Svante sagte sofort, die Katze müsse aus dem Haus. Ich fand das so ungerecht. Natürlich konnte einem Axel leidtun, aber schließlich war Fridolf zuerst da gewesen.«

»Musstet ihr ihn etwa einschläfern lassen?« Linns Stimme klang erbost.

»Nicht sofort, aber später dann. Ich ging allein zum Tierarzt. Anschließend nahm ich Fridolf in einem Karton mit nach Hause und begrub ihn im Garten. Auch das tat ich allein. Axel suchte überall nach ihm. Ich konnte nicht erzählen, dass wir ihn getötet hatten, und sagte deswegen, Fridolf habe ein Katzenmädchen kennengelernt und sei nach Paris gefahren.

Irgendwann spielte Axel im Haus Fußball, und eine Vase ging kaputt. Da sagte Svante zu ihm, Fridolf sei weggelaufen, weil er so ungezogen sei. Eine Katze wolle nicht in einem Haus mit so einem Jungen wohnen. Axel begann zu weinen, und ich musste ihm erzählen, was geschehen war.«

»Wie alt war Papa da?«

»Noch ziemlich klein.«

Marianne streckte die Hände aus und betrachtete ihre rotlackierten Fingernägel. Wahrscheinlich hatte sie einiges durcheinandergebracht. Vielleicht hatte sie selbst als Kind Fridolf besessen. Axel hatte nie eine Katze erwähnt. Aber möglicherweise war er auch einfach zu klein gewesen, um sich an den Vorfall zu erinnern.

Marianne begann einen Schlager zu summen. *Dream a little dream of me …*

Linn war mit dem Kämmen fertig und steckte ihr einen Haarreif und ein paar Spangen, die sie in einer Schachtel gefunden hatte, ins Haar. Enkel und Großmutter waren ganz ins Frisieren vertieft.

»Kann ich euch eine Weile alleine lassen?«

Weder Marianne noch Linn schauten auf. Als ich die Tür hinter mir schloss, hörte ich sie laut lachen.

Kapitel 10

Die Absätze hallten auf dem Steinfußboden wider. In den Fluren des Solgården hing der Geruch nach Medizin, Putzmittel und altem Holz. Mikael war nicht zu sehen, und auch sonst begegnete ich niemandem. Recht bald stand ich wieder vor Leas Zimmer. In diesem Moment ging die Tür auf, sie erschien im Türrahmen und neben ihr ein älterer Mann, der sich als Stig vorstellte. Die Ähnlichkeit mit Lea war unverkennbar.

»Viola. Wie nett. Ich hätte nicht gedacht, dass Sie so bald wiederkommen würden. Hier im Heim kann man verrückt werden, wenn man es nicht ohnehin schon war.«

»Es hat noch nie zu Mamas Stärken gehört, sich in Zurückhaltung zu üben«, bemerkte Stig. Sein Ton war leicht sarkastisch. Vor mir standen zwei Menschen mit starkem Willen, und es war vermutlich nicht das erste Mal, dass sie sich aneinander rieben.

»Nein, wozu sollte das auch gut sein?«

»Vielleicht um jemand anderem den Vortritt zu lassen.«

»Man will sich doch nicht das Gehuste von Flöhen anhören.«

»Genau das meine ich.«

Stig zwinkerte mir zu. Er war sorgfältig gekleidet und trug ein Seidenhalstuch im Hemd.

»Mama hat von Ihnen erzählt. Eine Frau mit üppigem Haar, die sich für China und für Dinge interessiert, die ewig sind. Passen Sie nur auf, dass sie Sie nicht gänzlich umgarnt. Mama hat einiges zu erzählen. Teils sind es wahre Geschichten, teils

Ausgeburten ihrer Fantasie. Sie könnte den Teufel persönlich verführen, wenn sie das Gefühl hätte, es lohne sich.«

Lea machte eine abwehrende Handbewegung.

»Was sie nicht erzählen will, kann ich ergänzen«, meinte Stig, ohne seine Mutter zu beachten. »Ich war schließlich von Anfang an dabei. Mama war mit mir schwanger, als sie zum Missionieren nach Afrika aufbrach.«

Er wiegte den Kopf hin und her, und ich verspürte den Wunsch, ihm zu erklären, wie sehr ich seine Mutter bereits zu schätzen gelernt hatte.

»Der Mut der Missionare war wirklich bewundernswert. Was man auch sonst von ihrem Einsatz halten mag. Auf ihre Art waren sie radikal.«

»Mut? Hat Mama das behauptet? Man könnte es auch als Dummdreistigkeit bezeichnen. Nicht nur das eigene Leben, sondern auch das seines Kindes aufs Spiel zu setzen, um anderen Leuten ungebeten Ansichten aufzudrängen, von denen sie nichts wissen wollen.«

Lea kniff die Augen zu.

»Erstens hast du recht, was die Ansichten angeht. Ich habe nie etwas anderes behauptet. Zweitens brachten wir Schulen und Krankenpflege. Drittens hattest du selbst nie etwas dagegen, anderen Leuten Dinge aufzudrängen, die sie nicht brauchen. Als sei es mit Waren besser als mit Gedanken.«

Dann fing sie an, über Geschäfte, die für arme Länder nicht dienlich waren, und über skrupellose Geschäftsleute, die die existierende Not ausnutzen, zu sprechen. Stig antwortete, es sei klug, sich zumindest gelegentlich unterordnen zu können, und Lea gab zurück, es gebe so viele Ansichten wie Menschen. Wenn sie sich darum kümmern würde, was andere dächten, dann hätte sie sich vermutlich bei dem Versuch, immer in die richtige Richtung zu schauen, bald den Kopf verrenkt.

Nach einer Weile erinnerten sie sich daran, dass ich auch noch da war. Stig warnte mich ein weiteres Mal, mich nicht zu sehr umgarnen zu lassen. Dann küsste er seine Mutter auf die Wange und versprach, bald wieder vorbeizuschauen.

Lea widersprach meiner Befürchtung, ungelegen gekommen zu sein. Bald erfüllte der Duft frisch gemahlener Kaffeebohnen das Zimmer.

»Das war mein Sohn.«

»Sie sind sich ähnlich.«

»Finden Sie? Ich sehe in ihm immer seinen Vater. Das war ein erfolgreicher Geschäftsmann. Er war in der Schuhbranche, und die lief recht gut, als der Krieg kam. Ich meine natürlich den ersten.«

Ich dachte daran, was Lea über ihren Mann gesagt hatte, dass er sich nie damit abfinden konnte, dass es in jedem Menschen neben der hellen auch eine dunkle Seite gab. Sie meinte, Stig sei ein streitbarer Mensch, der keine Wahrheit anerkennen wolle, wenn er sie nicht selbst überprüft hatte. Vor allem dann nicht, wenn diese Wahrheit aus ihrem Mund stammte. Stur sei er auch, er sei immer seinen eigenen Weg gegangen.

Vielleicht waren es ja gerade diese Eigenschaften, die die Frauen anzogen. Er hatte einer stattlichen Anzahl den Laufpass gegeben. Natürlich liebte sie ihren Sohn, aber es sei schon seltsam, fuhr sie fort, dass sich Frauen von Männern angezogen fühlten, die sie nur unglücklich machten.

Ich fragte mich, ob das vielleicht als Anspielung auf Axel gemeint war, und berichtete ihr dann, dass ich eine weitere Erzählung gelesen hatte.

»Sie merken natürlich, dass es sich bei vielem um Fantasie handelt.«

»Aber die Reise kommt einem so realistisch vor. Sie müssen doch dabei gewesen sein?«

Lea schaute aus dem Fenster. Ich schämte mich meiner Neugier und wollte mich schon entschuldigen, da begann sie von dem Schiff zu erzählen, das sie nach Hawaii und Japan gebracht hatte.

»Das war kurz bevor alle Häfen wegen des Krieges geschlossen wurden. Wir waren das letzte Schiff, das durchkam, und gelangten nach Shanghai. Wir gingen zum Schwedischen Konsulat und meldeten uns als Missionare an. Baptisten gab es in Shandong, wo die Japaner regierten, und die nahmen es sehr genau damit, wen sie hineinließen. Eine eigene Währung hatten sie auch, und es blieb einem nichts anderes übrig, als sich anzupassen. Das fällt mir ausgesprochen schwer.«

»Ich weiß leider nicht so viel über die japanische Besetzung.«

»Es wurden schreckliche Gräueltaten verübt. Die Japaner erschossen die Einwohner in den Dörfern und brannten alles nieder. Die Chinesen rannten um ihr Leben, einige kamen zu den Missionsstationen. In Shanghai gab es Millionen von Flüchtlingen. Wir fuhren an einem Lager vorbei, in dem Tausende Menschen wie hilflose Schafe hinter Stacheldraht zusammengepfercht waren. Sie sollten weiter, wohin, wusste niemand.

Und welche Unterschiede es gab! Einige Leute in schicken Anzügen und mit dicken Zigarren im Mund, andere dagegen barfüßig und zerlumpt. Als hätte ich daheim nicht schon genug Armut gesehen. Manchmal war es schwer zu verstehen und zu verzeihen. Und wir sollten predigen, wie Jesus Christus den Menschen, die ihn ans Kreuz nagelten, verziehen hat.«

Sie schüttelte den Kopf.

»Ich war froh, als wir Shanghai verließen, um uns nach

Tsingtao einzuschiffen. Dort war es regelrecht schön. Wir reisten in überfüllten Zügen, bis wir die anderen schwedischen Missionare trafen. Sie hatten zwei Autos und einen Eselskarren.«

Lea erhob sich und holte eine Landkarte.

»Entschuldigen Sie. Ich sitze hier und spreche über chinesische Städte und Gegenden, als würde die jeder kennen.«

Sie breitete die Landkarte auf dem Tisch aus, zeigte mir die Orte, an denen die schwedischen Baptisten tätig gewesen waren, und fuhr dann fort zu erzählen. Die Provinz Shandong lag sehr nahe an Korea und Japan, und die Küstenstadt Tsingtao war Ende des 19. Jahrhunderts unter deutsche Herrschaft gefallen. Die Chinesen hatten ein paar katholische Priester ermordet, und die Strafe dafür war ein Vertrag mit fast hundertjähriger Laufzeit. Eigentlich waren die Priester allen egal. Letztlich ging es nur um die Kohlevorkommen.

Bis zum Ersten Weltkrieg war Tsingtao in deutscher Hand geblieben. Es gab dort sogar Brauereien, in denen deutsches Bier produziert wurde. Ein deutscher Friedhof existierte ebenfalls. Er wurde später auch für die anderen Nicht-Einheimischen geöffnet. Im Tod konnte man problemlos Seite an Seite liegen, aber so war es nun mal in Kriegszeiten.

Ruben und Lea waren nicht in Tsingtao geblieben, sondern in das unweit gelegene Kaomi weitergefahren. Auch hier waren die sozialen Gegensätze damals enorm: Es gab einige reiche Grundbesitzer und sehr viele bettelarme Menschen. Ihre Missionsstation mit Wohngebäuden, Kirche, Schule und Kinderheim lag außerhalb der Stadtmauer.

Sie richteten sich in der Provinz ein, zogen dann nach Peking und lernten dort ein Jahr lang Chinesisch. Verstanden zu werden war dort ebenso wichtig wie hier. In Kenia war Lea Missionaren begegnet, die auch nach mehreren Monaten noch kein Wort mit den Leuten wechseln konnten, die sie bekehren sollten. Kein Wunder, dass sie als Gespenster oder seltsame Geister angesehen wurden.

»Stig war Anfang zwanzig, als Ruben und ich nach China gingen. Eigentlich hätte er nachkommen sollen, aber der Krieg zog sich in die Länge. Bereits vor unserer Abreise hatte er begonnen, als Vertreter zu arbeiten. Es dauerte nicht lange, bis er eine eigene Firma und sein eigenes Haus hatte. Er war ganz anders als Ruben, und die beiden haben sich nie so richtig verstanden.«

Lea spielte mit einer Streichholzschachtel, schob sie hin und her und zog das Tischtuch glatt.

»Es stimmt, dass Stig unterwegs war, als ich mit Ruben nach Kenia fuhr. Aber der Vater war ein anderer. Was immer das auch heißen mag, denn kein Vater hat sein Kind mehr geliebt als Ruben Stig.

Als Stig die Wahrheit erfuhr, war das eher eine Bestätigung der Unterschiede, über die er sich den Kopf zerbrochen hatte. Stig kann seine Gefühle beiseiteschieben, wenn es ihm in den Kram passt. Ruben hingegen war immer sehr emotional, und das trug ihm Schwierigkeiten ein. Gefühle sind wie ein Wollknäuel. Je mehr man an den Fäden zieht, desto mehr Knoten bilden sich.«

Sie lächelte.

»Als ich Ruben kennenlernte, war ich erst achtzehn. Aber ich blickte bereits auf Erfahrungen zurück, die über mein Alter hinausgingen. Dieses junge Mädchen hat eine alte Seele, musste ich mir anhören. Auf Liebe gab ich nicht viel. Ruben war der Sohn des Hauses, in dem ich als Dienstmädchen arbeitete, und er nahm sich von Anfang an meiner an. Auf die richtige Art.«

Auf Leas Bett lagen mehrere Kissen. Eines war mit einem

chinesischen Drachen verziert, ein anderes mit blauen Seidenblumen. Dazwischen lagen weitere handbestickte Kissen, verschlissen und mit Fransen. Ich betrachtete die Stickereien, den Gräten- und den Kettenstich, während Lea von Glück und Unsinn der Leidenschaft sprach.

»Natürlich kann aus Stürmen auch Gutes entstehen. Aber am besten ist, wenn das, was bleibt, eine vertraute Seele ist. Und ebendas war Ruben für mich. Wir hatten die gleichen Ansichten. Ein kurzer Blick genügte. Es gab nur wenige Menschen in meinem Leben, zu denen ich eine derartige Nähe empfunden habe. Mit meiner Freundin Rakel, der Sie ähnlich sind, war das auch so.

Das ist ein Geschenk. Einen Gedanken zu denken, den ein anderer weiterdenken kann. Ruben und mir fehlte es nie an Gesprächsstoff. Bevor er mir begegnete, war er nie einer Frau so nahe gekommen. Er hatte nicht geglaubt, jemals eine derartige Vertrautheit zu erleben.«

»Wie schön das klingt.«

»Es war schön. Auch wenn es nicht immer nur rosig war. Es gibt auch einen Alltag zu bewältigen mit Schmutz in den Ecken und diversen Prioritäten. Aber einige unserer Chinesen standen unserer Vorstellung von Liebe verständnislos gegenüber. Ihr Leute aus dem Abendland seid so romantisch, sagte eines der Mädchen im Kinderheim.

Sie war erst sechzehn und sollte heiraten. Damals war es ein Glück für eine junge Chinesin, das Leben mit einem Mann teilen zu dürfen, der Frauen als gleichwertig erachtete. Der sich keine Konkubinen nahm oder seine Ehefrau im Haus einsperrte. Der sie am selben Tisch wie die Männer essen ließ. Und der die Füße der kleinen Mädchen nicht abband, obwohl es meist die Frauen waren, die diese Barbarei praktizierten. Aber hier sitze ich und rede und rede. Ich halte Sie sicher auf?«

»Nein, überhaupt nicht.«

»Ist Ihr Mann dieses Mal dabei?«

»Nein, aber meine jüngere Tochter.«

Lea nahm ein Taschentuch und trocknete sich die Augen.

»Und wie sieht es bei Ihnen zu Hause aus?«

Der Empfang am Vorabend, Axels Drohung, meine Flucht in die Erzählung über die blinden Kinder. Schließlich berichtete ich ihr vom Abendessen mit Mikael und der Madonna auf dem Fernseher. Ich dachte, dass Lea die Geschichte sicher gefallen würde, und sie musste tatsächlich lachen.

»Ein kluger Mann, dieser Doktor. Die ewige Liebe ist recht selten. Aber manchmal sind zwei Menschen geschaffen füreinander. Es ist schrecklich, wenn sie das nicht begreifen oder es nicht wagen, etwas daraus zu machen. Es nutzt nichts, Fassaden aufrechtzuerhalten, die ohnehin einstürzen.«

Sie murmelte noch ein paarmal das Wort *ewig* vor sich hin. Dann lachte sie.

»Wir sollten den Glauben an Jesus Christus und die Verheißung des ewigen Lebens predigen. Aber als wir die Chinesen zu Hause besuchten, sahen wir, wie sie ihren Totenkult praktizierten. Sie ließen Räucherkerzen vor Holzschreinen abbrennen, um auf diese Weise den Ahnen zu huldigen. Viele hofften, selbst einmal auf diese Weise geehrt und nach dem Tod besser behandelt zu werden als zu Lebzeiten. Niemand benötigte die Kapelle, die wir bauten.«

»Ich finde es eine bewundernswerte Leistung, eine Kirche in China zu errichten. Axel und ich sind schon froh darüber, dass wir ein paar Handwerker aufgetrieben haben, die unsere leckende Badewanne reparieren.«

»Der Glaube versetzt Berge, heißt es. Wir hatten in unserer Missionsstation Menschen, die von glühender Überzeugung durchdrungen waren.«

»Und Sie? Sie erwähnten, Gott hätte sich, was Sie betrifft, vielleicht gerne eines anderen besonnen.«

Lea lächelte verschmitzt.

»Ich hatte meinen Glauben. Meine Eltern waren natürlich Christen. Das waren damals alle. Aber trotzdem hatten sie ein gewisses Misstrauen gegenüber der Obrigkeit und auch gesunden Menschenverstand. Bei uns zu Hause auf dem Hof galten Schwierigkeiten nicht als Himmelsgaben oder als Mittel, um bessere Menschen zu werden. Eine idiotische Idee, an die mein Vater nicht glaubte, denn dafür war er zu radikal. Er war Arzt und behandelte Leute gratis, wenn die Not groß war. Besonders Frauen. Das rächte sich nach einiger Zeit.«

Sie betrachtete erneut die China-Karte.

»Ich war gezwungen, nach Göteborg zu ziehen und zu arbeiten. Ich stand damals nicht auf sonderlich gutem Fuße mit Gott. Aber während des Krieges geschah etwas, das mich dazu brachte, meine Meinung zu ändern. Davon habe ich Ihnen ja schon erzählt, als wir von den ewigen Augenblicken sprachen. Gott und ich haben einander verziehen, könnte man sagen. Obwohl einigen meiner Missionarsfreunde das Abendmahl im Hals steckenbleiben würde, wenn sie mich hören könnten.«

Sie schüttelte den Kopf.

»In Göteborg habe ich mit Kaffee auf dem Schwarzmarkt gehandelt. Ich schäme mich nicht dafür. Ich stellte fest, dass im darauffolgenden Krieg in China ein ähnlicher Handel stattfand. Kein Wunder, dass mir die Menschen überall gleich vorkommen. Mit den Wanzen ist es genauso. Dieses Ungeziefer war mir sowohl hier als auch dort lästig. Aber Ruben hat mir in dieser Hinsicht immer widersprochen. Er war ein Träumer.«

»Axel behauptet auch oft, ich würde in den Wolken schweben. Wenn er mich als Träumerin bezeichnet, klingt das nicht sonderlich wohlwollend.«

Lea beugte sich vor und legte die Hand auf meinen Arm.

»Sie müssen mir verzeihen, falls ich Ihnen wieder zu nahetrete, Viola. Ich bin nicht sonderlich zartfühlend, das haben Sie sicher bereits gemerkt. Aber ich habe über all ihre Worte nachgedacht, und ich habe Ihnen in die Augen geschaut. Sind Sie sicher, dass Sie weiterhin mit jemandem zusammenleben können, der sich so verhält?«

Ich konnte Lea nicht anlügen. Sie würde mich durchschauen.

»Ich weiß es nicht. Ich weiß im Augenblick überhaupt nichts. Es war nicht immer so wie jetzt. Aber es ist, als habe Axels Krankheit alles verstärkt, was uns trennt, während das, was uns verband, immer mehr verschwindet. Oder vielleicht haben wir beide so viel durchgemacht, dass wir zu müde sind, um unsere Ehe so zu pflegen, wie wir das tun sollten. So kommt es mir manchmal vor.«

»Und wie sollte man eine Ehe pflegen?«

Eine Fliege krabbelte träge an einem Stuhlbein hinauf. Sie würde bald sterben, wenn sie niemand ins Freie ließ.

»Ich dachte manchmal, dass Fürsorge wichtig ist … der Wunsch, dem Partner möge es gutgehen. Und auch, dass man über dieselben Sachen lachen kann. Vielleicht liegt das daran, weil in meinem Elternhaus so viel gelacht wurde. Bei Axel scheint das anders gewesen zu sein. Aber wenn ich mich entsprechend äußere, hält er mir immer vor, ich sei eine Besserwisserin.«

»Können Sie denn über dieselben Sachen lachen?«

»Zumindest konnten wir das. Obwohl ich mich im Augenblick nicht daran zu erinnern vermag.«

»Und was sagen Ihre Kinder?«

Linns Frage, ob wir uns scheiden lassen würden. Toras Zorn. Ich starrte auf das Bild mit den Fischern und meinte, ihre Rufe im Wind zu hören.

»Ich weiß nicht, ob sie mitbekommen haben, wie schlimm es steht. Natürlich spüren sie, dass nicht alles so ist, wie es sein sollte, aber Axel und ich wollen nur ihr Bestes. Obwohl wir beide viel gearbeitet haben, kamen die Kinder immer an erster Stelle. Axel hat alles dafür getan, so viel Zeit wie möglich mit den Mädchen zu verbringen.«

»Genau wie Sie.«

»Ja.«

»Hm … es erstaunt mich, zu hören, dass bei Axel zu Hause nicht gelacht wurde. Meine wenigen Begegnungen mit Marianne haben mir einen anderen Eindruck vermittelt.«

»Es klingt verrückt. Aber bei meinem letzten Besuch sagte Marianne, dass sie noch nie so glücklich gewesen sei. Muss man erst seine Umgebung vergessen, um das erleben zu dürfen?«

Ich biss mir auf die Zunge. Meine verbitterte Äußerung war unverzeihlich.

»Entschuldigen Sie, das war taktlos von mir.«

»Sie müssen nicht immer taktvoll sein. Ich glaube gar nicht, dass Marianne so verwirrt ist, wie es scheint. Stig sieht das übrigens genauso. Wir sind Marianne begegnet, als er das letzte Mal hier war. Sie war sorgfältig gekleidet und hat ihn sehr beeindruckt. Und er ist ja nun mal ein Kenner.«

»Wie lange waren Sie und Stig eigentlich getrennt?«

»Sechs Jahre ungefähr. Wir sind 1946 heimgekehrt, mein Mädchen und ich.«

Ich hatte sie im Album gesehen. Lea mit einem Kind in gestricktem Pullover. Eine schwedische Weihnachtsfeier auf der anderen Seite des Globus. Ein Weihnachtsmann und eine

Krippe. Ein tannenähnlicher Baum mit Papiergirlanden und Äpfeln an den Zweigen. Ein Stapel Geschenke. Jetzt ging mir erst auf, was sie gesagt hatte. Ruben war nicht mit zurückgekehrt.

»Ruben blieb in China.«

Ich wollte gerade den Mund öffnen, um zu einer Frage anzusetzen, als wir von draußen einen lauten Knall hörten. Wir erhoben uns und traten ans Fenster. Ein Lastwagen war aufs Grundstück gefahren und vor einem der Bäume zum Stehen gekommen. Vielleicht war einer der Reifen geplatzt.

»*Verwirrte Seelen, Sklaven der Vergänglichkeit, werden wir vom Strom hinweggespült.*«

»Wer hat das geschrieben?«

»Ruben. Es ist eine Zeile aus einem Gedicht.«

Wie standen nebeneinander und blickten hinaus in einen Frühling, der nicht kommen wollte. Selbst das Wetter war verwirrt, nicht nur die Seelen.

»Wissen Sie, was das Schlimmste ist? Dass mir Axel immer wieder das Gefühl vermittelt, dass mit mir etwas nicht in Ordnung ist. Ich weiß manchmal nicht mehr, ob er am Ende gar recht hat. Oft fühle ich mich schuldig, obwohl ich gar nichts getan habe. Es ist, als würde er sich immer tiefer in mir verkrallen, bis ich nicht mehr weiß, was seine und was meine Meinung ist.

Wenn er doch nur akzeptieren könnte, dass er nicht mehr so ist wie früher. Er sagt manchmal, dass ich ihn nicht genug zu schätzen weiß. Aber er ist es, der sich in seiner Schwäche nicht mehr zu schätzen weiß. Und ich schäme mich dafür, so zu empfinden. Das bin nicht ich.«

»Liebe Viola. Sie tragen wirklich eine zu schwere Bürde.«

Ich biss mir auf die Unterlippe und starrte weiter auf den

Lastwagen vor dem Fenster. Der Fahrer war ausgestiegen und betrachtete etwas unter einem der Vorderräder.

»Eines Abends … wir waren auf einer Party … Es war noch bevor Axel krank wurde. Wir hatten es sehr nett, bis es hieß, jetzt würden Spiele gespielt. Axel verabscheut Spiele. Aber dieses Spiel war recht spannend. Wir sollten uns unsere Zukunft ausdenken und sie mit verbundenen Augen malen.

Ich zeichnete einige Personen am Meer. Dann sollte ich das Bild interpretieren. Und ich sagte, ich sähe mich selbst, meinen Mann und meine Kinder. Als Axel sein Bild erklärte, sprach er von Viola, Tora und Linn. Er ist übrigens ein erstaunlich guter Zeichner.

Später merkte ich, dass Axel wütend war. Er wandte sich demonstrativ von mir ab und tanzte den ganzen Abend mit einer anderen Frau. Mir machte das nichts aus. Ich suchte mir ebenfalls einen anderen Tanzpartner, aber plötzlich rempelte er mich auf der Tanzfläche an und zischte mir zu, dass ich ja offenbar nur noch an mich selbst denken könnte.

Während der Heimfahrt im Taxi weigerte er sich zunächst, auf meine Frage, warum er so wütend sei, zu antworten. Aber dann kam es. Ich hatte bei der Beschreibung der Zeichnung von mir und meinem Mann gesprochen, nicht von mir und Axel. Dass ich auch von meinen Kindern statt von Tora und Linn gesprochen hatte, schien nicht relevant zu sein.

Zu Hause begann er dann herumzubrüllen, er könne sich ja nun, da ich meine Zukunft bereits ohne ihn plane, auch nach anderen Frauen umsehen. Es dauerte eine ganze Weile, bis er sich wieder beruhigt hatte. Ich nahm das damals nicht so ernst. Wir vertrugen uns wieder und unterhielten uns lange im Bett. Aus irgendeinem Grund kamen wir auf Friedhöfe zu sprechen. Da umarmte er mich und sagte, so wolle er auch liegen, wenn er tot sei, mit mir im selben Sarg.«

Diese Erinnerung ließ mich erschaudern. Damals dachte ich, es hinge mit seiner Angst vor dem Tod zusammen. Jetzt erscheint es mir nur makaber.

»Ha! Als hätte der Ort, an dem man begraben ist, irgendeine Bedeutung für die Zusammengehörigkeit. Sei es vor oder nach dem Tod.«

Lea trat ein paar Schritte beiseite, und ich blieb am Fenster stehen. Wenig später spürte ich ihre Bürste im Haar. Nachdem sie mein Haar gebürstet hatte, begann sie es zu flechten.

»Etwas habe ich allerdings gelernt. Alles zu verlieren, kann auch eine Befreiung sein. Dann ist man frei.«

Ihre Stimme klang wie trockenes Laub unter den Fußsohlen, ihre Worte schienen sich in einem Abgrund zu verlieren. Ich wusste nicht, was ich antworten sollte, und sie machte sich schweigend weiter an meinem Haar zu schaffen. Dann legte sie mir ihre Hände auf die Schultern, um mir zu bedeuten, dass sie fertig sei.

»Ich begann mit Kung-Fu, als ich aus China zurückkehrte«, sagte sie hinter mir. »Das ist gut, wenn man seine innere Wut loswerden will.«

Sie strich mir übers Haar, und ich schmiegte meinen Kopf in ihre Hand.

»Danke. Für alles … für den Kaffee. Er schmeckt so gut, wenn Sie ihn zubereiten.«

»Alte Gewohnheiten und altes Kochgeschirr.«

Im Korridor atmete ich einige Male tief ein und aus. Axel erwartete mich nicht mit einer Stoppuhr in der Hand. Ich war auf dem Weg zu meiner Schwiegermutter und meiner Tochter, die mich vielleicht noch nicht einmal vermisst hatten.

Kapitel 11

Tief in ein Fotoalbum versunken saßen sie auf dem Sofa. Haus der Erinnerungen hätte dieser Ort heißen sollen, wo Menschen in Schwarzweiß aus der Zweidimensionalität auferstanden. Marianne bemerkte mich sofort. Sie musterte mich von oben bis unten.

»Du bist klein und schwach und gehst zur Heilsarmee. Ich bin groß und stark und tanze im Folkets Park«, sagte sie zufrieden.

Sie war auf dem Weg in ihr Niemandsland, oder vielleicht hatte sie uns einfach nur satt. Als es an der Tür klopfte und jemand sagte, es sei Zeit zum Essen, kam es mir ganz natürlich vor, mich zu verabschieden.

Linn umarmte ihre Großmutter. Sie waren fast gleich groß und sahen sich ziemlich ähnlich. Die Einsicht war plötzlich da: ohne Marianne kein Axel und keine Linn. Das war etwas, womit sich der Tag leichter ertragen ließ.

Wir begleiteten Marianne noch in den Speisesaal, und sie wollte wissen, wo wir abends schlafen würden. Zum dritten oder vierten Mal erzählte ich von dem Haus, das wir gemietet hatten, um sie besuchen zu können. Sie antwortete mit demselben Erstaunen wie vorher: »Aha.« Dann erkundigte sie sich, ob wir Bettwäsche aus Papier benutzen würden. Das sei ihr nur einmal passiert, als sie Freunde auf Lidingö besuchte. Aber das sei auch das letzte Mal gewesen, sie könne es nicht empfehlen. Zu knittrig.

Es hatte aufgehört zu regnen oder zu schneien, oder wie

immer man es nennen wollte. Für Leute mit Fantasie duftete es nach Hoffnung, für alle anderen nach auftauenden Kuhfladen. Linn hakte sich bei mir unter und nahm mich mit auf eine Runde im Heimgarten. Unsere Schuhe wurden schmutzig, und ich dachte wieder an Axel, dass er es verabscheute, sich die Schuhe schmutzig zu machen. Genüsslich marschierte ich weiter. Die Spritzer auf der Hose waren mir egal. Ich dachte daran, was Lea über Kung-Fu gesagt hatte.

Linn entdeckte sie zuerst. Zwischen den Zweigen drang unerwartet die Sonne hindurch und schien auf das frische Grün, das aus der Erde spross. Krokusse. Das Leben erwachte. Jetzt hörten wir es beide, Linn und ich. Die Vögel zwitscherten. Linn beugte sich vor und strich mit der Hand über die Blätter. Ihr fiel das Haar auf den Rücken. Es glänzte in der Sonne. *Was meer was ufer was graue felsen und was inseln / Was wasser leckend den bug / Und ruch der kiefer und der drossel singen durch dust / Was bilder wiederkehren / Oh meine tochter …*

T. S. Eliots Gedicht »Marina«. *Entfernter als sterne und naeher als das aug …* Ich hatte das Gedicht analysiert und lange über diese Verse nachgedacht.

Mein Blick ruhte auf Linns Gestalt.

Wir lehnten uns beide an den Stamm eines alten Baumes. Ein Ahorn, der bald blühen und dann Früchte tragen würde. Früher hatten wir das Samenkorn herausgepult und uns die Früchte dann an die Nasen geklebt. Manchmal blieben sie haften, manchmal fielen sie ab, und wir rannten herum, lachten und nannten uns gegenseitig Ahornclown. Wir sammelten auch Kastanien. Braun und glänzend mit weißen Gesichtern oder, wenn wir sie rieben, mit braunen.

Und in keiner dieser Erinnerungen kam Axel vor, obwohl er, im Unterschied zu mir, die Menschen, mit denen er seine Zukunft verbringen wollte, beim Namen nennen konnte. Wenn ich in die Vergangenheit spähte, nahm ich nur verschwommen etwas wahr, das im Hintergrund gestanden hatte. Vielleicht war es nur ein Wunsch, mein Wunsch nach einer intakten Familie. Die Erinnerung fügte Dinge hinzu und nahm andere fort, wie es ihr gefiel, ohne den Regeln der Logik zu folgen.

»Eigentlich finde ich es ziemlich cool, wenn sich sechzigjährige Frauen scheiden lassen.«

Zum zweiten Mal innerhalb kurzer Zeit griff Linn dieses Thema auf. Die Sonne wärmte meine Wangen, aber innerlich spürte ich ein Frösteln.

»Wie meinst du das?«

»Naja … es ist doch mutig, etwas Neues zu wagen, obwohl man schon alt ist. Aber ihr dürft euch nicht scheiden lassen.«

»Wir haben auch nie gesagt, dass wir das vorhaben.«

Ausreichend schnell und mit der richtigen Betonung auf den Worten.

Stille, einige Minuten zum Nachdenken. Dann erzählte Linn, dass sie mit der Großmutter über Kirre gesprochen habe. Ihre Feststellung, am Anfang sei es am schlimmsten und die Zeit heile alle Wunden, habe einleuchtend gewirkt.

Großmutter hatte ihr alte Fotos von einem Mann gezeigt, in den sie sich als junges Mädchen verliebt hatte. Er war Weitspringer, und manchmal, wenn sie Großvater ärgern wollte, hatte sie auf dem Küchenfußboden abgemessen, wie weit ihr ehemaliger Schwarm springen konnte.

Großmutter wusste auch nicht recht, warum sich aus der Geschichte nie etwas entwickelt hatte. Als er zu haben war, hatte Großmutter einen Freund gehabt, und als sie soweit war, hatte er eine Freundin. Großmutter hatte Linn erklärt, es sei nicht einfach, zu wissen, wann man sich jemandem nähern dürfe und wann man sich zurückhalten solle. Linn hatte das so verstanden, dass es vielleicht an der Zeit sei, sich wieder bei Kirre zu melden, vielleicht bedeutete es aber auch das Gegenteil?

Dieselbe Frage hatte ich gestellt, vor langer Zeit. Mama, was soll ich sagen, wenn ich jemanden liebe? Du sollst sagen, wie es ist. Dass du ihn liebst.

»Ich finde, du solltest sagen, wie es ist, Linn. Dass du traurig bist, weil der Kontakt abgerissen ist. Dass du gerne wüsstest, woran es liegt.«

»Und wenn er nicht antwortet?«

»Dann hast du wenigstens dein Möglichstes getan. Gewissheit zu haben wirkt meist beruhigend. Danach kann man nach vorne schauen.«

Gemeinsam liefen wir zum Auto. Dort begann ich nach meinem Autoschlüssel zu suchen. Das Futter meiner Tasche sah merkwürdig zerbeult aus, und ich bemerkte, dass es einen Riss hatte. Ich schob meine Hand hinein. Dort lag, zusammen mit dem Autoschlüssel, meine Brieftasche.

Ich starrte sie verständnislos an und wandte mich dann an Linn.

»Was? Wo war sie denn?«

»In der Tasche. Im Innenfutter.«

»Und das hast du erst jetzt gemerkt?«

»Ja.«

»Also, Mama …«

Linn verdrehte die Augen. Als sie im Auto saß, schaltete sie sofort Musik an, und Gitarrenklänge erfüllten das Auto. Es war eine Weile her, dass ich selbst Gitarre gespielt hatte, aber jetzt erinnerte ich mich an die Worte meines Vaters, als er mich zum Spielen ermunterte. Die Gitarre sei ein besonders schönes Instrument, hatte er gesagt, denn sie spiele nicht nur, sondern sie singe auch.

Die ganze Zeit dachte ich an meine Brieftasche. Wie war es nur möglich, dass ich sie nicht gefunden hatte? So oft wie ich die Tasche ausgeleert und von innen nach außen gekehrt hatte. Und die Vorstellung, es Axel erzählen zu müssen. Ich konnte nur hoffen, dass er einen guten Tag verlebt hatte.

Er saß auf der Glasveranda, hatte ein paar Papiere vor sich ausgebreitet und telefonierte. Als wir vorsichtig ans Fenster klopften und winkten, zuckte er zusammen. Er beendete rasch sein Gespräch und empfing uns in der Diele, in der wir uns unsere schmutzigen Schuhe auszogen. Er umarmte Linn und tätschelte mir den Arm. Hat sie euch erkannt? Aha. Gewisse Leute haben Glück. Gut, dass du mitgegangen bist, Linn, das gab einige Denkanstöße, nicht wahr?

Und du hast natürlich wieder Kaffee bei dieser Frau getrunken. Ich habe Scones gebacken. Sie sind gerade fertig geworden. Noch warm. Wenn ihr welche haben wollt?

Tora hatte bereits gegessen und war schon wieder unterwegs. Die Handwerker? Ja, die hatten den ganzen Tag gearbeitet, ob uns ihr Auto nicht in der Kurve begegnet sei? Jetzt war jedenfalls alles wieder zugemauert und würde wohl auch nicht mehr lecken. Alles fertig, bis auf ein paar Kleinigkeiten. Aber keine Sorge. Die Männer würden am nächsten Tag noch einmal kommen und den Rest erledigen.

Seine Stirn war gerunzelt, aber das Haar ordentlich gekämmt und das Hemd erstaunlicherweise frisch gebügelt. Er redete unablässig und lief uns voraus in Richtung Esstisch.

Er hatte bereits gedeckt und trug nun sein wunderbares Backwerk auf. Das mechanische Buch stand mit neuen Seiten versehen auf dem Tisch. Afternoon Tea stand auf der ersten

Seite. Diese verschwand, und auf der nächsten Seite tauchte Queen Elizabeth auf.

Die Butter schmolz beim Bestreichen der Scones, Marmeladenklekse und Krümel landeten auf dem Tisch. Linn und ich versuchten, die Flecken zu beseitigen, während Linn Axel mit Fragen bestürmte. »Hattet ihr eine Katze, als du klein warst, Papa? Großmutter hat das behauptet. Eine Katze namens Fridolf, die sie gefunden hat.«

»Was soll das für eine Katze gewesen sein?«

Linn wiederholte ihre Frage. Axel schaute aus dem Fenster. »Apropos Katze, habt ihr Rezina da draußen im Baum gesehen? Ich hatte schon geglaubt, sie sei fürs Klettern zu dick. Seht ihr sie nicht? Komisch, ihr habt doch beide noch die volle Sehkraft. Übrigens gut, dass sie klettert. Dann benutzt sie wenigstens ihre Krallen für das, wozu sie geschaffen sind.«

»Und wie war das mit Fridolf?«

»Jetzt, wo du es sagst. Ich kann mich nicht genau erinnern, aber vielleicht gibt es irgendwo ein Foto.«

»Großmutter hat erzählt, du hättest viel mit Fridolf gespielt. Dann musstet ihr ihn einschläfern lassen, weil du eine Allergie bekamst.«

»Das weiß ich nicht mehr.«

Linn wirkte erstaunt.

»Du warst wohl sehr traurig. Offenbar hat Großvater dann noch behauptet, es wäre deine Schuld gewesen, dass der Kater starb.«

»Ich habe doch gesagt, dass ich mich daran nicht erinnere. Und ich bin ganz froh darüber. Es wäre schrecklich, wenn man sich an jeden alten Mist erinnern würde.«

Linn legte ihr Scone beiseite und starrte ihn an.

»Wenn man versteht, was geschehen ist, wird es doch einfacher.«

Ich strich ihr über die Hand, und sie zog sie sofort zurück.

»Ich habe noch nie daran geglaubt, dass es etwas bringt, sich in unbehagliche Kindheitserlebnisse zu vertiefen. Was passiert ist, ist passiert und lässt sich nicht rückgängig machen.«

»Aber Axel …«

Es ließ sich nicht umgehen, dass Linn zuhörte.

»… das, was mit dir und uns geschehen ist, deine Krankheit … wäre es nicht gut, einmal darüber zu sprechen? Mit jemandem, der Erfahrung hat? Du musst dir darüber doch deine Gedanken gemacht haben. Ich zumindest habe mir Gedanken gemacht. Und Tora und Linn sicher auch. Jetzt ist ja alles wieder viel besser, und deswegen …«

»Wir haben doch verdammt noch mal schon über all das geredet! Warum sollen wir noch irgendeinen selbsternannten Halbguru damit behelligen? Er wird auch nichts Klügeres zu sagen haben, als dass jeder gern die eigenen Fehler beim anderen sucht.«

»Wäre es denn so abwegig, sich …?«

»Ich habe darüber nachgedacht, ob ich nicht Psychologin werden soll«, fiel Linn mir ins Wort.

»Psychologin? Kannst du mir einen einzigen Grund dafür nennen, freiwillig einen Beruf zu ergreifen, dessen einziger Sinn darin besteht, zu tun, was andere vermeiden?«

»Wie meinst du das, Papa?«

Axels Stimme wurde lauter. Eine kleine, aber deutliche Schärfe.

»Leute, die herumsitzen und reden, statt etwas zu unternehmen. Leute, die anderen die Schuld geben und keinerlei Verantwortung für ihre Taten übernehmen. Solche Leute rennen zum Psychologen und lassen sich von ihm Ausreden zurechtlegen, mit denen sie dann hausieren gehen. Vernünftige Menschen vermeiden es, sich die Litaneien solcher Leute anzuhören. Und du willst dein ganzes Leben damit verschwenden?«

Linn sah wütend und traurig aus. Ihre Wangen waren gerötet.

»Aber Axel. Du bist doch sonst immer gegen Verallgemeinerungen. Ein Psychologe tut doch auch anderes, als sich nur Klagen anzuhören? Und es sind doch wohl nicht nur leichtfertige Menschen, die die Hilfe eines Therapeuten benötigen?«

»Außerdem lassen sich Psychologen dafür bezahlen, sich diese Klagen anzuhören. Das ist doch ein Argument, das dir einleuchten müsste, Papa.«

Axel lächelte gönnerhaft.

»Jedenfalls bin ich immer noch bei Sinn und Verstand. Und ich habe nicht vor, mit irgendeinem Wildfremden zu reden. Wenn du dein Leben an die Psychologie verschwenden willst, bitteschön. Aber beschwere dich nachher nicht, wenn alles zum Teufel geht!«

Den letzten Satz brüllte er. Plötzlich schlug er mit der Faust auf den Tisch, dass die Tassen tanzten. Linn begann zu weinen.

»Jetzt ist aber mal gut, Axel.«

Ich erhob mich und Axel ebenfalls. Wir standen uns, den Tisch zwischen uns, gegenüber. Hinter meinem Rücken zog sich Linn schluchzend zurück. Axel beugte sich vor, bis sein Gesicht nur wenige Zentimeter von meinem entfernt war. Er war nicht mehr nur sarkastisch, er war außer sich vor Wut.

»Du schreibst mir nicht vor, was ich zu tun und zu lassen habe. Verstanden? Niemand hat das Recht dazu und am allerwenigsten du.«

»Wie meinst du das?«

»Du weißt genau, wie ich das meine.«

Die Mundwinkel nach unten gezogen.

»Nein. Das weiß ich nicht.«

Axel starrte mich an. Seine Pupillen waren geweitet. Dann drehte er sich plötzlich um. Wenig später hörte ich die Tür hinter ihm zuknallen.

Ich ging zu Linn ins Zimmer, aber sie wandte sich nicht zu mir um, und ihre abweisende Haltung verriet mir, dass sie allein sein wollte. Ich schloss die Tür wieder und ging in die Küche zurück, räumte den Tisch ab und klappte das automatische Buch zu, in dem jetzt ein Familienfoto aus der Zeit, als die Mädchen noch klein waren, zu sehen war. Dann räumte ich die Küche auf, die sich nach Axels Backaktion in einem ziemlich chaotischen Zustand befand. Schüsseln mit Teigresten, schmutzige Bleche, Mehl auf dem Fußboden. Es war eigentlich nicht seine Art, die Küche so zu hinterlassen.

Rezinas Futter war immer noch unberührt. Innerhalb weniger Tage hatte sie sich in eine aktive Wald-und-Wiesenkatze verwandelt. Vielleicht war das ja gut. Ein Störfaktor weniger, zumindest solange sie die Natur dem Sofa vorzog.

Ein Jammern, vermutlich Linns leises Weinen. Dass Axel und ich unterschiedliche Meinungen hatten, war eine Sache, aber dass sich die Mädchen immer häufiger seiner Launenhaftigkeit ausgesetzt sahen, war unerträglich. Alles eskalierte, wurde nur noch schlimmer, und diese Einsicht beschleunigte meinen Puls. Verdammt, wie fest der Teig saß. Meine Hände versanken im Spülwasser, und in diesem Augenblick fasste ich den ersten Beschluss. Ich würde nie mehr Scones essen.

Resigniert hörte ich auf zu schrubben. Axel würde vermutlich später ohnehin alles noch einmal spülen. Meine Gedanken wirbelten durcheinander, die Tassen schwammen im

Spülwasser, und ich lehnte die Stirn an den Küchenschrank. Was hatte Lea noch gleich gesagt? Wenn man alles verloren hat, ist man frei.

Ich trocknete die Hände ab und griff zum Telefon. Die Schneereste draußen vor dem Fenster erinnerten an Tränen. Ich rief bei meinen Eltern an, aber niemand ging dran. Auch bei meiner Schwester und bei meinem Bruder hob niemand ab. Und ich hatte nichts zu sagen, was auf einem Anrufbeantworter Platz gefunden hätte.

Auf der Glasveranda waren die Papiere vom Tisch verschwunden. Axel musste sie weggeräumt haben, als er uns gesehen hatte. Ich blätterte, bis ich »Marina« gefunden hatte, und las es ein weiteres Mal. Dort war von einem Ort die Rede, wo alle Wasser sich grüßen. Wie ein Punkt, an dem die Gegensätze eine Einheit bilden, dachte ich, wie das chinesische Symbol des Tao. Wie eine selbstverständliche Lösung oder eine einfache Erklärung.

Durch das Fenster sah ich, dass Axel auf unser Haus zulief. Tora schlenderte hinter ihm her. Ich schob meine Gedichte beiseite und erwartete sie in der Tür. Axel hatte Pizzakartons in den Händen.

»Irgendjemand muss ja ans Essen denken.«

»Wo hast du Tora aufgegabelt?«

»Ich bin beim Campingplatz vorbeigefahren. Man weiß schließlich Bescheid und kennt seine Kinder.«

Seine Stimme klang ruhiger. Dann beugte er sich vor, küsste mich auf die Wange und flüsterte mir etwas ins Ohr. Du und ich, wir gehören zusammen.

Wir überstanden das Abendessen dank Rotwein und Toras Bericht über das Leben auf dem Campingplatz. Jemand verkaufte Körbe direkt aus dem Wohnwagen, andere boten Babysitting an. Und das Café war gemütlich. Es wurde einiges geboten, vor allem im Sommer.

Sie hatten Minigolf gespielt, was bei dem Wind gar nicht so leicht war, ihr Ball hatte seinen eigenen Willen gehabt. Es hatte trotzdem ziemlichen Spaß gemacht. Vielleicht würde sie das mit dem Windsurfen mal ausprobieren, es wurden Kurse angeboten. Auch eintägige, schließlich waren wir ja nur über Ostern hier. Ihre Stimme klang etwas enttäuscht. Immerhin bestand die Möglichkeit, weitere Bekanntschaften zu machen. Axel und ich zwinkerten uns zu.

»Ich habe übrigens meine Brieftasche gefunden.«

»Ach?«

Axel wirkte erstaunt. Tora ebenfalls. Linn aß weiter. Ich erklärte, sie sei ins Futter meiner Handtasche gerutscht. Es habe einen Riss. Axel seufzte.

»Immer diese lädierten Sachen. Ich verstehe nicht, dass es dir so schwerfällt, eine gewisse Grundordnung aufrechtzuerhalten.«

»Ich habe die Tasche mehrere Male durchsucht. Es ist mir unerklärlich.«

»Und du hast uns alle gestresst. Aber schön, dass sie wieder zum Vorschein gekommen ist.«

Axel lächelte nachsichtig. Ich war erstaunlich glimpflich davongekommen. Rasch wandte ich mich an Tora, um sie zu fragen, worüber sie am Vorabend mit mir hatte sprechen wollen, unterließ es dann aber im letzten Moment. Der Gedanke, es könnte sich herausstellen, dass Axel gelogen hatte, schien mir unerträglich. Ich konzentrierte mich wieder auf die Pizza, die so schmeckte, wie Pizza immer schmeckt. Wir spielten harmonische Familie, was uns sogar recht gut gelang.

Nach dem Essen erhob sich Axel und zog mich mit sanfter Gewalt hinter sich her. Die Mädchen könnten sich doch weiß

Gott auch mal um den Abwasch kümmern. Er schob mich auf einen Sessel vor den Fernseher und schaltete die Nachrichten an. Der Fernseher berichtete von Dingen aus der großen Welt und ließ das, was sich in unserer kleinen Welt tat, nebensächlich erscheinen. Aus der Küche waren Stimmen und das Klappern von Geschirr zu hören.

Während eines Beitrages über Einsparungen im Gesundheitswesen erhob ich mich, um die spärliche Osterdekoration, die ich von Zu Hause mitgebracht hatte, zu holen. Ich überredete Linn, mir zu helfen, ein paar etwas schiefe, aber flauschige Küken auf dem abgewischten Esstisch aufzustellen. Die Pappeier für die Mädchen würde ich später füllen. Schokolade, Kinogutscheine und Bücher. Vielleicht war es ja wichtiger für mich, etwas geben zu dürfen, wie ich es all die Jahre über getan hatte, als für sie, etwas zu bekommen.

Plötzlich lärmte es über unseren Köpfen. Kurz darauf kam Axel zu uns herein und klopfte sich demonstrativ den Staub von den Händen. Er habe auf dem Speicher nach neuem Lesestoff gesucht, aber wer wolle schon Tolstoi in den Ferien lesen? Zum einen kenne er »Anna Karenina« bereits, zum anderen sei es manchmal etwas arg ausladend. Obwohl der gute Russe ja im Unterschied zu vielen anderen wirklich schreiben könne.

Ein Telefon klingelte. Axels. Er verließ den Raum und nahm eilig das Gespräch entgegen. Durchs Fenster sah ich, dass er nach draußen gegangen war. Er stand reglos wie eine Galionsfigur und schaute über die Landschaft, während er sprach. Als er zurückkehrte, wirkte er zufrieden. Er meinte, Probleme bei der Arbeit seien dazu da, gelöst zu werden.

Die Mädchen begannen unerwartet zeitig damit, sich für die Nacht fertig zu machen, und verbarrikadierten sich in ihrem Zimmer. Axel und ich folgten ihrem Beispiel und legten uns zum Lesen ins Bett. Als wir das Licht ausgeschaltet hatten, begann Axel wieder über London zu sprechen. Die Pläne würden immer konkreter, ein Kollege habe ihn deswegen am Abend angerufen. Die Streitigkeiten des Tages waren verdrängt. Dann stand er auf und kam in mein Bett.

Sein Körper, so vertraut. Seine Bewegungen, so bekannt. Seine Finger wussten immer noch, wo sie suchen mussten. Mein Körper ohne ein skeptisches Ich, sein Atem bei meinem. Veränderung ist eine Konstante. Ein Nein, ein Ja, ein Nein. Ich habe doch nur dich, und Angst, vermischt mit Trauer, vermischt mit Verzweiflung, vermischt mit nichts. Eine Liebkosung, um alle Worte zu vertreiben, alles, was entzweit, eine Bewegung, um zu vereinen. In guten wie in schlechten Zeiten, weil wir gelobt haben, uns zu lieben. Bis dass der Tod uns scheidet.

Er verschwand ins Badezimmer. Wasser rauschte. Alles wurde still. Axel legte sich ins Bett und sagte Gute Nacht.

Als ich mir sicher war, dass er schlief, stand ich leise auf und schlich mich hinaus aus der Zweisamkeit unseres kurzen Beisammenseins. Wieder die Decke um die Schultern. Ich war noch feucht, war noch mit Axel zusammen. Das Seidennachthemd, das ich trug, hatte er mir vor Jahren zu Weihnachten geschenkt.

Ich holte Leas Mappe hervor. Diese Papiere waren der einzige Ort, an dem sich möglicherweise eine Antwort fand.

Wenn man alles verloren hat. Ist man dann frei?

Ein stilles Licht. Der Mond vor dem Fenster. Bald würde Vollmond sein, und die Heimbewohner würden den Mond anrufen. Mit den Wölfen heulen. Die Erinnerung an andere in tiefen Brunnen versenken. Eine Bewegung vor dem Fenster. Ein Schwarm Vögel, die auf etwas Weißes einhackten und daran herumrissen, die aufeinander einhackten, um die besten Stücke zu ergattern.

Ich presste Gesicht und Hände an die Fensterscheibe, um zu erkennen, was es war. Keine Engel, keine weißen Schneeflocken, kein unschuldiger Jungfrauenkörper. Nur die Pizzakartons, über die sie sich hermachten.

In der Mappe wartete die dritte Erzählung.

Das barmherzige Bild

Immer noch kein Regen. Dieselbe unbarmherzige Trockenheit, dieselbe gleißende Sonne, die sich bereits am Morgen durch die Gardinen zwängte. Am Tag zuvor hatten sie davon gesprochen, wie wichtig Niederschläge für den Garten seien. Heute erschien das noch wichtiger.

Die Kinder in der Schule hingen wie welke Blumen über ihren Büchern. Hong war nach dem Unterricht zu ihr gekommen und hatte sich darüber beklagt, dass es keinen Regen gab. Marit hatte geantwortet, dass Dinge manchmal einen Sinn hätten, den man nicht verstehe. Aber die Erde unter ihren Füßen war rissig, und während sie sprach, hatte sie das Gefühl, ihr Mund sei voller Sand. Einem Kind etwas Unerklärliches zu erklären war ebenso schwer, wie den Chinesen verständlich zu machen, dass es keinen Sinn gab, auf die Hilfe toter Verwandter zu hoffen, und dass sie die Kerzen, die vor ihren Bildern angezündet wurden, nicht mehr sehen konnten.

Hong hatte sich ihr klebriges Haar aus der Stirn gestrichen. Es war gerade und glatt, ganz anders als ihr eigenes. Mit demselben Erstaunen, mit dem die chinesischen Kinder ihr blondes Haar betrachteten, starrten die chinesischen Frauen auf ihre flachen, bequemen Halbschuhe. Einige von ihnen saßen fast die ganze Zeit auf ihren Hockern, da sie kaum in der Lage waren, mit den deformierten Klumpen aus Fleisch und Nägeln, die in entzückenden bestickten Pantoffeln steckten, richtig aufzutreten. Marits eigene Füße waren im Vergleich dazu riesig und sahen geradezu grotesk aus. Aber sie konnte mit ihnen gehen.

Einige Veränderungen hatten sie zumindest bewirkt. In manchen Dörfern wurden die Füße nicht mehr abgebunden, die Jungen lasen in der Missionsschule nicht mehr nur die Schriften des Konfuzius, und auch die Mädchen durften etwas lernen. Wenn man sich nicht auf diese Weise tröstete, wirkte die Anzahl bekennender chinesischer Christen allzu niederschmetternd. Es waren nur einige tausend bei einer Bevölkerung von mehreren hundert Millionen, deren größter Teil von Armut und Not gequält wurde.

Es klopfte an der Tür, und Liu trat mit Tee, gezuckerten Kiefernsamen, Mandarinen und Bananen ein. Marit bedankte sich. Ihr standen die Schweißperlen, die salzigen Tränen dieses Landes, auf der Stirn, obwohl sie sich gerade erst das Gesicht gewaschen hatte. Liu erkundigte sich nach dem Kinderheim und dem Krankenhaus und bemühte sich, langsam und deutlich zu sprechen.

Es hatte lange gedauert, auch nur einen Bruchteil dieser Sprache zu verstehen, die so viele Nuancen besaß. Ganz zu schweigen von den Schriftzeichen, die ganze Geschichten enthielten und nicht nur einzelne Laute symbolisierten wie in ihrer Muttersprache. Aber es hatten sich viele Türen geöffnet, als sie mit den Menschen, denen sie begegnete, endlich sprechen konnte. Sie begriffen, dass Marit etwas um ihretwillen gelernt hatte, damit sie von ihr lernen konnten.

Marit trat auf die Treppe, die von ihrem Schlafzimmer im zweiten Stock hinunterführte. Eine Jakobsleiter, aber ohne weiche Wolken, die einen auffingen, stattdessen scharfkantig und metallen. Sie schlängelte sich wie die Schlange am Baum der Erkenntnis an der Hauswand hinab.

Etliche Male, als ihr die Arbeit übermächtig vorgekommen war und sie den Gestank der Armenviertel noch in der Nase wahrnahm, hatte sie geträumt, auf der Treppe den Halt zu verlieren, zu stürzen und mit einem dumpfen Knall auf der Erde aufzuprallen. Dort hatte sie dann gelegen und in den Himmel gestarrt, unfähig sich zu bewegen und ohne den Schmerz zu spüren, den sie eigentlich hätte spüren müssen, nachdem sie sich sämtliche Knochen gebrochen hatte.

Im Traum hatte sie jedoch jedes Mal die Unendlichkeit gespürt, die sich über ihr und über allen anderen ausdehnte.

Auf dem Hof wurde sie rasch von Kindern aus dem Heim und der Schule umringt. Sie schaute zur Kapelle hinüber, die man zehn Jahre zuvor, 1936, aus Ziegeln errichtet hatte und über deren Säulenportal einige chinesische Schriftzeichen die Besucher willkommen hießen. Diese Kapelle stellte eine große Verbesserung dar. Im Winter war es so kalt, dass die Besucher die Mäntel anbehielten und sich die Füße an den Kohlenbecken wärmten. Die Temperaturschwankungen waren enorm und die Übergänge abrupt. Hier wechselten Sonne und Wolken, Licht und Schatten, Tag und Nacht innerhalb kürzester Zeit.

Sie eilte auf die Kapelle zu, während sie an Meiching dachte, das Mädchen, das sie an einem Abend im vergangenen Winter gefunden hatte, als der Wind ebenso unbarmherzig pfiff wie die Sonne jetzt brannte. Meiching hatte reglos, mit hässlichen Erfrierungen an Armen und Beinen auf der Straße gelegen. Im ersten Augenblick war Marit nicht sicher gewesen, ob das Mädchen überhaupt noch lebte. Sie hatte schon früher Tote auf den Straßen gesehen, Verhungerte oder Opfer der japanischen Angriffe, die niemanden verschonten, auch nicht Frauen und Kinder.

Ein alter Mann war aus seinem Schirmgeschäft gekommen, während sie das kleine Mädchen untersuchte. Er hatte sich verbeugt und erklärt, das Kind sei von einem Fahrrad angefahren und durch den Sturz schwer verletzt worden. Wie lange sie dort schon lag, hatte Marit nicht verstanden, ebenso wenig, ob der Mann etwas unternommen hatte, um dem Mädchen zu helfen.

Es war vollkommen aussichtslos, herauszufinden, wo die Kleine herkam und wo ihre Familie lebte. In diesem Land war das Leben eines Mädchens nicht viel wert und das eines verletzten Mädchens noch weniger. Vor nicht allzu langer Zeit hatte man tote weibliche Neugeborene noch unverhüllt und ohne Segen in Erdlöcher geworfen.

Marit hatte Meiching in die Missionsstation gebracht, wo man sich um sie kümmerte und sie jede erdenkliche Pflege erhielt. Nach einer Weile war sie so weit wiederhergestellt, dass sie mit den anderen auf dem Hof herumtollen konnte. Einige Wochen später erschienen einige Männer und Frauen und stellten sich als die Verwandten des Mädchens vor. Sie erklärten sich damit einverstanden, sie im Kinderheim zu lassen.

Meiching widmete sich eifrig ihren Verpflichtungen, den Hausaufgaben und auch ihrer praktischen Arbeit, der Zucht von Seidenraupen. Sie fütterte sie fleißig mit Maulbeerbaumblättern und beobachtete, wie sie wuchsen und sich in ihre Kokons aus Rohseide einspannen. Anschließend wurden sie gekocht. Die Larven mussten tot sein, um die Fäden aus den Kokons zu gewinnen.

Aber am allerbesten gefiel ihr vermutlich die Sonntagsschule. Als ihr Marit einige Geschichten aus der Bibel erzählte, hing das Mädchen förmlich an ihren Lippen und bestürmte sie anschließend mit tausend Fragen. Zuletzt hatten sie über den barmherzigen Samariter gesprochen, und Marit hatte erzählt, wie der Mann, der von Räubern überfallen wurde, nur von einem Samariter, einem Mann, der keinerlei

Achtung genoss und von dem der Verletzte wirklich keinerlei Barmherzigkeit erwartete, Beistand erhielt.

In der Schule hingen großformatige Bilder, die einige der Gleichnisse aus der Bibel veranschaulichten. Auf einem dieser Bilder war ebendiese Geschichte dargestellt. Die Gestalten waren eindeutig chinesisch, und im Hintergrund erkannte man chinesische Landschaften mit Bergen und Tälern. Die Bäume blühten üppig, Pflanzen in den typischen Farben Chinas bedeckten die Erde, die Kleider leuchteten weiß, rot und schwarz.

Das große Bild mit den verschiedenen Episoden war schön, und Meiching konnte sich daran kaum satt sehen. Immer wieder stand sie davor und starrte es an, als gäbe es noch etwas Neues zu entdecken.

Vor einigen Tagen war Meiching jedoch plötzlich krank geworden. Sie hatte hohes Fieber bekommen, einige der alten Wunden hatten sich erneut entzündet, und nach einer Weile wussten sie keinen anderen Rat, als das Mädchen ins Krankenhaus in Weihsien zu bringen. Karl hatte sie mit dem Wagen der Missionsstation, einem Ford 29, dorthingebracht. Dass sie über dieses Auto verfügten, erleichterte ihre Arbeit enorm und ersparte ihnen unbequeme Fahrten mit dem Eselskarren.

Man hatte sich um die Kleine gekümmert, aber es gab keine zuverlässigen Verbindungen, und so erfuhren sie nur sporadisch von ihrem Zustand. Sie hatten seit einer Woche nichts mehr von ihr gehört, und das war vor allem insofern bedauerlich, als das Mädchen bald Geburtstag hatte. Aber dass kein Telegramm eingetroffen war, bedeutete immerhin, dass sich ihr Zustand nicht verschlechtert hatte.

Allerdings hatte Marit fürchterliche Geschichten über die Brutalität der Roten gehört. Als hätten die Japaner nicht schon genug Unheil angerichtet, mussten nun auch noch die chinesischen Regierungstruppen und die Kommunisten miteinander in Konflikt geraten. In den Dörfern, die die Kommunisten unterworfen hatten, durften die Bewohner nicht einmal mehr nachts ihre Türen verschließen. Sie sollten offen stehen, damit die Soldaten jederzeit in die Häuser gehen und sich nach Herzenslust bedienen konnten, was sie auch taten.

Natürlich gab es unter den Anführern der Roten auch kluge Köpfe, und es hieß, dass die Regierungssoldaten ihr Leben behalten dürften, wenn sie überliefen. Aber wenn arme, ausgehungerte Soldaten freigelassen wurden, schien es keine Rolle zu spielen, auf welcher Seite sie standen. In Kiaohsien war die Missionsstation von Schutz suchenden, verängstigten Menschen förmlich überrannt worden. Sie hatten dicht an dicht auf dem Boden gelegen, und die Helfer hatten Tag und Nacht zu tun gehabt.

Marit dachte an die armen Kameraden, während sie auf das Schulgebäude zuging, in dem sie Herr Yin, ihr Chinesischlehrer, sicher bereits erwartete. Er war tatsächlich schon da und packte seine kalligraphischen Werkzeuge aus, seine vier Kleinode: Pinsel, Tusche, Reibstein und Papier.

Herr Yin trug seinen langen schwarzen Seidenmantel mit den weiten Ärmeln, aus denen die Hände, braunfleckig von Sonne und Tinte, wie hungrige, unterernährte Tiere herausragten. Als er Marit sah, begrüßte er sie. Sie erwiderte seinen Gruß, und er korrigierte sie freundlich und auf eine Art, die sie hoffen ließ, irgendwann zumindest annähernd die chinesische Sprache und den Dialekt, den sie hier lernte, zu beherrschen.

Sie war voller Zuversicht, was das Lesen und Verstehen anging. Schlimmer war es mit den Lauten, dem Satzrhythmus und dem Umstand, dass die Bedeutung der Worte allein durch Veränderung der Tonlage variierte.

Irgendwann, pflegte er zu sagen, wenn sie seufzte, irgendwann werden Sie es können.

Herr Yin bat sie, Platz zu nehmen, und sie sprachen über die vergangenen und die kommenden Tage und auch über die bevorstehenden Ereignisse, über Weihnachten, den Gesangsunterricht der Sonntagsschüler und die Reisen durch die Provinz. Herr Yin erkundigte sich nach Meiching, und Marit erwiderte, dass sie noch nichts Neues erfahren hätten.

Manchmal stockte sie, suchte nach Worten, und Herr Yin schlug mit milder Stimme eine Formulierung vor. Bisweilen schien er ihre Gedanken lesen zu können und zu wissen, was sie sagen wollte, noch ehe sie den Mund geöffnet hatte.

Sie sprachen über das Bild vom barmherzigen Samariter. Der Künstler, ein Mann aus der Gegend, war ein guter Maler gewesen. Ob sie wisse, wie er zu malen begonnen habe, erkundigte sich Herr Yin. Das sei nämlich alles andere als selbstverständlich gewesen. Er war in einer recht wohlhabenden Familie aufgewachsen, aber dort maß man den schönen Künsten keine allzu große Bedeutung bei. Die Mutter des Malers hatte jedoch eine Schwäche für Vögel, und sie hielt einige dieser Tiere im Haus.

Besonders ein Vogel, ein Wellensittich mit einem Gefieder in außergewöhnlichen Farben, war der Mutter ans Herz gewachsen. Bemerkenswerterweise konnte er sogar singen. Im Gegensatz zu den übrigen Vögeln, die Tag und Nacht im Käfig saßen, damit alle ihre Schönheit bewundern konnten, durfte dieser Wellensittich oft frei in den Zimmern herumfliegen.

Eines Tages, der Maler war damals noch ein kleiner Junge, hatte die Mutter den Vogel aus dem Käfig gelassen und war aus dem Zimmer gegangen. Der Junge war auf der Suche nach seiner Mutter in das Zimmer gekommen und hatte sie dort nicht gefunden. Ohne den kostbaren Wellensittich zu bemerken hatte er beim Hinausgehen die Tür hinter sich zugeschlagen. Der Vogel war in die Tür geraten und sein Kopf mit einem einzigen Schnitt abgetrennt worden.

Der Schrei des Jungen war herzzerreißend. Noch schlimmer wurde es, als seine Mutter herbeieilte und erkannte, was geschehen war. Ihre Verzweiflung war grenzenlos. Wenig später wurde sie schwer krank und starb kurz darauf.

Zwar gab es niemanden, der behauptete, der Junge habe den Tod seiner Mutter verursacht, aber er muss sich so gefühlt haben. Nach diesem Ereignis stand ihm die Bitterkeit ins Gesicht geschrieben. Er flüchtete sich in die Malerei und arbeitete später Tag und Nacht an seinen Werken, als könne er auf diese Weise den Vogel und damit seine Mutter ins Leben zurückholen. Ob sie übrigens Wu Tao-Tse kenne?

»Nein, leider nicht.«

»Wu Tao-Tse war ein Künstler der Tang-Dynastie, falls Ihnen das etwas sagt. Es heißt, Wu Tao-Tse habe eines Tages ein Wandgemälde betrachtet, das er gerade fertig gestellt hatte. Der Kaiser hatte es in Auftrag gegeben. Es zeigte eine wunderschöne Landschaft mit Blumen und Tieren in verschiedenen Farben.

Ob er dem Kaiser sein Werk vorgeführt hat oder nicht, weiß nur der Wind. Aber Wu Tao-Tse klatschte plötzlich in die Hände, und das Tempeltor auf dem Gemälde öffnete sich. Wu Tao-Tse trat ein und verschwand in seinem eigenen Bild.«

»Wie schön.«

»Allerdings. Sie müssen mir doch darin zustimmen, Marit, dass hier eine Verbindung zum christlichen Glauben besteht. Wenn man mit ganzer Seele für eine Aufgabe lebt, wie

Sie als Christin das tun, so scheint mir das doch dasselbe zu sein, wie in seiner Arbeit aufzugehen, in seinem Lied, seinem Buch oder seiner Verkündigung, finden Sie nicht? Ob man es nun so beschreibt, dass man in sein Werk hineingeht, oder ob man es in Kirchenliedern über die Unsterblichkeit der Seele besingt, spielt eigentlich keine Rolle. Das zeigt nur, wie unendlich viele Möglichkeiten es gibt, die ewigen Fragen zu beschreiben, die uns alle quälen.«

Quälen. So drückte er das aus. Und sie verstand ihn, nachdem sie ihn mehrfach nach der Bedeutung dieses Wortes gefragt hatte.

Es klopfte an der Tür, und Liu trat mit einem Teetablett ein. Herr Yin dankte und nahm dann die Unterhaltung wieder auf. Ob Marit nicht finde, dass der Künstler, der die Szenen über den barmherzigen Samariter gemalt habe, ebenfalls seine Seele in das Werk gelegt habe? So sei es, bestätigte sie. Und für Menschen wie Meiching, die sehen könnten, läge darin der besondere Zauber seiner Bilder.

»Die christliche Botschaft, für andere zu tun, was andere für dich tun sollen; die Vorstellung, dass du manchmal Hilfe erhältst, wenn du am wenigsten damit rechnest; stellt nicht gerade das den Reiz dieses Bildes dar?«

Herr Yin lächelte. »Glauben Sie, Marit, dass der Künstler diese christliche Botschaft hätte vermitteln können, wenn er nicht selbst auf die eine oder andere Weise auf seinen Bildern zu finden wäre?«

Darauf fand sie keine Antwort. Die Hitze wurde auch in dem Zimmer, in dem sie saßen, immer spürbarer. Ihre Gedanken waren nicht so klar wie sonst, wenn sie mit Herrn Yin über die Bibel diskutierte. Er war seit vielen Jahren bekennender Christ, aber das hinderte ihn nicht daran, ständig von Konfuzius oder Lao-Tse zu sprechen.

Das laute Geräusch einer Hupe zerschnitt die Stille. Sie erhob sich, dankte Herrn Yin und begab sich auf den Hof. Herr Karl saß am Steuer des zur Missionsstation gehörenden Wagens, neben ihm Pastor Han. Karl stieg aus und erklärte, sie wollten eines der nahegelegenen Dörfer aufsuchen, um die dortige Kirche zu inspizieren und den Dorfbewohnern zu predigen. Sie könne gerne mitkommen, falls ihr die Hitze nicht allzu sehr zusetze. Er würde gerne anschließend ihre Meinung hören.

Karl. Er war so aufrichtig und konnte sich so für ihr Wirken begeistern. Seine dezidierten Ansichten stießen zwar gelegentlich auf Widerspruch, verschafften ihm aber immer Respekt. Er war ein guter Kamerad, sie hatte es nie bereut, sich für diesen Mann an ihrer Seite entschieden zu haben. Trotzdem hatte sie es noch nicht übers Herz gebracht, ihm zu erzählen, wie ihre Gedanken über alles, was sie hier sah, sie manchmal in schlaflosen Nächten quälten. Da war es wieder, dieses Wort.

Die quälende Frage, wie sie sich verhalten, wie sie weiterhin glauben können sollte.

Sie teilte den anderen ihre Reisepläne mit und verließ dann die Missionsstation. Ihre Fahrt führte sie durch die engen, unbefestigten Straßen Kaomis. Es herrschte großes Gedränge, und mehrmals mussten sie anhalten und hupen, damit ihnen die Menschen auswichen.

Kulis eilten mit ihren schweren Lasten auf den Schultern an ihnen vorbei, Männer zogen Rikschas, immer barfuß, im Sommer wie im Winter. Bettler mit entstellten Gesichtern versuchten die Aufmerksamkeit auf sich zu ziehen, Reis wurde auf der Straße sortiert, die Teehäuser waren gut besucht. Die Häuser der Wohlhabenden mit schönen Gärten und Zierkarpfenteichen ruhten vornehm hinter Mauern. Weiter weg drängten sich Mensch und Tier in elenden Hütten.

Die offenen Schuppen bargen allerdings gelegentlich richtige Kostbarkeiten wie Perlen, Jade, Silber, schöne Kupfergegenstände und lackierte Kästchen. Hier wurden Götzenbilder aus Elfenbein oder Holz geschnitzt, hier fertigten Tischler schwere Teakholzsärge aus mächtigen Baumstämmen, deren Umfang das Vermögen der Auftraggeber widerspiegelte.

Einmal war Marit zu einem chinesischen Mann nach Hause eingeladen worden, wo sie im Flur zunächst über eine Sau und ihre Ferkel steigen musste, um dann auf einen prächtigen Sarg zu stoßen. Sich frühzeitig um das eigene Ableben zu kümmern sei weise und zeuge von Wohlstand, hatte sie sich sagen lassen.

Vor dem gewaltigen Gewölbe des Stadttores waren zwei Regierungssoldaten mit Gewehren postiert. Freundlich wirkten sie nicht, aber nach einem Blick auf die ausgefranste, von Sonne und Regen verblichene schwedische Fahne, die auf dem Kotflügel des Wagens flatterte, ließen sie sie passieren und salutierten sogar. Marit nickte. Die Grausamkeit des Krieges machte es erforderlich, sich mit allen gutzustellen, um möglichst vielen Menschen helfen zu können.

Auch die Straßen vor der Stadt waren recht belebt. Karawanen von Arbeitern, Eseln und Ochsen wanderten gemächlich in Richtung der Felder. Die Männer trugen ihre Hacken auf den Schultern, und ihre langen Pfeifen baumelten zwischen den Fingern. Die Landschaft war von einer Ruhe erfüllt, die darüber hinwegzutäuschen schien, dass immer noch Krieg herrschte und dass die Soldaten willkürlich plünderten.

Marit betrachtete die fruchtbaren, einförmigen Ebenen, die nur hin und wieder von kleinen Anhöhen, den letzten Ruhestätten der Toten, unterbrochen wurden. Die chinesischen Ahnen durften nur selten unter murmelnden Kiefern ruhen. Wäre das anders, müsste China ein Land der Wälder sein und nicht, wie es auch oft genannt wurde, ein Land der Gräber.

Die Grabstätten lagen manchmal so dicht, dass sich Marit an das dörfliche Schweden mit seinen Heuhaufen erinnert fühlte. Die chinesischen Gräber waren jedoch unregelmäßiger, was Größe und Platzierung betraf.

Der Anblick rief Marit in Erinnerung, wie sehr die Vergangenheit China immer noch im Griff hatte. Die Geister durften nicht gestört werden. Deswegen hatte man weite Teile von Chinas Erde in Friedhöfe verwandelt. Papierstreifen flatterten auf den Anhöhen, und Karl erklärte, dass am Vortag das Frühlingsfest zum Andenken an die Toten gefeiert worden war. Bei dieser Gelegenheit wurden die Gräber gepflegt und mit weißen Papierfederbüschen geschmückt.

Wieder sah Marit vor ihrem inneren Auge Meichings Gesicht. Sie erzählte Karl von ihrer Sorge, und er beruhigte sie. Die Krankenpflege sei akzeptabel, und trotz des Krieges funktioniere die Nachrichtenübermittlung. Dann sah er sie an und lächelte.

»Du magst sie sehr, nicht wahr?«

Ja. Sie liebte Meiching. Wie eine kleine Schwester. Oder eine Tochter.

Sie fuhren in das Dorf, das Ziel ihrer Fahrt, und Karl parkte den Wagen neben einer kleinen Herberge. Ein Mann trat heraus, verbeugte sich und erklärte, er würde das Auto vor der neugierigen Kinderschar schützen, die sich sogleich um dieses mechanische Wunderwerk versammelt hatte.

Unverfroren starrte er Marit an und murmelte etwas, das sie nicht verstand, denn ihr Chinesisch war immer noch nicht gut genug. Es klang wie eine Bemerkung über Sonne und Licht, aber es konnte auch etwas über den Regen gewesen sein, der für den Abend erwartet wurde.

Gemächlich spazierten sie durch das Dorf. Es herrschte großes Gedränge, offenbar war Markttag, und es wurde gehandelt und getauscht. Zwischen den graubraunen Mauern der Lehmhäuser suchten sie ihren Weg zu dem bescheidenen Unterbringsungsort der Mission, der, wie man in einer schwedischen Stadt wohl gesagt hätte, am Markt lag.

Die Kirche war überaus schlicht: vier Wände, die Fenster mit Papier bedeckt, etwa zehn Bänke und ein Tisch. Einen Prediger gab es auch. Er hieß sie freundlich willkommen und begab sich dann auf den Hof, wobei er fleißig seine vermutlich aus Bombensplittern gegossene »Kirchenglocke« schwang.

Der Klang war offenbar ein vertrautes Zeichen, denn schon bald strömten Menschen in die Kirche und nahmen Platz. Überwiegend Männer. Bei Beginn der Versammlung zählte Marit etwa vierzig Besucher. Für mehr wäre auch gar kein Platz gewesen, und angesichts der Tatsache, dass es mitten an einem Werktag war, waren es doch überraschend viele.

Sie selbst saß ganz hinten auf einem der Stühle. Einige Kirchenbesucher musterten sie genauso eingehend wie der Mann, der versprochen hatte, auf ihr Auto zu achten. Ihre Blicke waren neugierig, nicht abweisend wie sie es sein konnten, wenn Marit ihre Schriften verteilte, irgendwo anklopfte, und ihr der Duft von Opium in der Tür entgegenschlug. Auf Druck des Westens hatte China seine Häfen für den Opiumhandel öffnen müssen. Der Westen hatte damit eine nahezu unverzeihliche Schuld auf sich geladen.

Wenn sie nicht von Opiumdüften empfangen wurde, so war es der Rausch des Mah-Jongg-Spiels, dem so viele Menschen verfallen waren und bei dem schon so mancher alles verspielt hatte. Vor einigen Wochen hatte dieses Spiel zu einer Feuersbrunst geführt. Zwei erboste Spieler hatten eine Petroleumlampe umgestoßen, die zerbrochen war und ein Feuer ausgelöst hatte. Ein ganzes Viertel war niedergebrannt.

Es herrschte bitterste Armut, und die Menschen gaben sich gegenüber Fremden und deren Gottesvorstellungen oft verschlossen, vor allem wenn es darum ging, irgendetwas an den tausendjährigen Gewohnheiten ändern zu wollen.

Pastor Han und der Prediger, der Evangelist, wechselten sich ab. Die Predigt handelte vom Glück. Marit und Karl hatten sich erst vor wenigen Tagen über das Glück unterhalten. Karl war der Meinung, dass die Chinesen kein Glück kannten. Doch er fand das nicht weiter erstaunlich bei all den Kriegen, all den Verstümmelten und Gefallenen. Und die Verwüstung schien kein Ende zu nehmen.

Wenn ich doch nur dafür sorgen könnte, das Glück auch in diesem Land zu verankern, hatte er gesagt.

Mutlosigkeit war eigentlich nicht seine Art, aber es ließ sich nicht leugnen, dass die Hoffnung, das Evangelium im Land zu verbreiten, recht gering erschien. Umso mehr, wenn einer der seltenen Briefe aus der Heimat eintraf.

Dort in Schweden lebten Familie, Verwandte und Freunde. Diese zu verlassen, um zu versuchen, den Menschen hier zu helfen, konnte als seltsame Entscheidung erscheinen. In solchen Augenblicken des Zweifels musste sich Marit mit Herrn Yin unterhalten oder mit den Mädchen im Kinderheim spielen, deren Füße frei hatten wachsen dürfen.

Sie merkte, dass sie schon wieder an Meiching dachte. Was wohl aus ihr werden würde? Das Mädchen sollte eine Ausbildung erhalten. Vielleicht würde sie ja bei der Kirche arbeiten. Vielleicht bekam sie die Möglichkeit, ins Ausland zu reisen und Marit in Schweden zu besuchen, wenn ihr Aufenthalt in China abgeschlossen war.

Ihre Gedanken schweiften ab, bis die Andacht zu Ende war und die Traktate ausgeteilt werden sollten. Mit ihren Schriften in der Hand verschwanden die Männer, um sich an ihre tägliche, mühevolle Arbeit zu begeben, und auch Pastor Han, Karl und Marit verließen die Kirche. In der brennenden Sonne spürte Marit Übelkeit aufsteigen. Aber sie unterdrückte dieses Gefühl und nahm einen Packen Traktate, um diese unter den Leuten zu verteilen, die nicht an der Andacht teilgenommen hatten.

Überall saßen Händler und boten ihre Waren feil, die sie auf Schilfmatten, auf schlichten Tischen oder ganz einfach auf der Erde ausgebreitet hatten. Einer verkaufte Falschgeld. Pastor Han erklärte, dieses Geld sei dazu da, verbrannt zu werden. Es solle den Geistern der Verstorbenen bei ihren Geschäften dienen.

Marit lief weiter und geriet in eine Gruppe von Leuten, die einem Geschichtenerzähler zuhörten. Offenbar ging es in dieser Geschichte um den Küchengott. Sie hatte diesen Gott in vielen Häusern gesehen – eine Papierfigur, die in der Hoffnung auf ein reichlicheres Mahl über dem Herd festgeklebt wurde. Eine Legende wusste zu berichten, dass er vom Kaiser ausgesandt und durch die Hand eines Riesen dort gelandet war.

Märchen und Fantasien. Als solche bezeichneten viele Chinesen auch die Botschaft von Jesus Christus, der auf dem Wasser gehen und Hunderte von Menschen mit fünf Broten und zwei Fischen satt bekommen konnte.

Plötzlich stand der Geschichtenerzähler auf und kam direkt auf sie zu. Ein alter in Lumpen gehüllter Mann. Lippen und Zähne waren gelb, die Nägel lang. Wortlos nahm er ihre Hand, während er einige seltsame Geräusche ausstieß. Seine Hand war warm und trocken, sein Händedruck sanft. Dennoch empfand sie erneut Übelkeit, vermischt mit etwas anderem, vielleicht Angst, obwohl sie das nie zugegeben hätte.

Was sagte er? Etwas über die Freiheit? Jetzt bin ich frei, wiederholte er.

Dann ließ er ihre Hand los und kehrte zu seinen Zuhörern zurück. Karl und Pastor Han waren verschwunden, und sie eilte weiter, um sich ihnen wieder anzuschließen. Die beiden unterhielten sich mit einem Mann, der auf einem Tisch mehrere Käfige mit verschiedenen Vögeln aufgebaut hatte. Ab und zu schlugen die armen Wesen mit den Flügeln, als hätten sie eine barmherzige Sekunde lang vergessen, dass sie nicht mehr fliegen konnten, wohin sie wollten.

Marit dachte an die Vögel, die im Garten der Mission herumflogen. Der indische Kuckuck, dessen Stimme dem schwedischen Kuckuck im Frühling glich. Die Eisvögel, die aussahen wie kleine Spechte mit blaugrünen, metallisch glänzenden Rücken. Ihre kleinen, in Gold gefassten Federn waren kaum von leuchtend blauem Email zu unterscheiden.

Karl verhandelte mit dem Vogelhändler, und wenig später hielt er einen Käfig in der Hand. Ein kleiner Vogel kauerte auf dem Käfigboden, und Marit ahnte, warum Karl ihn gekauft hatte.

Auf dem Weg zum Auto sprach er über die Volkssitten, den Handel und die Dorfbewohner. In seinen Augen prallten in den chinesischen Dörfern uralte Traditionen und moderne Sitten aufeinander. Sämtliche Traktate waren verteilt. Pastor Han nannte die christliche Botschaft eine Befreiung.

Die Männer nahmen vorne im Auto Platz, Marit saß, den Vogelkäfig auf den Knien, hinten. Während sie langsam aus dem Dorf fuhren, spürte Marit durch die offenen Wagenfenster, wie sich die Atmosphäre veränderte. Dröhnende Geräusche erfüllten die Luft. Ein Schusswechsel in den Bergen oder ein Wetterumschwung.

Hoffentlich wurden sie unterwegs nicht von Soldaten aufgehalten, und hoffentlich würde sie bei der Rückkehr in die Missionsstation etwas über Meiching erfahren.

Plötzlich kam der Regen. Er flutete von dem verdunkelten Himmel herab. Bald verschwand die Landschaft. Der Weg verwandelte sich in braunen Morast, Schmutzwasser spritzte auf und wurde von dem Scheibenwischer nur mit Mühe beiseitegewischt.

Der Vogel im Käfig erwachte zum Leben. Er starrte Marit an, während er seine Flügel hob und senkte. Immer wieder warf er sich gegen das Gitter des Käfigs, prallte zurück und versuchte es erneut. Dann öffnete er den Schnabel und stieß einen unheimlichen Schrei aus.

»Karl. Ich glaube, wir müssen den Vogel freilassen.«

Die Angst war wieder da. Dieselbe Angst, die manchmal in den frühen Morgenstunden von ihr Besitz ergriff. Dann verzerrte die Nacht die Illusionen zu etwas, das wirklich werden konnte.

»Könntest du so nett sein und anhalten?«

Karl schaute zu ihr nach hinten. Wortlos hielt er an und half ihr beim Aussteigen.

Kleider und Schuhe waren in wenigen Augenblicken durchnässt. Entschuldigend versuchte sie zu erklären, warum sie den Vogel freilassen müsse, aber Karl antwortete nur, dass er das die ganze Zeit gewusst und dass er ihn deswegen für sie gekauft habe.

Er hatte ihren entsetzten Blick gesehen und deswegen den kleinsten, unbedeutendsten Vogel gewählt. Diese Art hatte die größte Chance zu überleben, denn die vermeintlich Schwächsten erwarteten nie, dass ihnen jemand half. Wegen des donnernden Regens mussten sie sich anschreien. Pastor Han schaute aus dem Auto zu ihnen hinaus. Er war viel zu zurückhaltend, um zu fragen, worüber sie sprachen.

Der Riegel ließ sich leicht öffnen, und bald stand das Türchen des Käfigs offen. Der Vogel näherte sich der Öffnung, blieb aber erst einmal unschlüssig sitzen. Dann breitete er seine Flügel aus und flog, aber nicht fort, sondern direkt auf Karl zu. Der hob die Arme vors Gesicht, aber der Vogel zielte auf seine Brust. Er landete auf seinem Mantelkragen und kroch sofort in den Ausschnitt.

Karl öffnete seinen Mantel und schob vorsichtig einen Finger hinein. Marit trat neben ihn und lugte in den Kragen. Der Vogel war in eine Innentasche geschlüpft. Karl strich ihm vorsichtig über den Kopf und erklärte, das sei doch wohl ein lustiger Geselle. Marit solle den leeren Käfig bitte wieder auf den Rücksitz stellen. Sie würden mit dem Vogel heimfahren, denn offenbar hatte er nicht das Bedürfnis fortzufliegen. Jedenfalls noch nicht.

Das Auto holperte weiter und blieb fast in einem Wasserloch stecken. Bei Steigungen ächzte es bedenklich. Alle waren erleichtert, als die Stadtmauer vor ihnen auftauchte und schließlich das von einer Mauer umgebene Gelände der Missionsstation.

Auf dem Innenhof stürzten die anderen mit Schirmen herbei und begleiteten sie ins Haus. Im Saal war bereits der Tisch gedeckt, und nachdem sie sich trockene Kleider angezogen hatten, ließen sie sich zum Essen nieder. Die Kerzen in den Leuchtern brannten, dampfende Schüsseln machten die Runde, Tee wurde eingeschenkt, und nachdem Karl das Tischgebet gesprochen hatte, begannen sie zu essen. Marit sprach ein Gebet für die baldige Genesung Meichings. Auch an diesem Tag war keine Nachricht eingetroffen.

Karl erzählte von dem Besuch im Dorf. Jede bekehrte Seele müsse als Sieg gelten. Bei einigen hätten sie vielleicht nur einen Samen gesät, aber ein Samen könne wachsen, wenn nicht heute, dann eben morgen. Er hatte seinen Mantel noch immer nicht ausgezogen, aber nach einer Weile legte er ihn vorsichtig auf einen Beistelltisch.

Einer nach dem anderen trat heran und schaute in die Tasche, in der der Vogel neben Karls Brieftasche kauerte. Liu begann von der Taube zu sprechen, die durch sämtliche Seiten der Bibel flog. Vielleicht habe dieser chinesische Vogel ja auch die Absicht, bekehrt zu werden wie die Tiere der Arche Noah.

Der Regen heute sei im Übrigen ein großer Segen. Sie hätten sich in der sengenden Hitze im Innenhof versammelt, um ein gemeinsames Gebet zu sprechen. Einige Frauen aus dem Dorf seien ebenfalls dort gewesen, Frauen, die sich nach einem Bibelstudium oder nach der Möglichkeit des Schulbesuchs erkundigen wollten.

Sie hatten staunend im Hof gestanden und die Betenden betrachtet. Jemand hatte etwas vom Drachen gemurmelt, der über den Regen herrsche. Wenig später seien die ersten Tropfen gefallen, und es sei nicht verwunderlich, dass sie sich verpflichtet fühlten wiederzukommen.

Zuversichtlich beendeten sie ihre Mahlzeit und wünschten sich eine Gute Nacht. Karl und Marit gingen noch ein letztes Mal in die Kapelle, bevor sie sich in ihr Schlafzimmer zurückzogen. Karl trug seinen Mantel vorsichtig über dem Arm, um den Vogel nicht zu verletzen. Im Zimmer legte er ihn über die Armlehne eines Sessels.

Marit stellte einen Teller mit Wasser daneben und streute ein paar Samenkörner auf den Fußboden. Sie wusste nicht, wie sich der Vogel ernährte, und wollte Herrn Yin am nächsten Tag danach fragen. Er würde es wissen oder jemanden kennen, der es wusste.

In der Nacht erwachte sie nach seltsamen Träumen. Im Traum schwebte Meiching in den Krallen eines Vogels hoch in der Luft, bis das Tier sie über einem Abgrund fallen ließ. Der Schrei des Mädchens hallte zwischen den Bergen wider. Karl schlief ruhig. Sie hörte seine leichten Atemzüge. Draußen flüsterte der Wind süße und böse Wahrheiten. Sie setzte sich im Bett auf. In der Dunkelheit erkannte sie einen Schatten vor dem Fenster.

Als sie aufstand, hörte sie einen lauten Knall. Eilig hob sie den Vogel vom Boden auf. Er blinzelte sie an, zuckte mit den Flügeln und kratzte mit seinen Krallen auf ihrer Handfläche.

Rasch öffnete sie das Fenster, ein frischer Wind wehte ins Schlafzimmer. Der Gedanke, dass sie den Vogel am Ende nur gerettet hatte, damit er sich an einer Fensterscheibe das Genick brach, war erschreckend. Es musste doch einen Sinn gehabt haben, dass sie in das Dorf mit den Vögeln gefahren waren und dass Karl ausgerechnet diesen für sie gekauft hatte.

Gerade als sie das dachte, plusterte sich der Vogel auf. Er stand einen Augenblick still in ihrer Hand, wackelte mit dem Kopf und piepste leise. Dann war er fort. Sie sah nur einen hellen Streifen in der Nacht verschwinden und bald nicht einmal mehr das.

Sie beugte sich vor, um Karls Mantel aufzuheben, der auf den Fußboden gerutscht war. Die Brieftasche fiel heraus. In der Mitte des glänzenden Leders war ein rundes Loch, das der Vogel in das Leder gepickt haben musste, aus Zeitvertreib, vielleicht auch aus einem Instinkt heraus.

Jetzt würde sie nicht mehr schlafen können. Rasch legte sie sich ein Tuch um die Schultern und verließ das Schlafzimmer. Vorsichtig lief sie die Treppe hinunter. Die ganze Zeit war sie darauf gefasst, dass ihr der kleine Vogel ins Gesicht fliegen könnte. Als sie wohlbehalten unten angekommen war, musste sie über ihre aberwitzigen Vorstellungen den Kopf schütteln.

Es duftete nach Rosen und Veilchen. Pfirsich- und Kirschbäume wuchsen im Garten, und die Hortensien waren viel üppiger als zu Hause. Zypressen standen in gerader Reihe. Marits Füße bewegten sich weiter, als wüssten sie wohin, und plötzlich stand sie vor der Sonntagsschule. Sie trat ein und blieb im Korridor vor der Wand stehen, wo das Bild mit der Geschichte vom barmherzigen Samariter hing.

Ein bleicher, dunkelhaariger Mann, der einen schönen, gemusterten Mantel trug. Er saß auf einem Esel und schaute hinauf in die Berge. In der nächsten Szene stürzten die Räuber mit Waffen in den Händen hinter hohen Felsen hervor. Dann sah man einen Mann alleine, auf der Erde liegend, die Kleider blutbefleckt. Und schließlich ein barmherziger Mitmensch, ein chinesischer Samariter neben dem Verletzten kniend. Natürlich kümmere ich mich um meinen Bruder, wer immer er auch sei.

Marit trat näher an das Bild heran, versuchte die Intention des Malers zu verstehen, seine Seele, von der Herr Yin gesprochen hatte, die sich in den Farben, in der Rundung eines Arms oder den scharfen Kanten der Waffen verbarg. Und da …

Sie schloss die Augen, öffnete sie und sah ein weiteres Mal hin. Hinter einem der Felsen war Meiching.

Das Gesicht des Mädchens ragte wie eine Lotosknospe hervor. Die Augen, still erstaunt. Die Kleidung, das Haar, die hohen Wangenknochen, die Schatten unter den Augen. Eine Hand war zu sehen, der Mund öffnete sich gerade zu einem Lächeln.

Marit trat noch näher heran. Sie strich mit dem Finger über das Antlitz des Mädchens, dachte, dass ihr jemand einen Streich spiele, dass die Kinder Tusche benutzt und das Bild ergänzt hätten … aber nein. Niemand würde so etwas tun. Sie ging ein paar Schritte zurück, sah, wie das Mädchen im Grün zu verschwinden schien, aber doch ganz zweifellos da war, für jeden sichtbar, der das Kunstwerk betrachtete.

Panisch rannte sie auf den Innenhof. Das Licht eines einsamen Sterns drang durch die Wolken, etwas dröhnte erneut, dieses Mal kein Donner, sondern das Echo des Kampfgetöses in weiter Ferne. Sie eilte die Treppe hinauf und schlich ins Schlafzimmer, in dem die Gardinen im Wind flatterten.

Karl schlief immer noch. Sie kroch zu ihm ins Bett und legte ihren Arm um seine Taille. Sie spürte seinen Geruch, Geborgenheit und Sicherheit. Sie zwang sich dazu, sich von seinem Frieden mittragen zu lassen. Und dennoch war an Schlaf nicht zu denken. Bis ihr der Gedanke kam, dass sich die Vögel unterm Himmel auch nicht um das Morgen sorgten. Denn jeder Tag brachte genug eigene Sorgen.

Am Tag darauf verspürte sie schon allein bei dem Gedanken an das Schulgebäude eine merkwürdige Unruhe. Sie versuchte sich einzureden, dass es kindisch sei und dass sie sich am besten Gewissheit verschaffen konnte, indem sie dorthin ging. Nun, wo die Sonne wieder schien, würden die Gespenster der Nacht bestimmt ihre Erklärung finden. Leider hatte sie keine Gelegenheit, den Vorfall mit Karl zu besprechen. Man hatte ihn gebeten, einen amerikanischen Arzt und Missionar zum Krankenhaus in Weihsien zu fahren. Eine Amerikanerin war schwer erkrankt und brauchte Hilfe. Da der Amerikaner kein Auto besaß, hatte Karl versprochen, ihn zu bringen.

Marit hatte kaum ihr Frühstück beendet, als sie von einer solchen Übelkeit übermannt wurde, dass sie eilig auf den Hof stürzte. Dort erbrach sie alles. Sie schluchzte und keuchte, umklammerte ihren Bauch, merkte, dass ihre Brust schmerzte, und ließ sich auf die Knie fallen. Ihr Verdacht hatte sich also bestätigt. Eigentlich ein Grund zur Freude. Trotzdem füllten sich ihre Augen mit Tränen.

Sie beeilte sich, mit dem Ärmel die Tränen fortzuwischen, und konnte gerade noch ein paarmal tief Atem holen, bevor Karl kam, um sich zu verabschieden. Fröhlich schaute er in den Himmel und meinte, der Vogel käme ja vielleicht zurück. Auf jeden Fall bliebe es dem Tier nun für immer erspart, im Gefängnis zu sitzen wie er selbst in jenen drei Tagen, als ihn die Japaner für etwas eingesperrt hatten, das sich später als eine vollkommen legale Geldtransaktion herausstellte.

Gemeinsam mit dem amerikanischen Arzt stieg Karl ins Auto und fuhr durch das Tor davon. Sie rechneten damit, bis zum Einbruch der Dunkelheit wieder zurück zu sein. Marit wusste, dass es kein Zurück mehr gab. Sie musste mit ihm über alles sprechen. Auch über die Übelkeit.

Der Tag verlief in aller Stille. Eines der Mädchen aus dem Kinderheim wollte heiraten, sie war die erste, die solche Pläne hatte. Sie und der Bräutigam waren fast gleich alt. Ihre Schülerin würde aus eigenem, freiem Willen eine Ehe schließen und nicht, weil eine der Familien daran verdienen wollte. Die Hochzeit sollte in einigen Wochen stattfinden, und alle waren damit beschäftigt, das Fest vorzubereiten. Marit verrichtete ihre Aufgaben bedrückt. Am Nachmittag war sie immer noch nicht an dem Bild mit den vier Szenen, die vom barmherzigen Samariter erzählten, vorbeigegangen. Die Sorge um Meiching lastete wie ein Stein auf ihrem Herzen.

Sie war im Speisesaal und stellte Blumen auf, als vom Innenhof Geräusche zu ihr drangen. Motorenlärm. Unmöglich, dass Karl bereits zurück war. Die Tür ging auf, und Marit drehte sich um. Vor ihr stand eine Frau, die sie noch nie gesehen hatte. Sie sprach Englisch und stellte sich als amerikanische Missionarin vor. Dann kamen die Worte, auf die Marit so lange gewartet hatte. Meiching war zurückgekehrt.

Die Freude war überwältigend. Jemand musste dort zu tun gehabt und sie geholt haben. Aber wie auch immer, Hauptsache das Mädchen war nach Hause gekommen und ihr Geburtstag konnte hier gefeiert werden! Mit einer raschen Entschuldigung drängte sie sich an der Frau vorbei, sah den Lastwagen mit seiner Ladefläche und die Männer, die um ihn herumstanden. Sie luden etwas ab, Blech blitzte in der Sonne auf.

Ein Sarg.

Die Missionsstation, die Gebäude, die Erde, alles um sie herum begann zu vibrieren. Die amerikanische Frau stand plötzlich hinter ihr und nahm sie in die Arme, strich ihr über den Rücken, versicherte immer wieder, sie sei davon ausgegangen, dass man die Missionsstation vom Krankenhaus aus benachrichtigt habe. Man habe ein Telegramm geschickt. Ob es denn nicht angekommen sei?

Das Mädchen hatte sich auf dem Wege der Genesung befunden. Sie hatte sich im Bett aufsetzen können und Briefe geschrieben, die vermutlich noch unterwegs waren. Jemand hatte die Kleine gefragt, ob sie etwas brauche, und sie hatte verneint. Das war für sie später, nachdem das Kind entschlafen war, ein kleiner Trost gewesen. Ein Blutgerinnsel. Das Empfinden, nichts mehr zu benötigen, bevor man endgültig die Augen schließt.

Marit entwand sich den Armen der Frau. Sie wollte nicht hören, dass Gott weise und allwissend sei. Das Kind, das sie erwartete. Jetzt wusste sie, in was für eine Welt es geboren würde, eine Welt, in der kleine Mädchen inmitten von Fremden starben.

Vielleicht wäre sie ja umgefallen, wenn die Amerikanerin sie nicht erneut festgehalten und dann mit sanfter Gewalt in eines der kühleren Zimmer geführt hätte. Man brachte ihr eine Tasse grünen Tee. Woher wusste diese Frau, die gerade erst hier angekommen war, was sie tun und wen sie um Hilfe bitten musste?

Marit starrte durch das Fenster auf die Berge, die sie in weiter Ferne erahnen konnte. Hinter diesen Bergen fand sich die Antwort auf alles. Aber dort fanden sich auch alle Fragen.

Drei Tage später erhielt sie den Brief. Die Schrift war ordentlich, aus den Zeilen sprach Lebensfreude. Im Krankenhaus hatte Meiching alles, was sie brauchte, aber sie sehnte sich dennoch danach, bald zurückkehren zu dürfen. Die Schwestern hatten ihr versichert, dass es nicht mehr lange dauern würde. Ganz unten standen in ausdrucksvollerer Schrift ein paar abgesetzte Zeilen.

Möglich, dass die Sonne wieder den Tropfen hebt, den die Schneeflocke gab. Möglich, dass das Leben von Neuem erblüht, weit jenseits von Tod und Grab.

Wer hatte das geschrieben? Karl schüttelte nachdenklich den Kopf. Vielleicht eine Krankenschwester, die sich besonders um das Mädchen bemüht hatte, oder ein zufälliger Besucher, der am Bett des Mädchens gesessen hatte? Die traurigen Gedanken hellten sich ein wenig auf. Jemand hatte sich um Meiching gekümmert. Da nun das Kind unterwegs war, gab es wohl doch einen Grund zum Lächeln. Das Leben ging weiter, weil es eben weitergehen musste.

Vorsichtig strich Karl ihr über den Bauch, und sie nahm seine Hand und küsste sie. Er verließ das Zimmer, aber sie blieb auf dem Bett liegen und dachte an die kommenden Monate, an das neu entstehende Leben. Ein schwedisches Kind würde in China das Licht der Welt erblicken, vielleicht würde es ja andere Kinderverse lernen als die, die sie kannte, andere Gedanken denken, andere Fragen stellen.

Sie erhob sich und stieg die Treppe hinunter. Energisch ging sie auf das Schulgebäude zu, öffnete die Tür und trat auf das Bild des barmherzigen Samariters zu.

Da waren sie wieder. Der glückliche Reiter, der verletzte Mann auf der Erde, die Täter und derjenige, der half. Dort war der Felsen. Aber da war kein Mädchengesicht mehr. Marit trat ganz nah heran, strich mit der Hand über die Stelle, spürte keine Unebenheit, keine Kratzspuren.

Das Mädchen war weg, die richtige Meiching würde in ein paar Tagen in Tsingtao auf dem deutschen Friedhof begraben werden.

Sie hörte ihn erst, als er hinter ihr stand. Gemeinsam betrachteten sie das Bild, dann führte sie Herr Yin mit einer freundlichen Geste in sein Zimmer. Der grüne Tee war bereits eingegossen. Er sprach mit ihr über die Kämpfe der vergangenen Tage.

Die Kommunisten würden mit großer Wahrscheinlichkeit bald Kaomi erreichen, nun mussten sie sich auf die kommenden Ereignisse vorbereiten. Die Roten würden mit ihren Waffen und ihrem Glauben an eine bessere Gesellschaft vor den Stadttoren stehen und nicht davor zurückschrecken, sich ihren Weg mit Gewalt zu bahnen.

Aber wenn sie wolle, könne sie hier in diesem Zimmer zusehen, wie der Dampf des Tees zur Decke stieg, und in luftigen Träumen über Dinge verweilen, die nicht waren, aber werden konnten.

Kapitel 12

Durch das Fenster sah das Auto aus wie ein einsamer verletzter Drache. Jemand kam den Weg herauf. Ein alter Mann mit einem Hund. Vielleicht war es der Mann, den ich vor einigen Tagen am Strand gesehen hatte.

Er blieb bei unserem Auto stehen und betrachtete es. Dann ging er weiter. Waren die Scheinwerfer eingeschaltet? Eine Lichtquelle, die unsere Batterie leeren und uns dazu zwingen würde, jemanden um Starthilfe zu bitten.

Barfuß lief ich nach draußen, um nachzusehen. Ich trat auf Tannennadeln und Steine, und etwas Spitzes stach mir in die Fußsohle. Beim Auto war alles dunkel. Die Scheinwerfer waren ausgeschaltet, aber etwas befand sich auf der Kühlerhaube. Eine Puppe.

Sie lehnte an der Windschutzscheibe, Arme und Beine von sich gestreckt, und trug ein besticktes Kleid. An einem Fuß steckte ein Schuh und ein Strumpf. Wo die Augen hätten sein müssen, waren Löcher geschnitten, durch die man ins Innere des Kopfes schauen konnte.

Der Mann mit dem Hund war verschwunden. Ich streckte die Hand aus, zog sie dann aber wieder zurück. Ich konnte mich nicht überwinden, das widerliche Ding zu berühren. Schließlich nahm ich mich zusammen.

Sie war recht schwer. Bei der Berührung war sie von einem Ding zu einem Wesen geworden. Sie trug keine Puppenunterhose, und ihr Unterleib war der unbefleckte, geschlossene Leib einer Puppe.

Vielleicht gehörte sie irgendjemandem. Sie konnte das unschuldige Opfer im Spiel einiger Kinder gewesen und vergessen worden sein, unbrauchbar, nachdem sie ihre Strafe erhalten hatte. Vielleicht war sie die am wenigsten geliebte Puppe, abgelegt in der Hoffnung auf neuere Spielsachen. Dass sie blind war, brauchte nichts zu bedeuten.

Ich trug sie zum Haus, empfand aber ein Unbehagen bei dem Gedanken, sie mit hineinzunehmen, und setzte sie stattdessen neben die Tür. Das nächste Haus war ein gutes Stück entfernt, und ich hatte, seit wir hergekommen waren, noch keine Kinder auf dem Weg gesehen, nur ein selbstgemaltes Schild, auf dem mit Rücksicht auf alle zum Langsamfahren aufgefordert wurde. Die Nacht war kalt und sternklar. Ich schloss die Tür hinter mir und schlich mich zurück ins Schlafzimmer. Das Laken hatte den Duft von Axels und meinem Beisammensein bereits verloren.

Als ich das Geräusch hörte, begriff ich im ersten Moment nicht, was es war. Axels Bett war leer. Dann erkannte ich das Klingeln eines Telefons. Axels Handy. Ich würde den Fehler nicht wiederholen, das Gespräch entgegenzunehmen. Wo Axel war, wusste nur er. Ein Blick aus dem Fenster zeigte, dass das Auto verschwunden war.

Die Tür zum Schlafzimmer der Mädchen war geschlossen. Ich trat in Nachthemd und Gummistiefeln in den Garten. Die Puppe saß immer noch vor der Verandatür. Bei Tageslicht sah sie kleiner aus, und die fehlenden Augen wirkten eher traurig als bedrohlich. Ich schämte mich über meine Reaktion, mir von einer alten Puppe einen Schrecken einjagen zu lassen.

Axels Telefon klingelte erneut, und ich rannte zurück ins Haus. Immer noch keine Spur von Axel. Ich nahm das Telefon in die Hand, da klingelte es zum dritten Mal. Der Beschluss, abzuheben, kam dieses Mal vor dem Gedanken an die Konsequenzen. Es war der Kollege, mit dem ich schon einmal gesprochen hatte.

»Hallo, Viola. Wie geht's? Besseres Wetter? Hier ist schon Frühling. Ich habe sogar schon draußen gesessen. Schön, mal ein paar Tage frei zu haben. Ist Axel in der Nähe?«

»Ich weiß nicht, wo er steckt.«

»Er hat sein Büro immer noch nicht ausgeräumt. Da liegen noch eine Unmenge Sachen. Um das, was der Kanzlei gehört, können wir uns notfalls kümmern. Aber es gibt ja auch private Dinge. Es wäre gut, wenn er das selbst erledigen würde und auch, wenn er Bescheid geben könnte, wann er hier erscheint. Wir hatten uns einen kleinen Abschiedsumtrunk vorgestellt.«

»Bloß weil er in ein anderes Büro umzieht?«

»Wieso, umzieht?«

»Er hat erzählt, er würde mit einem Kollegen, der sich von einem Geräusch gestört fühlt, das Büro tauschen.«

»Oh ...«

»Ist irgendwas vorgefallen?«

»Es tut mir leid, Viola. Ich dachte natürlich, Axel hätte dich informiert.«

»Worüber?«

Ich versuchte, meine Stimme zu beherrschen, während Axels Kollege vermutlich die Tatsache verfluchte, dass sein Tag damit begann, der Frau eines Kollegen eine ungute, um nicht zu sagen ziemlich unangenehme Nachricht überbringen zu müssen. Einer Frau, die er zwar vielleicht nett fand, der er aber nicht im Geringsten verpflichtet war. Einer Frau, die in seiner Welt nichts bedeutete.

»Dass er bei uns aufhört.«

»Aufhört?«

»Es tut mir sehr leid.«

»Warum sollte er aufhören?«

Nachdem ich mir seinen Bericht angehört hatte, unterbrach ich mit zitternden Fingern die Verbindung. Rasch zog ich mir die Jacke übers Nachthemd. Das jammernde Geräusch, das mich schon seit Tagen verfolgte, schien jetzt aus meinem Inneren zu kommen. Ich schlug die Haustür hinter mir zu und stolperte den Weg entlang, keuchend und schniefend, außer mir vor Angst, dass Axel mich sehen könnte. Bald hatte ich den Geschmack von Blut im Mund. Mein Herz pochte, und ich begann mit den Zähnen zu klappern.

Am Strand ließ ich mich im Sand auf die Knie sinken. Runde Steine blickten mich vom Grund des Meers an, und eine Krabbe versteckte sich in einem eben gegrabenen Loch.

Axel hatte fast ein Jahr lang halbtags gearbeitet. Vor ein paar Monaten war ihm gekündigt worden. Die letzten Wochen war er überhaupt nicht mehr in der Kanzlei tätig gewesen.

Alle in der Kanzlei wussten, dass Axels Krankheit nicht spurlos an ihm vorübergegangen war, man hatte eingesehen, dass er nicht mehr so wie früher arbeiten konnte. Aber er hatte sehr viel Erfahrung, und da er schon lange für die Firma arbeitete, hatten alle geglaubt, dass er dennoch eine wertvolle Stütze sein könnte, auch wenn er vielleicht nicht mehr ganz vorne mitmischen würde.

Axels Stimmungsschwankungen waren allseits bekannt und auch, dass er sich manchmal respektlos und ungebührlich über Leute lustig machte. Er legte allergrößten Wert auf Ordnung, was manchmal bei schwierigen Verhandlungen hilfreich war. Nur wenige konnten sich bei ihren Gegnern so viel Respekt verschaffen wie Axel. Er setzte Bedingungen durch, die andere nicht einmal zu stellen gewagt hätten. Bald war die Situation jedoch unhaltbar geworden. Axel hatte Wutanfälle bekommen und sich mit allen angelegt, wenn etwas schieflief.

Eine der besten Sekretärinnen hatte gekündigt, nachdem sich Axel ihr gegenüber einige Male ziemlich danebenbenommen hatte. Andere Mitarbeiter wagten es kaum noch, sein Büro zu betreten, weil ihm so schnell die Nerven durchgingen. Alles war eskaliert. Als die Kanzlei einen wichtigen Kunden verlor, weil Axel etwas von Amateuren und Idioten gebrüllt hatte, war er von seinen Partnern zu einem Gespräch bestellt worden.

Man hatte sich genötigt gesehen, Axel mit weniger anspruchsvollen Fällen zu betrauen. Auf seine Argumentation war kein Verlass mehr, seine Vorarbeiten entbehrten der Logik oder waren vollkommen unzureichend. Er nahm jedoch keinerlei Kritik an seinem Arbeitsstil an und war nach wie vor davon überzeugt, zu den Topleuten zu gehören. Die Kanzlei könne ihm für seinen Einsatz dankbar sein, hatte er gesagt.

Schließlich war noch die Sache mit den Postfächern hinzugekommen. Axel hatte früher gelegentlich Kollegen Schokoriegel in ihre Postfächer gelegt, wenn sich eine Verhandlung ihrem Ende näherte oder ein wichtiges Ziel erreicht war. Niemand hatte damit gerechnet, dass er damit nach seiner Krankschreibung fortfahren würde. Aber er tat es. Das war natürlich nett.

Dann kam dieser Freitag. Axel war besonders übler Laune gewesen. Er hatte gebrüllt und gegen den Kopierer getreten. Später war aufgefallen, dass Müll und Sand in den Postfächern verschiedener Mitarbeiter gelegen hatten.

Niemand hatte beweisen können, dass es Axel war, aber der Verdacht lag natürlich nahe. Ein derartiges Verhalten war einfach nur infantil und unbeherrscht. Axel bekam eine Abmahnung, und man hatte ihn aufgefordert, nur noch halbtags zu arbeiten.

Dann begann die Diskussion über eine Beschäftigung in London. Man hatte in der Tat an Axel gedacht. Er war nur in wenige laufende Verfahren involviert und konnte für diese nicht sehr komplizierte Angelegenheit, bei der es mehr um Routineverträge ging, eingesetzt werden. Axel hatte erklärt, er sei interessiert, hatte sich dann aber mit den Engländern gestritten, bis diese sich schließlich weigerten, noch länger mit ihm zu tun zu haben.

Man hatte Axel den Rat gegeben zu kündigen, bevor er gefeuert werde. Er hatte das Angebot, denn als solches war es zu betrachten, angenommen. Fast ein Jahr lang hatte er weiter seinen Lohn erhalten, eine mehr als großzügige Lösung.

Und all das hatte Axel vor mir geheim gehalten. Axel, der gefrühstückt und die Zeitung gelesen hatte, bevor er sich den Mantel angezogen und sich verabschiedet hatte, um in die Kanzlei zu gehen. Dann war er nach Hause gekommen, hatte Anekdoten erzählt und Fälle rekapituliert. Er hatte über die Kleider der Empfangsdamen Witze gemacht oder über die Unfähigkeit von Kollegen, sich in andere Leute hineinzuversetzen. Axel, der nach einem Freitagsbierchen mit den Kollegen am Abend heimkam oder nach einer harten Woche zufrieden das Wochenende genoss.

Was hatte er die ganze Zeit über getrieben, als er nur noch halbtags zur Arbeit ging? Hatte er auf Parkbänken gesessen, in Cafés herumgelungert? Und was war mit der Zeit nach der Entlassung?

Wie hatte Axel ausgesehen? Wie immer. Nichts hatte darauf hingedeutet, was sich hinter dem Rücken seiner Familie abspielte. Er hatte sogar vorgegeben, Überstunden machen zu müssen, war spät heimgekommen und hatte über die viele Extraarbeit geklagt.

Ich kroch ans Wasser und wusch mir immer wieder das Gesicht. Das Salz brannte auf der Haut, und nach einer Weile hatte ich kein Gefühl mehr in den Fingern. Ich hielt sie an den Mund und versuchte sie mit meinem Atem zu wärmen. Etwas regte sich in meinem Magen, und ich legte mich der Länge nach in den Sand. Über mir jagten graue Wolken.

Axel hatte einiges verloren. Hatte ihn das frei gemacht?

Ich wusste sofort, dass mich der Umstand, dass man Axel entlassen hatte, am wenigsten berührte. Schlimm war, dass er mir nicht vertraut hatte, dass er nicht geglaubt hatte, ich würde zu ihm stehen, wie ich das während seiner Krankheit getan hatte. Er sprach ständig von uns, nur wir, während er sich gleichzeitig abschottete, sich mir gegenüber vollkommen verschloss.

Ich hatte ihn umkreist, hatte versucht, ihn zu verstehen, manchmal wäre ich am liebsten auf ihn losgegangen, nur um endlich mit ihm reden zu können. Ich hatte um Gemeinschaft und Vertrauen gebettelt. Ich war das Risiko eingegangen, immer wieder abgewiesen zu werden. Unseretwegen. Und jetzt das. Eine unfassbare Lüge.

Vielleicht war Axel inzwischen zurückgekommen und wunderte sich, wo ich steckte. Aber wahrscheinlich würde er denken, ich sei spazieren gegangen, da meine hässlichen Stiefel nicht im Schuhregal standen. Gut möglich, dass er seine schlechte Laune an den Mädchen ausließ. Los, aufgestanden, ihr könnt nicht die ganzen Ferien vertrödeln. Wisst ihr, wo Mama ist? Vielleicht war er ja schon auf dem Weg an den Strand. Eine persönliche Suchaktion, um die verlorene Ehefrau heimzuholen.

Die jetzt entscheiden musste, ob sie nach Hause gehen sollte, um ihren Mann mit den Tatsachen zu konfrontieren, oder ob es besser war, das Schweigen noch eine Weile fortzusetzen. Bei diesem Gedanken begann ich am ganzen Körper zu zittern.

Wie hatte sich Axel unsere Zukunft vorgestellt? Hatte er vorgehabt zu schweigen, bis ich etwas merken würde, bis das Geld ausblieb? Aber es gab ja noch andere Mittel. Das vorzeitige Erbe von Axels Vater beispielsweise. Vielleicht wusste der Vater ja Bescheid und half seinem Sohn dabei, die Wahrheit zu verbergen? Aber das würde ich niemals erfahren, solange sich mein Schwiegervater nicht einen Nutzen davon versprach. Axel und sein Vater hatten mehr gemeinsam als nur ihre Pantoffeln.

Und London. Ein Umzug dorthin hätte den Umstand, dass Axel seine Tage nicht mehr in der Kanzlei verbrachte, ausgezeichnet verschleiert. Vielleicht hoffte er ja tatsächlich, eine Arbeit dort zu finden und die Zeit zu überbrücken, ohne dass wir etwas erfuhren. Das war erschreckend naiv. Mehrere von Axels Kollegen waren gute Bekannte, obwohl wir nicht mehr so viel Umgang pflegten wie früher.

Meine Wut darüber, dass Axel es nicht gewagt hatte, sich auf mein Mitgefühl und das der Kinder zu verlassen, wurde immer größer. Und die Angst. Er hatte ein Spiel gespielt, hatte mich betrogen, war ein anderer gewesen. Hinter der Maske aus Lügen verbarg sich etwas mir Unbekanntes. Die Wahrheit war sehr unvermittelt gekommen.

Ich kniete mich hin und prügelte mit den Fäusten auf den Sand ein, bis mir die Hände schmerzten. Der Wind frischte auf, und das Haar wehte mir ins Gesicht. Das Seidennachthemd unter meiner Jacke fühlte sich auf meiner nackten Haut eiskalt an. Zögernd stand ich auf und klopfte mir den Sand von der Jacke. In der Ferne sah ich jemanden, vielleicht den

Mann, den ich in der vergangenen Nacht gesehen hatte. Er war es tatsächlich. Bald tollte sein Hund vor mir herum. Das Herrchen kam nun ebenfalls näher.

Aus einer Eingebung heraus trat ich auf ihn zu und streckte ihm die Hand entgegen. Mein Gesicht glühte. Er musste sich über meine Erscheinung wundern, aber das war mir im Augenblick gleichgültig.

»Hallo, ich bin Viola. Entschuldigen Sie, dass ich Sie einfach so anspreche. Aber ich habe Sie schon ein paarmal gesehen und glaube, dass Sie heute Nacht an unserem Auto vorbeigegangen sind.«

Der Mann war Anfang sechzig und sah nett aus. Er gab mir die Hand und stellte sich und seinen Hund vor. Er deutete auf ein Haus und erklärte, dass er dort wohne. Er würde recht viel hier spazieren gehen. Es sei schön, dass der Strand um diese Jahreszeit so sauber sei. Im Sommer sei er recht vermüllt. Die Jugendlichen kämen zum Grillen und ließen ihre Bierdosen und Plastiktüten einfach liegen. Aber solange sie ihre Feuer in Schach hielten, musste man ja wohl zufrieden sein. Und eigentlich war es ja auch ganz nett, wenn sie ihre Gitarren hervorholten und sangen.

Ich lenkte das Gespräch auf die letzte Nacht und fragte, ob er die Puppe bemerkt habe. Doch, doch. Der Hund habe sie zuerst gesehen und sei bellend am Auto hochgesprungen. Er selbst hatte es merkwürdig gefunden, dass jemand eine Puppe an so einem Platz vergessen konnte. Sie hatte so ordentlich dagesessen. Die Augen, richtig, wenn er sich recht besinne, sei die Puppe schadhaft gewesen.

Er lief weiter, und ich blieb zurück, unentschlossen, was ich nun tun sollte. Ich konnte nicht einfach wie Axel Theater spielen, ich war eine miserable Lügnerin. Aber ich wusste auch, dass ich ihn jetzt nicht mit der Wahrheit konfrontieren durfte. Ich konnte nicht voraussehen, wie er oder ich reagieren würde, und wollte die Mädchen keinem Riesenstreit aussetzen.

Wir hatten für heute einen Ausflug geplant. Axel hatte die mittelalterliche Burg Glimmingehus vorgeschlagen. Anschließend wollten wir uns einen Biobauernhof ansehen, wo die Schweine noch in Freiheit aufwuchsen, ehe man sie schlachtete und zu Koteletts verarbeitete. Ein richtiger Familientag, den sogar Tora, trotz der Anziehungskraft des Campingplatzes, abgesegnet hatte. Linn freute sich darauf.

Dieser Tag ließ sich nur überstehen, wenn Axel nicht erfuhr, dass ich an sein Telefon gegangen war. Sollte ihm auffallen, dass jemand angerufen hatte, musste ich mir etwas einfallen lassen, egal was. Unser Gespräch musste bis zum Abend aufgeschoben werden. Vorher wollte ich mich noch in jedem Fall mit meiner Familie beraten und ein weiteres Mal mit einem der Verantwortlichen von Axels Kanzlei sprechen. Eventuell auch mit den Ärzten, die Axel behandelt hatten.

Wieder dachte ich an Mikael. Und wieder dachte ich, dass es unangemessen war, mich jemandem anzuvertrauen, den ich fast nicht kannte, bloß weil er nett zu mir war.

Die Angst, dass Axel hinter meinem Rücken auftauchen könnte, wurde plötzlich sehr stark, und ich begab mich auf den Rückweg. Die Sonne brach zwischen den Wolken hervor, und der Sand schimmerte hell. Ich erreichte den Pfad, und je weiter ich mich dem Haus näherte, desto grotesker erschien mir alles.

Die Frage war unvermeidlich. Wenn Axel mich jetzt in dieser Form belog, wie lange hatten wir dann eigentlich schon mit Lügen gelebt, bevor er krank geworden war? Axels Erklärungen am Telefon, warum er nicht rechtzeitig nach Hause kommen könne, warum etwas abgesagt werden müsse, warum er irgendwohin nicht mitgehen könne. Was war wahr, was war Lüge?

Gutgläubig. Zerlegte man das Wort, dann bedeutete es, dass man an das Gute glaubte. Axel hatte an andere Werte geglaubt. An seine Wahrheit und an seine Wirklichkeit, so wie er sie definierte.

Ich erblickte das Haus und beschleunigte meinen Schritt. Mein Hals brannte. Das Auto stand noch nicht an seinem Platz. Ich schlich mich ins Haus, ging rasch ins Badezimmer und schloss die Türe hinter mir ab. Das Gesicht, das mir aus dem Spiegel entgegenstarrte, war das eines Gespenstes.

Mit zitternden Händen machte ich mich frisch. Danach eilte ich ins Schlafzimmer und kam gerade noch dazu, mich anzukleiden, als ich Axels Stimme hörte. Er war mit den Installateuren auf dem Weg ins Badezimmer.

Als er mich sah, ließ er sie stehen und kam zu mir. Er schloss die Tür hinter sich.

»Wo warst du? Wir haben uns für den Ausflug bereitgemacht und warten nur auf dich.«

»Ich bin zum Strand gelaufen. Ich muss nur noch kurz was essen, dann können wir fahren.«

Meine Stimme hatte sich verändert. Sie klang förmlich, der Ton war tiefer.

»Bist du losgegangen, ohne zu frühstücken?«

»Du warst nicht da, als ich aufgewacht bin. Ich dachte, dass ich dich vielleicht treffe.«

»Ich war einkaufen. Hast du nicht gesehen, dass das Auto weg ist? Ich wäre ja wohl kaum mit dem Auto an den Strand gefahren.«

Er sah mich skeptisch an, und ich begegnete seinem Blick.

»Hast du das Boot gesehen?«

»Welches Boot?«

»Das zu dem Haus gehört und das wir benutzen dürfen. Hast du es gesehen?«

»Nein.«

Axel klang verärgert.

»Wie kann man so etwas nur übersehen? Es liegt genau am Ende des Wegs. Auf dem Strand. Ein kleines Motorboot.«

Ich schüttelte den Kopf.

»Ich habe nichts gesehen.«

»Wie immer in Gedanken woanders.«

»Ich bin hungrig. Ich esse jetzt was. Habt ihr Proviant eingepackt?«

»Nein, haben wir nicht. Weder undichte Thermoskannen noch trockene Butterbrote. Dafür hatten wir weder Zeit noch haben wir Lust drauf.«

»Sind die Handwerker …?«

»Lass die Handwerker mal meine Sorge sein. Um die habe ich mich bisher auch gekümmert.«

Er drehte sich um und öffnete die Tür. Ich gab mir einen Ruck und fragte:

»Hast du die Puppe gesehen?«

»Welche Puppe?«

Rasch erzählte ich Axel von der Puppe auf dem Auto. Bevor ich auf die ausgestochenen Augen zu sprechen kam, unterbrach er mich. Er hatte immer noch die Hand auf der Türklinke.

»Ach die. Die gehört den Handwerkern. Eines von ihren Kindern hat sie vermutlich in ihr Auto zwischen das Werkzeug gelegt. Da muss sie rausgefallen sein. Ich habe sie aufgehoben und so hingelegt, dass sie sie sehen. Aber offenbar haben sie sie doch nicht bemerkt. Ich sage ihnen Bescheid, dass wir sie gefunden haben, damit sie sie nicht wieder vergessen.«

Axel ermahnte mich erneut zur Eile und bat mich, die

Handwerker nicht zu stören. »Wir wollen doch jetzt endlich los. Sie wissen, dass du nett bist, Vio. Du musst es nicht jedes Mal, wenn sie kommen, von Neuem beweisen.«

Eine halbe Stunde später saßen wir im Auto. Ich fuhr. Axel saß auf dem Beifahrersitz und blätterte in einer Zeitung. Er drohte damit, mich später abzulösen. Die Schuhe waren frisch geputzt. Er hatte Schuhputzzeug in einer Kiste in der Küche gefunden. Meine wollte er am nächsten Tag putzen, obwohl mir der Unterschied wahrscheinlich gar nicht auffallen würde.

Bevor ich mich ans Steuer setzte, hatte ich ihn dabei beobachtet, wie er den Mädchen, die sich in ihren Pullovern auf die Rückbank verzogen hatten, etwas erklärte. Wer war mein Mann eigentlich? Für wen empfand er Sympathie? War er überhaupt noch in der Lage, sich in andere Menschen hineinzuversetzen?

Wir waren seit vielen Jahren verheiratet, und dennoch konnte ich mir jetzt nicht einmal mehr vorstellen, wie er im Falle eines unerwarteten Problems reagieren würde, etwa falls die Kinder auf der Reise erkrankten oder wir einen Autounfall hatten. Möglicherweise würde er ruhig und besonnen bleiben und wissen, was zu tun sei. Vielleicht würde er aber auch vollkommen die Selbstbeherrschung verlieren und einen Riesenstreit vom Zaun brechen.

Axel hatte weder mich noch unsere Kinder jemals geschlagen. Er sagte immer, er verabscheue körperliche Gewalt, und ich hatte ihm immer geglaubt. Aber stimmte das?

Er sprach mit den Mädchen über Rezina und dass sie am Morgen durch die Küche geschlichen sei. Sie nutze jede Gelegenheit, sich nach drin zu verkriechen, sobald es draußen kühl sei. Ihr Bauch hinge fast bis auf den Boden herab, und es sei absolut nötig, diese Dame auf Diät zu setzen. Eine Portion pro Tag, und wenn sie alles bereits am Morgen verputzte, dann bitteschön. Außerdem müsse ihr Pelz regelmäßiger gebürstet werden. Sie hatte offenbar Schuppen. Er würde die vielen Haare, die überall herumlägen, keinen weiteren Tag tolerieren.

»Warum reden wir eigentlich nicht so über dich, Papa?«

Linns Kommentar war scharf. Axel musste lachen, und ich starrte auf die Straße. Tora erzählte, dass der Vater einer Freundin vor den Ferien fast einen Finger verloren hätte. Er habe ihn sich in einer Autotür geklemmt und sei dann mit dem fast abgetrennten Finger zur Notaufnahme gefahren. Unheimlich. Aber dort hätten sie den Finger sofort festgenäht, und so wie es aussehe, könne er schon wieder Gitarre spielen. Axel ließ seine Zeitung sinken.

»Ist das der, der in dieser furchtbaren Band spielt? Der nicht mehr als vier Akkorde greifen kann, die er ständig wiederholt? In dem Fall ist es geradezu bedauernswert, dass sie es geschafft haben, den Finger wieder anzunähen.«

»Axel!«

»Ich sage nur die Wahrheit. Du kannst ja sogar Gitarre spielen und findest dieses Geklimper selber furchtbar.«

Er verstummte. Alle verstummten. Schweigend fuhren wir weiter und kamen durch pittoreske Dörfer. Hier und da wiesen Schilder auf Kunstausstellungen hin, und Axel ließ eine Bemerkung über seine Mutter und ihr Interesse an der Kunst fallen. Das sei in der Tat eines der wenigen Gebiete, auf denen sie sich auskenne.

Ich fuhr, kommentierte Axels Urteile oder versuchte sie zu überhören. Ab und zu richtete ich eine Frage an die Mädchen. Meine Gedanken überschlugen sich, und manisch ging ich Vorfälle aus der Vergangenheit durch. Wo war Axel vergangene Weihnachten gewesen, als ich mich um die Geschenke gekümmert hatte, weil er angeblich irgendwelche abschließenden Verhandlungen führen musste? Hatte er mir hinterherspioniert und war ich mir deswegen so beobachtet vorgekommen?

Vielleicht wusste mein Körper mehr als ich. Obwohl es kein heimliches Stelldichein gab, bei dem er mich hätte erwischen können. Außer meiner Arbeit und meinem Alltag hatte es für Axel nichts zu entdecken gegeben.

Ich war froh, als wir endlich unser Ziel erreicht hatten und aussteigen konnten. Es war wärmer als in den vergangenen Tagen, und die Touristen, die auf dem Burggelände umherschlenderten, reckten ihre Gesichter freudig einer neugierigen Sonne entgegen. Axel begab sich sofort zur Information und brachte in Erfahrung, dass bald eine Führung beginnen würde.

Weder Linn noch Tora waren allzu begeistert. Sie seien hungrig. Ob wir uns nicht erst irgendwo hinsetzen könnten? Axel schüttelte den Kopf. Vollkommen falsche Reihenfolge. Daran sei nicht zu denken. Erst die Arbeit, dann das Vergnügen.

Wenig später hatten wir uns versammelt, vielleicht zehn Teilnehmer. Der Burgführer war ein junger Mann in mittelalterlicher Kleidung. Er kam mir bekannt vor. Freundlich erklärte er die Geschichte der Burg, sprach von Architektur und Verteidigung. In diesem Augenblick wurde mir klar, dass ich unter keinen Umständen wollte, dass Axel Leas Erzählungen las. Er würde sie mit seinem Urteil vernichten, wie er schon so vieles andere vernichtet hatte.

Wir schlenderten in die Burg und sahen uns um. Stein und hallende Stimmen, Treppen, Mauern und Schießscharten. Unbehauener Sandstein, Quarzit aus Simrishamn, Kalkstein von Gotland.

Der Burgführer forderte uns freundlich dazu auf, Fragen zu

stellen, falls uns etwas unklar sei. Kämpfe, Angriffe. Schonen sei doch damals dänisch gewesen, oder? Vollkommen richtig. Die Burg sei als Verteidigungsanlage errichtet worden. Hier gebe es eine Brustwehr, falsche Türen, blinde Gänge, die im Nichts endeten, und Pechnasen, durch die siedendes Pech auf die Angreifer geschüttet wurde. Wallgräben, Zugbrücken und diverse andere tödliche Fallen gehörten ebenfalls zu der Verteidigungsanlage.

Axel wirkte angetan. Er stellte einige Fragen, die seine historischen Kenntnisse ahnen ließen, erhielt detaillierte Antworten und nickte. Belesener Bursche. Tora bat mich, ihr dabei zu helfen, sich alle Fakten in Erinnerung zu rufen. Sie musste einen Aufsatz in Geschichte abgeben, und das sei doch etwas, worüber sie schreiben könne. Außerdem sollte sie bei der Abschlussfeier in der Schule Theater spielen. Vielleicht könne sie den Burgführer ja fragen, wo er sein Kostüm herhabe.

Ich zog meinen Mantel enger um mich, als wir die Treppen hinaufstiegen. Meine Glieder schmerzten. Die Wände waren rau und kalt. Blind, was bedeutete das eigentlich? Für den Blinden vielleicht nur eins, das Licht nicht sehen zu können. Aber für uns Sehende, die mit den Augen Farben, Formen, das Mienenspiel, vielleicht auch Stimmungen wahrnahmen? Und trotzdem ließen wir uns täuschen, sahen einen leeren schwarzen Hut und konnten es kaum fassen, dass er plötzlich rote Taschentücher oder weiße Vögel enthielt.

Vögel, die in Käfigen saßen, falls sie nicht irgendeine barmherzige Seele freiließ.

Axel auf dem Weg zum Bus. Eine wichtige Besprechung. Warte, du hast deine Unterlagen vergessen. Natürlich, verdammt. Danke. Nichts weiter dabei, dass man ab und zu was vergisst. Axel, der viel über einen Kollegen und ihre Zusammenarbeit gesprochen hatte. Der Kollege hatte einige Monate in Griechenland gewohnt. Habt ihr nicht zusammengearbeitet? Doch, er kommt ab und zu wieder nach Stockholm. Muss noch ein paar Projekte abschließen. Den Rest erledigen wir telefonisch. Cleverer Bursche. In Shorts mit einem Drink auf der Terrasse sitzen und seine Schlüsse ziehen, während andere im Schneematsch herumstiefeln.

Und nicht einmal jetzt wusste ich sicher, was der Wahrheit entsprach und was nicht.

Wir hatten das dritte Stockwerk erreicht. Der Burgführer erzählte, wir befänden uns auf dem Weg zur Domäne der Frauen und Kinder. Ein Mann stützte sich schwer auf seinen Stock, nachdem er sich eisern hinaufgekämpft hatte, um nichts zu verpassen. Seine Frau stand in einem altmodischen Kleid neben ihm und versuchte, ihm zu helfen.

Ich lehnte mich an die Wand und dachte daran, dass Axel nicht mehr zu Abendessen und Veranstaltungen hatte gehen wollen. Er hatte sich über die Augen gestrichen und auf seine ständige Müdigkeit verwiesen. Die Krankheit natürlich, aber sicher auch das Geheimnis. Er musste ständig auf der Hut sein. Immer die Lüge im Kopf, immer nervös. Kein Wunder, dass er erschöpft war.

»Wie geht es dir eigentlich?«

Linn hakte sich bei mir unter. Sie wirkte besorgt.

»Gut. Sehr gut.«

»Hast du die Bänke in der Fensternische gesehen?«

»Was für Bänke?«

»Die, von denen er gerade gesprochen hat.«

»Ich habe nicht richtig zugehört.«

»Mama! Woran denkst du eigentlich?«

»An nichts.«

»Du bist ganz weiß im Gesicht.«

Die Öffnungen im Mauerwerk, jetzt hörte ich die Stimme des Burgführers. Sie war messerscharf, und die Anekdoten flogen wie Pfeile durch die Luft. Überall gab es solche Löcher wie hier in der Decke des Wohnsaales. Man wollte sich vor Eindringlingen schützen. Durch die Löcher ließ sich der Feind beschießen oder mit kochenden Flüssigkeiten übergießen.

Ich sah die anderen der Gruppe, den Mann neben mir, die Frau vor mir, eine Parfümwolke, die Konturen wurden plötzlich schärfer, keine Abstände mehr, ein Zittern in den Armen und ein Flimmern vor den Augen.

»Mama?«

Linns Stimme.

Kapitel 13

Als ich erwachte, lag ich in der Burg auf einer Bank. Der Burgführer hielt mir ein Glas Wasser hin. Tora und Linn standen neben ihm, Axel ein Stück dahinter.

»Bin ich ohnmächtig geworden?«

Die ältere Frau, die mir bereits zuvor aufgefallen war, nickte. Zum Glück habe sie neben mir gestanden und mich auffangen können. Der Burgführer sah mich besorgt an.

»Wie fühlen Sie sich? Brauchen Sie einen Arzt?«

»Nein, nein. Wirklich nicht. Nur eine vorübergehende Schwäche.«

»Manchmal kann die Höhe unangenehm sein.«

»Entschuldigen Sie, dass ich Ihre Führung gestört habe. Das passiert mir sonst nie.«

»Das ist wirklich kein Problem.«

Ich setzte mich auf und begann, mich bei den übrigen Teilnehmern, die mich mit mitfühlenden Blicken umringten, zu entschuldigen. Tora strich mir über den Rücken, und ich bat den jungen Mann, die Führung fortzusetzen. Er knüpfte augenzwinkernd an seine Geschichte an. Es könnten gefährliche Dinge in dieser Burg geschehen. Vielleicht sei sie ja immer noch verzaubert.

Erst als sich alle abgewandt hatten, kam Axel auf mich zu.

»Wollen wir noch weiter zuhören oder sollen wir lieber etwas essen gehen?«

Seine Stimme klang neutral.

»Nein, nein. Es geht mir wieder gut.«

»Niedriger Blutdruck, vielleicht. Hast du dich zu schnell aufgerichtet?«

»Nein, ganz bestimmt nicht.«

»Das ist mir mal in der Klinik passiert. Das war wirklich eine ziemliche Aufregung.«

»Mir ist das auch mal passiert. Als ich Linn bekommen hatte.«

»Bist du dir sicher, dass du weitergehen willst?«

Ich nickte, und wir setzten den Rundgang fort. Wir kamen an dem Porträt des Mannes vorbei, der Glimmingehus hatte errichten lassen, und erfuhren, dass die Burganlage bereits damals veraltet war. Jetzt sei sie ein Denkmal und verkörpere die Vorstellung eines Menschen von Schönheit und idealer Gestaltungsweise.

Der Burgführer dankte uns und verabschiedete sich. Er stehe uns gern für weitere Fragen zur Verfügung. Ich sah Tora aufmunternd an, und nach kurzem Zögern trat sie auf ihn zu.

Axel und ich gingen zum Treppenabsatz. Um uns herum waren Stimmen zu hören. Aus Nischen flüsterte es, und aus anderen Stockwerken drang Lachen zu uns empor. Weit unten sah ich den Steinfußboden. Wo sich Linn aufhielt, wusste ich nicht. Sie hatte sich erst zu Tora gesellt und war dann alleine weitergeschlendert. Axel und ich standen ganz oben auf der Treppe. Nur wir.

Plötzlich bekam ich Angst.

Der Steinfußboden schien mich anzuziehen. Wer stürzte, würde nicht überleben. Die Erinnerung an die Puppe kehrte zurück. Wer konnte wissen, wozu Menschen fähig waren, wenn schon Kinder solche Grausamkeiten begingen?

»Mir wird wieder übel, Axel. Ich muss hier raus.«

»Natürlich. Schaffst du es die Treppe hinunter?«

»Geh du vor.«

Er runzelte die Stirn, und mir fiel plötzlich ein, dass wir den Mädchen Bescheid sagen sollten. Axel bat mich zu warten. Er verschwand und kehrte kurz darauf zurück. Die beiden würden ins Café kommen. Jetzt hätten sie offenbar Gefallen an dieser Burg gefunden.

Wir gingen die Treppe hinunter. Axel stolperte auf der letzten Stufe und schimpfte leise über seine verdammten Augen. Der Sehfehler, der sich verschlechtert hatte und von dem Axel stur behauptete, dass er nach seiner Erkrankung aufgetreten sei.

Als er auf den Hof trat, kam mir der Gedanke, dass die Leute hier glauben mussten, ich sei die Kranke. Niemand sah Axel an, was er durchgemacht hatte. Einige Frauen schauten verstohlen in seine Richtung. Als er auf ihre Gruppe zukam, ließen sie ihn bereitwillig vorbei, und eine von ihnen musterte ihn kokett. Axel würdigte sie keines Blickes, sondern streckte die Hand nach mir aus und ließ mich vorgehen. Er war der perfekte Ehemann.

Ein junger Mann stand am Pranger und hatte Kopf und Arme durch die drei dafür vorgesehenen Öffnungen gesteckt. Er ließ sich von seinen lachenden Freunden fotografieren. Dann zog er Kopf und Arme wieder heraus, und der Nächste machte sich bereit, sich wie in früheren Zeiten verspotten zu lassen. Nach einer Weile fragte Axel, ob ich mich nicht auch so fotografieren lassen wolle. Gar nicht so dumm, seine Frau festzuketten und loszulassen, wenn es einem passe.

»Meinst du das ernst?«

Vielleicht waren es die Enthüllungen des Morgens, meine Ohnmacht oder nur die Resignation. Ich konnte nicht so tun, als sei alles noch immer ganz normal, konnte nicht so tun, als hätten wir es nett.

»Wie, was soll ich ernst meinen?«

»Hast du wirklich vor, mich an den Pranger zu ketten?«

»Jetzt hör aber mal auf.«

»Was habe ich falsch gemacht? Habe ich mich da oben vielleicht blamiert? Hätte ich mich beherrschen sollen? Entschuldige bitte, aber Ohnmachten lassen sich nicht planen.«

»Verdammt, das war doch nur ein Witz. Jetzt gehen wir in aller Ruhe etwas essen, okay?«

Schweigend betraten wir das Restaurant. Axel schob mich auf einen Stuhl und befahl mir zu warten. Wenig später hatten wir beide ein Gericht und Getränke vor uns stehen. Süß, sauer, salzig und scharf. Er hatte für jeden Geschmack etwas gefunden.

»Geht es dir jetzt besser?«

»Ja. Das muss etwas Vorübergehendes gewesen sein.«

Axel legte mir eine Hand auf den Arm und tätschelte mich. Ich konnte seine Hand nicht beiseiteschieben, wie die Mädchen das ganz selbstverständlich taten. Der Gedanke an das, was zwischen uns vorgefallen war, kam mir unwirklich vor.

»Du siehst gut aus. Rot steht dir.«

»Danke. Wie geht es übrigens bei der Arbeit?«

Ich hätte nicht fragen sollen, konnte es aber nicht lassen.

»Wie meinst du das?«

»Gibt es etwas, das dich im Augenblick besonders interessiert?«

Axel lehnte sich zurück. Er wischte sich sorgfältig mit einer Serviette den Mund ab, faltete sie zusammen und legte sie beiseite. Eine Kellnerin räumte ein paar Teller ab. Sie lächelte Axel zu, und er erwiderte ihr Lächeln.

»Warum fragst du das ausgerechnet jetzt?«

»Einfach so. Über meinen Artikel haben wir schließlich auch gesprochen.«

»Tja … was ist wohl im Moment das Interessanteste? Vielleicht der Streit zwischen den Arzneimittelfirmen. Es geht um ein Patent, das verlängert werden soll. Eigentlich eine recht hoffnungslose Angelegenheit, aber wenn der Streitwert hoch genug ist, kann es sich schon lohnen, Geld für einen Prozess auszugeben, der eigentlich aussichtslos ist.«

Axel hatte die Papierserviette wieder zur Hand genommen und sie, während er sprach, in kleine Fetzen zerrissen. Jetzt wischte er sich noch einmal mit dem letzten Fetzen über den Mund.

»Ihr habt doch sonst gar nicht so viel mit Arzneimittelfirmen zu tun.«

»Es klingt vielleicht seltsam, aber wir wurden mit dem Fall kurz nach meiner Rückkehr aus der Krankschreibung betraut. Ich erbot mich, die Sache zu übernehmen, schließlich hatte ich ja ein sehr persönliches Verhältnis zu diesem Thema. Danach kamen weitere Fälle hinzu. In unserer Branche wird man ja recht schnell zum Experten. Genau wie in deiner.«

Er sprach entspannt, die Stimme ganz ruhig. Die Haut meines Arms juckte. Sie war vermutlich fleckig.

»Und das mit London? Hat das auch mit Arzneimitteln zu tun?«

»Naja, da geht es um verschiedene Dinge. Finanzen und so. Willst du noch einen Tee?«

Noch ehe ich etwas antworten konnte, stand er auf, stellte sich an und kam mit weiteren belegten Broten und einem weiteren Tee zurück. Tora und Linn betraten das Restaurant. Axel entdeckte sie, ich selbst war viel zu sehr mit uns beschäftigt. Etwas atemlos ließen sie sich auf ihre Stühle fallen, streckten die Hände nach demselben belegten Brot aus und begannen dann zu diskutieren, wer ein Recht darauf habe. Axel brach die Diskussion ab, indem er das Brot in der Mitte durchschnitt. Ich war ihm merkwürdig dankbar dafür.

Tora war so aufgedreht, dass sie gleichzeitig redete und kaute. Anders, also unser Burgführer, würde mich aus seinem Anglistikstudium kennen. Ich war eine seiner Dozentinnen.

»Er hat dich sofort wiedererkannt, weil du dich überhaupt nicht verändert hast, aber er sah in diesen Kleidern natürlich ganz anders aus. Jedenfalls hat er gesagt, du seist eine der besten Lehrkräfte, die er je hatte. Du hast ihm beigebracht, mit einem Stift in der Hand zu lesen.«

Sie hatte das kaum ausgesprochen, da trat Anders durch die Tür. Jetzt erinnerte ich mich. Er hatte zu einer Gruppe gehört, die durch kreative Zusammenarbeit überraschende Ergebnisse erzielte. Er hatte oft noch nach dem Seminar Fragen gestellt und manchmal hochinteressante neue Deutungen vorgeschlagen. Ich hatte ihm eine Empfehlung für ein Stipendium geschrieben, das er dann auch bekam.

Anders trat an unseren Tisch. Er fragte freundlich, wie es mir gehe, und entschuldigte sich, dass er uns beim Essen störe. Aber ich sei schließlich vor einigen Jahren seine Dozentin in angelsächsischer Literatur gewesen. Er wolle sich noch einmal für die Hilfe beim Stipendienantrag bedanken.

Tora hatte sich bereits erhoben und einen weiteren Stuhl herangeschoben. Er zierte sich ein wenig, nahm dann aber doch Platz. Das historische Kostüm habe er für heute in den Schrank gehängt. Erst schlug er das Angebot, doch mit uns zu essen, aus, aber Tora stellte ihm einfach ein Glas hin. Er war vermutlich zu wohlerzogen, um nein zu sagen. Er goss Milch aus der Kanne ein und wandte sich dann an mich.

»Ich möchte Ihnen auch noch einmal für Ihren Unterricht danken. Durch Sie habe ich gelernt, Bücher auf ganz andere Art zu lesen.«

»Danke. Das ist wirklich ein großes Lob.«

»Sie haben damals gesagt, ich solle nie ein Buch aufschlagen, ohne zuvor einen Bleistift zur Hand zu nehmen. Denn während der Lektüre aufzustehen und erst einmal einen Stift holen zu müssen, um seine Gedanken zu notieren, sei eine zu große Anstrengung. Dann würde ohnehin nichts daraus werden.

Sie haben immer wieder betont, wie wichtig es sei, Textstellen zu unterstreichen, und dass man sich nicht scheuen dürfe, in den Büchern zu schreiben. Sie haben gesagt, man solle direkt zum Text gehen und nicht mit dem Vorwort beginnen. Das könne man anschließend lesen.«

»Tora hat das mit dem Stift gerade erzählt.«

Axels Ton war scharf.

»Richtig, das habe ich in der Burg schon erwähnt. Es war eine solche Überraschung, eine ehemalige Dozentin zu treffen. Wie bedauerlich, dass es Ihnen während der Führung plötzlich nicht gut ging.«

Er hatte sich wieder mir zugewandt und berichtete, dass er inzwischen Geschichte studiere. Angelsächsische Geschichte, was sonst. Die Grundlage sei ja vorhanden gewesen.

»Sie haben eine Vorlesung über die Veränderung der britischen Gesellschaft gehalten. Ich hatte zuvor eine andere Vorlesung gehört und war vollkommen verwirrt. Dann kamen Sie. Sie sagten, Sie wollten uns nicht mit Details bombardieren, sondern nur einige wichtige Punkte nennen. Es war, als hätten Sie genau gewusst, was wir Studenten dachten. Sie sprachen auf so anschauliche Weise über den Übergang vom Feudalismus zum Kapitalismus, dass ich mich noch immer daran erinnern kann.«

Axel wand sich, Tora und Linn hörten andächtig zu.

»Sind Sie noch am selben Institut?«

»Ja.«

»Und Sie arbeiten hier?« Axel verschränkte seine Arme auf der Brust.

Anders wandte sich an ihn.

»Das mache ich nur in den Semesterferien. Ganz nett, außerdem hat es zumindest ein wenig mit meinem Fach zu tun. Ich wohne in Malmö, es ist also ein Stück zu fahren, aber es geht.«

»Was fängt man mit einem Studium der Geschichte an?«

Anders antwortete, er hoffe, noch eine Weile an der Universität weiterarbeiten zu können, aber dann wolle er etwas ganz anderes beginnen und mit einigen Leuten etwas Eigenes aufziehen. Bücher über Geschichte? Nein, dieser Markt sei vermutlich recht begrenzt. Import von Biopräparaten. Freunde von ihm waren im Ausland in der Fitnessbranche tätig. Die ausländischen Präparate seien denen auf dem schwedischen Markt weit überlegen. Von illegalen Hormonpräparaten könne übrigens absolut nicht die Rede sein.

Axel wirkte interessiert und begann eingehend von einigen Beschwerden zu erzählen, die bei ihm während des Trainings aufgetreten seien. Dann kam ein Abriss seiner Krankheit und der Reha. Anders versprach, ihm Informationsmaterial und ein paar Proben zu schicken. Die Mittel, die er empfehlen könne, seien mit anderen Arzneimitteln kompatibel.

Er schaute auf die Uhr und erhob sich. »Jetzt werde ich Sie endlich ungestört Ihren Kaffee trinken lassen.« Als er seine Hand ausstreckte, um sich zu verabschieden, reichte ihm Axel seine Visitenkarte.

Tora schaute ihm lange hinterher. Axel seinerseits sah seine Tochter spöttisch an.

»Ein richtiger Laktophiler.«

»Bitte, was?«

Axel deutete auf das Milchglas. Tora schnaubte.

»Zum Glück habe ich dafür gesorgt, dass der Kontakt bestehen bleibt, meinst du nicht?«

»Hör auf!«

»Aber er sieht doch wohl gut aus?«

»Lass es!«

»Du bist unmöglich!«

Tora war rot im Gesicht. Linn fauchte aus Mitgefühl.

»Ist doch ein ganz normaler Typ«, begann Axel wieder. »Natürlich ein Geschichtsfreak. Wie dein Mathefreak, Linn. Aber es ist doch nett, dass unsere Töchter sich für Männer mit Spezialkenntnissen interessieren.«

Beide Mädchen fauchten jetzt um die Wette. Sie erinnerten mich an Rezina, wenn sie die Nachbarkatze zu Gesicht bekam.

»Die weibliche Vorliebe für schmierige Typen ist im Übrigen unbegreiflich.«

»Ich glaube, Tora und Linn wissen, was sie tun. Auch wenn man im Voraus nie wissen kann, in wen man sich verliebt.«

»Allerdings, das haben wir ja eben deutlich zu spüren bekommen.«

»Wie meinst du das?«

Axel klang anzüglich.

»Es ist doch wohl offensichtlich, dass er mal verknallt in dich war. Ein schüchterner Typ, der sich in seine Dozentin verliebt. Wie in einem preisgekrönten, tiefsinnigen französischen Spielfilm. Vermutlich würde er immer noch nicht nein sagen.«

»Also bitte, Axel.«

»Ich weiß, dass du naiv bist, aber das kann doch nicht einmal dir entgangen sein.«

»Wenn ich mich recht entsinne, hatte Anders damals eine Freundin. Sie haben immer nebeneinander gesessen.«

»Eben noch konntest du dich kaum an ihn erinnern.«

»Aber jetzt kann ich es. Nicht nur an ihn, sondern an die ganze Gruppe. Es waren recht außergewöhnliche Studenten. Ich begreife gar nicht, dass ich ihn nicht sofort erkannt habe.«

»Ja, das begreife ich auch nicht. Aber dann hast du dafür gesorgt, dass dir übel wurde. Damit war auch das geregelt.«

Tora erhob sich noch kauend und warf mir einen giftigen Blick zu, als ich vorsichtig eine Frage stellte. Sie wolle auf die Toilette, das sei doch wohl noch erlaubt, oder? Ich könne auch noch lauter reden, damit ja alle alles hörten. Linn begleitete sie in schwesterlich geteiltem Abscheu.

Mechanisch begann ich die Teller aufeinanderzustapeln, fettiges Kuchenpapier zusammenzuknüllen, Brotkanten zusammenzuschieben. Dann schaute ich auf.

»So geht das nicht weiter.«

»Wovon redest du?«

»Von uns. Davon.«

»Was ist denn jetzt wieder?« Axel wirkte erstaunt.

»Von dem, was gerade passiert ist.«

»Worüber redest du zum Teufel? Wir haben es doch sehr nett. Was war denn jetzt wieder falsch?«

»Deine Art, Anders runterzumachen. Deine Unterstellungen, dass ich was mit ihm gehabt haben könnte. Und die Mädchen …«

»Fang jetzt nicht schon wieder an!«

»Verstehst du wirklich nicht, was ich meine?«

Axel breitete die Arme aus.

»Ich war doch absolut höflich. Habe mich sogar für sein kleines Geschäftsprojekt interessiert. Ich dachte, dass ich dem Burschen vielleicht sogar helfen könnte. In solchen Dingen kenne ich mich schließlich aus. Und die Mädchen: Ein paar Sticheleien müssen sie schon vertragen, schließlich sind sie uns gegenüber auch nicht gerade zimperlich. Immer nörgeln sie an allem herum. Ich finde, dass ich verdammt geduldig bin.«

Ich schluckte. Meine Stimme war kaum zu hören.

»Aber du hast doch wohl gemerkt, dass Tora von Anders ganz angetan war. War es wirklich nötig, zu unterstellen, er hätte eine Schwäche für mich gehabt? Was nicht stimmt und außerdem …«

Axels Miene verfinsterte sich. Er schob das Kinn vor.

»Du bist noch kränker als ich«, sagte er leise, fast flüsternd. »Du und deine Fantasien. Ich sprach davon, dass er dich als Dozentin zu schätzen wusste. Verliebt, so wie junge Menschen das eben sind, wenn sie jemanden bewundern. Und du denkst sofort an das eine. Vielleicht malst du dir ja gerade aus, was du dir hast entgehen lassen? Wie du diesen Hosenmatz hättest herumkriegen können. Vielleicht lag er damals ja tatsächlich in deinen Armen. Du greifst mich ja nur so an, weil du Dreck am Stecken hast.«

»Wie kannst du nur so etwas behaupten?«

»Vielleicht habt ihr ja seither den Kontakt gehalten. Malmö ist schließlich nicht allzu weit weg. Am Ende hast du ihn vielleicht sogar besucht, nachdem du bei Mama im Heim warst? Oder bei dieser Alten. Oder jemand anderem. Zwei Fliegen mit einer Klappe.«

»Hör auf, Axel, bitte, hör auf.«

Die Leute an den anderen Tischen bemerkten, dass zwischen uns ein Streit entflammt war. Sie gaben sich den Anschein, nicht zuzuhören, aber in Wahrheit lauschten sie angestrengt, um sich ja kein Wort entgehen zu lassen. Gabeln verharrten in der Luft, Kaffee wurde ohne zu schlürfen getrunken, Gespräche verstummten.

»Ich warne dich, Vio. Ich warne dich.«

»Hör auf.«

Meine Augen brannten. Angst und Wut drohten mich zu ersticken. Mein einziger Gedanke war, dass wir uns beruhigen mussten, ehe die Mädchen zurückkehrten. Zumindest hier und jetzt mussten wir ihnen das ersparen. Axels Worte waren nicht mehr zu begreifen. Sie waren wie die Fetzen, die er systematisch von der Serviette abgerissen hatte. Fragmente, die in der Luft herumflatterten.

Axel lächelte höhnisch. Ich sah, dass Tora und Linn zu unserem Tisch zurückkamen. Hastig stand ich auf, drängte mich zwischen den Stühlen hindurch und ging ins Freie.

Draußen holte ich erst einmal einige Male tief Luft und sah mich um. Beim Pranger standen immer noch etliche Leute. Das Bedürfnis, andere gerade an dem Ort in einem Bild festzuhalten, an dem die Menschen früher öffentlich gedemütigt wurden, schien ziemlich groß zu sein. *Und wir stehn hier wie auf dem dunklen Pass / wo, voll verwirrten Rufs von Flucht und Schlacht, / sich Heere blind begegnen in der Nacht*. Das Gedicht »Der Strand von Dover« von Matthew Arnold fiel mir bei diesem Anblick ein.

Dann sah ich, wie Axel, Tora und Linn auf mich zukamen. Axel voran und hinter ihm die Mädchen.

»Brauchtest du frische Luft? Ist dir wieder übel?«

Der freundliche Ton überraschte mich.

»Ich …«

»Jetzt haben wir hier alles gesehen. Ich finde, wir sollten weiterfahren. Wir können ja noch mal anhalten, wenn es uns irgendwo gefällt. Vielleicht finden wir ein Lokal, in dem man zu Abend essen kann. Das wäre doch nett? Ich habe keine Lust, einzukaufen und heute Abend zu kochen. Schließlich war doch der Sinn dieser Ferien, nicht immer alles zu verplanen, sondern auch mal spontan zu sein und zu improvisieren.«

Ich wusste nicht, was ich antworten sollte. Axel meinte, wir bräuchten auch nicht zu diesem Hof zu fahren, wenn wir nicht wollten. Es gebe auch näher gelegene Ziele. Die Schweine seien vermutlich froh, wenn sie verschont blieben. Sie hätten dann sozusagen noch mal Schwein gehabt.

Auf dem Weg zum Auto und in einigem Abstand von den Mädchen entschuldigte er sich. Er habe nur ein wenig sticheln wollen, sich dann aber dumm ausgedrückt. Das sei falsch gewesen. Es tue ihm leid. Ich solle nicht glauben, dass er mich absichtlich verletzt habe. Das würde er niemals tun. Warum auch?

Kapitel 14

Die Stimmung im Auto war angestrengt freundlich. Der Vorschlag, im Restaurant zu Abend zu essen, war auf keinerlei Proteste gestoßen. Wir begannen Spiele zu spielen. Wer als Erster zehn Tiere sah, hatte gewonnen. Dann suchten wir Nummernschilder mit einer bestimmten Ziffer. Axel wandte sich an mich, und das Auto geriet aus der Spur.

Er hatte darauf bestanden zu fahren, und ich hatte keine Lust gehabt, mich auf Diskussionen einzulassen. Axel stellte fest, dass es ihm in Schonen schon immer gefallen habe. Hier herrsche ein gemächlicheres Tempo, und das dänische Temperament, das herüberschwappe, sei sehr sympathisch. Er empfinde es als befreiend, dem übrigen Europa so nahe zu sein. Das würde auch den unverständlichen Dialekt in Schonen entschuldigen.

Wir bogen in einen kleinen Ort ab, um ein passendes Lokal zu suchen. Tora bemerkte das Schild zuerst. Chez Marie. Beim Einparken regte sich Axel darüber auf, dass die Leute ihre Autos schief in die Parklücken stellten.

Das Restaurant war schlicht, aber geschmackvoll eingerichtet. Wachstuchtischdecken und bunte Lampions. Fischernetze an den Wänden legten nahe, worauf die Küche spezialisiert war. Neben dem Eingang hing ein gerahmter Text in Goldrahmen. »La mer«. Es lief französische Musik.

Eine Kellnerin empfing uns. Axel sagte, nur das Beste sei für die drei Grazien in seiner Gesellschaft gut genug. Wenig später hatten wir es uns an einem Fenstertisch bequem gemacht. Axel wirkte zufrieden. Er bat mit recht lauter Stimme um Brot. Und um Eiswürfel für das Wasser in der Karaffe, da dieses lauwarm sei. Ich bot ihm an, später zu fahren, und Axel bestellte Wein. Tora und Linn bestellten Entrecote und Axel Muscheln, nachdem er sich vergewissert hatte, dass sie aus Schweden kamen. Ich wusste nicht, wie ich überhaupt irgendetwas essen sollte, und wählte schließlich ebenfalls Muscheln.

Der Wein kam. Axel kostete. Dann bat er um ein Glas aus einer frisch geöffneten Flasche. Der Wein korke. Er erhielt ein neues Glas. Axel wandte sich an uns und meinte, er wolle den Koch um das Rezept für die Tapenade bitten, die man zum Brot serviert hatte. Das Zeug könne man sicher gut brauchen, um eine Terrasse zu zementieren.

Ich versuchte Butter auf ein Stück papierdünnes Knäckebrot zu streichen. Es zerfiel mir in der Hand. Axel fragte Tora, wie es mit ihrem Französisch stehe. Sie habe diese Sprache ja nun schon einige Jahre in der Schule. Tora antwortete, es stehe ganz gut, während sie mit der Gabel auf die Wachstuchtischdecke malte.

Axel schlug vor, dass man doch mal nach Frankreich reisen könne, und erzählte dann von seiner fast blinden Tante, die eine fremde Frau mit dem Namen ihres Mannes angesprochen hatte. Als sie den Irrtum bemerkte, entschuldigte sie sich bei der Frau. Doch die erwiderte bloß, es sei nicht so schlimm, dass man sie in Frankreich mit Monsieur anspreche, obwohl sie einen Rock trage.

Das sage doch einiges über seine Tante, die Franzosen und die betroffene Frau. Etwas Gelassenheit sei gar nicht schlecht. Daran müsse er immer denken, wenn er nicht so gut sehe, wie er sich das wünschte.

Das Essen kam, und schweigend begannen wir unser Mahl.

Die Muscheln dampften. Ich spürte erneut Übelkeit, aber ich zwang mich dazu, ein paar Bissen zu nehmen.

Axel kämpfte mit einer seiner Muscheln. Sie glitt ihm aus der Hand und fiel in den Muscheltopf zurück. Der Sud spritzte auf sein Hemd, und er fluchte. Laut bat er darum, dass ihm doch bitte jemand Wasser bringen möge, und als die Kellnerin das nicht hörte, warf er seine Serviette auf den Tisch und ging zu ihr. Sie antwortete etwas, und Axel wurde noch lauter. Wenig später hatten wir eine Schüssel Wasser und ein Handtuch auf dem Tisch stehen.

Ich dachte an den Restaurantbesuch mit Mikael, wie sehr ich das Essen, die Ruhe und die Wärme genossen hatte. Linn schaute besorgt in meine Richtung, und ich aß eine weitere Muschel. Axel begann davon zu sprechen, wie wichtig Arbeitsmoral sei, in diesem Fall den Gästen den Service zu bieten, den sie erwarten dürften. Ich hätte am liebsten hysterisch geschrien. Stattdessen beeilte ich mich zu sagen, dass ich gelesen hätte, die Taoisten würden der Moral keinen sonderlichen Stellenwert beimessen.

»Nicht weil sie Moral für unwichtig halten, sondern weil sie diese voraussetzen. Gewisse Menschen leben in solcher Harmonie mit ihrer Umgebung, dass sie spontan richtig handeln, unabhängig von jedem Du-Sollst und Du-Sollst-nicht. Der wirklich Weise besitzt keine Charakterschwächen. Deswegen braucht er auch keine Moral.«

Ich merkte, dass ich anfing, Vorträge zu halten, und dass sich die Mädchen verbissen über ihr Essen hermachten. Axel hörte jedoch aufmerksam zu. Er brach in lautes Gelächter aus.

»Das ist das Beste, was ich seit langem gehört habe. Gewisse Menschen besitzen keine Charakterschwächen und brauchen deswegen keine Moral. Das muss ich mir für die nächste Vorstandssitzung merken.«

Ich stand hastig auf, ging auf die Toilette und lehnte den Kopf gegen den Spiegel. Dort blieb ich so lange stehen, wie ich es nur wagte, ließ mir dann Wasser übers Gesicht laufen und kniff mir in die Wangen.

Als ich wieder in den Speiseraum trat, unterhielt sich Axel mit einem älteren Paar am Nachbartisch. Er stellte mich vor, und ich gab ihnen die Hand. Sie wirkten nett, schienen sich miteinander wohl zu fühlen und auch für andere offen zu sein. Der Mann wandte sich an mich und erklärte, er habe Axel gerade ein Kompliment für seine schöne Familie gemacht. Axel lächelte und versicherte, er sei sehr stolz. Obwohl es nicht immer ganz leicht sei, mit einer so willensstarken Frau wie mir verheiratet zu sein.

»Zum Glück bin ich sehr anpassungsfähig und sehe nicht immer alles so eng. Sie hat ihre Launen, aber die hat sie von ihrer Mutter.«

Der Mann vom Nachbartisch sah mich an und meinte lächelnd, dass ich ganz bestimmt der Mühe wert sei, und Axel beeilte sich, das zu bestätigen. Die Frau, die schweigend neben ihrem Mann gesessen hatte, flocht ein, dass sie einmal, als sie einen Vortrag in einem Altenheim gehalten hatte, ihr Publikum fragte, was das Geheimnis einer lebenslangen Ehe sei.

Ein Paar hatte behauptet, sie seien deswegen zusammengeblieben, weil sie ein ganzes Leben lang miteinander getanzt hätten. Eine verwitwete Frau meinte dagegen, ihr Mann habe nicht gerne getanzt, sie sei also alleine zum Tanzen gegangen, aber ohne jemals mit einem anderen anzubandeln. Das habe nur ihren Appetit geweckt, ihren Hunger habe sie dann zu Hause gestillt. Axel lachte. Ich versuchte zu lächeln.

Linn fragte, ob wir nicht bald gehen könnten. Sie wolle kein

Dessert. Tora nickte beipflichtend, aber Axel wirkte verdrossen. Jetzt saßen wir endlich einmal alle zusammen in einem netten Restaurant, was schließlich nicht alle Tage vorkam. Natürlich würden wir auch noch ein Dessert bestellen. Er rief die Kellnerin und fragte, was es gebe. Sie zählte die verschiedenen Desserts auf.

Ich hatte immer noch den Geschmack von Muscheln im Mund und bestellte ein Sorbet. Linn beharrte darauf, nichts zu nehmen. Sie sah müde aus. Nach kurzem Zögern bestellte Tora ebenfalls ein Sorbet und Axel den Apfelkuchen des Hauses. Das würde eine Weile dauern, erklärte die Kellnerin, aber das Warten lohne sich.

Das Sorbet kam, und Tora und ich aßen. Der herbe Fruchtgeschmack war wohltuend. Bald waren unsere Teller leer, und Axel meinte, das habe er ja gewusst. Er sprach über die Burg Glimmingehus, während er auf die Tür zur Küche schaute. Fünf Minuten vergingen, zehn. Axel rutschte hin und her. Er hätte nicht geglaubt, dass sie erst einen Apfelbaum pflanzen müssten, um seinen Kuchen backen zu können.

Weitere fünf Minuten vergingen. Das Ehepaar am Nachbartisch trank sich zu und lächelte. An unserem Tisch war es still. Axel trommelte mit den Fingern auf die Tischplatte. Ich begann vom Solgården zu reden, von Marianne, vom Tanzen und kam dann auf die Schule der Mädchen zu sprechen. Niemand ging darauf ein. Axel unterbrach mich plötzlich mitten im Satz, stand einfach auf und verschwand. Als er zurückkam, erklärte er, er habe um die Rechnung gebeten. Wir könnten schließlich nicht ewig hier sitzenbleiben. Viel Betrieb sei auch nicht.

Die Rechnung kam zusammen mit dem Apfelkuchen. Er duftete himmlisch. Axel würdigte ihn jedoch keines Blickes. Er betrachtete die Endsumme, griff zu einem Stift und strich demonstrativ einen der Posten. Dann leerte er sein Weinglas, legte das Geld auf den Tisch und sagte, wir könnten jetzt gehen.

Wir erhoben uns, ich mit glühenden Wangen. Das Paar am Nachbartisch nickte uns zu, und wir verabschiedeten uns. In der Tür zur Küche stand die Kellnerin. Unsere Blicke begegneten sich. Ich glaubte, eine Spur von Mitleid zu erkennen, und versuchte, ihr durch Gestik und Mimik eine Entschuldigung zu vermitteln. Sie nickte und lächelte leicht, als wollte sie sagen, sie hätte schon Schlimmeres erlebt.

Tora und Linn dösten auf dem Rücksitz, nachdem wir alle dämlichen Namen von Friseursalons durchgegangen waren, die uns einfielen. Der goldene Schnitt, Haarwelten, Hair Balance, Haarsalon, Bart und Haar, Figaro …

»Salon Mondän«, sagte Axel und erzählte, seine Mutter sei immer zu einem Friseur mit diesem Namen gegangen. »So sah sie dann übrigens auch aus, wenn sie nach Hause kam. Die Frage ist, ob man Frauen heute noch als mondän bezeichnen würde.«

»Bei meinem letzten Besuch ist mir mal wieder aufgefallen, was für eine Schönheit deine Mutter ist. Sie hat eine unglaubliche Ausstrahlung.«

»Du meinst, weil sie in fleckigen Kleidern herumläuft? Da ist mir mondän dann doch lieber.«

Die Scheibenwischer arbeiteten unverdrossen. Es hatte wieder angefangen zu regnen. Die Stimmen der Mädchen auf der Rückbank waren nur noch ein Murmeln gewesen und schließlich ganz verstummt. Axel schaute aus dem Fenster. Dann schaltete er Musik an. Ich drehte sie leiser, da ich den Eindruck hatte, Tora und Linn seien eingeschlafen. Nach einer Weile stellte Axel sie wieder lauter.

»Im Auto hat man nicht unbedingt die beste Akustik.«

»Nein.«

»Wenn wir wieder zu Hause sind, werde ich uns ein paar Konzertkarten besorgen.«

»Schön.«

»Was willst du hören?«

»Egal was. Du weißt doch, was mir gefällt.«

»Ach?«

Axel starrte hinaus in die Dunkelheit. Er kam wieder auf die Friseursalons zu sprechen und stellte großmütig fest, bei kreativen Berufen seien eben auch kreative Firmennamen angezeigt, obwohl es nicht leicht sei zu beschreiben, was Kreativität eigentlich sei. Ich gab mehr Gas.

»Hast du das ernst gemeint, was du im Restaurant gesagt hast?«

»Was?«

»Dass unsere Ehe nur funktioniert, weil du alles nicht so eng siehst?«

»Natürlich ist es harte Arbeit, dich zu lieben. Aber mir gefällt harte Arbeit. Falls ich das jetzt poetisch genug ausgedrückt habe. Das ist durchaus nicht negativ gemeint.«

Er schien zu glauben, mir ein Kompliment gemacht zu haben. Ich drehte den Kopf zur Seite, um einen Blick auf Axels Gesicht zu werfen. Schwer zu sagen, ob er scherzte oder einen Streit vom Zaun brechen wollte. Er lächelte. Eine unaufmerksame Sekunde später hoppelte ein Hase ins Scheinwerferlicht. Ich bremste, ein Knall, das Auto geriet ins Schleudern. Wir blieben am Straßenrand stehen.

»Verdammt, Viola!«

»Der kam so schnell.«

»Du sollst auf die Straße schauen, verdammt noch mal!«

Linn, aus dem Schlaf gerissen, begann auf dem Rücksitz zu

weinen. Ich stieg aus. Zwei Lastwagen donnerten vorbei. Der Hase lag auf der Straße, ein unkenntliches Bündel aus Pelz, Blut und Eingeweiden. Nur die Ohren ruhten unbeschädigt auf dem Asphalt. Tora, die natürlich ebenfalls erwacht war, kam mit einem Päckchen Papiertaschentücher, und nach einer Weile lag das, was von dem Tier noch übrig war, ein Stück von der Landstraße entfernt im Wald. Ich hatte mich dann doch überwunden, den Kadaver hochzuheben, einzuwickeln, wegzutragen und zuzudecken.

Der Kotflügel war blutbespritzt, und das Auto hatte jetzt zusätzlich zu dem bisherigen Kratzer eine kleine Delle. Ich betrachtete den Schaden und hätte mich fast ein weiteres Mal übergeben müssen. Stattdessen stieg ich wieder ein und hielt mich am Lenkrad fest. Vielleicht sollten wir die Polizei rufen? Axel schüttelte den Kopf. Wozu die Ordnungshüter wegen eines toten Hasen aufmischen. Das habe gerade noch gefehlt, jetzt auch noch Probleme mit dem Führerschein zu bekommen. Dann bat er mich, den Fahrersitz zu räumen.

»Du kannst nicht fahren, Axel, du hast was getrunken.«

»Ich fahre auch nach einer Flasche Wein besser als du stocknüchtern.«

»So wirst du nur deinen Führerschein los.«

»Steig aus, habe ich gesagt!«

»Nein. Ich steige nicht aus. Wir fahren jetzt.«

Linn weinte auf dem Rücksitz. Auch Tora schniefte. Axels Gesicht war starr vor Wut. Die Vorwürfe, mit denen er mich bedachte, waren widerlich, abschätzig, kränkend, demütigend. Mitten in einem Satz stürzte er aus dem Auto, riss die Tür auf meiner Seite auf und zerrte an meinem Arm. Die Mädchen schluchzten inzwischen verzweifelt, und ich besaß plötzlich ungeahnte Kräfte. Axel durfte nicht ans Steuer.

»Hör auf, Axel. Du tust mir weh …«

Er brüllte weiter und schlug auf die Hand ein, mit der ich das Lenkrad umklammerte. Schließlich gelang es ihm, mich aus dem Auto zu zerren. Ich fiel hin. Er sprang ins Auto, schlug die Tür zu und ließ den Motor an. Im Rückfenster sah ich die entsetzten Gesichter von Tora und Linn.

»Axel!«

Ich hämmerte gegen das Seitenfenster, musste dann aber zurückspringen, um nicht unters Auto zu geraten. Rasch verschwand der Wagen außer Sichtweite. Meine Jacke und meine Tasche lagen im Kofferraum. Ein weiterer Lastwagen fegte vorbei.

Es war dreiundzwanzig Uhr. Um mich herum breiteten sich Äcker und Wiesen aus. Einige Briefkästen standen wie graue Katzen in der Dunkelheit am Straßenrand. In der Ferne erkannte ich ein paar Häuser. In einigen Fenstern brannte Licht, dort saßen normale Familien an normalen Tischen und bereiteten sich auf eine normale Nacht vor. Was normal auch bedeuten mochte, es war ein Wort, das nicht schwerer oder nicht leichter war als jedes andere.

Ich konnte über die Wiesen wandern, irgendwo anklopfen, darum bitten, telefonieren zu dürfen, und ein Taxi rufen. Eine Frau, der Blut und Reste von Eingeweiden an den Händen klebten, bat um Hilfe, um einen Mann zu verfolgen, der ihr angetrunken davongefahren war. Dieser Gedanke war ebenso absurd wie seine Realisierung.

Zögernd lief ich auf der Landstraße weiter in die Richtung, in die Axel davongefahren war. Ein weißes Auto fuhr mit spöttisch leuchtenden Rücklichtern vorbei. Dann geschah das Wunder. Es hielt an und setzte zurück. Die Tür ging auf, und eine Frau schaute heraus.

»Ist was passiert?«

Sie war Mitte dreißig, dunkelhaarig, das Haar zu einem Pferdeschwanz hochgebunden. Ihr Blick war freundlich.

»Danke, dass Sie angehalten haben. Ich … ich weiß nicht, wie ich es erklären soll. Mein Mann und ich haben gestritten, und dann ist er weggefahren. Mit unseren Kindern.«

»Wie furchtbar. Steigen Sie ein. Sie frieren ja.«

Ich nahm auf dem Beifahrersitz Platz, dachte, dass ich vermutlich aussah wie die Leute, die nachts in der U-Bahn, in Hauseingängen oder Bahnhöfen sitzen. Zerzaustes Haar, ungepflegt und nicht dem Wetter angemessen gekleidet. Ziellos durch die Nacht getrieben auf der Suche nach Wärme oder dem Schutz eines Freundes. Ein unerwarteter Hase, mehr war nicht nötig gewesen.

»Müssen Sie zum Arzt?«

Zum zweiten Mal an diesem Tag diese Frage.

»Nein. Nein. Wir waren auf dem Heimweg. Dann habe ich einen Hasen angefahren. Mein Mann hat sich aufgeregt und verlangt, das Steuer zu übernehmen. Aber er hatte etwas getrunken. Nicht viel, aber genug, um besser nicht zu fahren. Ich wies ihn darauf hin, und es endete schließlich damit, dass er mich aus dem Auto warf und davonfuhr.«

Ich konnte Axel nicht mehr in Schutz nehmen. Er konnte sich selbst nicht mehr schützen. Die Frau stellte sich als Sara vor, streckte die Hand nach hinten, nahm eine Jacke und legte sie mir über die Knie.

»Sollen wir die Polizei verständigen?«

»Ich weiß, dass es das Klügste wäre. Aber ich würde doch gerne erst zu Hause anrufen.«

Sara setzte den Wagen wieder in Bewegung und fuhr weiter, wobei sie über meine Ausflüchte den Kopf schüttelte. Sie war auf dem Weg zu ihrer kranken Großmutter, die in der Nähe wohnte, und hatte sich ohnehin auf eine unruhige Nacht vorbereitet.

Die Jacke wärmte meine Beine. Im Seitenfach lagen Papiere und Landkarten sowie ein Eiskratzer. Alles war sauber, ordentlich und selbstverständlich, vielleicht normal. Sara schaltete klassische Musik an. Axel hätte sie sicher sympathisch gefunden. Ich lehnte den Kopf gegen die Kopfstütze und merkte, dass ich todmüde war. Aber ich wollte auf keinen Fall einschlafen.

»Danke nochmals, dass Sie angehalten haben.«

»Das ist doch selbstverständlich.«

»Viele wären sicher vorbeigefahren. Einen Fremden mitten in der Nacht einfach in sein Auto steigen zu lassen, ist nicht ganz ungefährlich.«

»Das stimmt schon. Aber die meisten Menschen sind anständig.«

Sie hatte recht. Dennoch kam es mir in diesem Augenblick absurd vor, das Gute im Menschen zu betonen, wo ich mit einem Mann verheiratet war, der sich so benommen hatte.

»Wohin wollen Sie genau?«

»Sie brauchen mich wirklich nicht bis nach Hause zu fahren. Aber wenn Sie mich irgendwo absetzen könnten, wo ich ein Taxi bekomme, wäre das sehr nett.«

»Deswegen frage ich nicht. Natürlich fahre ich Sie nach Hause. Aber wollen Sie wirklich zu Ihrem Mann zurück? Vielleicht kann er Ihnen gefährlich werden.«

Wenn ich hätte weinen können, hätte ich es getan. Misshandelte Frauen, die ihre Männer verließen, Männer, die tranken und prügelten, über solche Frauen hatte ich gelesen. Es gab sie. Das war jedoch nicht ich. Ich war nicht sie. Ich war Viola. Mit Axel verheiratet. Wir hatten zwei Töchter, eine Katze, Eltern, ein ordentliches Zuhause und eine geregelte Arbeit.

Wir lebten ein Leben, das nichts in einer Statistik über häusliche Gewalt zu suchen hatte.

»Es besteht absolut keine Gefahr. Mein Mann hat so etwas noch nie getan. Aber er ist im Augenblick nicht ganz er selbst. Er war krank.«

Wir fuhren durch einen kleinen Ort, ein paar Wohnhäuser bildeten den Stadtrand, ein paar geschlossene Läden das Zentrum. Factory Outlet, Fahrradreparaturen, Gartenmöbel. Sie waren über Nacht aneinandergekettet. Sara wurde langsamer. Sie war eine gute Fahrerin, eine, die den Rückspiegel nie dazu benutzen würde, zu überprüfen, wie sie aussah. Plötzlich hielt sie vor einer erleuchteten Pizzeria an.

Ich stieg aus und trat ein. Ein Mann in einer mehligen Schürze spülte Bleche. Ich fragte, ob ich telefonieren könne. Er führte mich in ein kleines Büro, ohne weitere Fragen zu stellen und ohne Geld zu verlangen.

Ich wählte die Nummer unseres Ferienhauses. Nach dem zweiten Klingeln nahm Tora ab.

»Mama!«

»Es ist alles in Ordnung, meine Kleine … Ihr seid also bereits zu Hause.«

»Ja, wir sind gerade angekommen.«

»Ging alles gut?«

»Ja, Mama. Wo bist du?«

»Es ist alles in Ordnung. Eine nette Frau hat mich mitgenommen. Sie fährt mich jetzt nach Hause.«

»Papa will mit dir reden.«

Kurz darauf hatte ich Axel am Apparat.

»Wir sind zu Hause.«

»Ich weiß.«

»Wo bist du?«

Ich wollte schon sagen, bei der Polizei, wiederholte dann

aber, was ich Tora gesagt hatte, dass eine freundliche Person angehalten und mich mitgenommen habe. Axel erwiderte, es sei alles nicht so gemeint gewesen. Meine besserwisserische Art hätte ihn einfach genervt. Er wollte kommen und mich abholen. Ich antwortete so ruhig ich konnte, man würde mich nach Hause bringen. Er schwieg einen Augenblick. Dann sagte er, er würde vermutlich gleich zu Bett gehen.

Ich legte auf und dankte dem Pizzabäcker ein weiteres Mal. Im Auto fragte ich Sara, wo sie herkomme, und erfuhr, dass sie in Malmö wohnte. Sie war Gartenarchitektin und hatte im Frühling immer viel zu tun. Dann wollten die Leute ihre Gärten umgestalten. Was der Schnee verdeckt hatte, sollte nun Neuem weichen. Und es war, wie Sara bemerkte, bei Gott nicht nur Katzendreck, der auftauchte, wenn der Schnee schmolz.

Ich gestand Sara, dass ich, was den Garten betraf, recht unbegabt war. Axel hatte immer gesagt, mir falle es schwer, zwischen Gras und Unkraut zu unterscheiden. Sara nickte und empfahl recht überraschend, mit Rosen zu beginnen. Die gehörten zu den dankbarsten Pflanzen und wüchsen zur Not auch in sehr wenig Erde zwischen zwei Felsen. Dass Rosen aus dem Blumenladen manchmal schon nach einem Tag verblüht seien, habe andere Gründe.

Das meiste, was zu schnell wachse, verblühe auch rasch. Wie diese hochgezüchteten Tomaten. Je größer, desto farb- und geschmackloser. Die Natur erlaube keine Abkürzungen.

Sie ließ mir Zeit, mich zu sammeln, und ich fand, ich sei es ihr schuldig, ein wenig mehr von mir zu erzählen. So neutral wie möglich versuchte ich zu beschreiben, wie Axel früher war und wie ihn seine Krankheit verändert hatte. Wie alles während unserer Osterferien eskaliert war. Streit, Verdächtigungen, Misstrauen. Alles schlimm genug, aber da ich einiges verschwieg, klang es doch nach einem Problem, das sich lösen ließ.

Sara war eine Fremde und würde auch nach dieser kurzen Zeit der Nähe eine Fremde bleiben. Sie hatte eigentlich keinen Grund, sich meine ganze Geschichte anzuhören, geschweige denn, mir irgendwelche Ratschläge zu geben.

»Glauben Sie, dass Sie dieses Problem lösen können?«

Ganz einfach, so wie sie vermutlich einen toten Ast abschnitt.

»Ich würde es gern glauben. Aber ich weiß nicht recht, wie.«

»Lieben Sie ihn denn noch?«

Nein. Ja. Nein. Weiß nicht.

»Ich habe mal gehört, dass man sich in einer Ehe nicht nur einmal füreinander entscheidet, sondern immer wieder. Ich vermute, dass dies eine der Gelegenheiten ist, bei denen mein Mann und ich uns wieder füreinander entscheiden müssen.«

»Entschuldigen Sie, dass ich so direkt bin. Aber auch ich denke im Augenblick sehr viel über die Liebe nach und nutze jede Gelegenheit, darüber zu sprechen. Ich habe einige Beziehungen hinter mir, eine schlimmer als die andere. Im Augenblick stehe ich wieder vor einer Trennung.«

Sie erzählte kurz von dem Mann, mit dem sie einige Jahre zusammen gewesen war. Alle hatten geglaubt, sie würde ihn über alles lieben. Aber ihr sei es so vorgekommen, als hänge sie an einem Gummiband. Sobald sie ihm zu nahe gekommen sei, habe er sie von sich gestoßen. Und wenn sie sich zu weit entfernte, habe er sie wieder zurückgeholt.

Sie wolle niemanden, der sich ständig an ihr festklammere, und schon gar nicht jemanden, der eifersüchtig sei. Aber sich geborgen zu fühlen und akzeptiert zu werden sei doch wohl die Grundvoraussetzung. Das erwarte man doch von einer guten Freundschaft. Warum sollte für eine Liebesbeziehung etwas anderes gelten?

Vielleicht übertrieb sie ihre Probleme, um mir meines leichter erscheinen zu lassen. Aber das spielte im Grunde keine Rolle. Als sie vor unserem Haus hielt, war ich ihr unendlich dankbar. Natürlich wollte sie nicht mit hereinkommen, um einen Moment auszuruhen oder etwas zu essen. Aber wir tauschten Telefonnummern aus. Sie bat mich anzurufen, egal was geschehe. Dann fuhr sie davon.

Im Haus war alles dunkel. Niemand hatte eine Lampe brennen lassen, um mich willkommen zu heißen. Den Mädchen konnte ich keinen Vorwurf machen. Sie waren vermutlich so schnell wie möglich ins Bett gekrochen. Mir klebte das Blut des Hasen noch unter den Fingernägeln. Im Auto der unbekannten, barmherzigen Sara hatte ich beinahe vergessen, was vorgefallen war. Ich hatte mich einfach von ihrer bedingungslosen Hilfsbereitschaft auffangen lassen.

Ehe ich eintrat, ging ich noch einmal ums Haus. Die Puppe war verschwunden, die Handwerker mussten sie mitgenommen haben. In einem Mauerspalt webte eine Spinne ihr feinmaschiges Netz. Regentropfen glitzerten in den dünnen Fäden. Ich rief Rezina, mehr aus Gewohnheit als in der Hoffnung, dass sie mich hören würde.

Vorsichtig öffnete ich die Tür und trat ein. Ich warf einen Blick ins Schlafzimmer. Axel schlief. Er hatte die Decke fest um sich gewickelt, nur sein Haar schaute heraus.

Im Zimmer der Mädchen meinte ich erst, ruhige Atemzüge zu hören. Aber dann setzten sie sich fast gleichzeitig in ihren Betten auf. Weinend umarmten sie mich und erzählten schluchzend, Papa habe sie angeschrien, sie hätten sich erst gar nicht getraut etwas zu sagen. Später hatte er sich dann entschuldigt.

Sie hatten angehalten, getankt und Kaffee getrunken. Beide beteuerten, dass Axel mich wirklich abholen wollte und alles andere als betrunken war. Er hätte gesagt, er habe nur ein Glas getrunken, und das stimme ja wohl. Ich dürfe nicht so wütend auf ihn sein. Alles würde doch wieder gut, oder?

Alles wird gut, jetzt bin ich zu Hause, wir reden morgen darüber. Ausflüchte in der Nacht, aber besser als nichts. Ich deckte sie wie früher gut zu und tätschelte ihnen die Wangen. Linn behauptete, ein jammerndes Geräusch zu hören, aber als wir alle verstummten und lauschten, hörten wir nichts. Ich öffnete das Fenster und ließ den Mondschein herein, der auf den Flickenteppich fiel. Dann schloss ich die Tür zum Zimmer meiner Kinder und setzte mich auf die Glasveranda.

Der Mond, der mich in die vielen Mädchenzimmer meiner Kindheit verfolgt hatte. Damals war ich noch so frei gewesen, dass mich die Urteile meiner Umgebung nicht zu interessieren brauchten. Wenn ich jetzt meine Eltern anrief, würden sie sofort am Apparat sein und mir einen guten Rat geben. Wenn ich mich bei meinem Bruder oder meiner Schwester melden würde, wären sie bereits morgen hier. Diese Gewissheit hatte mir viele Jahre lang genügt. Es gab etwas, das unzerstörbar war.

Morgen musste ich sie anrufen. Ich brauchte meine Familie. Aber heute Nacht?

Ich konnte an den Strand gehen und nach dem Boot suchen, von dem Axel gesprochen hatte. Mich hineinsetzen und aufs Meer fahren, zu einer Legende werden – die Frau, die in ihrem eigenen Kielwasser verschwand. Ich konnte ein paar schwere Schwimmzüge machen, um dann mit der Welt unter der Oberfläche eins zu werden, auf Seepferdchen zu reiten, mich in einer Muschel zu verstecken, mich von den Algen liebkosen zu lassen. Ich konnte mich im Sand vergraben und auf der anderen Seite der Sonne wieder auftauchen. Dort würde ich dann für die strahlen, die ich liebte.

Ich konnte das Richtige tun. Wenn ich nur gewusst hätte, was das war.

Es gab kein Vielleicht mehr, kein Eventuell, Möglicherweise oder Später. Es gab nur das, was war. Nichts war mehr so wie früher. Diese konstante Veränderung, die ich hatte theoretisch beschreiben wollen. Sonne oder Regen würden sich nie planen, sich nie gänzlich begreifen oder irgendwelchen Zwecken unterordnen lassen.

Leas Mappe lag auf dem Fußboden. Dort sollte sie nicht liegen. Dort waren sie. All die Figuren. Ich wusste nicht, zu wem sie gehörten und wie sie sich entwickeln würden, wusste nur, dass sie für mich bestimmt waren. Ich nahm die Mappe auf und ließ sie auf meinem Schoß ruhen. Dann blätterte ich weiter, bis ich die nächste Erzählung gefunden hatte.

Rebeckas Fischer

Das Meer vor Tsingtaos Stränden ergoss sich in unberechenbaren Kaskaden auf den Sand. Von morgens bis abends sangen die Wogen in der von zerklüfteten Felsen umrahmten Bucht.

Doch jetzt war nichts zu hören. Die weißgekleideten Gestalten, die in einiger Entfernung standen, schienen aus einer Spiegelfläche herauszuragen. Keine Kräuselung des Wassers störte ihre Andacht, kein Lüftchen berührte ihre Stirn.

Magdalena beobachtete, wie Pastor Gong Enying die Mutter der Bibelfrau Chi ins Wasser senkte. Neben ihr standen ihr Mann sowie der Schneider Lee Fang Tei, seine beiden Söhne und deren Ehefrauen. Sie hatten treu im Dienste der Mission gearbeitet und zunehmend schlimmere Schikanen ertragen müssen. So stark konnte der Glaube sein, dass man sich taufen ließ, wenn alles verloren schien.

Rebecka stand etwas abseits. Auch sie beobachtete unablässig die kleine Schar um den Pastor. Gemeinsam hatten sie den Beschluss gefasst, der Zeremonie beizuwohnen. Niemand wusste, wann die nächste Taufe stattfinden würde, oder auch nur, wie lange sie noch im Land bleiben durften. Viele von ihnen waren bereits gezwungen worden, mit den wenigen Habseligkeiten, die sie behalten durften, zurück in die Heimat zu fliehen.

Bis zuletzt hatten sie versucht, mit den Roten zu verhandeln. Sie hatten den Soldaten ihre Schulen und Kirchen geöffnet. Doch die hatten einfach alles, was ihnen gefiel, an sich genommen. Wo sie früher Kinder unterrichtet hatten, wurden jetzt wehrlose Menschen mit Stöcken geschlagen. Wo sie Gottesdienst gefeiert hatten, wurde gegrölt und gelärmt.

Lebensmittel hatten die Roten verlangt, Kleider und Bettwäsche. Die Versuche, ihre Herzen mit Güte und Großzügigkeit zu gewinnen, waren vergebens gewesen. Für jedes Laken, das man ihnen gab, hatten sie zwei weitere gefordert, für jede Mahlzeit noch eine zweite.

Nicht einmal das, was sie auf dem Leib trugen, wollte man ihnen lassen. Vor einigen Tagen musste Rebeckas Mann den Mantel ausziehen, den er gerade anhatte. Der Befehlshaber hatte ihn an sich genommen. Nun erteilte er, wie ein schwedischer Missionar gekleidet, seine Befehle.

Gestern hatte Magdalena einen kleinen Jungen alleine auf einem Feld gesehen. Der Junge hatte geweint, und als er sie bemerkte, hatte er Gras gerupft, in den Mund gestopft und gegessen. Vielleicht wollte er auf diese Weise Mitleid wecken, vielleicht aber auch nur ihre Aufmerksamkeit erregen.

Früher hatten sie mit mehr als nur mit Gebeten helfen können. In der Missionsstation gab es Nahrung und Bildung. Bevor sie ihre eigenen Räumlichkeiten bekommen hatten, waren sie eine Weile im Tempel der barmherzigen Göttin untergekommen und hatten sich darum bemüht, genau das zu sein: barmherzig. Nun hatte es auch damit ein Ende.

Es waren fünfundfünfzig Jahre vergangen, seit der erste schwedische Baptistenmissionar nach China gekommen war. Jetzt schrieb man das Jahr 1946, und es gab nicht mehr als einige hunderttausend Christen in diesem riesigen Land.

Magdalena erinnerte sich an den Abschied von ihrer Zimmergenossin in Schweden. Sie hatten ihre Studien am Seminar beendet und schlugen nun getrennte Wege ein. Beide folgten ihrer Berufung. Ihre war immer China gewesen.

Als Beweis ihrer anhaltenden Freundschaft hatte sie der Freundin ein chinesisches Neues Testament geschickt. Vielleicht war dieses Neue Testament aber auch eine Ermahnung an die Baptisten in der Heimat gewesen, weiterhin zu helfen.

Die Antwort hatte mehrere Monate auf sich warten lassen. Mittlerweile wusste niemand mehr, ob die abgeschickten Briefe überhaupt je ankommen würden oder wann wieder Post aus Schweden eintraf. Was hier geschehen würde, war ebenso unsicher. Sie waren nicht mehr willkommen. Bald würden sie, einer nach dem anderen, das Land verlassen müssen und ihre chinesischen Freunde einem ungewissen Schicksal überlassen.

Magdalena betrachtete Rebecka. Sie sah unnahbar aus. In den letzten Wochen war sie sehr schweigsam gewesen und ging ihren Aufgaben mit fast beunruhigender Energie nach. Manchmal brach sie in unmotiviertes Gelächter aus und verschwand anschließend in ihr Zimmer, um sich dort ans Fenster zu setzen und hinauszustarren.

Vielleicht dachte die Freundin ja an das Missionarskind, das gerade die Ruhr überstanden hatte. Die Kleine würde bald ihren zweiten Geburtstag feiern. Sie rannte herum, ohne etwas von den Gefahren zu ahnen, die überall lauerten. Süßer kleiner weißer Teufel, hatten die Chinesen gesagt, als sie noch im Kinderwagen lag. Aber dann hatten sie beklagt, dass sie heranwachsen und hässlich werden würde.

Die Stille war unwirklich. Keine Schüsse, nicht einmal ein Vogel, der mit den Flügeln schlug. Doch plötzlich war ein schrilles Geräusch zu hören. Es kam von Rebecka, die auf den Grund des Meeres starrte und laut schrie. Pastor Gong Enying schaute in ihre Richtung.

Magdalena eilte durchs Wasser auf sie zu, ihre Füße rutschten auf den glatten Steinen ab. Als sie Rebecka erreicht hatte, legte sie einen Arm um sie.

»Was ist? Was ist passiert?«

Rebecka sah Magdalena mit grauenerfülltem Blick an. Sie hatte die Augen aufgerissen und deutete auf den Meeresgrund. Magdalena spähte ins Wasser. Erst begriff sie nicht, was sie dort sah. Etwas Unförmiges, leere Höhlen, dunkler Haarkranz. Dann wurde sie sich der furchtbaren Wahrheit bewusst.

Ein Toter.

Sein Gesicht war bleich und aufgedunsen, die Haut glänzte, die Beine waren unnatürlich verdreht. Er trug so etwas wie eine Uniform. Stofffransen wurden von der Strömung hin- und herbewegt.

Rebecka schluchzte immer heftiger. Sie entwand sich Magdalenas Umarmung und lief zum Strand. Magdalena folgte ihr. Die weißen Kleider klebten an ihrer Haut, als sie versuchte, ihre Freundin zu beruhigen. Vielleicht war es ein Schiffbrüchiger, der an Land gespült worden war? Möglicherweise hatte der Mann auch in einem Sarg gelegen, der in der Brandung zerschellt war. Sie wollte weitersprechen, doch Rebecka fiel ihr ins Wort.

»Das ist er«, murmelte sie. Trotz der Wärme klapperte sie mit den Zähnen.

»Wen meinst du?«

Rebecka antwortete nicht, sondern schüttelte nur schweigend den Kopf. Wenig später stand Pastor Gong Enying neben ihnen. Magdalena berichtete, was sie gesehen hatten, und der Pastor nickte. Es war durchaus nicht ungewöhnlich, dass unbekannte Soldaten ohne Bestattung starben. Franzosen und Weißrussen, Kämpfer verschiedener Länder. Auf dem Friedhof von Tsingtao lagen Tote aus aller Welt.

Ein Kampf am Strand, eine Messerstecherei. Eine Seeschlacht. Vielleicht auch eine Krankheit, eine Seebestattung. Jetzt mussten sie sich um die sterblichen Überreste kümmern und dem Toten ein würdiges Begräbnis zuteilwerden lassen. So viel Achtung musste sein. Dagegen konnte selbst die Rote Armee nichts einzuwenden haben. Darin waren sie sich einig.

Eine Woche später stand Magdalena im Garten der Missionsstation und rief die Kinder. Die Nacht war fürchterlich gewesen. Die Kämpfe vor der Stadt hatten sehr viele Menschen dazu getrieben, bei ihnen Zuflucht zu suchen. Ausgehungerte elende Gestalten hatten in jeder Ecke geschlafen. Mitten in der Nacht war einer der Befehlshaber gekommen und hatte Quartier für seine Männer verlangt.

Einige von ihren Leuten waren ein paar Tage zuvor nach Hause gereist. Eine der Frauen hatte die Nähmaschine und das Porzellan hinter dem Wohnhaus vergraben. So sicher war sie, eines Tages zurückzukehren.

Jedenfalls hatten sie es geschafft, den toten Soldaten zu bergen und an Land zu bringen. Ein kleiner Kreis von Missionaren hatte ihn auf dem Friedhof bestattet. Einige der chinesischen Freunde waren ebenfalls zugegen gewesen. Sie hatten versucht, eine angemessene Grabrede zu halten. Der Tod ist verschlungen vom Sieg, hatte Pastor Gong Enying gesagt, bevor der Sarg in die Grube gesenkt wurde.

Rebecka hatte daneben gestanden, das Gesicht von einem schwarzen Schleier bedeckt. Seit sie den Toten entdeckt hatte, war sie sehr abweisend. Gustaf, ihr Mann, hatte Magdalena erklärt, seine Frau sei manchmal so. Sie würde alles in sich hineinfressen, bis es aus ihr hervorbrach. Aber das wusste Magdalena ja schon, schließlich kannten sie sich seit Langem.

Rebecka war immer so tapfer gewesen, sie hatte sich nicht

gescheut, durch brennende Gassen zu eilen und sich Feuergefechten auszusetzen, nur um ihre Traktate verteilen oder ihre Freunde besuchen zu können. Kein einziges Mal hatte Gustaf sie klagen hören. Dass dieser unbekannte Tote das Fass jetzt zum Überlaufen gebracht hatte, war seltsam. Aber woher sollte man wissen, wann bei einem Menschen die Grenze erreicht war?

Vielleicht war es ein Zeichen? Es war an der Zeit, die Heimreise vorzubereiten, wenn sie nicht in Gefangenschaft geraten oder unter Hausarrest gestellt werden wollten. Sie lebten schließlich alle mit der ständigen Bedrohung, im Gefängnis zu landen.

Magdalena hatte sich Gustafs Erklärung angehört, aber gespürt, dass das nicht die ganze Wahrheit war. Die Worte der Freundin hallten ihr in den Ohren wider. *Das ist er.* Sie wusste aber auch, dass es wenig Zweck hatte, zu fragen.

Sie ging hinauf in ihr Schlafzimmer und machte sich für die Nacht bereit. Vor dem Fenster waren Geschrei und Gegröle zu hören. Die Soldaten der Roten waren betrunken und hatten eine Prügelei begonnen. Jemand warf einen Stein auf die Kapelle. Vor ein paar Tagen hatten sie Orgelmusik für ein Fest verlangt. Gustaf hatte sie damit besänftigt, ihnen das Grammofon nach draußen zu tragen.

Jetzt war es das Beste, die Tür zu verbarrikadieren, bevor jemandem auffiel, dass sie immer noch ein Zimmer für sich allein hatte. Die Nachtluft stank nach Schwefel. Es wurde gekämpft, aber das bereitete ihr schon lange keine Angst mehr. Der Schrecken war zum Alltag geworden, der Tod zu einem täglichen Gast.

Sie hatte diesen Gedanken kaum zu Ende gedacht, da klopfte es an der Tür. Sie atmete erleichtert auf, als sie Rebeckas Stimme hörte. Die Freundin bat um Einlass. Magdalena schob die Kommode beiseite, die sie vor die Tür gestellt hatte, und ließ Rebecka, die eine Kerze in der Hand hielt, hinein. Ihre Hand zitterte bedenklich. Magdalena nahm ihr die Kerze ab und stellte sie auf den Tisch.

Rebecka entschuldigte sich für den nächtlichen Besuch, aber Magdalena schüttelte nur abwehrend den Kopf. Ungestörter Schlaf war ohnehin schon lange eine nur noch seltene Gabe. Rebecka setzte sich aufs Bett und saß stumm und aufrecht da.

»Du musst dich fragen, was ich eigentlich denke«, sagte sie nach einer Weile.

»Stimmt. Aber ich wollte dich nicht fragen.«

Rebecka starrte mit leerem Blick vor sich hin.

»Ich konnte mich erst jetzt überwinden«, sagte sie. »Alles, was war, das Begräbnis. Verstehst du? Ich weiß, wer dieser Mann war. Er hieß Daniel.«

Magdalena setzte sich zu ihr aufs Bett.

»Bist du sicher, dass du ihn kanntest?«

»Es war Daniel. Das weiß ich.«

Vor dem Fenster wirbelten Flocken glühenden Schnees, und die Vögel atmeten Feuer. Über allem wölbte sich der Himmel, gütig und nachsichtig ob ihrer Unkenntnis und menschlichen Beschränktheit.

»Es ist lange her«, flüsterte Rebecka. »Dreißig Jahre. Seither ist kein Tag vergangen, an dem ich nicht an ihn gedacht habe. Ich wache morgens mit dem Gedanken an ihn auf und schlafe abends mit ihm ein. An jede Begegnung erinnere ich mich.«

Sie kannten sich jetzt schon so viele Jahre. Gespräche, Gelächter, Arbeit. Nichts hatte Magdalena geahnt.

»Es tut mir sehr leid. Es war so schon schlimm genug. Ich wollte Gustaf nie etwas Böses.«

»Du brauchst dich bei mir nicht zu entschuldigen.«

»Ich hätte wissen sollen, dass ich mich auf dich verlassen kann. Vielleicht wäre ja alles verflogen, wenn ich davon erzählt hätte. Der Zauber verschwindet bei Tageslicht. Mit den ersten Gefühlen ist das wahrscheinlich genauso, oder?«

»Rebecka, ich …«

»Als ich noch sehr jung war, habe ich als Magd gearbeitet. Im Sommer fuhr ich an die Küste. Das war während des Ersten Weltkrieges. Wenn ich sehe, was hier geschieht, wird mir klar, dass wir ziemlich verschont blieben. Daran habe ich oft gedacht, wenn ich die Leichen in den Straßen gesehen habe, das ganze Blut und die Gehenkten. Wie es damals im übrigen Europa gewesen sein muss, während wir noch um den Maibaum tanzten.«

Ihre nackten Füße ragten aus dem Spitzennachthemd hervor. Madonnenfüße aus Marmor.

»Wenn Daniel mich ansah oder berührte …« Sie faltete die Hände und fuhr mit ihrer Erzählung fort. »Gustaf gab es damals auch schon. Ich mochte ihn. Mit Gustaf hatte ich Pläne, die richtigen Pläne. Mit Daniel gab es nur das Beisammensein, den Augenblick. Nichts anderes war wichtig.«

Sie zog die Schultern ein, als friere sie.

»An jenem Mittsommerabend planten wir unsere Zukunft. Da kam in den Morgenstunden die Nachricht, Tote seien am Strand gefunden worden. Vor der Küste wurde gekämpft, und die Leichen trieben an Land. Sie hingen in den Netzen. Möwen hatten sie angefressen.

Alle, die Boote besaßen, stachen in See, in der Hoffnung, noch Überlebende retten zu können. Auch Daniel brach auf. Ich hatte mir noch nie Sorgen gemacht, wenn er in See gestochen war. Doch jetzt überkam mich Angst. Die Toten beherrschten das Meer. Sie verlangten weitere Opfer. Ich bat ihn zu bleiben, aber er sagte, ich solle keine Angst haben. Das, obwohl er nicht schwimmen konnte.«

Magdalena rückte näher an Rebecka heran und legte ihr den Arm um die Schultern. Das flackernde Licht der Kerze warf Schatten an die Zimmerdecke.

»Er kam nie zurück.«

»Was sagst du?«

»Sie blieben die ganze Nacht fort. Dann kehrten sie heim. Kein Leben war zu finden gewesen. Nur Hunderte von Toten an der Küste. Ich stand am Strand und wartete auf Daniels Boot. Niemand hatte etwas gesehen oder gehört. Erst einige Tage später fanden sie das Boot. Leer.«

»Wie schrecklich.«

»Sie entdeckten eine Leiche zwischen den Felsen und behaupteten, das sei er. Der Tote war entstellt. Es konnte irgendjemand sein, aber es war nicht Daniel. Das wusste ich. Nun ist er hierhergekommen, damit ich ihn begraben konnte. Weil er mir nahe sein wollte.«

»Rebecka …«

»Ich kann China nicht verlassen.«

Magdalena merkte, dass ihr Mund trocken wurde. Sie wusste nicht, wie sie ihr sagen sollte, dass ein schwedischer Fischer unmöglich dreißig Jahre lang über die Meere treiben konnte, um schließlich hier, auf der anderen Seite des Globus, angespült zu werden. Rebecka begann ein Kirchenlied zu summen. Magdalena strich ihr übers Haar und sagte, es sei Zeit schlafen zu gehen. Rebecka schien sie nicht zu hören. Sie streckte die Arme über den Kopf und löste ihre Zöpfe.

Nach einigem gutem Zureden brachte Magdalena die Freundin dazu, sich ins Bett zu legen. Sie blies die Kerze aus, breitete die Decke über ihr aus und legte sich neben sie. Bald wurden Rebeckas Atemzüge ruhiger. Ihr Gesichtsausdruck wirkte entspannt. Magdalena lag wach und dachte an den schwedischen Mittsommer.

In den folgenden Tagen hatte Magdalena das Gefühl, sich wie durch Nebel zu bewegen. Die Befehlshaber der Roten hatten in der Missionsstation ihr Hauptquartier eingerichtet. Die Kapelle diente als Unterkunft. Die Soldaten benutzten das Inventar der Schule und des Kinderheims, zerstörten oder verfeuerten es.

Genug zu essen gab es auch nicht mehr, und sich in benachbarte Ortschaften zu begeben wurde immer schwerer. Der Befehlshaber, ein hagerer Mann mit hartem Gesicht, hatte bereits das Auto der Missionsstation beschlagnahmt. Es wäre sinnlos gewesen, sich darüber bei einer höheren Instanz zu beschweren. Das hätte die Situation nur verschlimmert und dazu geführt, dass weitere ihrer Freunde weggeschleppt wurden. Einige waren bereits verschwunden und nicht mehr zurückgekehrt.

Man hatte sie der Spionage bezichtigt, weil sie angeblich ein Radio besaßen. Das war vollkommen abwegig. Als man kein Radio finden konnte, hatten die Soldaten die Telefone und die schwedischen Fahnen von den Wänden gerissen.

Nun saß Magdalena im Speisesaal und versuchte, den Tag zu rekapitulieren. Briefe zu schreiben kam ihr naiv vor, dennoch hatte sie das Bedürfnis danach, auch wenn sie es nur für sich tat. Auf den Straßen fanden immer noch vereinzelt Kämpfe statt. Eine Bombe war im Armenviertel explodiert, und Leichenteile lagen über ein großes Gebiet verstreut.

Ein Taschentuch vor das Gesicht gepresst, war sie an den fürchterlichen Bildern, die sich ihr boten, vorbeigeeilt, um nach einigen ihrer Freunde zu sehen. Sie hatte sie nirgends gefunden, ihr kleines Haus war dem Erdboden gleichgemacht worden. An der Straße standen Särge in einer Reihe.

Die letzten Tage hatte sie auch versucht, sich um Rebecka zu kümmern. Am Morgen, nachdem ihr die Freundin ihre Geschichte erzählt hatte, war Magdalena erwacht und hatte entdeckt, dass Rebecka ihr Zimmer verlassen hatte. Rasch hatte sie sich angezogen und sich auf die Suche nach ihr begeben. Niemand von der Missionsstation wusste, wo sie war, und niemand hatte gesehen, wie sie das Gelände verlassen hatte.

Magdalena hatte die Straßen der benachbarten Viertel abgesucht. Überall beladene Karren auf der Flucht, müde Maulesel mit Lasten auf dem Rücken oder Landarbeiter mit nackten Füßen und gebeugten Rücken. Auf den weiter entfernten Feldern wurde trotz des Krieges unbeirrt gearbeitet.

Aus einer Eingebung heraus war sie zum Strand hinuntergegangen. Bereits von ferne hatte sie Rebecka gesehen. Im Nachthemd und mit offenem Haar stand sie am Wasser. Magdalena hatte ihr zugewunken, und als sie näherkam, hörte sie Rebecka sprechen. Ihre Stimme klang hastig. Dann hatte sie den Kopf zur Seite gedreht und war verstummt.

Magdalena hatte ihr eine Hand auf die Schulter gelegt, und Rebecka hatte sich umgedreht, sie verständnislos angesehen. Widerstandslos hatte sie sich zurückführen lassen. An einer Straßenecke waren sie auf ein kleines Mädchen gestoßen, das weinend neben seinem kaputten Fahrrad saß. Um die Kleine herum brannte es, feine Feuerzungen leckten an allem Brennbaren.

Erst als sie im Garten der Missionsstation unter einer der Zypressen saßen, gestand Rebecka ihr, dass sie mit Daniel gesprochen habe. Magdalena wusste nicht, was sie erwidern sollte, und wenig später war Gustaf gekommen und hatte seine Frau in ihr Schlafzimmer geführt. Sie hatten nicht weiter über den Vorfall gesprochen.

Der Stift lag reglos in ihrer Hand. Jemand hatte grünen Tee, Plätzchen und Dörrobst auf den Tisch gestellt. Magdalena biss in ein Plätzchen, und ein paar nach Honig duftende Krümel fielen auf das Papier. Der Abschied war nahe. Sie konnten hier nichts mehr ausrichten.

Als sich Gustaf neben sie setzte, zuckte sie zusammen. Er wirkte müde und begann von der Heimreise zu sprechen. Es gebe zwei Möglichkeiten, entweder die Bahn über Russland oder mit dem Schiff. Letzteres sei wahrscheinlicher und unbedingt vorzuziehen.

Die chinesischen Freunde zurückzulassen war furchtbar, aber er hatte mit Pastor Gong Enying gesprochen. Der blieb selbst im Sturm gelassen. Als einer der ersten einheimischen Pastoren in China verfügte er über weitreichende Erfahrung und Kenntnisse. Voller Zuversicht hatte Pastor Gong Enying versichert, dass er seine Gemeinde weiterhin führen und für alle da sein würde, die ihn bräuchten. Schließlich sei die Kirche schon früher verfolgt und Christus ans Kreuz genagelt worden. Jemand blies die Posaune zum Kampf, aber kein Herz sei bislang mit Kugeln oder Gewalt gewonnen worden, so der Pastor. Sie würden alle wieder zusammen Gottesdienst feiern.

Magdalena erkundigte sich nach dem Termin für die Abreise, und Gustaf erklärte, dass sie schon in wenigen Tagen unterwegs sein würden. Der Aufbruch könne sehr plötzlich erfolgen. Es sei das Beste, schon jetzt zu packen. Währenddessen würde er versuchen, die nötigen Papiere für alle zu beschaffen. Er habe bereits mit Rebecka darüber gesprochen.

Keiner von ihnen erwähnte Rebeckas täglich zunehmende Verwirrung. Obwohl Magdalena sie kaum aus den Augen ließ, war es Rebecka mehrfach gelungen, an den Strand zu laufen. Am Tag zuvor hatte sie, die Handflächen auf der Wasserfläche ruhend, bis zur Taille im Wasser gestanden und auf den Grund gestarrt. Magdalena war ins Wasser gestürzt und hatte sie an Land gezogen. Rebecka schien sie überhaupt nicht zu erkennen.

Magdalena legte den Stift beiseite und ging hinaus auf den Hof. Einer der Soldaten eilte auf sie zu und nuschelte etwas, das sie kaum verstehen konnte. Sie fragte, was er wünsche, und er verstummte, erstaunt darüber, dass sie seine Sprache sprach.

Langsam und recht höflich bat er um Saatgut, und sie zeigte ihm den Schuppen, in dem die letzten Säcke aufgestapelt waren. Er nahm einen Sack und dankte ihr mit einem Kopfnicken. Sein Blick war hungrig, und er hatte hässliche Wunden am Mund.

Dann war ein Schuss zu hören, gefolgt von vereinzeltem Lachen. Sie sah mehrere Soldaten um etwas herumstehen, das auf der Erde lag. Jetzt hallten Lachsalven wider, und sie rannte auf die Gruppe zu, ohne an die Gefahr zu denken. Jemand schaute auf, sah den Ausdruck in ihrem Gesicht und trat zurück.

Auf der Erde lag ihr Wachhund. Blut floss aus mehreren Wunden, und sie wusste bereits, als sie auf die Knie fiel und ihr Gesicht in seinem Pelz vergrub, dass er tot war. Die Tränen strömten über ihre Wangen, als sie dem Hund über den Kopf strich.

Einer der Soldaten begann wieder zu lachen. Die anderen stimmten ein, und als Magdalena sie betrachtete, schienen sie jede Menschlichkeit verloren zu haben. Sie sah nur diese fremden Gesichter mit den schiefen Augen und die stinkenden Mäntel, die an den mageren Körpern hingen.

Sie begann auf Schwedisch zu schreien, Schimpfworte, von denen sie sich nicht erinnern konnte, sie je gebraucht zu haben, während sie auf einen der lachenden Soldaten zustürzte. Die Wut verlieh ihr ungeheure Kräfte, sie schlug zu, zielte auf sein Gesicht, trommelte auf seine Brust und brüllte vor Verzweiflung. Offenbar war seine Überraschung groß, denn ehe er sich noch wehren konnte, ging er zu Boden.

Sie stand über ihn gebeugt und schrie ihm ihren Hass entgegen, als in unmittelbarer Nähe ein Schuss abgefeuert wurde. Das Geräusch war ohrenbetäubend. Als sie sich umdrehte, sah sie, dass einer der Soldaten auf etwas am Boden geschossen hatte. Ihre Tasche. Langsam hob er den Arm und zielte auf ihren Kopf.

Dann spuckte er auf die Erde, drehte sich um und gab ein paar Befehle. Der Mann, den sie geschlagen hatte, stand auf und klopfte sich die Erde vom Mantel. Er warf ihr einen hasserfüllten Blick zu, ehe er den anderen folgte.

Langsam ging sie auf ihre Tasche zu und hob sie auf. Sie hatte ein schwarzes, rußiges Loch in der Seite, und als Magdalena sie öffnete, sah sie, dass die Brieftasche ebenfalls durchlöchert war. Die Kugel musste sich hindurchgebohrt haben. Sie ging auf den toten Wachhund zu, und als ihre Beine sie nicht mehr trugen, ließ sie sich auf die Knie sinken.

Sie drückte die Tasche an die Brust und blieb neben dem toten Hund liegen, bis einige der chinesischen Freunde herbeigeeilt kamen, um ihr auf die Beine zu helfen. Behutsam trugen sie den Hundekadaver hinters Haus. Jemand ermahnte Magdalena, sie solle in ihr Zimmer gehen, um sich auszuruhen. Nach einem letzten Blick auf den Hund befolgte sie diesen Rat.

Im Zimmer nahm sie ihren Koffer hervor und legte Kleider und Bücher hinein. Sie musste immer noch weinen. Die durchschossene Tasche hatte sie zu Boden fallen lassen. Das

Kleid, das sie trug, war vom Blut des Wachhundes befleckt. Plötzlich wusste sie nicht einmal mehr, was sie mit nach Hause nehmen sollte. Die Kleider konnte sie genauso gut zurücklassen. Die durchlöcherte Brieftasche. Die wenigen Schmuckstücke.

Sie gehörten zu einem anderen Leben.

Einige Stunden später lag sie angsterfüllt in ihrem Bett. Während des spartanischen Abendessens hatte Gustaf zu ihr gesagt, dass selbst mitten in der Nacht die Nachricht kommen könne. Entschlossene Leute aus der Verwaltung könnten beim Transport zumindest ein wenig mithelfen, mehr sei jedoch nicht planbar.

Gustaf hatte bereits seine Sachen gepackt, während Rebecka auf dem Bett lag und an die Decke starrte. Sie hatte erklärt, sie würde nicht mitkommen. Ob Magdalena sie nicht zur Vernunft bringen könne?

Magdalena hatte gerade in dem Augenblick das Zimmer betreten, als Rebecka damit beschäftigt war, all die Dinge wieder auszupacken, die ihr Mann zuvor eingepackt hatte. Sie hatte versucht, mit der Freundin zu sprechen, aber Rebecka reagierte wütend und halsstarrig. Allerdings wirkte sie nicht mehr so abwesend wie in den Tagen zuvor. Was das für Menschen seien, fragte sie empört, die sich in die Freiheit davonmachten und die Schwächsten zurückließen? Hier sei ihre Aufgabe, die ihrem Leben einen Sinn verleihe.

Magdalena hatte protestiert und versucht zu erklären, dass sie für ihre chinesischen Freunde eher eine Gefahr darstellten. Rebecka war nicht darauf eingegangen. Stattdessen hatte sie sich auf die Bettkante gesetzt, ihre Bibel hervorgeholt und demonstrativ zu lesen begonnen. Magdalena hatte daraufhin das Zimmer verlassen.

Nun war es das Beste, ein wenig zu schlafen und Kräfte zu sammeln. Aber der Schlaf wollte sich nicht einfinden, und sie wälzte sich auf dem Bett hin und her, fror und schwitzte abwechselnd. Es roch nach Rauch, irgendwo musste ein Feuer brennen. Sie hatten nicht mehr viel Vieh, und auch das würde nicht mehr lange zu leben haben.

Sie stand auf und schaute aus dem Fenster auf die Silhouette der Berge. Schon bald würden sie das alles verlassen. Plötzlich bemerkte sie Rebecka, die über den Hof ging und durch das Tor in der Mauer verschwand.

Hastig legte sich Magdalena ein Tuch um die Schultern und eilte die Treppe hinunter. Sie bahnte sich einen Weg zwischen den schlafenden Soldaten hindurch und achtete nicht darauf, dass jemand hinter ihr herrief, sondern rannte weiter zum Strand. Sie spürte ein Stechen in der Brust und bekam kaum noch Luft. Keuchend und vornübergebeugt stürzte sie vorwärts. Noch ein paar Meter, und sie hatte den Strand erreicht. Dort lag das Meer, still und glatt.

Der Mond leuchtete und zeichnete eine silberne Straße auf das Wasser. Magdalena schaute in alle Richtungen. In einiger Entfernung bemerkte sie eine dunkle Gestalt. Sie wollte rufen, aber die Worte erstickten, als sie Rebecka langsam ins Wasser hinausschreiten sah. Hinter ihr floss das funkelnde Mondlicht wieder zusammen, das sie mit ihren Schritten aufgewirbelt hatte. Bald würde sie im Spalt zwischen Himmel und Meer verschwinden.

Magdalena schrie, während sie aufs Wasser zurannte. Eine Sinnestäuschung war das, ein Hirngespinst, aber Rebecka lief dort draußen, allein. Magdalena sah kein Boot, und ohne Hilfe würde sie es auch nicht schaffen, eines ins Meer zu schieben und zu steuern.

Hastig rannte sie durch die Gassen zurück. Ihr Herz hämmerte, als sie wieder auf dem Gelände der Missionsstation stand. Es musste Granaten geregnet haben, denn überall waren Krater zu sehen. Rauch stieg aus verkohlten Trümmern auf.

Sie stolperte, stand auf und wollte gerade zum Wohnhaus gehen, als sie Gustaf erblickte. Er stand auf dem Innenhof, einen Ausdruck solcher Trauer im Gesicht, dass sie glaubte, er wisse es bereits.

»Rebecka!«, schrie sie und packte seine Arme.

Er starrte sie verständnislos an. Dann schüttelte er den Kopf.

»Pastor Gong Enying«, sagte er.

»Was?«

»Pastor Gong Enying ist tot. Ermordet. Sie haben ihn zum Tode verurteilt und in der Kirche in Wangtai zusammen mit seiner ganzen Familie erschossen.«

»Gustaf, wir müssen … ein Boot …«

Aber er antwortete nicht. Stattdessen lief er auf die Kapelle zu. Dann hörte sie die Glocken. Immer lauter begannen sie zu läuten, bis Magdalena vollkommen von ihrem Klang erfüllt war. Sie folgte Gustaf und sah einige Soldaten auf dem Dach der Kapelle. Sie hatten das Kreuz aus seiner Verankerung gebrochen. Es schien in der Luft zu schweben, als zweifele es an seiner Kraft. Einen Augenblick lang meinte sie zu sehen, wie es golden zum Himmel aufstrahlte. Dann stürzte es auf die Erde.

Kapitel 15

Ganz hinten in der Mappe lagen ein paar Zeitungsartikel über die Mission. Vergilbt und mit Fotos von Männern und Frauen, die im Namen ihres Glaubens in die Fremde ausgezogen waren, hintereinander aufgereiht, den Blick starr und ernst in die Kamera gerichtet. Keine weiteren Erzählungen. Nur das gepresste Blatt, das bei meinem ersten Besuch bei Lea zu Boden gefallen war.

Draußen hatte der Regen nachgelassen. Im Bett einige Meter von mir entfernt lag mein Mann, der schwer erkrankt, aber mit dem Leben davongekommen war, und der nun mit seinem Seelenfrieden dafür bezahlte. Warum? Nur Lea hatte die Antwort. Ich bin da, falls du mich brauchst. Ich brauchte sie jetzt.

Ein Bettgestell knarrte. Ich ging zum Schrank, in dem die Autoschlüssel hingen. Die Stiefel nahm ich in die Hand.

»Viola. Bist du es?«

Ich fingerte an den Riegeln der Verandatür. Der ganz unten ließ sich kaum zurückschieben. Axels Stimme war aus der Küche zu hören.

»Viola?«

Auf Socken stolperte ich die Treppe hinunter. Im Haus ging eine Lampe an. Dann stand er in der Haustür.

Ich bekam die Autotür auf. Im Rückspiegel sah ich eine rennende Gestalt. Durch die geschlossene Blechhülle des Wagens drang ein Schrei.

»Viola!«

Ich ließ den Motor an, gab Gas und hielt die Augen auf den Weg gerichtet. Ich wich eingebildeten Tieren aus und hielt mich an die vorgeschriebene Höchstgeschwindigkeit. Mein einziger Gedanke war, zu Lea zu kommen. Vielleicht wusste sie, was mit Axel zu tun war. Mit meinem beunruhigten Ehemann, der sich fragte, wohin seine Frau unterwegs war. Der sich heute Abend so unbeherrscht benommen, es dann aber bereut hatte. Der sich jetzt normal benahm, besorgt und umsorgend. Er hatte eine Grenze überschritten, war aber bereit, dafür einzustehen.

Meine Socken rutschten von den Pedalen ab. Ein entgegenkommendes Auto blendete mich mit seinem Fernlicht, und es flimmerte mir vor Augen. Ich fuhr an den Straßenrand und zog meine Stiefel an. Ein Schild tauchte auf mit bekannten Ortsnamen und zuverlässigen Informationen über die Zahl der Kilometer. Eine halbe Stunde noch, eine Viertelstunde, zehn Minuten.

Es war drei Uhr morgens, als ich auf den Parkplatz einbog. Alles schien vollkommen still. Die Haustür war nicht abgeschlossen, und ich betrat das kühle Labyrinth des Solgården. Meine Füße erinnerten sich an den Weg, meine Fingerspitzen strichen über die Wände.

Ich klopfte, drückte die Klinke und schloss die Tür hinter mir. Leise flüsterte ich Leas Namen.

Das Zimmer lag im Halbdunkel. Die Fischer auf dem Gemälde schienen sich zu bewegen. Irgendwo war das Meer. Das Fenster stand weit offen und ließ die Gartenluft herein. Ein üppiger Strauß Rosen stand im Fenster. Ihr roter Duft vermischt mit Atem erfüllte das Zimmer.

Erneut flüsterte ich Leas Namen, mir war bewusst, wie unerhört es war, sie mitten in der Nacht zu stören. Leise trat ich an ihr Bett und sah die Konturen ihres Körpers unter der Decke. Ihre Hände ruhten auf der Brust. Der Deckel der Truhe stand offen, und mein Blick fiel hinein.

Kleider, Gegenstände, Ordner. Ein Album wie das, das sie mir gezeigt hatte. Die Seiten mit Zeitungsausschnitten beklebt. Besser, für eine große Sache zu sterben. Von Jesus Zeugnis ablegen an einem Augustabend 1939. Über zwei Ozeane nach China. Mission trotz Krieg.

Dann ein Telegramm. Königliches Telegrafenamt. Am 17. Mai 1946 in Stockholm gestempelt.

> *cable received ruben died suddenly may twelfth weihsien heart bloodclot funeral tsingtao inform relatives death is swallowed up in victory linnea moréus*

Plötzlich hörte ich Leas Stimme.

»Er fuhr einen amerikanischen Baptistenarzt zu einer Kranken in Weihsien. Unsere Missionsstation besaß ein Auto, die der Amerikaner nicht. Ruben war die Strecke schon früher gefahren. Er erklärte sich sofort bereit, als man ihn darum bat. Obwohl er wusste, dass es gefährlich war.

Um uns herum tobte der Krieg. Niemand war auf dem Land sicher. Trotzdem fuhren sie. Auf dem Weg wurden sie von kommunistischen Soldaten angehalten, die sie weiterfahren ließen, ohne ihnen von den Kämpfen zu erzählen. Und natürlich wurde geschossen. Genau dort, wo das Auto fuhr.«

»Entschuldigen Sie, dass ich mich so aufdränge.«

»Setzen Sie sich, Viola.«

Ich ließ mich auf einen Stuhl sinken, während ich versuchte zu erklären, weshalb ich mitten in der Nacht gekommen war. Dass ich mich in ihre Erzählungen geflüchtet hätte, dass in diesen Geschichten eine Welt zerbrach, genau wie für mich selbst.

Lea rührte sich nicht. Sie nahm ihren Bericht jedoch sofort wieder auf, als ich verstummte.

»Jemand schoss. Das Auto wurde von einer Kugel getroffen. Sie durchschlug das Blech des Benzintanks. Dort zersplitterte sie in zwei Teile, die beide in Richtung Fahrersitz flogen. Durch Rubens Kleider hindurch zerfetzten sie seine Brieftasche mit dem Pass, den Fotografien und den Visitenkarten.

Die eine Hälfte blieb in der Brieftasche hängen, die andere verletzte die Lunge und blieb im Rücken stecken. Der amerikanische Arzt verband die Wunde und fuhr weiter. Das Loch im Benzintank dichtete er mit Watte ab. Sie kamen zum Krankenhaus in Weihsien. Am Tag darauf wurde Ruben operiert und die Kugel entfernt.«

Meine Augen begannen sich an die Dunkelheit zu gewöhnen. Ich konnte Leas Haar auf dem Kopfkissen erkennen.

»Als die Soldaten bemerkten, was geschehen war, eilten sie rasch zum Auto und beteuerten, dass es die Schuld der Roten gewesen sei. In den Zeitungen wurde am Tag darauf dasselbe behauptet. Aber sowohl Ruben als auch sein amerikanischer Gefährte waren sich sicher, dass die Kugel von Regierungssoldaten abgefeuert wurde.

Die Verbindungen waren nicht so gut wie heute. Die wenigen Nachrichten, die ich erhielt, klangen jedoch hoffnungsvoll. Die Operation war gut verlaufen. Die Verletzung der Lunge würde allerdings nur langsam verheilen, hieß es. Die Genesung schritt voran. Täglich rechnete ich mit Rubens Entlassung aus dem Krankenhaus.«

Lea verstummte. Als sie wieder zu sprechen begann, klang ihre Stimme verändert.

»Am zwölften Mai setzte sich Ruben im Bett auf, um ein paar Zeilen zum Geburtstag unserer Tochter zu schreiben. Klaras zweiter Geburtstag stand bevor. Einige Stunden später war er tot. Ein Blutgerinnsel hatte sich gelöst und war direkt ins Herz gelangt.«

Ein kalter Wind zog durchs Zimmer. Ich wollte für Lea weinen, all die Tränen, die sie für vergeblich gehalten hatte. Ich wollte das ungeschehen machen, was sich nicht ungeschehen machen ließ.

»Sie schickten ein Telegramm, aber es traf erst sehr viel später ein. Ich wusste nichts von all dem, was geschehen war. Einige Tage später hupte ein Lastwagen auf dem Hof der Missionsstation. Eine der Gefährtinnen aus Weihsien stieg aus, und ich rannte außer mir vor Freude nach unten. Sie kam mir entgegen und sagte, Ruben sei jetzt da. Da sah ich, dass sie einen Metallsarg abluden.«

Bis hierher hatten mich die Erzählungen geführt. Konnte ich jemandem Trost spenden, der so viele Jahre getrauert hatte? Der Verlust hatte sich vermutlich wie ein schwarzes Band durch Leas Leben gezogen. Weihnachten, Ostern, Mittsommer, der kalte Winter. Alles ohne ihn.

»Einige Tage später traf der Brief ein, den Ruben nur wenige Stunden vor seinem Tod geschrieben hatte. Er habe schon eine Woche lang nichts mehr von mir gehört, hieß es zuerst. Er vermute aber, dass es nur der Regen sei, der die Post verzögere. Es gehe ihm mit jedem Tag besser. Er dürfe bereits aufsitzen, und bald sei er wieder auf den Beinen.

Er hoffe, der Brief werde rechtzeitig zu Klaras Geburtstag ankommen. An dieser Stelle hatte man ihn offenbar unterbrochen, denn dann schrieb er, er habe gerade meinen Brief erhalten. Er danke herzlich, ich fehle ihm. Ich sei schön. Er würde das noch besser ausdrücken, wenn wir uns wiedersehen würden.«

Die Uhr schlug drei. Das Geräusch hallte in der Stille wider.

»Draußen vor dem Fenster eine Flocke von Schnee / sie tanzt

und wirbelt herum. / Aber schon bald kommen Tauwind und Regen / verwandeln die Flocke zu ›nichts‹. / Sie tanzt nicht mehr / und niemand sieht sie mehr. / Im Rinnstein sickert sie fort.«

»Was ist das?«

»Ein Gedicht. Ruben hat es geschrieben und zusammen mit jenem Brief geschickt.«

Lea lag immer noch reglos im Bett. Ihr Nachthemd hatte einen Spitzenkragen.

»Ich verlor den Halt, obwohl ich mich bis dahin immer darauf verlassen konnte, auch für die schwerste Last genügend Kraft aufzubringen. Ich hatte das Grauen des Krieges erlebt, aber anschließend die Ärmel aufgekrempelt und den Kopf gehoben. Aber das war zu viel. Den Menschen zu verlieren, der mir am nächsten gestanden hatte.

Ich stürzte, Viola, und ich war sicher, diesen Sturz nicht zu überleben. Mein Glaube war anders als der von Ruben. Obwohl ich gelernt hatte, auf eine höhere Macht zu vertrauen, reichte das nicht, um alles zu erklären. In meinem Inneren starb auch ich. Wie ein tollwütiger Fuchs ging die Trauer innerlich auf mich los.

Ich war wütend auf Gott. Ich fühlte mich verlassen. Dann saß ich eines Tages mit Rubens Bibel in der Hand da. Ich schlug sie einfach auf und las folgenden Vers. *Der Herr, der König Israels, ist bei dir, dass du dich vor keinem Unheil mehr fürchten musst.* Es ist seltsam, Viola, wie das Gesagte manchmal so treffend sein kann. Man kann an göttliche Macht oder an den Zufall glauben. Für mich war es dasselbe. Ich war bereit, in die Welt hinauszugehen.«

»Aber Ruben …«

»Die Beerdigung fand in Tsingtao statt. Missionare aus der ganzen Provinz waren gekommen. Und natürlich unsere chinesischen Freunde. Seltsam ist, dass ich mich an das Begräbnis als sehr licht erinnere. Blumen und Kränze. Schöne Worte. Wir sangen. *Näher, mein Gott, zu dir ...* Jemand sprach über Märtyrer, andere darüber, wozu ein solches Opfer verpflichte.

Auf das Gerede über die Märtyrer hätte ich verzichten können, auch die Pflicht war in diesem Moment unwichtig. Dass Gott keine Fehler begehe oder dass alles einen Sinn habe, gab mir keinen Trost. Aber eines war gewiss: Ruben durfte auf einem Friedhof liegen, der allen offen stand.«

»Ich wünschte, ich könnte etwas Tröstliches sagen.«

»Die Zeit heilt alle Wunden, heißt es. Das ist wohl so. Ebenso wie die Haut über einer Verletzung verheilt. Sie ist dünner, vielleicht vernarbt. Rot, rosa, schließlich weiß. Und du langst jeden Tag hin. Du hoffst, dass die Narbe eines Tages nicht mehr da sein wird. Dann siehst du, dass das nicht so ist. Also stehst du auf und lebst einfach weiter. Was bleibt dir auch anderes übrig?«

Ich weiß es nicht, Lea, ich dachte, du wüsstest es.

»Meine alten Gebrechen kehrten zurück, ich fühlte mich im Stich gelassen. Aber mit dem Bibelwort im Kopf und Klara an der Hand reiste ich zurück nach Schweden. Ich reiste zusammen mit einer klugen Krankenschwester. Die Schiffsreise tat mir gut. Wieder zu Hause gab es viel zu erzählen und zu erledigen und ein Kind zu versorgen, das rasch alle chinesischen Worte vergaß.

Ich arbeitete weiter bei den Baptisten. Bei den Herren in der Leitung und in den Gemeinden sorgte ich ein wenig für Ärger und ließ mich hinter meinem Rücken Reibeisen nennen. Bissig, aber nicht bitter, hieß es über mich. Damit konnte ich leben.«

Ihre Atemzüge klangen angestrengt und müde.

»Es dauerte fast vierzig Jahre, bis ich gemeinsam mit guten Freunden nach China zurückkehrte. Voller böser Ahnungen reiste ich ab. So viel war geschehen. Die Kommunisten hatten nach unserer erzwungenen Heimreise alles abgeriegelt. Der Letzte von uns wurde unter Hausarrest gestellt, schikaniert und gequält.

Die Kirchen wurden geschlossen und abgerissen. Die Kreuze abgesägt. Sie zerschlugen alles oder brannten es nieder. Wie nichtig uns unsere Arbeit erschien. Im Hotelzimmer in Peking fror ich so, dass mir übel wurde. Das war 1983. Ich war zu alt für eine solche Reise.

Von Bekannten hörte ich, die Christen seien aus ihren Verstecken gekommen, als die Kirchen wieder geöffnet wurden. Das ist oft so. Wir glauben, etwas Großes würde innerhalb kurzer Zeit geschehen, und sind enttäuscht, wenn es anders kommt. Dann, wenn wir die Hoffnung schon aufgegeben haben, geschieht es. Nicht so groß, wie wir es erhofft hatten, sondern größer. Aber war es richtig, einen Glauben durch einen anderen zu ersetzen? Ich weiß es immer noch nicht.«

Die Worte kamen jetzt stockend.

»Wir besuchten die Chinesische Mauer. Das Wetter war schön. Ich ging die ersten Schritte oben auf der Mauer. Da spürte ich eine Hand auf meiner Schulter, und eine Stimme sagte: ›God bless you.‹ Ich drehte mich um. Ein alter Chinese stand vor mir. Er hatte in Tsingtao bei der Eisenbahn gearbeitet und war Christ geworden. Er erinnerte sich an uns. Auch an Ruben. Er war nach Hongkong geflüchtet und dann wieder nach China zurückgekehrt. Er hatte sich als Landarbeiter verdingen müssen, hatte barfuß in den Reisfeldern gestanden. Nun war er hier, auf der Mauer. Wir standen uns gegenüber.«

Sie verstummte. Die Haut meines Armes schmerzte. Alles war so zum Greifen nahe. Die Trauer, der Schock, dass der Ehemann in einem Sarg nach Hause gekommen war, das Grab in der Ferne.

»Ich schlenderte durch den Sommerpalast. Hier bin ich auch mit Ruben gewesen. Alles war noch da. Meine Gefühle, die Erinnerungen. Dann fuhren wir weiter. Nach Shandong. Wir besuchten unser Krankenhaus und unsere Kirchen, trafen alte Freunde. Sie hatten im Gefängnis gesessen oder sich auf den Feldern abgerackert. Einige waren mutlos und erschöpft, andere hatten noch immer Kraft. So auch der Krankenhauspfarrer, der dabei war, als Ruben starb.

Schließlich kamen wir zum Friedhof. Die Mauer war noch da, die schmiedeeiserne Pforte ebenfalls, doch die Gräber fehlten. Man hatte einen Park mit Nadel- und Laubbäumen geschaffen. Friede überall. Ich war froh, Viola. Der Tag war stürmisch. Hier war es ruhig, hier war es grün. Ich wäre gern dort geblieben, aber ich hatte Verpflichtungen zu Hause. Andere Gräber, um die ich mich kümmern musste.

Ich versuchte, Rubens Grab zu finden. Ich glaube, ich kam ihm recht nahe. Ich schoss einige Fotos. Pflückte ein paar Bambusblätter und presste sie. Ich hatte ein so deutliches Gefühl. Jetzt hast du mit China abgeschlossen. Jetzt lässt du es hinter dir, auch wenn du noch dort bist. Du lässt es zurück mit deinen Gedanken und Gefühlen und mit dem Schönsten in deinem Leben.«

Ich setzte mich zu ihr auf die Bettkante. Auf Leas Wange war eine leichte Verfärbung zu erkennen, ein Muttermal, das aussah wie eine Blume. Mir war es noch nie aufgefallen.

»Daheim sprach ich irgendwann diese Worte. Jetzt bin ich frei. Einer meiner Verwandten konnte das nicht verstehen. Ich glaube, er haderte sein ganzes Leben lang mit diesem Satz. Aber wenn das Schlimmste geschehen ist, Viola, dann kann dir nichts mehr etwas anhaben. Der Tod ist verschlungen vom Sieg, hatte ich in der Todesanzeige geschrieben.«

»Death is swallowed up in victory …«

»Könnten Sie so nett sein und eine Kerze anzünden?«

Ich zündete die Kerze auf dem Nachttisch an. Unsere Gesichter wurden von demselben Lichtschein erhellt.

»Nichts lässt sich einschließen, alles drängt an die Oberfläche. Nie kannst du sicher sein, und das ist gut so. Unterwerfe dich niemandem. Habe vor nichts Angst, vor allen Dingen nicht vor den Menschen.«

Ich nahm ihre Hände in meine. Sie waren kalt. Dann stand ich auf und ging zur Tür. Öffnete sie, drehte mich um, prägte mir das Zimmer ein, die Düfte, den Segen. Der Korridor war immer noch leer. Ich kam zur Haustür und schloss sie ganz leise hinter mir.

Draußen war es kühl. Der Wind hatte altes Laub und kleine Zweige auf das Dach und die Fenster des Autos geweht. Ich stieg ein. Eingesperrt in eine vermeintlich sichere und in großer Stückzahl produzierte Blechhülle. Als ich die Scheinwerfer einschaltete, meinte ich, eine kleine weiße Gestalt zu sehen. Sie tanzte in den Lichtpartikeln und bewegte sich hin und her, bis sie wie eine optische Täuschung oder die von einem Spiegel zurückgeworfene Sonne davonglitt.

Und plötzlich wusste ich es.

Rezina.

Kapitel 16

Als ich vom Solgården nach Hause kam, schüttelte ich Axel, bis er wach wurde. Es war fünf Uhr morgens, und er starrte mich erst abwartend, dann aggressiv an. Er fragte mich unausgeschlafen aber mit eiskalter Stimme, wo ich gewesen sei, und schüttelte den Kopf, als ich ihm von meinem nächtlichen Besuch erzählte. Er, der mich mitten in der Nacht auf der Landstraße stehen gelassen hatte, fand, ich hätte mich danebenbenommen. Das berührte mich nicht mehr. Axel berührte mich nicht mehr.

»Ruf die Handwerker an.«

»Was zum Teufel …«

»Ruf die Handwerker an.«

Axel setzte sich langsam auf. Er schwang die Beine über die Bettkante und schob die Füße in die nebeneinander stehenden Pantoffeln.

»Ich glaube langsam ernsthaft, dass du nicht mehr ganz bei Trost bist. Weißt du, wie spät es ist?«

»Ruf sie an. Du weißt, warum.«

Er betrachtete mich genau. Überlegte. Auf der einen Seite meine Entschlossenheit, auf der anderen Seite seine Bedenken, jemanden so zeitig anzurufen. Dann stand er auf und holte das Telefon. Mit einem hässlichen Lächeln wählte er die Nummer. Offenbar bekam er rasch jemanden an den Apparat. Falls ihn das überraschte, zeigte er es nicht. Mit neutraler Stimme entschuldigte er sich für die Störung. Seine Frau wolle unbedingt etwas besprechen.

Er reichte mir das Telefon und verschwand in die Küche. Am anderen Ende der Leitung hörte ich den älteren Handwerker, der sich vorsichtig erkundigte, worum es denn gehe. Falls es eine Überschwemmung gegeben habe, werde er natürlich sofort kommen, aber es sei fraglich, ob er etwas ausrichten könne. Denn um diese Uhrzeit war noch niemand wach und kein Geschäft geöffnet.

Etwa eine Stunde später standen sie vor der Tür. Inzwischen hatte Axel Kaffee gekocht, sich eingeschenkt und kein Wort gesagt. Ich hatte im Badezimmer gesessen, das Ohr an die Kacheln gelegt und gelauscht. Kein Miauen, kein Kratzen. Die Fugen waren abgedichtet, die Fliesen vollkommen fleckenlos. Die Parfümflaschen standen ordentlich aufgereiht mit den Etiketten nach vorn. Alles sah beinahe aus wie zuvor. Das wenige liegengebliebene Werkzeug hätte vermutlich heute oder morgen abgeholt werden sollen.

Axel empfing die beiden Männer, nachdem er sich rasch angezogen hatte. Sie grüßten und eilten ins Badezimmer. Ob ich mir sicher sei? Sie hätten nichts gesehen. Das sei doch unmöglich. Dann begannen sie zu hacken und aufzubrechen. Die Fliesen wurden abgelöst und aufgestapelt. Einige bekamen einen Sprung.

Axel ging vor der Tür auf und ab. Offenbar war er unschlüssig, ob er sich lieber selbstbeherrscht höflich geben oder seine Frau für komplett verrückt erklären sollte. Mich für alles verantwortlich zu machen, wäre jedoch das Eingeständnis gewesen, nicht mehr Herr im eigenen Haus zu sein. Das, was geschah, zu akzeptieren, war allerdings ebenso schlimm.

Es war kühl, und ich holte eine Jacke. Axel folgte mir.

»Du bist nicht mehr ganz bei Trost, Viola. Du musst wirklich vollkommen verrückt geworden sein.«

Ich antwortete nicht.

»Und wie soll das zugegangen sein? Das ist unmöglich, verdammt noch mal! Kannst du mir das bitte erklären!«

»Ich bin auf ganz normalem Weg nach Hause gekommen, falls du das wissen willst. Die Frau, die mich mitgenommen hat, hat mich bis hierher gefahren.«

Axel riss die Augen auf und presste die Lippen zusammen. Dann zischte er etwas Unfreundliches, ehe er mir den Rücken zuwandte.

Ich kehrte ins Badezimmer zurück. Die Arbeit der Männer schritt voran. Es ging erstaunlich schnell. Die Badewannenverkleidung hatte bereits ein großes Loch in der Seite. Der jüngere Mann legte sich auf den Fußboden und schaute unter die Wanne. Ich beugte mich vor und versuchte ebenfalls, etwas zu sehen.

Rezina kauerte zwischen der Kalt- und der Warmwasserleitung. Um sie herum lagen Haarbüschel. Der Mann rutschte beiseite, und ich streckte die Hände aus, um sie zu befreien. Auf dem Boden waren weder Urin noch Kot. Vielleicht hatte sie den ja gefressen. Vielleicht hatte sie auch das Kondenswasser getrunken, das sich auf den Leitungen und an der Unterseite der Wanne bildete.

Mit Rezina im Arm ging ich in die Küche. Ich wiederholte ihren Namen, strich ihr über das Fell. Währenddessen versuchte ich auszurechnen, wie viele Tage sie dort gelegen hatte. Zwei? Drei? Ich setzte sie neben den Napf mit dem Wasser, und sie trank vorsichtig. Dann fraß sie mir ein klein wenig aus den Händen, ehe sie sich hinlegte. Der Kopf kippte zur Seite.

Plötzlich stand Axel neben mir und murmelte, das Katzenvieh müsse in einem unbeobachteten Augenblick unter die Wanne gekrochen sein. Als die Handwerker eine Pause eingelegt hätten. Dann verstummte er. Seine eigene mangelhafte Logik brachte ihn zum Verstummen. Die Jagdkatze Rezina hatte sich also einfach so einmauern lassen. Unbemerkt von den Handwerkern hatte sie hinter ihren Gefängnismauern stillgehalten.

Als sich die Handwerker zu uns gesellten, verschwand Axel rasch nach draußen. Ich blieb mit den beiden Männern allein. Sie wirkten betreten. Beide konnten sich nicht erklären, wie das Ganze zugegangen war. Natürlich sei da einige Tage lang ein Loch gewesen, aber man hätte doch eigentlich etwas sehen müssen. Und außerdem miauten Katzen, aber sie hatten absolut nichts dergleichen gehört. Wirklich seltsam. Ein Glück, dass Katzen neun Leben hatten, vielleicht hatte sie ja noch ein paar übrig.

Rezina hatte sich erhoben und war auf den Herd zugewankt. Sie trank aus der Wasserschale und begann sich dann die Pfoten zu lecken. Ich dankte den Männern für ihr frühes Kommen. Jetzt müssten sie das Loch ja wieder reparieren. Wann sie denn Zeit hätten?

Damit könnten sie sofort anfangen. Sie wollten nur vorher noch rasch etwas frühstücken. Ich erbot mich, ihnen ein Frühstück zu bereiten, aber sie lehnten ab. Wir kommen nachher wieder.

Aus Toras und Linns Zimmer war nichts zu hören. Wenn wir keinen Lärm verursachten, würden sie bestimmt noch ein paar Stunden schlafen. Vorausgesetzt, Axel kam nicht auf die Idee, Linn zu wecken und ihr vorzuwerfen, sie sei am Benehmen ihrer Katze schuld.

Ich rief eine Tierarztpraxis an. Eine freundliche Stimme erklärte, dass sich eine der Kolleginnen bei mir melden und eventuell auch vorbeikommen würde. Sie sei ohnehin in der Gegend unterwegs, vielleicht sogar direkt in meiner Nähe. Falls ich nichts höre, solle ich ruhig wieder anrufen. Axel hätte über diese abschließenden Worte sicher gelacht.

Jetzt saß er auf der Glasveranda und starrte vor sich hin. Ich hatte nicht gemerkt, dass er wieder ins Haus gekommen war. Als er mich sah, stand er rasch auf und verschwand. Dann kehrte er mit Kaffee und Zwieback zurück.

»Es geht vielleicht auch ohne Tee. Das hier ist schließlich kein normaler Morgen, und vielleicht kannst ja selbst du dir vorstellen, mal eine Ausnahme zu machen.«

»Ich glaube, ich habe allmählich genug von diesen Kommentaren.«

»Dass du das einmal sagen würdest. Man erlebt doch immer wieder Überraschungen.«

Er zog sein Heizkissen aus einer der Sofaecken zu sich heran, trank Kaffee und aß etwas Zwieback. Er wischte mit der Hand die Krümel vom Tisch und streute sie auf seinen Teller.

Sein Haar war etwas zerzaust, und er hatte sein Hemd falsch geknöpft. Oben war ein Knopf überzählig, unten ein Knopfloch. Auf seinen Wangen zeichnete sich der Schatten von Bartstoppeln ab. Er hatte keine Zeit zum Rasieren gehabt. Eine Ader pochte an seiner Schläfe.

»Was starrst du mich so an?«

»Hast du Schmerzen?«

»Ja, allerdings. Ich habe schon im Ärztehaus angerufen. Ich glaube zwar nicht, dass die hier in der Pampa in der Lage sind, sonderlich viel auszurichten, aber irgendwelche Werte werden sie ja noch ermitteln können. Vielleicht können sie mir ja auch sagen, was ich tun soll.«

»Wie meinst du das?«

»Irgendetwas stimmt nicht mit mir.«

»Und was glaubst du, was es ist?«

»Wenn ich das wüsste, müsste ich mich nicht untersuchen

lassen. Das ist wirklich kein Vergnügen. Das habe ich dir schon früher erklärt.«

Er nahm einen Schluck Kaffee. Ein paar Tropfen liefen ihm aus dem Mundwinkel und übers Kinn. Im Fenster lagen Muscheln, einige vermutlich vom Strand unterhalb des Hauses, andere so groß, dass man in ihnen ferne Meere rauschen hörte. Die Besitzer des Hauses reisten gern, hatte Axel erzählt. Das war eigentlich das Einzige, was ich über sie wusste.

»Ich habe versucht, einen Tierarzt zu erreichen.«

»Glaubst du, dass es dann schneller geht?«

Ich hatte keine Lust, mich auf seinen merkwürdigen Humor einzulassen.

»Dabei dachte ich in der Tat nicht an dich, sondern an Rezina. Vielleicht kommt nachher jemand vorbei.«

»Man sollte in diesem Land ein Tier sein, dann kommt der Arzt sogar vorbei. Für Lebewesen ohne Pelz sind Hausbesuche mittlerweile abgeschafft.«

»Hast du also einen Termin im Ärztehaus bekommen?«

Axel antwortete nicht, sondern schaute aus dem Fenster. Ich stand auf und ging wieder zu Rezina. Sie lag noch genauso da wie vorher. Ich feuchtete meine Finger in der Wasserschale an, und sie leckte sie einige Male ab. Dann kehrte ich zurück zu Axel und nahm erneut ihm gegenüber Platz. Ich hatte einen Ton in den Ohren, und mein Herz klopfte ganz fest.

»Hast du eine Idee, wie das zugegangen sein könnte?«

Axel sah mich an, während er antwortete.

»Sie muss irgendwann abends da hineingekrochen sein, ohne dass einer von uns es bemerkt hat. Vermutlich ist sie eingeschlafen und dort dringeblieben.«

»Findest du, das klingt plausibel?«

»Plausibel oder nicht … was weiß ich. Hast du eine bessere

Erklärung? Glaubst du, die Handwerker haben was damit zu tun? Sind das etwa Sadisten, die gern Tiere quälen?«

»Du hast nie was gehört?«

»Nein. Du etwa?«

»Einige Male, ganz leise. Aber ich dachte, es käme von woanders.«

»Aha.«

Stille senkte sich über unser Frühstück. Eine Stille, in der ich Axel innerlich anschrie, dass jemand zumindest während der ersten vierundzwanzig Stunden dafür gesorgt haben musste, dass sich unsere Katze nicht rührt. Bis sie vor Durst vollkommen ermattet war. Vielleicht Tabletten.

»Wann hast du Rezina zuletzt gesehen?«

Axel schien nachzudenken.

»Irgendwann draußen im Garten.«

»Wann?«

»Ich weiß es nicht, Vio. Das spielt doch auch keine Rolle. Das Katzenvieh ist befreit. Es ist ihm nichts passiert.«

Den letzten Satz sagte er mit etwas freundlicherer Stimme.

»Und wenn wir sie nicht gefunden hätten?«

»Du verdienst wirklich ein Lob dafür, dass du auf diese Idee gekommen bist. Ich besitze nicht deine Fantasie, Vio. Aber das war ja schon immer so.«

Dann schüttelte er den Kopf.

»Was für wunderbare Ferien das sind. Krankheit, Arbeit und Unfälle. Sogar das Wetter ist lausig.«

»Apropos Arbeit …«

»Du sitzt an deinem Essay über die Ewigkeit. Deshalb fährst du jeden Tag zum Solgården, um mit irgendeiner fremden Alten zu diskutieren. Ihr müsst euch sicher bald wieder treffen, um weiterzureden. Vermutlich heute. Und morgen auch. Und die ganzen herrlichen Familienferien lang.«

Kein Wort darüber, dass er mich auf der Landstraße hatte stehen lassen. Keine Nachfrage, wer mich nach Hause gefahren und ob es mir etwas ausgemacht hatte. Auch kein Wort über seine eigene Arbeit.

»Ich habe mit einem deiner Kollegen gesprochen. Er hat gesagt, dass du nicht mehr in der Kanzlei arbeitest.«

Es war keine Reaktion zu erkennen. Axel reckte sich etwas und zog an seinem Hemd. Er merkte, dass es falsch geknöpft war, begann, es neu zu knöpfen, ließ es dann aber bleiben.

»Wer hat das gesagt?«

»Stimmt das? Dass du monatelang halbtags gearbeitet hast und in letzter Zeit gar nicht mehr dort warst?«

»Mit wem hast du gesprochen?«

»Stimmt es, dass du große Probleme hattest? Dass du Leute abgekanzelt hast und von den Partnern verwarnt worden bist? Dass du den Kollegen Sachen in ihre Postfächer gelegt hast? Dass London ein Hirngespinst ist, weil du die Engländer so dermaßen beleidigt hast, dass …«

»Beleidigt?«

»… dass man zum Schluss nicht mehr mit dir zusammenarbeiten konnte?«

»Mit wem hast du gesprochen?«

»Axel. Ist das wahr?«

Er antwortete nicht, aber die Hand, mit der er seine Tasse hob, zitterte, falls mich meine müden Sinne nicht täuschten. Die schlaflose Nacht forderte ihren Tribut. Leas Geschichte stand plötzlich wieder in aller Deutlichkeit vor mir. Wie Ruben nach Hause kam und sie freudig auf den Hof gerannt war, auf dem man gerade den Sarg ablud.

Axel seufzte.

»Ich glaube, ich weiß, mit wem du gesprochen hast. Derselbe Typ, der wegen des Zimmers angerufen hat. Oder?«

»Ja. Aber …«

»Wann hast du mit ihm gesprochen? Und warum zum Teufel bist du dann nicht sofort zu mir gekommen, um die Sache zu klären?«

Axels Stimme befand sich mittlerweile beinahe im Falsett. Er, der mitten im Eis eingebrochen war und zu ertrinken drohte. Er klammerte sich an meiner Hand fest. Das Wasser spülte über mich hinweg. Eingebildete Eisschollen drückten mich nach unten, während er auf dem Weg an die Oberfläche war.

»Ich habe es gestern Morgen erfahren. Kurz bevor wir nach Glimmingehus aufgebrochen sind. Ich wollte zu diesem Zeitpunkt keine Diskussion.«

»Du hast also gestern den ganzen Tag Theater gespielt? Und jetzt verlangst du, dass ich ein schlechtes Gewissen habe.«

»Du hast allen Grund, ein schlechtes Gewissen zu haben! Du hast mich aus dem Auto geworfen und bist dann betrunken weitergefahren!«

»Ich war nicht betrunken. Außerdem habe ich mich schon dafür entschuldigt. Es war tatsächlich dumm von mir. Aber ich habe gespürt, dass etwas in der Luft liegt. Den ganzen Tag lang. Und nun habe ich die Bestätigung. Wie konntest du dir nur anhören, was Leute hinter meinem Rücken über mich reden, ohne hinterher den Mut aufzubringen, mich danach zu fragen? Du behauptest doch immer, du seist so ehrlich und aufrichtig.«

»Kannst du mir nicht einfach erzählen, was passiert ist?«

Axel legte die gefalteten Hände auf den Tisch. Dadurch kam sein Körper mir näher. Er sprach langsam und deutlich, wie er das tat, wenn er den Mädchen etwas Wichtiges erklärte.

Seine Augen waren grau und hatten ein paar blaue Pünktchen. Es waren die Augen eines Fremden. Es lag ein Schimmer darin, den ich zum letzten Mal gesehen hatte, als wir im Krankenwagen in die Klinik fuhren. Angst.

»Natürlich war es nicht leicht für mich, wieder anzufangen zu arbeiten. In meiner Branche muss man immer auf dem Laufenden sein. Gesetzesänderungen, interne Diskussionen. Ich war monatelang weg vom Fenster, und zwar im wahrsten Sinne des Wortes. Ich lag verdammt noch mal im Koma. Da spielt es keine Rolle, wie nett die Kollegen sind. Es gibt immer jemanden, der es auf deinen Posten abgesehen hat. Junge Aufsteiger. Eigentlich durchschaue ich so etwas ganz gut, aber dann gab es eine größere Umstrukturierung. Alle hatten Angst. Und verängstigte Menschen schlagen um sich. Ich sah mich gezwungen durchzugreifen.«

Er beugte sich noch weiter zu mir herüber.

»Es stimmt zwar, dass ich einige Male zu direkt war, aber ich habe das anschließend immer gleich bereinigt.«

»Hast du Müll in die Postfächer der Kollegen getan?«

»Unsinn! Wundert es dich, wenn ich dir erzähle, dass der Typ, mit dem du telefoniert hast, gelegentlich seine verzogenen Kinder in die Kanzlei mitgenommen hat?«

»Haben sie dir gekündigt oder nicht?«

»Man hat mir nicht gekündigt. Ich habe selbst darum gebeten, die Arbeitszeit zu reduzieren. Ich wollte mich weiterbilden. Mich spezialisieren und dann weniger, aber dafür lukrativere Fälle übernehmen. Dagegen ist doch nichts einzuwenden, oder? Alle waren davon überzeugt, dass ich mit meiner Spezialkompetenz recht nützlich sein könnte.«

»Hast du aufgehört zu arbeiten, Axel?«

»Hat er das gesagt?«

»Er wollte mit dir sprechen, weil du dein Büro räumen sollst.«

Axel lehnte sich auf dem Sofa zurück. Er verstummte. Ich

verstummte. Ich hatte plötzlich den dringenden Wunsch, mir die Zähne zu putzen. Ich hatte einen unangenehmen Geschmack im Mund, und meine Bluse klebte unter den Armen. Auch Axel sah mitgenommen aus. Er ließ die Schultern hängen.

»Ich habe Angebote von anderen Kanzleien erhalten«, sagte er schließlich. »In ein paar Wochen sind die Verhandlungen abgeschlossen.«

»Aber warum hast du nichts gesagt?«

»Anfangs wollte ich dich nicht beunruhigen. Diese internen Streitereien sind für Außenstehende eher uninteressant. Als ich es dann mit dir besprechen wollte, warst du bereits so vertieft in dieses Projekt, diesen Essay oder was immer das werden soll. Ich bin ja mit einer so unerhört erfolgreichen Frau verheiratet, die jede entbehrliche Minute ihrer Arbeit opfern muss.«

Die Entschuldigung war kläglich, auch wenn er entschlossen klingen wollte. Ich erwiderte mit leiser Stimme, dass ich seine mangelnde Ehrlichkeit und die Art, wie er mich beschrieben hatte, sehr enttäuschend fände. Eine Außenstehende. Dasselbe Wort, mit dem er den Freund charakterisiert hatte, für den Linn so viel empfand.

»Axel … das mit meiner Arbeit wurde ein paar Tage vor unserer Fahrt hierher aktuell.«

»Genau. Was sollte ich da mit meinen Problemen ankommen, wo du so positiv gestimmt warst. Ich wollte nicht, dass die Ferien auf diese Weise beginnen. Wir hatten ohnehin schon genug Schwierigkeiten. Wenn dieser Idiot nicht angerufen hätte, wäre uns das ganze Drama erspart geblieben, und die Sache hätte sich in Wohlgefallen aufgelöst. Du hättest vielleicht nicht einmal erfahren müssen, dass es irgendwelche Meinungsverschiedenheiten gab. Nur, dass ich eine neue und bessere Arbeit gefunden habe.«

Einen Augenblick lang klang seine Stimme flehend, als hätte er seine Maske verloren. Axel, der talentierte Anwalt. Arbeitslos. Rausgeworfen wegen Inkompetenz. Gezeichnet von dem, was er durchgemacht hatte. Er sah plötzlich verletzlich aus, und ich hatte eine Anwandlung von Mitleid.

»Ich verstehe, dass es nicht leicht für dich war. Es muss …«

»Ich will nicht, dass du mich bedauerst. Ich brauche kein Mitleid. Es gibt nichts, wofür ich bemitleidet werden müsste.«

Jetzt klang er wieder wütend. Wahrscheinlich war er von dem, was er sagte, vollkommen überzeugt. Axel. Intelligent und erfolgreich. Glücklich verheiratet, zwei wunderbare Töchter. Von einer Krankheit heimgesucht, aber dennoch in der Lage, mit Selbstdisziplin und aufgekrempelten Ärmeln seinen Mann zu stehen. Unglücklicherweise hatte er sich auf einer schonischen Landstraße seiner Frau gegenüber ziemlich danebenbenommen. Aber sie hatte ihn schließlich provoziert und über Dinge geschwiegen, die sie mit ihm hätte besprechen sollen.

»Übrigens, wenn du schon findest, dass ich mich seltsam benehme. Was ist dann mit dir? Mitten in der Nacht zum Solgården fahren, um über irgendwelche Erzählungen zu sprechen? Ich frage mich, wie lange es dauert, bis die uns bitten, Mama woanders unterzubringen, weil sich eine angeheiratete Verwandte erdreistet, wie eine Einbrecherin ins Haus zu schleichen. Hast du auch bei diesem Arzt angeklopft, wo du schon mal dort warst?«

»Ich mag nicht mehr, Axel. Ich mag einfach nicht mehr.«

Plötzlich stand er auf. Er trat einen Schritt auf mich zu, zog mich hoch und umarmte mich ganz fest. Wir könnten das doch einfach hinter uns lassen. Alles würde wieder wie früher, es gäbe eigentlich keinen Grund, sich in Dinge zu vertiefen, die seine Kanzlei auf so unschöne Weise abgewickelt hatte. Niemand bräuchte etwas zu erfahren, auch nicht die Mädchen. Bald würde er eine neue Arbeit finden, davon könne dann die ganze Familie profitieren. Vio? Ich liebe dich.

Sein Atem war warm auf meinem Haar. Er umarmte mich noch fester. Ich begann am ganzen Körper zu zittern. Vorsichtig versuchte ich ihn von mir wegzuschieben.

»Wir können nicht so tun, als sei alles so wie immer, Axel. Wir müssen über das sprechen, was passiert ist. Wir müssen.«

Er packte mich an den Schultern und begann mich zu schütteln. Ich wand mich, um mich zu befreien, aber er zischte mich an, wer hier eigentlich die Regeln für alles aufstelle. Keine weitere Bitte um Versöhnung. Schritte waren zu hören, und hastig ließ er mich los. Die Mädchen.

Ich eilte in die Küche. Linn kniete neben Rezina. Ihr Gesicht verriet nicht, ob sie etwas gehört hatte.

»Mama, was ist mit Rezina?«

Im Hintergrund hörte ich Axel in der Kleiderkammer herumpoltern. Dann kam er in die Küche, durchstöberte erst den Kühlschrank und anschließend das Vorratsregal.

»Ich gehe jetzt.«

Mit einem Apfel in der Hand verließ er den Raum, noch ehe wir antworten konnten. Die Haustür knallte hinter ihm zu.

»Wo will Papa hin?«

»Es ist etwas Seltsames passiert, Linn. Rezina wurde unter der Badewanne eingemauert.«

»Wie bitte?«

Ich brachte ihr alles so schonend bei, wie ich konnte. Eine Katze, die sich versteckt hatte und eingeschlafen war. Die vielleicht etwas gefressen hatte, das sie betäubte. Vermutlich eine dieser Flüssigkeiten von den Handwerkern. Die Erklärung, die ich mir in diesem Augenblick zurechtgelegt hatte, wirkte plausibel. Ich verkürzte den Zeitraum ihrer Gefangenschaft. Vielleicht ein Tag. Ich habe sie gestern noch gesehen. Das hat sicher weiter keine Folgen. Schau mal. Sie frisst doch schon wieder.

Das tat sie. Sie fraß aus Linns ausgestreckter Hand, dann sprang sie über unsere Knie und stellte sich an die Tür. Instinktiv wollte ich sie zurückhalten und sie beschützen. Aber sie war jetzt einige Tage lang in einem sehr engen Kerker eingesperrt gewesen. Ich öffnete die Türe. Sie machte ein paar zögernde Schritte und legte sich in einiger Entfernung auf die Wiese. In diesem Augenblick klingelte das Telefon. Es war die Tierärztin.

Sie klang nicht allzu überrascht, als ich von dem Vorfall erzählte. Die meisten Tiere und insbesondere Katzen würden überall hineinkriechen. Es komme vor, dass sie dann nicht wieder herausfänden. Keller, Brunnen, Felsspalten … aber ein paar Tage spielten keine Rolle. Zwei Wochen konnte eine Katze zur Not überleben, ohne etwas zu fressen, und vielleicht zwei Tage ohne Wasser.

Das Wichtigste sei jetzt, dass Rezina trinke. Wenn sie in ein paar Stunden immer noch angeschlagen sei, würde sie vorbeikommen und ihr eine Kochsalzlösung spritzen.

Ich konnte Linn beruhigen. Sie wirkte sehr erleichtert. Gemeinsam deckten wir fürs Frühstück, ziemlich üppig, darin waren wir uns wortlos einig. Tora erwachte von dem Duft nach Toast, und wir erzählten ihr von den Vorfällen des Morgens. Rezina kam zurück ins Haus und blieb abwartend hinter der Tür sitzen.

Kühl und mit Bedacht unterhielt ich mich mit meinen Kindern. Ich log, denn ich sagte nicht, was ich dachte. Ich überlegte, wie ich außer Hörweite kommen könnte. Sie lösten dieses Problem für mich, indem sie direkt nach dem Frühstück zum Campingplatz gingen. Falls das okay ist, Mama. Du kannst doch auf Rezina aufpassen.

Sobald sie verschwunden waren, rief ich in Axels Kanzlei an. Dort erreichte ich einen Kollegen, den ich gut kannte. Er stellte mich zu einem der Partner durch. Der bestätigte weitgehend, was ich bereits gehört hatte. Er sprach sein Bedauern aus und räumte ein, dass mich die Kanzlei besser hätte verständigen sollen.

Gewisse Dinge setze man eben voraus. Etwa, dass Ehepaare miteinander über Veränderungen der Arbeitssituation sprächen.

Ich ging in den Garten. Das Wetter wurde allmählich besser. Die Schneeflecken waren fast ganz verschwunden, und hier und dort, zwischen dem Vorjahreslaub am Boden und an den Zweigen, lugten die ersten Knospen hervor. Nach einigem Nachdenken kehrte ich zurück ins Haus und rief meine Eltern an. Mama war sofort am Apparat.

Ich erzählte ihr alles, und sie versprach, mir beizustehen. Es fahre jede Stunde ein Zug, sie könne innerhalb von vierundzwanzig Stunden bei mir sein. Ich hatte das Gefühl, mich durch den Telefonhörer an ihre Schulter zu lehnen. Mit ihren Worten streichelte sie mir über die Wange. Sie versprach, mich bald wieder anzurufen.

Die Handwerker kamen und arbeiteten, ohne weiter auf den Vorfall einzugehen. In meiner Einsamkeit schlich ich im Haus herum. Rezina folgte mir, machte jedoch einen großen Bogen um das Badezimmer. Nach ein paar Stunden hatte sie ihre Näpfe geleert. Ich füllte nach, ohne ein schlechtes Gewissen zu haben.

Die Mädchen kamen nach Hause, und wir aßen Reste vom Vortag. Immer noch kein Axel. Das Auto stand vor dem Haus, er konnte also nicht allzu weit entfernt sein. Er hatte ja mittlerweile Übung darin, sich unsichtbar zu machen, und ein Versteck zu finden, würde ihm sicher nicht schwerfallen. Wir trödelten in den Abend hinein und aßen die Süßigkeiten aus einem der Papposterеier. Ostern war zwar erst in ein paar Tagen, aber es konnte genauso gut jetzt beginnen. Wir sahen fern, lasen und unterhielten uns. Die Frage, wo Papa sei, fand keine Antwort.

Um elf gingen die Mädchen ins Bett. Um Viertel nach elf schliefen sie. Um halb zwölf zog ich meine Jacke an, sorgte dafür, dass Rezina im Haus blieb, und ging an den Strand. Steine, Bäume und Wurzeln waren inzwischen vertraut, ebenso der sich plötzlich aufs Meer hin weitende Blick. In einiger Entfernung war ein Feuer zu sehen, um das ein paar junge Leute herumstanden. Die Idylle, die der Mann mit dem Hund unlängst als ganz nett bezeichnet hatte.

Der Sand war feucht. Ich grub mit beiden Händen darin und hatte Tang und Krebspanzer zwischen den Fingern. Die Stiefel waren nicht mehr dicht, aber immerhin hielt die alte Jacke warm. Irgendwo müsste das Boot liegen, von dem Axel gesprochen hatte und das eigentlich für nette Ausflüge mit der ganzen Familie gedacht war. Es lagen einige Boote auf dem Strand. Die meisten umgedreht. Die Farbe war hier und dort abgeblättert, an manchen Stellen schimmerte es weiß durch den Anstrich, der verhindern sollte, dass sich Algenbewuchs bildete.

Die Übelkeit kam plötzlich. Ich hatte das Gefühl, mein Mund sei voller Blut. Ich legte mich auf den Rücken und schaute in den Himmel. Die Nacht war ungewöhnlich sternklar. Dort strahlte der Orion, hier der Polarstern, dort drüben der Große Wagen.

Mama hatte gesagt, das Beste an einem Beschluss sei, dass der, der ihn fasse, entscheiden könne, wann er umgesetzt wird, und dass innere Beschlüsse ebenso wichtig seien wie äußere. Sie hatte das gesagt, als ihr klar wurde, dass ich vor einer Entscheidung stand. Und eines wusste ich. Axel und ich konnten nicht mehr so zusammenleben wie bisher.

Vielleicht hatte er mich einmal geliebt und vielleicht ich ihn. Aber wer weiß, ob wir nicht bloß verschiedene Dinge meinten, wenn wir von Liebe sprachen. Natürlich hatten wir auch schöne Stunden gemeinsam verbracht. Wir hatten gelacht und Nähe erlebt. Wir würden für immer ein Archiv aus Erinnerungen besitzen, eine Geheimsprache, die niemand außer uns verstehen konnte.

Und wir hatten unsere Kinder. Tora und Linn. Wir hatten ihre Entwicklung miterlebt, von Geburt an. Jetzt waren sie fast erwachsen. Wie viele Bande Axel und mich zusammenhielten, würde ich erst begreifen, wenn sie durchtrennt waren. Einige Bande würden wir nie kappen können.

Wo war Axel jetzt?

Die Wogen schlugen in gleichförmigem Rhythmus ans Ufer. Waren wir Menschen am Ende nicht ebenso schutzlos und ausgeliefert wie die kleinen Steine, die über den Strand verstreut lagen? Waren wir nicht machtlos, wenn wir versuchten, unsere Leben so zu gestalten, wie wir es uns wünschten?

Lea und Ruben waren gereist und hatten eine Überzeugung und den Wunsch geteilt, das Richtige zu tun. Sie hatten alles zurückgelassen, doch selbst das war nicht genug gewesen. Axels Mutter war auf dem Weg an einen Ort, an den ihr niemand folgen konnte. Axel und ich standen uns gegenüber, ohne zu wissen, in welche Richtung wir gehen und ob wir überhaupt noch zusammen weiterwandern sollten.

Um die Liebe zu begreifen, musste man lieben, hatte ich geschrieben. Das Wesen der ewigen Kunst erschloss sich nur dem, der sie ausübte. Was nutzte es, zu analysieren und hin-

und herzudiskutieren, wenn es schließlich doch nur darum ging, zu leben, ohne etwas zu verstehen. Immer und immer wieder.

Meine Übelkeit ließ nach. Ich stand auf und ging zu den Booten. Welches Boot wir benutzen durften, wusste ich nicht. Ich wusste nicht einmal, ob dieses Boot überhaupt außerhalb von Axels Vorstellung von gelungenen Osterferien existierte.

In einiger Entfernung schwammen zwei Schwäne. Einer begann mit den Flügeln zu schlagen, um den anderen einzuholen. Unbeholfene, rauschende Flügelschläge erfüllten die Luft. Der Schwan preschte über das Wasser, ohne abzuheben. Dann landete er neben dem anderen, und sie schwammen einträchtig nebeneinander. Hinter ihnen zog sich eine Spur aufgewühlten Wassers, das sich bald wieder glättete.

Das Meer war ruhig. Weit und breit keine Segelboote, aber auch größere Schiffe waren nirgends zu sehen. Nur einen winzigen Punkt konnte ich in der Ferne erkennen. Ein Boot, das ganz alleine vor sich hin schaukelte. Vielleicht ein Fischer, der Netze auslegte oder einholte.

Ich betrachtete das Boot und lief dann auf das Feuer zu, das noch immer von jungen Leuten umringt war. Jugendliche in Toras und Linns Alter. Ein paar Dosen, Reste von Brot und Wurst lagen herum. Ein junger Mann begann zu singen, und die anderen stimmten ein. Ein Mädchen sang die Oberstimme.

Ich hörte aus einigem Abstand zu. Die Nacht wurde kühler. Vielleicht war Axel ja inzwischen nach Hause gekommen. Was er dachte oder empfand, wusste ich nicht, aber ich hatte die Befürchtung, dass er mich wieder anklagen würde, und sei es nur, weil ich die Mädchen für einen nächtlichen Spaziergang allein gelassen hatte, ohne ihnen Bescheid zu sagen.

Aus einer Eingebung heraus trat ich näher an das Feuer heran. Die jungen Leute trugen warme Kleider, ihre Gesichter wurden von den Flammen erhellt.

»Entschuldigung! Seid ihr schon länger hier?«

Einer der jungen Männer schaute auf. »Ja, eine Weile.«

»Ihr habt nicht zufällig einen Mann vorbeigehen sehen?«

Jetzt sahen mich alle an. Sie seien nicht ganz sicher, erklärten sie. Es seien an diesem Abend nicht sonderlich viele Leute am Strand gewesen. Einige Paare, die einen Spaziergang gemacht hätten, aber das sei schon eine Weile her. Eine Familie mit kleinen Kindern. Ein Hundebesitzer.

»Ein Mann allein? Dunkelhaarig, mit Mantel?«

Ich beschrieb Axel. Eines der Mädchen fragte, ob er Bootsbesitzer sei. Sie hatte einen Mann bei den Booten gesehen. Er hatte eines ins Wasser geschoben, das etwas abseits lag. Offenbar war ihm das nicht ganz leichtgefallen. Er hatte Schuhe und Strümpfe ausziehen müssen. Aber auch das sei schon eine Weile her.

Ich konnte das einsame Boot kaum noch erkennen. Ich fragte die Jugendlichen, ob sie in der Nähe jemanden kennen würden, der ein Boot besitze. Sie überlegten und schüttelten dann die Köpfe.

Es war nach Mitternacht. Vermutlich handelte es sich nur um eine fixe Idee von mir. Axel war inzwischen bestimmt zu Hause. In einiger Entfernung brannte Licht in dem Haus, in dem der Mann mit dem Hund wohnte.

Eine Viertelstunde später war ich dort. Das Haus war verfallen, der Garten ein Hundeparadies. Eine Hütte, zerbissene Spielsachen und abgenagte Knochen auf der Wiese. Der Hundebesitzer öffnete sofort und schien auch gar nicht böse zu sein, dass ich ihn so spät störte. Freundlich hörte er mir zu.

Nein, er habe kein Boot, und die Besitzer der Boote am Strand wohnten recht weit weg. Das Klügste sei vermutlich, die Polizei zu verständigen. Oder die Gesellschaft zur Rettung Schiffbrüchiger. Dort arbeite ein Bekannter von ihm. Es gebe weiter draußen eine gefährliche Strömung. Meine Einwände wischte er beiseite. Besser einmal zu oft Alarm schlagen als einmal zu wenig.

Er bat mich herein und erbot sich, für mich beim Rettungsdienst anzurufen, vielleicht war er ja froh, dass endlich einmal etwas passierte. Der Hund kam auf mich zu und legte sich vor meine Füße. Ich streichelte ihn, und er leckte mir die Hand. Dass ich eben noch Rezina gestreichelt hatte, schien ihn nicht zu stören. Sein Herrchen kam zurück und sagte, er habe seinen Bekannten erreicht. Sie würden sofort ein Rettungsboot losschicken. Es sei das Beste, gleich zum Strand hinunterzugehen und es in Empfang zu nehmen.

Er zog einen Regenmantel an und erklärte seinem schwanzwedelnden Hund, er dürfe nicht mitkommen. Als wir das Haus verließen, drehte sich der Hund enttäuscht um und kroch unter den Tisch.

Die Rettungsmannschaft war also zum Einsatz bereit. Möglicherweise saß mein Mann in einem Boot, das so weit abgetrieben war, dass es für ihn gefährlich werden konnte. Falls das dort draußen nicht Axel war, hatte mich meine Sorge um ihn wieder einmal überstürzt handeln lassen. Falls er es jedoch war, würde das Ganze in Axels Augen vermutlich wie unüberlegter Aktionismus wirken.

Während wir zum Strand eilten, versuchte der Hundebesitzer ein Gespräch mit mir anzuknüpfen, aber ich ging kaum auf seine Überlegungen ein, was alles geschehen sein konnte. Möglicherweise sei das Benzin ausgegangen und kein Reservekanister vorhanden. In See zu stechen, ohne jemandem Bescheid zu geben, sei vollkommen verrückt. Wir Menschen bräuchten uns gar nicht anzumaßen, die Natur beherrschen zu können. Die Menschen von heute seien ja schon aufgeschmissen, wenn ihr Auto irgendwo im Schnee stecken blieb.

Es dauerte nur wenige Minuten, bis ein großes, schnelles Boot am Steg beim Bootlagerplatz anlegte. Ruhige, kompetente Leute in wasserdichter Kleidung halfen uns an Bord, und wir erhielten Schwimmwesten. Sie erkundigten sich nach dem genauen Hergang der Ereignisse, nickten verständig. Natürlich sei es besser, einmal zu oft anzurufen. Falls es nicht mein Mann war, der dort draußen herumtrieb, so war es jemand anderes. Es gab zu viele Leute, die ertranken.

Der Motor dröhnte, und wir beschleunigten rasch. Gewaltige Wellen stoben an den Seiten auf. Recht bald sahen wir ein kleines Plastikboot und einen Mann darin. Plötzlich stand er auf. Er stand, die Arme an den Körper gepresst, im Boot. Dann warf er sich ins Wasser.

Mein Schrei wurde vom Motor übertönt. Einer der Männer kam zu mir nach vorne und legte mir den Arm um die Schultern, während wir neben dem leeren Boot, das wie eine Nussschale auf dem Wasser tanzte, zum Stillstand kamen. In einiger Entfernung waren ein paar Wellen zu sehen. Dann sah ich einen Kopf über der Wasseroberfläche auftauchen und wieder verschwinden.

Kapitel 17

Ich saß im Gemeinschaftssaal des Solgården auf einem Sofa. Bei meinem letzten Besuch war dieser Raum von Musik und Tänzern erfüllt gewesen. Marianne hatte vor Glück gestrahlt. Jetzt war niemand hier, und alles war still. Stühle standen aufgereiht, und vorn an einer Tafel standen einige Fakten über Selma Lagerlöf angeschrieben. Jemand hatte einen Vortrag gehalten.

Am Morgen hatte ich Mikael angerufen und ihn gefragt, ob er Zeit für ein Treffen mit mir habe. Axel sei im Krankenhaus. Ich sagte nicht, was der eigentliche Grund war, dass ich die Einsamkeit in unserem schonischen Haus unerträglich fand. Meine Eltern waren gekommen, hatten gepackt und Kinder und Katze mitgenommen. Tora und Linn hatten mich beherrscht und ohne Tränen in den Augen umarmt. Nur Rezina hatte sich offenbar wie immer gefühlt. Sie musste tatsächlich mehrere Leben haben, auf die sie zurückgreifen konnte.

Jetzt war ich seit einer Woche allein, und der Gedanke an weitere stille Tage quälte mich.

Wir wussten nicht, wie lange Axel noch im Krankenhaus bleiben musste. Auch die Kinder wussten nicht, was eigentlich geschehen war. Bei meinem letzten Telefonat mit Tora hatte sie besorgt gefragt, wie es ihrem Vater gehe, und ich hatte versucht, sie zu beruhigen. Dann hatte sie mich ihrerseits beruhigt und mir erzählt, dass daheim alles in Ordnung sei. Mit den Großeltern im Haus galten andere Regeln, was bedeutete, dass es nicht so viele Regeln gab. Eigentlich war es eher so, dass Tora und Linn für ihre Großeltern Regeln aufstellen mussten.

Tagsüber ging ich stundenlang spazieren. Nachts meinte ich, Rezinas Maunzen oder das automatische Buch zu hören. Manchmal stand ich auf und schrieb. Im Institut brachten alle Verständnis für meine Abwesenheit auf. Man fand es in Ordnung, dass ich noch in Schonen blieb und dort arbeitete. Gastdozenten und Vertretungen würden sich um meine Lehrveranstaltungen kümmern.

Ich lehnte mich in dem Sofa zurück und schloss die Augen. Mit geschlossenen Lidern glaubte ich, blaurotes Feuer zu sehen. Dann ahnte ich eine Veränderung. Als ich die Augen wieder öffnete, stand Mikael vor mir.

»Sie waren ja wirklich ganz tief in Gedanken versunken.«

»Ja.«

Mikael setzte sich neben mich. Nur sehr vage hatte ich erwogen, ihn um Rat zu bitten, aber als er mich fragte, wie es mir gehe, kam alles hoch. Axels Krankheit, das immer eingeengtere Dasein der letzten Jahre, sein seltsames Verhalten hier in Schonen und schließlich sein Sprung aus dem Boot, das, was wir noch nicht mit wahrem Namen benannt hatten.

Vor meinem inneren Auge sah ich Axels Kopf unter Wasser verschwinden. Ich sah die Leuchtraketen, die die Nacht erhellten, den Rettungsring, der geworfen wurde. Jemand bereitete sich zum Tauchen vor. Um diese Jahreszeit betrug die Wassertemperatur nur ein paar Grad.

Dann der Arm, der in den Wogen aufgetaucht war, und die Finger, die den Rettungsring zu fassen bekamen. Der Kopf hatte an ein kleines, verschrecktes Tier erinnert. Axel war aus dem Meer gezogen worden. Das Wasser war ihm aus den Kleidern gelaufen.

Man hatte ihn getragen, unten ins Boot gelegt und in Decken gewickelt. Er hatte am ganzen Körper gezittert und mit den Händen nach einem Halt getastet. Aber er hatte nichts gesagt. Kein Wort.

»Als Axel erwachte, wollte er erst nicht mit mir sprechen. Erst bei meinem dritten Besuch begann er zu reden. Ich fragte ihn, welchen Sinn das Ganze gehabt hätte. Ob es überhaupt einen Sinn gehabt hätte.

Er antwortete, dass er das selbst nicht wisse. Offenbar hatte er recht viele Tabletten geschluckt. Ob er sie bewusst eingenommen oder sie einfach nur falsch dosiert hatte, weiß ich nicht. Ich fragte ihn auch das, aber er antwortete nicht. Ich wollte ihn nicht weiter unter Druck setzen.«

»Das ist klug. Obwohl ich mir denken kann, wie enttäuscht Sie sein müssen. Und auch wie verzweifelt.«

»Die Ärzte sind übrigens recht optimistisch. Es hieß, seine Werte seien akzeptabel.«

»Sehr schön.«

Ich wandte mich ab, schaute auf die leere Bühne, auf der das Orchester gespielt hatte. Die Ärzte hatten nicht nur von Axels gutem körperlichen Zustand gesprochen. Sie hatten mich auch beiseitegenommen und wissen wollen, ob mein Mann depressiv sei.

Ich hatte geantwortet, Axel sei aus gutem Grund ziemlich deprimiert gewesen, habe jedoch nie zugegeben, dass etwas nicht in Ordnung sei. Im Stillen hatte ich noch hinzugefügt, dass einem das Jammern erspart bleibt, wenn man seine Probleme einmauert.

Immer wieder war ich unsere Ferientage und alle seltsamen Vorfälle durchgegangen. Die Begegnungen mit Lea, die Nächte mit ihren Erzählungen. Das Kinderkleid im Baum, die Puppe ohne Augen, meine Brieftasche, die verschwunden und wieder aufgetaucht war. Alles würde zu Stein werden, wenn ich es ans Licht zerrte. Moos würde auf meinen Fantasien wachsen, Ameisen darüberkrabbeln und Asseln sich darin verstecken.

Vielleicht sollten sie bleiben, was sie waren. Hirngespinste und Fantastereien. Genau wie diese Geschichte von Rezinas feuchtem Gefängnis. Niemand wusste, wer oder was hinter diesem Werk steckte.

Ich fragte mich, was Mikael dachte. Ob er in Gedanken eine Diagnose für Axel stellte, ob er fand, dass ich naiv gewesen war. In seinem Gesicht las ich nur Besorgnis.

»Manchmal ertappe ich mich dabei, dass ich ein Bild von Axel anschaue und mich frage, wie es möglich sein kann, so lange mit einem Mann zusammenzuleben, ohne zu wissen, wer er ist. Als es ihm besser ging, fragte er nach Leas Mappe. Ich brachte sie ihm mit und bat ihn, vorsichtig mit dem gepressten Bambusblatt umzugehen.«

»Leas Mappe?«

Ich erzählte von den Geschichten, die Lea geschrieben hatte und dass ich wüsste, wie ihr Mann gestorben sei. Aber ich erwähnte nicht, dass ich sie mitten in der Nacht im Solgården aufgesucht hatte. Irgendwo gab es eine Grenze für das, was sich begreifen ließ.

»Ich weiß nicht, ob Axel die Erzählungen bereits gelesen hat, und er kommentierte sie auch nicht direkt. Er sagte nur etwas über die Schauplätze. Die schienen ihn besonders zu interessieren. Vor allem die Entwicklung in China.

Als ich ihm von Leas Mann und seinem Schicksal erzählte, war er offenbar ziemlich berührt. Mehrmals kam er darauf zu sprechen, wie fürchterlich es sein müsse, seinen Mann zu verlieren und ihn auf der anderen Seite des Globus zurückzulassen, mit einem vaterlosen Kind nach Hause zurückzukehren und nicht einmal sein Grab besuchen zu können.

Dann begann er die alten Zeitungsausschnitte hinten in der Mappe zu lesen. Die Artikel über Lea als der ersten Baptistenpastorin in Schweden. Er meinte, sie erwecke nicht gerade den Anschein eines verträumten Frauenzimmers. Vielleicht imponierte ihm auch ihre Art, wie sie ihr Leben selbst in die Hand genommen hat, ohne sich dem Selbstmitleid hinzugeben.«

Mikael beugte sich vor. Er schien über etwas nachzudenken.

»Sie haben sicher recht, dass Axel deprimiert war und es immer noch ist«, meinte er dann. »Teils aufgrund dessen, was er durchgemacht hat, teils weil Geheimniskrämerei krank macht. Aber es klingt doch so, als sei er zu einer gewissen Einsicht gelangt. Es scheint ihm viel daran gelegen, dass Sie wieder zueinander finden. Wollen Sie das auch? Können Sie das?«

Ich verschränkte die Arme, presste sie eng an meinen Körper. Seit wir Axel auf dem Meer gefunden hatten, fror ich ständig. Daher auch das Flanellhemd. Hässlich, aber warm.

»Früher haben mir Veränderungen keine Angst bereitet. Einiges geht verloren, aber oft gewinnt man auch etwas oder lernt für die Zukunft. Aber das, was man Weiterentwicklung nennt, dass alles anders wird … für mich bedeutet es im Augenblick, dass Teile meines Lebens für immer zerstört sind.«

»Das ist natürlich wahr.«

»Axel hat Dinge gesagt und getan, die ich kaum vergessen werde. Verzeihen muss ich ihm ja, aber ich weiß nicht, ob ich es je verstehen werde. Er denkt vielleicht dasselbe von mir. Wir müssen mehr miteinander sprechen. Vielleicht hat Axel das ja verstanden.

Vorgestern, als ich bei ihm war, hat er mich gefragt, ob ich mich jemals wie eine schlechtere Version meiner selbst gefühlt hätte. Ich habe ihm geantwortet, dass es mir schon eine ganze Weile so ergehe. Er hat dann nichts mehr dazu gesagt, fing aber an, von seinem Vater zu sprechen. Er erzählte Dinge aus seiner Kindheit, die er noch nie erwähnt hatte. Er schien plötzlich ein vollkommen anderer Mensch zu sein.«

Eine Weile lang schwiegen wir beide. Ich dachte an meinen eigenen Vater, und vielleicht dachte Mikael an seinen.

»Was hat Axel gesagt?«, fragte er schließlich.

»Dass sein Vater nie Verständnis dafür aufbringen würde, dass er Probleme bei der Arbeit hatte und sich unzulänglich fühlte. Axel war zwar immer der Liebling, aber damit sind auch Erwartungen verknüpft. Dass er einen guten Job bekommen und Erfolg haben würde, verstand sich von selbst.

Sein Musikinteresse wurde offenbar toleriert, solange es sich in Grenzen hielt. Aber als er begann, eigene Musik zu komponieren und stundenlang übte, schoben die Eltern einen Riegel vor. Ich habe mir schon früher einiges zusammenreimen können, aber längst nicht alles. Eigentlich glaube ich nicht, dass Axel diese Geschichte mit der Katze vergessen hat. Ich glaube, er hat sie verdrängt.«

»Was für eine Geschichte?«

Ich erzählte ihm, was ich von Axels Mutter wusste. Dass Axels Vater behauptet hatte, die Katze sei wegen ihm und seinen Ungezogenheiten verschwunden.

»Wir alle begehen Fehler, die wir später bereuen. Deshalb sind wir noch keine schlechten Menschen. Aber wenn wir uns nie entschuldigen, dann ist es schlimm. Widerfahrenes Unrecht kann Menschen krank machen, zumal, wenn dieses Unrecht nicht einmal eingestanden wird.«

Bereut? Nein, bereut hatte Axels Vater offenbar nie. Er hatte seinem Sohn nie gestanden, dass er vielleicht etwas zu streng war. Ich ließ mich tiefer ins Sofa sinken. Ein Gespenst wanderte vorbei.

»Axel meinte, als er in diesem Boot saß, habe ihn das Gefühl beschlichen, mit seinem Leben abgeschlossen zu haben.«

»Das ist traurig. Gleichzeitig ist es ein großer Vertrauensbeweis, wenn er Ihnen das erzählt. Sie sind bereits jetzt dabei, sich wieder näher zu kommen.«

»Ja, und dennoch habe ich Angst, dass es nicht ausreicht, um wieder aufzubauen, was einmal gewesen ist. Aber wenn wir nicht wieder zueinander finden …«

Das Wort Scheidung brachte ich nicht über die Lippen.

»… werden wir vielleicht zumindest verstehen, weshalb. Falls Axel weiterhin bereit ist zu reden und nicht in alte Verhaltensmuster zurückfällt, wenn er wieder nach Hause kommt.«

»Ich glaube nicht, dass Sie das jemals wieder akzeptieren würden.«

»Nein. Das würde ich nicht. Das war nie ich. Ich bin noch immer wütend, aber irgendwie auch ruhig. Und dieses Gefühl wird mir dabei helfen, darüber hinwegzukommen. Klingt das verrückt?«

Mikael lächelte.

»*Süß und voll Schmerz.*«

»Genau.«

»Ich habe heute Nachmittag ein wenig in alten Gedichtbänden geblättert. Sie haben mich auf diese Idee gebracht. Auch was Sie mir von der fernöstlichen Philosophie erzählt haben, hört sich sehr interessant an. Besonders die Sache mit den beiden Gegensätzen, die eigentlich keine sind. Das sogenannte Tao, das in sich alle Gegensätze auflöst. Das ist kein einfacher Gedanke. Zum Beispiel Liebe und Hass. Es ist einfacher, das auf unsere abendländische Art als einen Gegensatz zu begreifen, der immer bestehen bleibt, auch wenn es eine Verbindung gibt.«

Er unterbrach sich.

»Entschuldigen Sie, aber während ich das erzähle, muss ich daran denken, wie es Ihnen und Axel jetzt ergeht. Dass Sie nach etwas suchen, was Sie miteinander verbindet.«

Er hatte recht. Worüber ich in meiner Arbeit nachgedacht hatte, betraf natürlich auch Axels und mein Leben. Aber im Augenblick hatte ich das Gefühl, als würden nur noch Tora und Linn uns zusammenhalten.

»Ich weiß kaum, wo ich nach Gemeinsamkeiten suchen soll. Bei allem, was er getan hat, ging es ihm letztlich immer nur darum, ja nicht das Ruder aus der Hand zu geben.«

»Ich glaube nicht, dass er stolz darauf ist, was er getan hat. Er hatte ganz einfach Angst, sein Gesicht zu verlieren und auch seine Gesundheit. Aber vor allen Dingen natürlich seine Familie. Sie und die Kinder.«

»Ich habe nie damit gedroht, ihn zu verlassen.«

»Aber haben Sie nicht öfters darüber nachgedacht?«

Ich schüttelte den Kopf. Nein, das hatte ich eigentlich nicht.

»Und jetzt?«

»Jetzt will ich nur, dass alles ein Ende nimmt. Lea hat zu mir gesagt, dass, wer alles verloren hat, frei sei. Mir fällt es immer noch schwer, das zu verstehen.«

Mikael beugte sich näher zu mir heran. Er sah ernst aus.

»Wie sie das gemeint hat, kann vermutlich nur Linnea erklären. Heute sollten Sie besser nicht bei ihr vorbeischauen. Es geht ihr nicht gut. Wenn sie davon sprach, frei zu sein, meinte sie vielleicht, frei von allen Schmerzen. Möglicherweise hatte sie aber auch die Befreiung von allen Illusionen im Kopf. Oder von Hoffnungen. Freiheit, die weh tut, aber trotzdem eine Art Freiheit ist.«

»Das ist wahr. Wie bedauerlich, dass es ihr schlecht geht.«

Der Saal lag im Dunkeln. Der Fußboden funkelte wie eine

schwarze Wasserfläche. Ein Hauch von Abschied und Ende lag in der Luft. Ich dachte an Lea, dass ich die ganze Woche über vorgehabt hatte, sie zu besuchen, aber immer gezögert hatte. Ich wollte nicht, dass sie mich in einem solchen Zustand sah.

Mikael fragte, wie es denn nun weitergehen würde. Ich wusste nicht, was ich antworten sollte. Axel hatte zwar davon gesprochen, nach Hause zu kommen, aber in stummem Einvernehmen hatten wir weder von seiner noch von unserer gemeinsamen Zukunft gesprochen.

»Nicht weinen, Viola.«

Mikael beugte sich noch näher zu mir heran. Er strich mir übers Haar.

»Nein, ich weiß, ich sollte nicht weinen. Lea hat gesagt, Tränen seien unsinnig. Zum Glück sieht sie mich nicht. Es reicht, dass du es tust.« Ganz selbstverständlich wechselte ich vom Sie zum Du.

»Sag das nicht. Du bist fantastisch. Das war mir bereits bei unserer ersten Begegnung klar.«

»Ich war nie ein ängstlicher Mensch, aber jetzt habe ich ständig Zweifel und mache mir Vorwürfe. Ich will nicht dauernd darüber nachgrübeln, was ich besser machen könnte.«

»Ich habe nur an dich gedacht, seit wir uns das letzte Mal gesehen haben. Ich wollte dich anrufen, aber mir fiel kein vernünftiger Vorwand ein, außer dass ich dich unbedingt wiedersehen wollte. Doch angesichts deiner Situation kam mir das nicht richtig vor. Denn eigentlich wäre es ja wünschenswert, wenn ihr, du und Axel, wieder zueinanderfändet. Aber gewisse Dinge lassen sich nicht steuern. Gefühle zum Beispiel.«

»Ich habe auch an dich gedacht.«

Sein Geruch, Pfefferkuchen, dunkles Bier und Salz. Seine

Hände, vorsichtig. Dann küsste er mich auf die Wange. Etwas in mir erwachte, und ich strich ihm über den Rücken. Er küsste meine Wange ein weiteres Mal. Dann küsste er mein Haar, meine Stirn, meinen Mund.

Er atmete tief, und ich atmete mit ihm zusammen, im selben Rhythmus, dem Rhythmus der Wogen. Die Angst verschwand im Glück, und er knöpfte die praktischen Knöpfe meines Hemds auf, befreite mich von dem Flanell, berührte meine nackten Arme, küsste meine Handflächen. Meine Hände auf seiner Haut, seine Hände auf meinen.

Der raue Bezug des Sofas im Rücken und immer wieder seine Lippen, meine Lippen, die gaben und nahmen. Mein Mund, ein auferstandener Seevogel, mein Wille, der mit seinem verschmolz. Die Zeit, ein blinder Fleck, der Tag, vielleicht ein Morgen, vielleicht ein Gestern. Feinkörniger Muschelsand, weich zwischen den Fingern. *Könnt ich als rasche Wolke mit dir fliehn.* Ein längst verhalltes Lachen.

Sekunden vergingen, Minuten, vielleicht auch Stunden. Lippen und Hände, die sich berührten, und die Vernunft, die nachsichtig lächelte. Mikaels Gesicht war ein stiller Fluss. In der Welt gab es nur uns zwei und sonst niemanden. Ich hätte gerne etwas versprochen, aber ich hatte Angst, das Versprechen könne brüchig werden, noch ehe es ausgesprochen war.

Lichtstreifen bahnten sich einen Weg über die Wiese. Die Sonne ging gerade auf, und es würde vielleicht ein schöner Tag werden. Sämtliche Schneeflecken waren verschwunden, und an einigen Büschen spross junges Grün. Das Laub des Vorjahres tanzte im Wind. Durch die eben geöffnete Verandatür wehte eine frische, frühlingshafte Brise.

In den Notizen der Nacht hatte ich jedes Gedicht schematisch beschrieben und daneben mögliche Deutungen notiert, durch die sich die Gegensätze als solche auflösten.

Mikael hatte mich gefragt, ob er wieder von sich hören lassen solle. Ich hatte ihn gebeten, nicht aus meinem Leben zu verschwinden.

Meine Glieder schmerzten, als ich auf die Treppe zuging, die hinauf zum Speicher führte. Hier oben war es düster, aber nicht unheimlich, nur verlassen. Das von selbst weiterblätternde Buch, das ich nach oben getragen hatte, stand an seinem Platz. Ein seltsamer Gegenstand, eine Kuriosität für besondere Gelegenheiten.

Im Schrank hingen alle Kleider auf den richtigen Bügeln, auch das Kleid, das Tora anprobiert hatte. Weinrote Seide, tiefer Ausschnitt, meine Tochter. Die Besitzer waren irgendwo, ich konnte sie fragen, ob sie es verkaufen würden oder ob ich es ausleihen dürfe, um den Schnitt abzunehmen und es nachzunähen. Der Gedanke an die kommenden Tage bereitete mir keine Angst mehr.

Das Telefon klingelte, und ich eilte nach unten. Es war Mikael.

»Wie geht es dir?«

»Gut.«

Das zu sagen und auch zu meinen. Die Sonne stand bereits höher und funkelte in einem Baumwipfel. Licht sickerte durchs Fenster, und der Staub auf der Scheibe schimmerte hell.

»Entschuldige, dass ich dich so zeitig anrufe.«

»Ich war ohnehin die ganze Nacht auf.«

»Ich hätte mich am liebsten schon eher gemeldet. Aber ich rufe leider nicht nur an, um deine Stimme zu hören.«

Er klang plötzlich ernst.

»Ist was passiert?«

»Ja, es geht um deine Schwiegermutter. Keine Angst, es ist nichts Dramatisches. Aber es wäre uns recht, wenn jemand von der Familie herkommen könnte.«

»Was ist mit ihr?«

»Sie ist heute Nacht ausgerissen und einige Stunden in der Gegend herumgeirrt. Jetzt ist sie zurück, aber natürlich etwas mitgenommen. Wir wollten eigentlich Axel anrufen, aber es erschien mir besser, zuerst dich zu informieren.«

»Ich werde mit ihm sprechen und auch mit meinem Schwiegervater. Dann komme ich so schnell wie möglich zum Solgården.«

Mikael seufzte.

»Ich bin trotz allem froh, dich wiederzusehen. Aber ich muss dir noch etwas sagen, das dich sicherlich betrüben wird.«

»Was denn?«

»Linnea Moréus ist tot. Sie ist heute Nacht gestorben.«

Kapitel 18

Axel und ich saßen im Auto. Beide hielten wir den Blick auf die Fahrbahn gerichtet. Zwischen frischem Grün saßen bleiche Frühlingsmenschen auf eben erst aus Schuppen geholten Gartenstühlen. Klagende Schreie waren durch das heruntergekurbelte Fenster zu hören. Am Himmel flogen Wildgänse in perfekter Formation auf etwas zu, das Sommer genannt wurde.

Axel stellte fest, dass wir es mit den Osterfeiertagen noch nie so lax gehandhabt hatten wie in diesem Jahr. Er könne sich nicht einmal erinnern, ob es eine Osternacht gegeben habe oder nicht.

Er sah nicht schlecht aus. Vielleicht hing sein Hemd etwas lockerer, und er hatte ein anderes Loch im Gürtel verwenden müssen. Es waren die Kleider, die ich ihm vor ein paar Tagen mitgebracht hatte. Er war ordentlich gekämmt und sein Gesicht gebräunt. Ich sagte ihm das. Ja, ja, er sei gelegentlich auf einer Bank festgenagelt worden, wenn er draußen spazieren gegangen war. Von irgendwelchen alten Schachteln. Junge Leute habe es kaum gegeben.

Ich hatte Axel angerufen und ihm erzählt, was mit seiner Mutter passiert war, und er hatte sofort geantwortet, dass er in den Solgården mitkommen wolle. Ich war skeptisch, aber er hatte darauf bestanden, und offenbar hatte er auch seinen Arzt überreden können. Der hatte schließlich eingewilligt.

Axel erklärte, ihm sei warm und er freue sich, endlich diesem Krankenhausgeruch zu entkommen. Eine gute Woche sei mehr als genug. Er könne nicht einfach dort herumliegen und nichts tun, wenn es seiner Mutter schlecht gehe.

»Eigentlich hätte es doch jemand merken müssen, dass sie aus dem Fenster geklettert ist. Zum Glück ist ihr nicht noch mehr zugestoßen. Stell dir vor, sie würde im ersten Stock wohnen. Es fragt sich, ob sie tatsächlich so klug gewesen wäre, dann nicht zu springen.«

»Warum, glaubst du, ist sie aus dem Fenster geklettert?«

»Willst du von mir wissen, wie meine verwirrte Mutter denkt? Möglich, dass sie es erst mit der Tür versucht hat, aber feststellen musste, dass sie abgeschlossen war.«

In seiner Stimme lag wieder etwas von seinem früheren Spott. Nach einer Weile meinte er, das menschliche Gehirn sei in der Tat nur schwerlich zu begreifen. Erst müsse man sich mühsam alles aneignen, um es am Ende wieder zu vergessen. Dahinter scheine doch wohl kaum ein höherer Sinn zu stecken.

Ich dachte an Lea. Sie war mit über neunzig Jahren gestorben, ein sogenanntes gesegnetes Alter. Ich hatte sie nur wenige Male getroffen, aber ich würde sie immer vermissen. Sie hatte losgelassen. Manche würden vielleicht sagen, sie sei nun wieder mit ihrem Ruben vereint.

Wir bogen auf den Parkplatz ein. Wie oft war ich diesen Weg in den letzten Wochen gefahren. Axel stieg aus, reckte sich und lief voraus auf das Gebäude zu, durch die Eingangstür und weiter ins Haus. Der Gedanke, dass ich vielleicht Mikael treffen könnte, wärmte und beunruhigte mich zugleich, aber wir blieben allein in den Korridoren.

Die Leiterin empfing uns in ihrem Büro und erklärte, es sei nicht ungewöhnlich, dass demente Patienten einfach auf eigene Faust loszögen. Das komme auch nachts vor. Sie würden natürlich aufpassen, aber man könne nicht ständig überall sein. Jedenfalls hatte Marianne offenbar keinen Schaden genommen. Sie war jedoch recht erschöpft.

Axel sagte etwas, das sich sowohl als Lob als auch als Kritik verstehen ließ. Die Leiterin ging freundlich darauf ein. Dann kam die Unterhaltung zum Erliegen, und wir traten in Mariannes Zimmer.

Sie saß am Fenster und schaute nach draußen. Ihr Haar war wieder verfilzt, und sie hatte die Schultern hochgezogen. Sie wirkte kleiner als sonst, und in ihrem Blick lag etwas Mädchenhaftes. Die alternde Marianne hatte Besuch von sich selbst bekommen, von der Marianne, die sie einst war.

Als sie uns bemerkte, wirkte sie verblüfft.

»Seid ihr also gekommen, um mich nach Hause zu bringen«, stellte sie fest.

Axel trat auf sie zu und umarmte sie vorsichtig. Sie ließ es geschehen, ohne die Umarmung zu erwidern. Sie schien noch immer nicht zu wissen, wer er war, und fing nun an, von irgendwelchen Zutaten zu sprechen, die sie bräuchte: Haferflocken und Butter, außerdem sei es immer gut, ausreichend Mehl im Haus zu haben, falls man Lust bekäme, Zimtschnecken zu backen.

Mutter und Sohn setzten sich aufs Bett, und Marianne fuhr mit ihrem wirren Monolog fort. Axel strich ihr unbeholfen über den Rücken. Ich sah die Heimleiterin an. Sie schien zu verstehen, was ich dachte. Sie hatte von Mikael gehört, dass ich Linnea Moréus kennengelernt hatte. Falls ich wisse, wo Linneas Zimmer liege, könne ich ja ruhig einmal vorbeischauen. Leas Sohn und Enkelin würden gerade dort aufräumen.

Ich flüsterte Axel zu, ich würde sie einen Moment allein lassen. Axel nickte. Er versuchte mit Marianne zu sprechen, die gerade eine Pause eingelegt hatte, um nachzudenken. Sie saß mit übereinandergeschlagenen Beinen da und wippte mit dem Fuß. Blaue Adern waren auf ihrem Handrücken zu sehen. Sie tätschelte Axel die Wange. Als ich ging, hörte ich Axel sagen, er solle sie von Papa grüßen.

Auf dem Gang holte ich tief Luft. Mikael zu begegnen, hätte mich erröten lassen. Aber er war nirgends zu sehen. Als ich mich Leas Zimmer näherte, hörte ich Stimmen. Dann kamen, die chinesische Truhe tragend, zwei Personen durch die Tür. Stig, Leas Sohn. Und die Frau, die mich an der Landstraße aufgelesen hatte. Sara.

Sie stellten die Truhe ab. Stig lächelte.

»Wie nett, Sie wiederzusehen.«

Er nahm mich in den Arm und begutachtete anerkennend mein Kleid, während er mich ein Stück von sich weghielt.

»Das ist meine Tochter Sara.«

Ich betrachtete die beiden. Leas Sohn und Enkelin. Sara wirkte ebenso erstaunt wie ich.

»Wie geht es Ihnen? Ist alles gut gegangen?«

»Kennt ihr euch?«

Stig wirkte überrascht. Ich konnte ihm unmöglich erzählen, was passiert war. Doch andererseits gab es keine Alternative zur Wahrheit. Sara rettete mich.

»Ich habe Viola vor einigen Tagen mitgenommen. Sie hatte Probleme mit dem Auto«, erwiderte sie gelassen.

Stig zog die Brauen hoch.

»Was für ein Glück, dass du gerade vorbeigekommen bist.« Er setzte sich auf die Truhe, zog ein weißes Taschentuch hervor und wischte sich den Schweiß von der Stirn.

»Bist du müde, Papa?«

»Ach was. Es ist nur etwas warm.«

Stig machte eine abwehrende Handbewegung, erhob sich wieder und bat mich einzutreten. Von Lea war bereits nichts mehr im Zimmer zu spüren. Vier Wände, Fußboden, Decke, ein Fenster, der Raum dazwischen im Wartezustand. Das Gemälde mit den Fischern hing nicht mehr an seinem Platz, das Geschirr lag in einem Karton.

»Ich möchte Sie nicht stören. Ich wollte Ihnen nur mein Beileid aussprechen.«

Sara verschwand in der Kochnische und kehrte mit Leas Kaffeemühle zurück, die bereits in einem Karton verstaut gewesen war.

»Danke. Papa und ich wohnen in einem Hotel in der Nähe, wir waren in den letzten Tagen schon einige Male hier, aber nicht, als es passiert ist. Niemand hat geahnt, dass es so schnell gehen würde. Als ich morgens kam, hörte ich, sie sei während der Nacht ganz ruhig entschlafen.«

Vater und Tochter sahen sich an. Offenbar war nicht nur das Verhältnis zwischen Stig und Lea kompliziert gewesen. Der Eigensinn hatte sich über mehrere Generationen vererbt.

Natürlich konnte ich den beiden schlecht erzählen, dass ich noch in derselben Nacht, in der Sara mich mitgenommen hatte, bei Lea zu Besuch gewesen war. Diese letzte Begegnung kam mir jetzt vollkommen unwirklich vor.

»Wie haben Sie Großmutter eigentlich kennengelernt?«, fragte Sara.

»Meine Schwiegermutter wohnt seit Kurzem hier. Schon als wir sie das erste Mal besuchen kamen, hat sich Lea um mich gekümmert. Wir haben uns über alles Mögliche unterhalten, und sie hat aus ihrem Leben erzählt. Dann hat sie mir einen fantastischen Kaffee gekocht.«

Über Axel zu sprechen war ebenfalls merkwürdig. In Saras Augen war er eine unzurechnungsfähige Person, die man bei der Polizei hätte anzeigen sollen. Jetzt standen wir beisammen, als sei nichts geschehen.

»Ja, Kaffee kochen konnte sie. Schließlich hat sie damit auf dem Schwarzmarkt Geschäfte gemacht.«

Stig lachte.

»Aber dass sie während des Ersten Weltkrieges in Göteborg mit Schmuggelkaffee handelte, hat sie vermutlich nicht erzählt.«

»Sie erwähnte so etwas, ist aber nicht in die Details gegangen.«

Stig blieb stumm, und ich sah mich genötigt weiterzureden.

»Als ich das erste Mal herkam, hat sie mir ein paar Erzählungen mitgegeben. Sie wusste, dass ich Dozentin für angelsächsische Literatur bin und gerade mit einem Aufsatz über die Ewigkeit begonnen hatte. Lea war so freundlich, mir ihre Texte zu leihen. Ich habe sie noch.«

Stig nickte.

»Komisch, dass sie diese Geschichten hierher mitgenommen hat.«

»Wie sind sie eigentlich entstanden?«

»Meine Mutter hat in Peking Chinesisch gelernt. Das hat sie vielleicht erwähnt? Sie wurde von einem sehr gelehrten älteren Mann unterrichtet, zu dem sie später noch Kontakt hatte. Ich glaube, Herr Yin, oder wie er hieß, saß ziemlich lange im Gefängnis. Unter dem Mao-Regime war es ja nicht ganz einfach.

Als er schließlich entlassen wurde, bekam er zwar die Erlaubnis, an die Universität zurückzukehren, aber er durfte nie mehr aufschauen oder seinen Studenten in die Augen sehen. Im Freien musste er den Blick stets zu Boden richten. Das war die Strafe dafür, dass er mit Ausländern zu tun gehabt hatte.«

»Wie grausam.«

»Allerdings. Sie schrieben sich regelmäßig. So blieb Mama

über die Lage in China unterrichtet. Und Herr Yin war wie gesagt ein kluger Mann.«

»Meinen Sie, die Erzählungen stammen von ihm?«

»All das ist sehr lange her. Nein. Sie entstanden irgendwie aus diesem Briefwechsel. Chinesische Lebensweisheit vermischt mit den Fantasien meiner Mutter. Leider kann ich es nicht besser erklären.«

»Sie sagte, ein Bekannter hätte ihr geholfen.«

Stig schüttelte den Kopf.

»Das wäre mir neu. Ich wüsste auch nicht, wer das gewesen sein könnte.«

»Sie bekommen die Erzählungen selbstverständlich zurück.«

»Wovon handeln sie eigentlich? Dass sie existieren, war mir natürlich bekannt, aber ich habe sie nie gelesen. Ich hätte sie vermutlich auch nicht lesen wollen.«

Stig klang nachdenklich, und Sara wirkte plötzlich traurig.

»Sie handeln von ihren Erlebnissen in China. Von ihrem Mann, also Ihrem Vater, der dort erschossen wurde. Sie hat mir von ihm erzählt. Sie handeln aber auch von der Reise dorthin.«

»Meine Mutter hat in ihrem Leben wirklich so einiges durchgemacht.«

Wir schwiegen alle eine Weile lang. Dass Ruben nicht Stigs wirklicher Vater war und ich das wusste, brauchte ich schließlich nicht preiszugeben. Auch nicht, dass ich die genauen Umstände von Rubens Tod kannte. Ich hatte an Leas Leben teilhaben dürfen, das genügte. Meine Dankbarkeit war größer, als ich den Hinterbliebenen erklären konnte, die jetzt das Porzellan wegpackten und sich um das kümmerten, was von Lea geblieben war.

»Falls Sie die Erzählungen für Ihre Arbeit verwenden können, behalten Sie sie ruhig so lange wie nötig.«

Stig schien froh zu sein, mir diesen Dienst erweisen zu können. Sara erkundigte sich, ob ich zur Beerdigung kommen würde. Ich sagte unter dem Vorbehalt zu, dass ich vielleicht schon früher nach Stockholm zurückkehren müsste. Mir kam der Gedanke, dass Leas Tochter, die zwei Jahre alt war, als ihr Vater starb, sicher auch dort sein würde.

Ich fragte nach ihr, und Sara sah ihren Vater an.

»Meine Schwester Klara? Die ist tot«, erwiderte Stig schlicht.

»Tot?«

»Hat meine Mutter das nie erzählt?«

Ich schüttelte den Kopf und überlegte mir gerade, wie ich antworten sollte, als plötzlich Axel zusammen mit der Heimleiterin auftauchte. Er sah mitgenommen aus, als ich ihn vorstellte, sprach dann aber allen sein Beileid aus. Er habe Linnea nie selbst kennengelernt, jedoch von mir einiges über sie gehört. Ihre Art, mit allem Unglück fertig zu werden, sei in der Tat bewundernswert. Stig nickte, und Sara musterte meinen Mann.

»Marianne hat mich gebeten, Sie zu suchen«, sagte die Heimleiterin. »Sie möchte, dass Sie ihr beim Haarekämmen helfen.«

Ich entschuldigte mich. Sara und ich vereinbarten, in Kontakt zu bleiben. Natürlich dürfe ich die Erzählungen kopieren, ich solle ihnen jedoch mitteilen, falls ich sie in einer Publikation erwähnen würde. Ich hatte damit gerechnet, dass Axel mich zurückbegleiten würde und war erstaunt, als er blieb. Allein eilte ich zu Mariannes Zimmer.

Plötzlich spürte ich eine Hand auf meiner Schulter. Sara war mir gefolgt. Sie hielt mir Leas Kaffeemühle hin.

»Vielleicht möchten Sie die ja als Andenken?«

»Vielen herzlichen Dank. Darüber freue ich mich wirklich sehr.«

Sie umarmte mich hastig. Wir wussten beide, dass wir uns wiedersehen würden. Die Kaffeemühle an die Brust gedrückt lief ich den Korridor in die falsche Richtung weiter. Ich musste lange suchen, bis ich endlich Mariannes Zimmer gefunden hatte.

Sie saß am Fenster und starrte hinaus. Ich umarmte sie. Plötzlich fragte sie mich nach Linn. Und der anderen. Tora. Natürlich. Sie sprach von ihrer Küche, dass sie vor einigen Jahren fast das Haus in Brand gesteckt hätte, als sie ein Geschirrhandtuch auf einer heißen Herdplatte liegen ließ. Sie würde die Restwärme immer nutzen, und sei es nur, um Wasser zu erwärmen.

Aus einer Eingebung heraus fragte ich sie, ob sie jemals Linnea, Lea, begegnet sei, die auch hier im Solgården gewohnt habe. Sie zuckte zusammen, dann begann sie vom Tanzen zu reden.

Sie wirkte zerbrechlich, aber sehr hübsch, als sie aufstand, mein Haar mit beiden Händen nahm und nach hinten strich.

»Du hast so schönes Haar«, sagte sie.

Dann deutete sie auf die Bonbonniere.

»Ich finde, du solltest wirklich einmal von dem Himbeerkonfekt probieren.«

Kapitel 19

Axel lief vor mir den Strand entlang und deutete auf die trockenen Felsen, auf denen einige Leute kauerten. Solange Ebbe war, sammelten sie Krebse und anderes Essbares in den Felsspalten. Sie kehrten mit derselben Regelmäßigkeit wie die Gezeiten zurück.

Es war unser dritter Tag in Tsingtao, und nach einer Woche in Peking genossen wir die Nähe des Meeres. Chinas Hauptstadt mit ihrer Hitze, ihren Sehenswürdigkeiten und ihren unzähligen Fahrradfahrern war zwar ein Erlebnis gewesen, hatte aber auch Kraft gekostet.

Axel blieb vor einer Frau stehen, die Sonnenhüte verkaufte. Er sah mich fragend an, und ich deutete auf ein grünes Modell. Mit dem Hut auf dem Kopf blickte ich auf das Meer hinaus, aber das Licht blendete noch immer.

Axel nahm meinen Arm, und wir gingen schweigend weiter.

»Bist du froh, dass wir hier sind?«

»Ja, das bin ich.«

»Dann bin ich auch froh.«

Er drückte meinen Arm. Vielleicht hatte er einen Dank erwartet. Wir waren nach China gereist, in das China von Lea. Ich hatte die Hoffnung, hier vielleicht wieder ihre Nähe zu spüren und mich an Worte von ihr zu erinnern, die mir weiterhelfen würden. Ich wusste selbst nicht, weshalb ich das Axel nicht erzählen konnte, obwohl wir doch auf ihren Spuren reisten.

Axel stolperte, fing sich aber wieder. Es ging ihm gut, und ich brauchte mir keine Sorgen mehr um ihn zu machen. Selbst wenn er hin und wieder einen Anflug von Schwäche zeigte, konnte ich mich jederzeit guten Gewissens zurückziehen. So vermieden wir größere Auseinandersetzungen. Manchmal konnten wir sogar über uns selbst lachen.

Er zog Schuhe und Strümpfe aus und watete ins Wasser. Ich entledigte mich ebenfalls meiner Sandalen und folgte ihm. Ich zog den Rock ein wenig hoch, und das Wasser kühlte meine Beine. Die Strömung war ziemlich stark. Axel tauchte einen Arm ins Wasser. Als er ihn wieder herauszog, hatte er eine Muschel in der Hand. Er reichte sie mir.

Wir standen Seite an Seite und schauten aufs Meer. Axel fragte, wie mir die Verbotene Stadt in Peking gefallen hätte, und ich antwortete wahrheitsgemäß, dass ich mich am eindringlichsten an das erinnern würde, was der Führer über die Einsamkeit der Konkubinen erzählt hatte.

Axel meinte, er habe an die vielen Skulpturen gedacht. Den Dicken, der ständig esse, ohne jemandem etwas abzugeben, und der vor vielen Läden aufgestellt war, um die Einnahmen zu erhöhen. Er habe erwogen, der Kanzlei, in der er glücklicherweise nicht mehr arbeite, eine solche Skulptur zu schenken. Die könnten, jetzt, wo er nicht mehr dabei war, wirklich Glück gebrauchen.

Er lächelte, als er das sagte. Drei Monate hatte es gedauert, bis er die ersten Vorstellungsgespräche geführt hatte. Anfänglich hatte nichts seinen Ansprüchen genügt. Oft war er nach Hause gekommen und hatte geseufzt, es sei ebenso problematisch, überqualifiziert zu sein, wie zu wenig zu können.

Zu guter Letzt hatte er in einer kleineren Kanzlei einen Treffer gelandet, arbeitete nun schon seit einigen Monaten in Teilzeit und war soweit zufrieden. Nach seiner Aussage war das Tempo gemächlich und er durfte seine Fälle abarbeiten, ohne dass sich jemand einmischte.

So war daheim eine gewisse Ruhe eingekehrt, was sich auch für Tora und Linn bemerkbar machte. Es kam nicht mehr so oft zum Streit, aber immer noch schlossen sie sich zusammen in einem Zimmer ein, wenn die Stimmung zu kippen drohte.

Ich betrachtete die in der Hocke arbeitenden Krebssucher mit ihren breitkrempigen Hüten. Als ich zum Fotoapparat griff, um ein Foto zu schießen, bemerkte ich, dass Axel und ich von einer chinesischen Frau fotografiert wurden.

Durch die Kameralinse konnte ich Axel ungestört betrachten. Vor einem guten Jahr hatte er in einem Krankenhaus in Schonen gelegen. Dort hatten sie ihn nicht nur wiederhergestellt, sondern auch festgestellt, dass er keine gesundheitlichen Rückschläge zu befürchten habe. Mit dieser Gewissheit und mit meiner fertigen Arbeit im Gepäck waren wir nach Hause zu unseren Töchtern gefahren.

Ich drückte auf den Auslöser. Axel war jetzt in meinem Fotoapparat. Er ging in Pose, und ich schoss ein weiteres Foto. Dann nahm er mir die Kamera ab und ging ein paar Schritte rückwärts. Ich hielt die Hände ins Wasser.

»Schau mich an. Lächeln.«

Er machte drei Aufnahmen und gab mir den Apparat zurück. Ich legte ihn in die Tasche und bespritzte Axel dann mit Wasser.

»Du hast darum gebeten!«

Er spritzte zurück, und ich spritzte noch mehr. Schließlich rannte ich mit Axel auf den Fersen aus dem Wasser. Wir ließen uns nebeneinander in den Sand sinken, unsere Kleider klebten an der Haut. Wir lagen auf dem Rücken. Axel deutete auf eine Wolke und sagte, das sei ein chinesischer Drache. In diesem Land sei selbst die Formation der Wolken nicht dem

Zufall überlassen. So habe er auch als Kind oft dagelegen. Bis sein Vater gekommen sei und gesagt habe, er solle jetzt mit der Faulenzerei aufhören.

Als Axel aus dem Krankenhaus entlassen wurde, hatten wir unsere Gespräche fortgesetzt. Vieles war an die Oberfläche gekommen, alte Geschichten, die jahrelang zurücklagen, scheinbar belanglose Kränkungen. Dann die Krankheit. Axels Entlassung und unser Aufenthalt in Schonen. Die Bootsfahrt. Ich hatte es satt, behutsam zu sein, und fragte ganz direkt, wenn ich etwas nicht verstand.

Es kam vor, dass Axel aufstand und hinausging, wenn es Streit gab. Das störte mich nicht mehr. Manchmal konnten wir von vorne beginnen, wenn er zurückkam, aber gewisse Dinge würde ich vermutlich nie erfahren. Schließlich verlor auch die faktische Wahrheit ihre Bedeutung. Was blieb, war meine eigene Interpretation.

Hier lag ich also neben Axel am Strand von Tsingtao. Die Wellen waren als dumpfes Murmeln im Hintergrund zu hören. Der Wind wehte warm und feucht.

»Kaum zu glauben, dass dieser Artikel letztendlich noch gedruckt wurde.«

»Darauf bin ich wirklich ziemlich stolz.«

Eine literarische Zeitschrift hatte sich meiner Arbeit angenommen und sie in einer gekürzten Fassung veröffentlicht. Außerdem hatte ich an der Uni ein Seminar zu dem Thema angeboten. Manchmal kam mir der Gedanke, dass sich Lea bestimmt für mich gefreut hätte.

»Er ist recht interessant.«

»Ja, das sagtest du bereits.«

»Nicht, dass ich deinen Interpretationen folgen könnte, das maße ich mir gar nicht erst an. Ich bin im Gegenteil ganz froh darüber, nicht immer alles zu verstehen.«

Ich drehte den Kopf zur Seite. Axel starrte immer noch in den Himmel.

»Das war doch wohl ein Scherz, oder?«

»Ja, Vio. Stell dir vor, es war nur ein Scherz.«

»Kündige das doch nächstes Mal bitte vorher an.«

Axel und ich lachten. Dann dachte ich an den Brief, der in der Reisetasche im Hotel lag und den ich immer noch nicht gelesen hatte.

Wir erhoben uns und klopften uns gegenseitig den Sand von den bereits fast trockenen Kleidern. Axel strich mir eine Haarsträhne aus dem Gesicht und schlug vor, eine Kleinigkeit essen zu gehen. Ihm sei nicht allzu weit weg ein Lokal aufgefallen.

Müde und verschwitzt betraten wir das Restaurant. An den Wänden hingen naive Bilder, die Decke war mit roten Girlanden geschmückt, und die Einrichtung bestand aus wackligen Tischen und Stühlen. Axel nahm den Zettel mit den chinesischen Worten, den wir vom Reisebüro bekommen hatten, aus der Tasche. Wir hatten beide nicht geahnt, wie überlebensnotwendig er für uns sein würde. Axel deutete auf das Wort für Huhn, und es wurde mit einem Nicken geantwortet. Was genau wir bekommen würden, stand in den Sternen.

Axel nippte an dem grünen Tee. Er sagte, die Dekoration erinnere ihn an alten Weihnachtsschmuck, und fragte, ob ich mit dem Hotel zufrieden sei.

»Ganz okay.«

»Ein Kleiderschrank wäre nicht schlecht.«

»Es gibt doch Haken an der Wand.«

»Aber für Hosen mit Bügelfalten sind die nicht gerade geeignet. Natürlich liege ich gerne hart, aber wenn die Matratze hart wie ein Brett ist, hätten sie doch gleich Bretter ins Bett legen und mit dem gesparten Geld einen vernünftigen Kleiderschrank einbauen können.«

Ich verkniff mir die Antwort. Wenn er in diesem Land unbedingt Bügelfalten brauchte, musste er sich halt was ausdenken.

»Aber zumindest haben wir eine Dusche.«

Axel wechselte das Thema und begann von den Teichen mit den Lotosblättern im Beihai-Park in Peking zu sprechen. Man warf Münzen auf die Blätter und wünschte sich etwas. Überall die gleichen Märchen.

Plötzlich standen dampfende Schüsseln mit Reis, Huhn und Gemüse vor uns auf dem Tisch. Axel meinte, China sei ein Land der Überraschungen. »Denk nur an Lea und Ruben«, sagte er. Wenn schon wir Mühe hatten, uns hierher durchzuschlagen, wie strapaziös musste es erst für die Missionare gewesen sein. Darüber hatten sie nicht sonderlich viel gesprochen, diese Pfarrer.

Ich rief mir unseren Besuch in Kaomi vom Vortag in Erinnerung. Den Fremdenführer, den uns die Baptisten in Schweden empfohlen hatten. Die Autofahrt zu der schlichten Kirche. Das Lamm und die Vögel auf dem Altargemälde. Den Kirchenchor. Und in einiger Entfernung das Haus, in dem Lea gewohnt hatte und das immer noch stand. Das Zimmer, in dem sie geschlafen hatte. Die steile Treppe.

Ein alter Mann im Rollstuhl war von einer Krankenschwester begleitet worden. Pastor Han, der dort in der Zeit nach 1940 gearbeitet hatte. Über neunzig Jahre war er alt. Ich wollte mit ihm sprechen, und die Schwester hatte versucht, ihn dazu zu bewegen, die Augen zu öffnen, bis ich sie bat, ihn nicht weiter zu stören.

Ich legte die Stäbchen beiseite. Axel hatte seine eigene Methode mit ihnen entwickelt.

»Wie hat dir Kaomi gefallen?«

»Die Pläne für eine größere Kirche waren interessant. Aber der Chor hat gesungen, als wäre jemand einer Katze auf den Schwanz getreten.«

Vielleicht erinnerte er sich nicht daran, dass er dasselbe gesagt hatte, als wir uns zum ersten Mal begegnet waren. Das Konzert, zu dem ich in letzter Sekunde und außer Atem erschienen war. Axels gewienerte Schuhe. Er hatte sich für unbesiegbar gehalten. Vielleicht hatte ich dasselbe auch von mir geglaubt.

Und das war davon übrig geblieben: zwei Kinder, die alleine zurechtkamen, eine sengende Sonne vor einem einfachen Restaurant, eine Reise nach China und die Versuche, etwas zu finden, worüber man reden konnte.

»Ich habe jedenfalls ein paar schöne Fotos gemacht, als du neben diesem Alten im Rollstuhl gesessen hast.«

»Ich weiß nicht, ob er etwas von dem verstanden hat, was ich gesagt habe. Ob er wusste, wer Lea war. Dabei denke ich auch an die Erzählungen. Einige der beschriebenen Frauen sind nicht wie Lea. Sie war aus anderem Holz geschnitzt.«

»Es muss unzählige Frauen gegeben haben, die sie beschreiben konnte. Aber vielleicht hat sie keine von ihnen beschrieben. Vielleicht sind ihre Figuren erfunden. Das ist doch gerade der Witz an Literatur, dass die Storys erfunden sind, oder?«

»Schon, aber diese Erzählungen haben trotzdem einen wahren Hintergrund. Und ich kann sie immer noch nicht mit Lea und ihrer Sprache in Einklang bringen. Sie erzählte von einem Bekannten, aber ich …«

Wieder einmal bereute ich, etwas preisgegeben zu haben, was mich berührte und was ich besser für mich behalten hätte. Axel wirkte mutlos und verärgert.

»Warum musst du eigentlich immer so hartnäckig sein?

Warum kannst du nicht mal was lesen und einfach akzeptieren, dass es dir gefällt, ohne gleich nach dem Grund zu fragen? Mit diesen Gedichten ist es genau das Gleiche. Du sitzt da und vergräbst dich in Worte, grübelst darüber nach, was sie bedeuten, und du wirst dennoch nie Gewissheit haben. Eigentlich ist es also sinnlos. Wie wäre es, wenn du das Gelesene einfach hinnimmst und fertig?«

Sein Ton war hitzig. Die Sonne schien ihm ins Gesicht, und er rückte den Stuhl ein wenig beiseite. Die Metallbeine schrammten über den Fußboden.

»Gelegentlich wird man doch wohl noch zurückblicken dürfen? Du tust das fast nie, und ich weiß nicht, ob das so gut ist. Es wäre durchaus von Vorteil gewesen, wenn ich gewisse Dinge, die ich dir aus der Nase ziehen musste, schon vorher gewusst hätte.«

»Ich gebe mir Mühe, das zu ändern. Ich hoffe, du siehst das und weißt es vielleicht sogar zu schätzen. Aber ehrlich gesagt, halte ich es nach wie vor für wenig dienlich, die Dinge immer wieder durchzukauen. Ich glaube, Lea hat das auch nicht getan. Denn sonst hätte sie nicht überlebt.«

»Natürlich hast du die Dinge durchgekaut. In deinem Inneren. Und das hat die ganze Familie in Mitleidenschaft gezogen. Alles wäre viel einfacher gewesen, wenn du offen gezeigt hättest, wie schlecht es dir geht.«

Wir waren lauter geworden. Die Kellnerinnen starrten uns an.

»Ich wollte euch das ersparen.«

»Aber das ist dir nicht gelungen. Alles ist nur noch schlimmer geworden.«

»Vielen Dank.«

»Ich …«

Axel legte die Stäbchen beiseite.

»Mach jetzt nicht so ein Gesicht, Vio. Du hast ja recht. Wahrscheinlich hatte ich insgeheim gehofft, ihr würdet mich ohne viele Worte verstehen. Und von einigen Dingen dachte ich, dass ihr sie nie verstehen würdet. Aber du hast ja auch nicht von deinen Gefühlen gesprochen. Wir haben beide geschwiegen. Vielleicht hatte jeder von uns etwas vor dem anderen zu verbergen?«

Ich schaute auf den Tisch, und Axel fuhr fast flehend fort.

»Wir hätten irgendwo hinfahren können. Wir hätten an einem Pool sitzen, im Gebirge wandern oder in einer Großstadt bummeln können. Stattdessen sind wir in China. Weil dir das etwas bedeutet. Und ich komme mit, weil ich will, dass es dir gutgeht und dass du glücklich bist. Weil es Schlimmeres gibt als das, was uns zugestoßen ist. Das habe ich aus dem, was geschehen ist, gelernt.«

»Wie meinst du das?«

Axel machte eine vage Handbewegung.

»Es gibt so vieles … Lea zum Beispiel. Dass der eigene Mann erschossen wird. Ich habe versucht, das, was du mir erzählt hast, zu verstehen. Ich weiß nicht, ob du das gemerkt hast.«

Ein chinesisches Mädchen, vielleicht fünf oder sechs Jahre alt, tauchte an unserem Tisch auf. Sie trug ein weißes Kleid und staunte uns an. Hinter ihr stand ihre lächelnde Mutter und rief etwas auf Chinesisch. Das Mädchen öffnete den Mund. Thank you.

Axel und ich erwiderten ebenfalls Thank you. Axel meinte, das erinnere ihn daran, wie ihn seine Mutter gebeten habe, Heiligabend für die Verwandtschaft Klavier zu spielen. Vor meinem inneren Auge sah ich Marianne, wie sie bei unserem letzten Besuch ausgesehen hatte. Feingliedrig, zart und unnahbar. Die Bonbonniere war bis auf ein paar Zuckerkrümel leer gewesen.

Vor einigen Wochen war sie in ein Heim in der Nähe von Axels Vater umgezogen. Wirre Monologe machten jede Unterhaltung unmöglich. Oft schwieg sie auch einfach und starrte vor sich hin. Dass wir nach China reisen würden, hatte sie jedoch begriffen. Sie hatte sogar gesagt, sie wolle mitkommen.

»Deine Mutter war sehr stur, als es um unsere Chinareise ging.«

»So ist sie manchmal.«

Ich trank von dem grünen Tee, der seltsamerweise in der Hitze kühlte. An der Decke drehte sich träge ein Ventilator.

»Wird sie dir fehlen, wenn sie einmal nicht mehr ist?«

Axel ließ das Stück Huhn fallen, das er gerade mit den Stäbchen aufgenommen hatte.

»Was ist denn das für eine Frage?«

»Ich will nicht aufdringlich sein. Mich interessiert nur, was ihr eigentlich für ein Verhältnis hattet. Unabhängig davon, dass eine Mutter natürlich immer eine Mutter bleibt. Findest du, dass ihr euch irgendwie ähnlich seid?«

»Warum willst du das ausgerechnet jetzt wissen?«

»Ich weiß nicht. Vielleicht weil dieses kleine Mädchen an unseren Tisch kam.«

Axel schaute zu dem Mädchen und seiner Mutter hinüber, die jetzt an einem der Tische über ihr Essen gebeugt dasaßen.

»Eigentlich kann ich überhaupt keine Ähnlichkeiten erkennen«, sagte er nach einer Weile. »Vielleicht das Musikinteresse. Mama hat immer wieder gern ihre alten Platten gehört.«

»Und die Sturheit?«

Axel lächelte.

»Ja, das könnte stimmen. Aber Papa ist auch stur. Das kam ihm bei seiner Arbeit ziemlich zugute.«

»Wie fühlt er sich jetzt, wo sich Marianne immer mehr zurückzieht?«

Axel wand sich wie ein Wurm an einem Angelhaken. Fast empfand ich Mitleid mit ihm.

»Sie fehlt ihm vermutlich mehr als er zugeben will. Man spürt, dass sie nicht mehr da ist, wenn man zu ihnen ins Haus kommt. Es ist zwar immer noch alles ordentlich, und die Sachen stehen an ihrem Platz, aber Papa legt nur deswegen eine Tischdecke auf, weil Mama das immer getan hat, nicht weil es nett aussieht.

Und in der Küche ist er zu nichts zu gebrauchen. Als ich das letzte Mal kam, war die Tiefkühltruhe voller Brotlaibe. Er war ganz erstaunt, als ich meinte, es sei besser, das Brot geschnitten einzufrieren. Er konnte gar nicht verstehen, warum.«

Axel aß etwas gekochtes Gemüse und stellte fest, dass in diesem Land ziemlich viel Grünzeug auf den Teller kam, obwohl die Natur so wenig hergab. Die Chinesen seien ja alle sehr schlank, fuhr er fort, und solange einem Hühnerfüße und andere exotische Gerichte erspart blieben, seien die hiesigen Essgewohnheiten ganz akzeptabel. Außerdem habe er einen Trick von seinem Vater gelernt, der ja beruflich viel gereist war und daher in Ost und West an Geschäftsessen teilgenommen hatte. Alles schmecke nach Huhn, wenn man es nur klein genug schneide. Ob wir gehen sollten?

»Nein, warte noch einen Moment.«

Axel blieb sitzen. Die Frage, die ich ihm so lange hatte stellen wollen, war so direkt, dass ich mich über mich selbst wunderte.

»Als du aus dem Boot gesprungen bist … Du hast gesagt, du hättest das Gefühl gehabt, mit deinem Leben abgeschlossen zu haben. Hast du das wirklich ernst gemeint? Dass du sterben wolltest?«

Axel erstarrte. Er schwieg einen Augenblick. Dann holte er tief Luft und sah mich durchdringend an.

»Was willst du hören? Vermutlich nicht das, was ich zu sagen gedenke: nämlich, dass ich es nicht weiß. Klar, ich hatte das Gefühl, es reicht. Dieses Gefühl habe ich in den letzten Jahren öfters gehabt. Frage mich nicht, warum ich nie darüber gesprochen habe, denn ich weiß es nicht. Aber je länger man mit seinen Problemen lebt, ohne andere damit zu belästigen, desto besser.«

Es hatte eigentlich keinen Sinn, weiterzubohren, trotzdem tat ich es. Ich wollte ihm zu verstehen geben, dass ich ebenfalls versagt hatte, dass ich hellhöriger hätte sein können. Axel unterbrach mich und erklärte, dass ich ja doch nichts hätte ausrichten können. Dann schaute er auf die Tür. Weitere Gäste in Strandkleidung traten ein.

»Wenn du unbedingt eine Antwort willst, dann lass dir gesagt sein, dass ich mir vermutlich nicht ernsthaft das Leben nehmen wollte. Ist das besser?«

Meine Wangen wurden heiß, als wir uns erhoben. Axel zahlte. Ich wartete draußen und wusste, dass ich mich mit dieser Antwort zufriedengeben musste. Das meiste, was gedacht und gesagt werden konnte, war gedacht und gesagt worden.

Axel trat ins Freie und nahm meine Hand. Ich ließ sie ihm, während wir den Weg zurück ins Hotel einschlugen. Der Einfluss der Deutschen in Tsingtao war spürbar. Wir hatten Kirchen mit deutschen Inschriften besucht und Gebäude in europäischem Stil. Jetzt kamen wir an schlichten Schuppen und Hochhäusern vorbei, liefen durch unbefestigte Gassen und über frisch asphaltierte Straßen.

Ein Paar fuhr auf einem Motorroller vorbei, ein alter Mann mit einem langen Schnurrbart lehnte an einem Pfosten. Die Spuren der Vergangenheit verblassten allmählich, Pioniergeist wehte durch zerbrochene Fenster. Axel beschleunigte seine Schritte und erklärte, er würde sich gerne etwas auf dem Zimmer ausruhen, bevor wir später wieder loszögen. Die Aussicht aufs Meer verschwand hinter uns.

»Dann gehe ich derweil noch mal zurück ans Wasser. Die Verkäuferin mit den Hüten hatte auch Kleinigkeiten, die den Mädchen gefallen könnten.«

Axel ließ meine Hand los.

»Wollen wir nicht später zusammen etwas aussuchen?«

»Das kann ich genauso gut jetzt erledigen. Geh schon mal vor. Ich komme nach.«

Axel zögerte.

»Du könntest Wasser und vielleicht auch Obst kaufen. Am liebsten diese Pfirsiche. Die können wir dann auf dem Zimmer essen.«

Widerwillig gab er nach und trottete davon. Ich schlenderte zurück zum Strand. In aller Ruhe suchte ich zwei mit Seide bezogene Kaleidoskope aus. Ich hielt sie vors Auge und sah, wie sich das Muster mit jeder Drehung veränderte. Die Frau deutete auf meinen Hut und lächelte. Sie hatte etliche Zahnlücken.

Ich erwiderte ihr Lächeln und lief dann hinunter ans Wasser. So lange hatte ich gezögert, die Frage zu stellen. Jetzt, wo sie gestellt und beantwortet war, empfand ich einen überraschenden Frieden, obwohl die ewigen Fragen nach dem Warum und Wohin noch immer unbeantwortet waren und es wohl auch immer bleiben würden. Aber nichts ließ sich rückgängig machen. Das hatte Axel selbst gesagt. Es sei besser, nach vorn zu blicken.

Dann tauchte er wieder in meinen Gedanken auf. Mikael. Wir hatten gelegentlich miteinander telefoniert. Er hatte sein Versprechen, nicht aus meinem Leben zu verschwinden, gehalten. Die Dinge blieben freundlich unausgesprochen, in alltägliche Floskeln gehüllt. Wir hatten uns nach unserem Beisammensein nur noch einmal kurz gesehen. Ich war dabei gewesen, als Mariannes Zimmer ausgeräumt wurde, und Mikael hatte neben Axel gestanden. Unsere Blicke waren sich begegnet.

Ich schaute übers Meer, ließ Axels und meine Reise vor meinem inneren Auge Revue passieren. Die Prachtstraßen und roten Laternen Pekings. Der Sommerpalast, den Lea sowohl mit als auch ohne Ruben besucht hatte. Der Weg der Seelen, auf dem die Seelen der verstorbenen chinesischen Kaiser angeblich ihre erste Bleibe gefunden hatten, bevor sie in die Unendlichkeit eingegangen waren. Dort waren wir fast allein gewesen, weil Chinesen Friedhöfe nur dann besuchten, wenn es sich absolut nicht vermeiden ließ. Wer zu lange dort blieb, lief Gefahr, vielleicht für immer dort zu bleiben.

Der Wind wehte mir das Haar ins Gesicht. Die Flut kam. Bald würde sie den Strand überspülen, um sich später wieder zurückzuziehen. Prüfend legte ich die Hände auf die Wasserfläche. Auf dem Grund war nur geriffelter Sand zu sehen.

Kapitel 20

Der Morgen empfing uns mit fleischgefüllten Baozi und grünem Tee zum Frühstück. Das Zugeständnis an den Westen bestand aus Weißbrot, Marmelade und Eiern. Axel ging schweigend zwischen dem Büfett und unserem Tisch hin und her. Er hatte nicht besonders gut geschlafen und war lange im Badezimmer geblieben, um die Müdigkeit durch ausgiebiges Duschen zu vertreiben.

Ich hatte währenddessen den letzten Pfirsich gegessen. Mit fest um die Hüften gewickeltem Handtuch war er aus dem Bad an mir vorbeigegangen, ohne mich zu berühren.

Jetzt streute ich Salz auf ein Ei und dachte an den für diesen Tag geplanten Ausflug. Der Umschlag mit dem Brief lag in meiner Tasche. Axel versuchte, ein paar lustige Bemerkungen fallen zu lassen, aber ich konnte nicht darüber lachen.

Wir traten vor das Hotel. Bald würde uns das Auto mit der Fremdenführerin, derselben Frau, die uns in Kaomi begleitet hatte, auf dem Vorplatz abholen. Auf dem Weg zu unserem Ziel erklärte sie, dass wir keinen richtigen Friedhof erwarten dürften. Er sei erst deutsch, dann international gewesen. Anschließend habe man ohne Erfolg versucht, Wohnhäuser dort zu errichten, aber kein Chinese wolle auf den Ruhestätten von Toten wohnen.

Dann sei eine Gärtnerei aus dem Friedhof geworden und jetzt ein Park mit dem Namen *Garten der hundert Blumen*. Zur Ehrung bedeutender Schriftsteller der Region seien Skulpturen verschiedener Autoren darin aufgestellt.

Wir hielten vor dem Park, der von einer Mauer umgeben war. Die Luft war angenehm frisch, und schmale Pfade schlängelten sich zwischen Büschen und Bäumen hindurch. Auf einer Bank war eine steinerne Statue mit übereinandergeschlagenen Beinen postiert. Zu ihren Füßen hüpfte ein Vogel herum, und davor befand sich eine Steintafel mit der Lebensgeschichte des Dargestellten.

Die Figur auf der Bank wirkte sehr lebensnah. Trotzdem widerstrebte es mir, mich neben sie zu setzen und mich von Axel fotografieren zu lassen. Betreten stand ich auf und entdeckte eine weitere Statue, ein Mann, der an einem Baum lehnte und in einem Buch las.

Wir verließen den Pfad und wanderten auf etwas Weißes zu, das hinter einem Felsen durchschimmerte. Ein Flügel aus Stein. Axel spielte mit seinen Fingern auf den harten Tasten. Seine Miene war konzentriert, sein Gesicht offen. Nur selten hatte ich ihn in diesem Zustand erlebt, er schien vollkommen in sich selbst zu ruhen.

Als er merkte, dass ich ihn beobachtete, deutete er rasch auf eine schmiedeeiserne Pforte, von der unsere Führerin erzählt hatte. Sie gehörte zu dem ursprünglichen Friedhof. Lea war durch diese Pforte geschritten, um Ruben an sein Grab zu begleiten. Sie war hierher zurückgekehrt, hatte gesehen, dass es die Pforte noch gab, und hatte einige Bambusblätter gepflückt. Jetzt habe ich mit China abgeschlossen, hatte sie gesagt.

»Axel?«

»Ja?«

»Können wir uns irgendwo hinsetzen?«

Ein Bach plätscherte irgendwo im Hintergrund, und auf einer nahegelegenen Wiese sah ich eine weitere Statue. Axel ging auf eine Bank zu. Als ich meine eigene Stimme hörte, kam sie mir fremd vor.

»Ich will, dass du weißt, dass ich immer deine Freundin bleibe. Ich werde dir helfen, was auch immer passiert. Wir werden …«

»Es gibt etwas, was ich dir erzählen muss, über damals, als ich klein war und schwimmen lernen sollte.«

»Ich würde lieber …«

Axels Stimme war angespannt, als er mich erneut unterbrach und meine Einwände überging.

»Ich hatte Angst vor dem Wasser, als ich klein war. Ich fror, wenn wir schwimmen gehen wollten. Das verärgerte Papa, der selbst ein ausgezeichneter Schwimmer war. Immer wieder verlangte er, ich solle versuchen, ohne Schwimmreifen zu schwimmen. Aber ich war vollkommen panisch.

Eines Tages wurde es Papa zu dumm. Wir fuhren mit dem Boot zum Sommerhaus. Mama stand am Ufer. Plötzlich packte Papa mich und warf mich ins Wasser. Das Letzte, was ich hörte, ehe ich unterging, war, dass Papa mich anschrie. Jetzt zeig deiner Mutter endlich, dass du schwimmen kannst.«

Axel holte Luft, ließ mich aber nicht zu Wort kommen.

»Ich spürte, wie mir das trübe Seewasser in den Mund lief. Dann kam ich wieder an die Oberfläche und konnte einen Atemzug machen, bevor ich erneut versank. Ich glaubte, sterben zu müssen. Und es war fast so, als würde das keine Rolle spielen.«

Endlich verstummte er. Mitleid und Wut zerrten in mir, aber auch Trauer darüber, dass er ausgerechnet diesen Moment gewählt hatte, sich mir anzuvertrauen.

»Ich erinnere mich an alles bis zu dem Moment, in dem ich zum zweiten Mal unterging. Danach erinnere ich mich an nichts mehr. Wahrscheinlich bin ich geschwommen, oder Papa hat mich herausgefischt. Ich bin ja nicht gestorben. Und daran, was meine Mutter zu der Sache sagte, kann ich mich auch nicht mehr erinnern. Vielleicht hat sie gar nicht mitbekommen, was eigentlich passiert ist. Das kann man nur hoffen.«

Warum musste immer alles zu spät kommen?

»Das hoffe ich auch.«

Unsere Fremdenführerin stand auf einer kleinen Brücke und starrte ins Wasser. Als Axel erneut das Wort ergriff, klang er resigniert.

»Du hast uns immer mit deiner Ewigkeit in den Ohren gelegen. Ich sage ›in den Ohren gelegen‹, obwohl dich das wütend macht. Aber so habe zumindest ich es erlebt. Nicht immer, aber ziemlich oft. Dann habe ich gedacht, das einzig Ewige ist der Tod. Sowohl das Wissen um den Tod als auch der Tod als Zustand. Tot ist man wahrhaftig in alle Ewigkeit.«

»Axel, ich …«

»Ich war dem Tod ganz nahe, als ich damals im Krankenwagen ins Krankenhaus gebracht wurde. Wie nahe, das habe ich erst im Nachhinein begriffen. Das hat mich verändert. Der Gedanke daran, dass ich Tora, Linn und dich nie mehr wiedersehen würde. Anfangs war es einfacher, sich dankbar und fast mutig zu fühlen, weil man alles überstanden hatte. Aber dann bekam ich Angst.«

»Das habe ich gespürt. Und ich hätte mir gewünscht, dass du mit mir darüber sprichst.«

»Aber ich habe dir doch schon so oft erklärt, dass … übrigens spielt das keine Rolle. Jetzt weiß ich, was wichtig ist. Ich liebe dich und die Kinder. Das ist das Einzige, was zählt.«

Die Düfte. Süß, wie von Honig erfüllt. Die Stille des Parks. Ich nahm den Umschlag aus der Tasche.

»Ich habe etwas, was ich lesen will, und zwar allein.«

»Was?«

»Es ist von Sara, der wir im Solgården begegnet sind. Du erinnerst dich?«

»Ja.«

»Sie hat mich mitgenommen, als du mich auf der Landstraße stehengelassen hast.«

»Ich weiß.«

»Das weißt du?«

Ich starrte Axel an. Er erwiderte meinen Blick nicht.

»Damals, kurz nachdem Lea gestorben war, als du zu meiner Mutter gegangen bist, um ihr beim Haarekämmen zu helfen, da stand ich mit Sara und ihrem Vater noch ein Weilchen herum. Wir unterhielten uns über das Heim und die Altenpflege. Dann verschwand Stig. Und da erzählte Sara, dass sie dich nach Hause gefahren hatte.«

In meinem Kopf überschlugen sich die Gedanken. Hatte Sara Axel zur Rede stellen wollen? Wir hatten uns eine Weile lang aus den Augen verloren. Erst vor Kurzem, als ich Leas Erzählungen an sie zurückschickte, war der Kontakt wieder aufgelebt. Ich hatte ihr berichtet, wie es uns inzwischen ergangen war und dass Axel und ich nach China reisen würden, um einige der Orte zu besuchen, an denen Lea gewesen war.

Kurz vor der Abreise bekam ich Antwort von ihr. Sara schrieb, es freue sie sehr, dass es bei uns offenbar wieder besser gehe. Sie hatte einen verschlossenen Umschlag beigelegt. Ich sollte ihn irgendwo in China öffnen und das, was er enthielt, lesen, wenn ich Leas Nähe spürte. Jetzt war dieser Augenblick gekommen.

Ich betrachtete den Umschlag.

»Sara und ich haben wenig voneinander gehört. Aber sie hat mir vor einiger Zeit diesen Brief geschickt, und ich möchte ihn gerne hier öffnen.«

Axel wirkte besorgt, als ich ihm den Umschlag zeigte. Vielleicht glaubte er ja wie ich, dass mir Sara im Vertrauen etwas über sein Verhalten mitteilen wollte. Stattdessen zog ich einige mit Maschine beschriebene Blätter hervor, deren Aussehen mir vertraut war.

Ich sah Axel an, und er erhob sich. Er ging auf den Bach und die Fremdenführerin zu, die uns allein hatte herumstreifen lassen. Ich las die Überschrift.

Das verzauberte Fahrrad

Jedes Mal hoffte sie, von dem Ständchen und den brennenden Kerzen geweckt zu werden. Aber bislang war es noch nie passiert. Auch dieses Jahr nicht.

Sieben Jahre. Sie lag wach und wusste, was sie bekommen würde. Onkel Bernhard hatte so viel über Fahrräder gesprochen, dass sie sich regelrecht anstrengen musste, so zu tun, als würde sie es nicht begreifen. Erwachsenen fiel es in der Tat schwerer, Geheimnisse für sich zu behalten, als Kindern.

Miriam schaute auf die Tür, die genau in diesem Augenblick aufging. Dort stand Mama mit der Torte und hinter ihr Großvater und Großmutter. Weiter im Hintergrund erkannte sie Onkel Bernhard und einige Cousinen und Cousins. »Hoch soll sie leben«, hallte es im Zimmer wider.

Mama umarmte sie und sah aus wie sie immer aussah, wenn sie richtig froh war. Sie gratulierte mit freudiger Stimme und schlichten Worten und überreichte ihr die Geschenke. Miriam öffnete sie vorsichtig, weil Papier und Geschenkband mehrere Male verwendet werden konnten.

Stoff für ein Kleid. Wachsmalkreiden. Und immer noch diese erwartungsvollen Mienen. Dann traten sie beiseite, und Miriam dachte an die Wasser, die sich teilten, und an Moses, der durch das Rote Meer schritt. Dort kam Onkel Bernhard mit dem Fahrrad.

Es war schwarz, hatte blitzblanke Reifen und einen Ledersattel. Eine Klingel war links am Lenker festgeschraubt. Miriam konnte nicht länger im Bett bleiben. Wenig später war sie auf dem Hof und stieg auf das Fahrrad. Der Sattel hatte genau die richtige Höhe.

Sie hatte sich hin und wieder ein Fahrrad geliehen und versucht das Gleichgewicht zu halten, während jemand hinten festhielt. Eines Tages hatte sie den Ruf gehört: »Jetzt lasse ich los.« Sie hatte weiter in die Pedale getreten, bis sie über den Wegesrand geraten und in einen Busch gefallen war.

Seither hatte der Wunsch nach einem eigenen Fahrrad wie eine Glorie über ihrem Kopf geschwebt. Niemandem war dieser innige Wunsch entgangen. Jetzt hatte Onkel Bernhard ihn erfüllt, und es gab eigentlich nicht mehr viel, worum sie am Abend beten musste. Außer natürlich, dass Gott Mama und die ganze Familie behüten möge.

Miriam überlegte, was die anderen in der Schule wohl sagen würden. Sie ging gern zur Schule. Die Lehrerin war freundlich, und Miriam fiel es nicht schwer, das zu tun, was man von ihr verlangte. Die Mitschüler waren auch nett, das schon, obwohl Miriam manchmal einen seltsamen Ausdruck in ihren Augen bemerkte, wenn die Sprache darauf kam, dass sie keinen Vater hatte. Auch bei den Erwachsenen, ja sogar bei der Lehrerin hatte sie diesen Ausdruck beobachtet, etwa wenn es darum ging, dass die Eltern in die Schule kommen sollten.

Am Vatertag war es besonders schlimm.

Niemand hatte sie je direkt gefragt, wie es war, keinen Vater zu haben. Vermutlich glaubten alle, dass sie darunter litt. Aber wie sollte man etwas vermissen, das man gar nicht kannte?

Mama hatte ihr die Wahrheit gesagt. Miriam wusste, wie ihr Vater gestorben war. Mama und Papa waren als Missionare in China gewesen. Es herrschte Krieg, und Papa war in einen Schusswechsel geraten. Ein Unglücksfall, bei dem er sein Leben verlor, nur wenige Tage vor ihrem, Miriams, zweiten Geburtstag.

Das Gedicht, das Papa am Tag seines Todes im Krankenhaus für sie geschrieben hatte, las Mama jedes Jahr am Abend ihres Geburtstages vor. Eigentlich hätte Miriam lieber darauf verzichtet, da Mama dabei immer traurig wurde. Aber dann war ihr der Gedanke gekommen, dass Mama wahrscheinlich noch trauriger geworden wäre, wenn sie es nicht gelesen hätte. Sie spielte also mit und gab sich den Anschein, es ebenfalls wichtig zu finden.

Es existierten natürlich Fotos von dem Mann, der ihr Papa war. Vergebens hatte sie versucht, irgendwelche Ähnlichkeiten zu finden. Er war dunkelhaarig und sie blond. Er war groß und sie klein. Jemand hatte gesagt, sie habe dieselbe Augenfarbe wie ihr Vater, und dann so ausgesehen, als bereue er diese Bemerkung.

Aber Miriam hatte nichts dagegen gehabt. So hatten sie zumindest etwas gemeinsam.

Mama konnte spannende Geschichten erzählen, wie sie mit dem Dampfer gefahren und zu einer Missionsstation gekommen waren, wo sie über das Christentum gesprochen hatten. Auf den Fotos im Album waren chinesische Kinder und Gebäude mit geschwungenen Dächern zu sehen. In dem Album gab es mehrere Bilder von Papa, als er noch am Leben war. Auf einem lag er im Krankenhaus im Bett und war tot.

Auf diesem Bild war er kleiner. Man erkannte ihn nicht recht. Miriam hatte nie gefragt, wer das Foto aufgenommen hatte.

Mama hatte auch erzählt, sie habe etwas Chinesisch sprechen können, als sie dort lebte. Ein paar Brocken Englisch habe sie auch gekonnt. Aber inzwischen hatte sie alles vergessen.

Miriam fragte, ob sie mit dem neuen Fahrrad zur Sonntagsschule fahren dürfe. Nach kurzem Zögern nickte Mama. Alle winkten, als sie sich rasch auf das Fahrrad schwang und vom Hofplatz auf die Straße radelte. Es war warm, Mai, und im Graben wuchsen Blumen. Die Birken hatten zarte grüne Blätter.

Miriam radelte an den Feldern und der Vogelscheuche vorbei. Die Vögel waren zurückgekehrt. Miriam konnte nicht begreifen, wie sie ihren Weg fanden, obwohl sie so weit flogen wie nach China und dann wieder zurück. Einige Vögel kamen immer wieder zu dem Nistkasten, der in ihrem Garten an dem großen Baum hing.

Sie wandte sich um und schaute zurück, um einen letzten Blick auf die Vogelscheuche zu werfen. Sie bemerkte die Gefahr erst, als sie ganz nahe war. Ein Lastwagen. Alles drehte sich plötzlich um sie herum. Die Bäume, der Graben, der Himmel, die großen Reifen des Lastwagens, der Sand auf der Landstraße. Sogar das Gesicht des Fahrers konnte sie sehen. Seine Augen waren weit aufgerissen, und seine schwarzen Pupillen schienen sie in sich aufzusaugen.

Sie versuchte zu bremsen, aber es war zu spät. In rasendem Tempo fuhr sie auf den Lastwagen zu. Sie spürte den Aufprall und einen Ruck, der durch ihren gesamten Körper ging. Sie schloss die Augen und wartete darauf, dass es weh tun würde, während sie sich krampfhaft am Lenker festklammerte. Das Fahrrad durfte nicht kaputtgehen.

Alles schien rasend schnell, gleichzeitig aber auch wie in Zeitlupe zu geschehen. Langsam, sehr langsam wurden ihr Fahrrad und sie selbst durchtrennt, und unglaublich schnell stiegen eine Hälfte des Fahrrads und eine Hälfte von Miriam in den Himmel auf. Mit einem Auge schaute sie auf die Erde herunter. Dort lag die andere Fahrradhälfte, vollkommen verbogen, und daneben die zweite Hälfte ihrer selbst.

Sie sah den Lastwagenfahrer auf und ab gehen. Er raufte sich die Haare und stieß immer wieder Schreie aus. Furchtbare Schreie. Aber ihre Hälfte auf der Erde schrie nicht, und das Auge war geschlossen.

Miriam meinte, spüren zu können, wie es dort unten war. Ihr wurde übel, und sie verspürte Schmerzen. Dann verschwand dieses Gefühl, und sie war nur noch diejenige, die flog und die jetzt Regenbogenfarben ineinander verschwimmen sah.

Recht bald kam das Fahrrad zum Stillstand, und sie stand vor einem Tor, das von zwei Steinlöwen bewacht wurde. Einer der Löwen hielt eine Kugel in der Pranke, der andere einen kleineren Löwen. Der Löwe mit der Kugel gähnte gewaltig, trat dann vor und öffnete das Tor. Mit dunkler Stimme bat er Miriam einzutreten.

Miriam trat in einen Garten, wie sie ihn noch nie gesehen hatte. An den Bäumen, die den Weg säumten, hingen die Blätter bis zum Boden. Aus dem Laub ragten hier und dort kahle Zweige heraus, an denen sich Vögel mit ihren Krallen festklammerten.

Das Gras war saftig grün, aber sobald sie sich umschaute, schien es seine Farbe zu wechseln und schimmerte plötzlich blau oder rot. Überall wuchsen Blumen, und Obst lag auf der Erde. Es sah aus wie zu Hause. Äpfel und Birnen, Gänseblümchen und Leberblümchen, Schlüsselblumen und Pflaumen.

Es gab auch einen Teich, auf dem irgendetwas herumtrieb. Vielleicht Seerosen, aber von denen hatte sie nur gehört. Blumen, die oben wunderschön waren, aber glitschige, ekelhafte Stiele hatten.

Der Steinlöwe trottete mit schweren Schritten neben ihr her, blieb stehen und streckte die Tatze aus.

»Hiermit heiße ich dich willkommen«, sagte er. »Wir haben auf dich gewartet.«

Miriam ergriff die Steintatze, die kühl und schwer war. Seltsam, wie schnell man sich daran gewöhnte, nur halb zu sein. Das halbe Fahrrad stellte sie am Wegrand ab, und auch das kam ihr nicht weiter merkwürdig vor. Manchmal hatte sie darüber nachgedacht, wie es wäre, wenn die Bäume auf dem Kopf stünden. Ob die Vögel dann auch kopfüber auf den Zweigen säßen?

An einer Wegbiegung sah sie ein Haus, das sie wiedererkannte. Es war Frau Petterssons Haus. Auf der Treppe saß tatsächlich Frau Pettersson und streichelte ihre Katze. So hatte Miriam sie oft dasitzen sehen. Aber Frau Pettersson hatte Miriam nie gesehen, denn Frau Pettersson war blind.

Miriam winkte immer, wenn sie vorbeiging, obwohl sie wusste, dass ihr Gruß nicht erwidert wurde. Rief sie jedoch: »Guten Tag, Frau Pettersson«, dann erhielt sie immer ein »Guten Tag, Miriam« zur Antwort. Manchmal sagte Frau Pettersson, sie solle einen Moment warten. Dann ging sie auf ihren Stock gestützt ins Haus und kam mit einem Teller Plätzchen zurück. Nur recht selten lag auch eine tote Fliege oder ein welkes Blatt auf dem Teller.

Miriam und Frau Pettersson unterhielten sich meistens über die Schule, manchmal sprachen sie auch über Miriams Papa. Da Frau Pettersson blind war, brauchte sich Miriam nicht wegen des Ausdrucks ihrer Augen zu beunruhigen, und es fiel ihr leicht, zu erzählen, wie es war, einen Vater und gleichzeitig doch keinen Vater zu haben. Dann beschrieb ihr Frau Pettersson, wie es war, zu sehen, obwohl sie nichts sehen konnte. Sie sah auf ihre Art. Indem sie hörte, spürte, schmeckte und roch.

Oft hatte sich Miriam gewünscht, Frau Pettersson könne sehen und endlich Spaziergänge unternehmen, statt einfach stundenlang auf der Treppe zu sitzen. Wenn es geschneit hatte, stellte sie sich vor, wie Frau Pettersson eines Tages zur Schneeschaufel greifen und ihre Treppe von den Schneewehen befreien würde.

Und genau das sah sie jetzt. Frau Pettersson erhob sich und schaufelte Schnee, weil es plötzlich um ihr Haus herum Winter geworden war, obwohl sonst überall Frühling herrschte.

»Guten Tag, Miriam«, rief Frau Pettersson.

Miriam erwiderte den Gruß und wollte gerade fragen, wie es ihr gehe, als Frau Petterssons Haus zusammen mit den Schneeflocken, die es umgaben, verschwand.

Der Steinlöwe winkte ein paar Kindern zu, die auf dem Weg herumtollten. Auch sie glaubte Miriam zu kennen. Das waren doch die Landarbeiterkinder, die immer so hungrig aussahen und deren ungekämmtes Haar stets verlaust war. Einer der Jungen trug, sobald es warm wurde, nur eine Hose, und seine Rippen zeichneten sich unter der Haut ab. Jetzt sah er bedeutend gesünder aus, und alle Kinder hielten Weißbrote in den Händen.

Vielleicht war es ja an der Zeit, den Steinlöwen zu fragen, wie dieser Ort hieß. Aber als Miriam den Mund öffnen wollte, deutete der Löwe auf eine Brücke, die sich über einen Bach wölbte. Sie sah genauso aus wie die Brücke auf Mamas Chinafotos.

Nun sah Miriam auch chinesische Häuser mit Tierfiguren auf den Dächern und Chinesen, die auf einer Wiese spazieren gingen und sich unterhielten. Andere saßen vor einer Tafel, auf die eine Frau, die keine Chinesin war, etwas schrieb.

Eine Gestalt saß auf der Brücke. Sie war ebenfalls unvollständig, aber nicht auf dieselbe Art wie Miriam, sondern wie auf einer Fotografie. Flach.

Als sie näherkam, war das noch deutlicher zu erkennen. Die Gestalt glich einer Anziehpuppe, für die man Kleider ausschneiden konnte, genau wie die, die sie zu Hause hatte. Eine Papierpuppe in Schwarzweiß. Ihr Papa. Sie setzte sich neben ihn, und er wandte sich ihr zu. In der Taille knitterte er etwas.

»Guten Tag, Miriam. Du kannst dir nicht vorstellen, wie sehr ich mich freue, dich zu sehen.«

Wie war es nur möglich, dass eine Fotografie sprechen konnte? Oder ein Löwe aus Stein.

»Guten Tag, Papa.«

»Es ist eine Weile her, dass du mich besucht hast. Das letzte Mal, als ihr China in der Schule durchgenommen habt. Deine Freundin hat dich gefragt, ob du dich an irgendetwas aus deiner Zeit dort erinnern könntest.«

Miriam wusste nicht, was sie erwidern sollte.

»Ich bin jedes Mal so froh, wenn du an mich denkst.«

Die Papierfotografie lächelte. Miriam wusste immer noch nicht, was sie antworten sollte. Sie saß auf der Brückenmauer und baumelte mit den Beinen.

»Erinnerst du dich an mich?«

»Eigentlich nicht.«

Papa seufzte.

»Es war kurz vor deinem zweiten Geburtstag. Ich lag im Krankenhaus und dachte an dich. Dass ich an deinem Geburtstag nicht zu Hause sein würde. Dann schrieb ich Gedichte. Eines dieser Gedichte handelte von Schnee. Und eines war für dich.«

»Ich weiß. Mama liest es mir jeden Abend an meinem Geburtstag vor.«

»Meine Tochter, dem Himmel so nah. Denn wir, deine Mutter und dein Vater, wir beten. Auf deiner Stirne möge der reine Schimmer erhalten bleiben …«

»Vom Tor über den Wolken, angelehnt nur. Von heiligen Engeln, die dich gesandt. Zu uns, die dich jetzt anlächeln. Und sich eilen, dir den Weg zu ebnen.«

»Du kannst es.«

»Vielleicht nicht das ganze.«

Papa zog etwas hervor, das wie ein langes Rohr aussah. Miriam dachte an die Blasinstrumente, die sie beim Blechbläserchor immer so bewundert hatte. Was hätte sie darum gegeben, dort mitspielen zu dürfen. Papa hielt ihr mit seinen Papierhänden das Rohr vor das eine Auge.

Sie sah ein Krankenhaus. Ein Bett. Ärzte standen um sie herum, um die andere Hälfte, die zurückgeblieben war. Miriam konnte einzelne Stimmen hören, die von Verletzungen sprachen. Von Schock, Blut, Lebensgefahr.

Miriam drehte an dem Rohr. Dort war Mama, zu Hause. Alle Verwandten waren versammelt. Onkel Bernhard saß auf einem Stuhl und weinte. Dann sah sie einen Fremden ins Zimmer kommen. Sie hörte, wie Mama ihm dafür dankte, dass er gekommen sei, wenn jemand etwas ausrichten könne, dann er, der so viele bekehrt habe.

Der Fremde forderte sie auf, sämtliche Möbel beiseitezuschieben. Das geschah. Mama, Onkel Bernhard, die Cousinen und Cousins, alle fielen auf die Knie und beteten.

Miriam schaute auf und sah, dass sich der Steinlöwe in einiger Entfernung mit ein paar Chinesen unterhielt, die sich auf ihre Hacken stützten, um auszuruhen. Überall auf den Feldern waren kleine Gebäude zu sehen, vielleicht Tempel, in denen den chinesischen Göttern gehuldigt wurde. Papa deutete auf das Rund der Sonne, die über ihnen leuchtete.

»Blendet sie dich?«

»Wenn ich zu lange hineinschaue schon.«

»Und wenn du dir die Augen zuhältst, wird es dann dunkel?«

»Ja.«

»Darum ist es mit dem Licht so schwer. Zu viel Licht hat nämlich dieselben Folgen wie zu wenig Licht. Man wird blind.«

Papa steckte die Papierhand in seine Papiertasche. Er nahm eine Papiermünze heraus und warf sie in den Fluss. Die Papiermünze tanzte auf den Wellen, ohne zu versinken.

»Wir haben Menschen im Wasser getauft«, sagte er. »Im Gelben Meer bei Tsingtao.«

»Wer ist der steinerne Löwe?«

»Das ist einer von zwei Löwen. Sie gehören zusammen.«

»Ich verstehe überhaupt nichts.«

»Wer nichts versteht, hat immer recht.«

»Das würde die Lehrerin in der Schule aber nicht sagen.«

»Aber sie würde etwas anderes sagen.«

Der Papierpapa schaute in den Fluss. Rote Fische schwammen dort, und auf dem Grund waren runde Steine zu sehen. Papa seufzte erneut.

»Bevor ich abgereist bin, hat man mich gefragt, ob ich bereit sei, mein Leben für die Mission zu opfern. Ich antwortete mit Ja und meinte es auch. So kam es dann. Ich habe mein Leben geopfert. Auch du wärst fast in China gestorben. Etwas Großes zu geben kann manchmal eine große Geste sein. Aber was habe ich zurückgelassen?«

Miriam schüttelte den Kopf. Sie wusste es nicht. Ein Fisch kam an die Wasseroberfläche und öffnete und schloss das Maul, als atme er.

»Eine Handvoll armer Teufel aus dem Ausland, die ein paar tausend Mann bekehrt hatten, Menschen, die in Ruinen oder Zelten wohnten. Zum Schluss lag alles wieder in Ruinen. Vielleicht wird unser Aufenthalt dort in Vergessenheit geraten. Vielleicht werden wir alle zu dem, was ich für dich geworden bin, zu einem Stück Papier.«

Miriam schaute über die Felder. Die Chinesen, die eben noch dort gearbeitet hatten, waren verschwunden. Stattdessen sah sie die heimatliche Kirche. Aus den Fenstern und durch die geöffnete Tür war Gesang zu hören. Dann kamen Leute, die einen kleinen weißen Sarg trugen. Miriam erkannte einen von ihnen. Ihren Cousin, der ein paar Jahre älter war als sie. Der Bruder, den sie nie hatte.

»Ich bin im Mai gestorben. Du bist im Mai geboren, Miriam. Und du …«

In diesem Augenblick hob sie von der Brücke ab. Der Wind wirbelte sie herum, dann wurde alles still. Weiße Flocken, wie sie gerade noch um Frau Petterssons Haus geweht waren, hüllten sie ein. Sie streckte die Arme aus und spürte, wie die Flocken auf ihrer Handfläche schmolzen.

Dann sah sie einen Vogel mit einer Fotografie im Schnabel vorbeifliegen und auf dem Dach bei ihr zu Hause landen. Dort saß er, blinzelte mit den Augen, eine Lotosblume schlug im Garten Wurzeln und öffnete ihre Blüte.

Kapitel 21

Ich las die letzten Sätze mehrere Male. Ich wollte den Kopf nicht heben, damit Axel nicht merkte, dass ich zu Ende gelesen hatte. Dann sah ich, dass ein weiterer Bogen im Umschlag steckte. Ein handgeschriebener Brief.

Liebe Viola,

ich hoffe, dass es dir gut geht und du zusammen mit deinem Mann schöne Ferien verlebst.

Als wir uns das letzte Mal im Solgården begegnet sind, haben wir uns über die Tochter meiner Großmutter unterhalten, meine Tante Klara, die starb, noch ehe ich zur Welt kam.

Lea und Klara kehrten nach Schweden zurück und zogen nach Schonen in einen Ort, in dem ein großer Teil der Verwandtschaft lebte. Lea arbeitete bei den Baptisten, und Klara besuchte die Schule. Dann ereignete sich ein fürchterlicher Unfall. Als Klara sieben Jahre alt wurde, bekam sie ein Fahrrad von ihrem Onkel. Sie radelte damit zur Sonntagsschule und wurde von einem Lastwagen angefahren. Weder Gebete noch das Krankenhaus konnten etwas ausrichten. Klara starb dort einige Tage später.

Für Großmutter und ihre Familie war das ein Trauma, das sie ihr Leben lang verfolgte. Sie hatte ja bereits Ruben auf grauenvolle Art verloren. Dass

Großmutter trotzdem ihren Lebensmut nicht verlor, ist in meinen Augen sehr bewundernswert. Jetzt bin ich frei, hat sie einmal gesagt. Es fragt sich, was sie damit meinte. Aber Sie haben sie ja kennengelernt. Ich glaube, Sie haben gemerkt, welch wunderbarer Mensch sie war.

Mir fiel auf, wie gut Sie sich mit ihr verstanden haben, und ich finde es richtig, Sie auch an dieser Geschichte teilhaben zu lassen. Viel Glück. Lassen Sie von sich hören! Grüßen Sie China von mir. Irgendwann werde auch ich dorthin reisen.

Viele Grüße
von Sara

Ich starrte noch eine Weile auf die Zeilen, ehe ich aufschaute. Axel stand in einiger Entfernung mit dem Rücken zu mir. Es sah aus, als würde er etwas ins Wasser werfen. Vielleicht spürte er, dass ich ihn beobachtete. Er konnte beruhigt sein. Sara hatte kein Wort über ihn geschrieben. Langsam kam er über die Wiese auf mich zu und setzte sich neben mich.

»Lea hat ihre Tochter verloren. Die Tochter, die sie zusammen mit Ruben hatte. Klara.«

»Und?«

»Es war ein Unfall. Klara wurde beim Fahrradfahren von einem Lastwagen angefahren. Sie starb im Krankenhaus.«

Die Fremdenführerin stand in einiger Entfernung und wartete taktvoll darauf, dass wir uns ihr wieder anschließen würden. Ich hörte in mir Leas Stimme, ihre Worte bei unserer letzten Begegnung. Sie habe Verpflichtungen zu Hause, andere Gräber, um die sie sich kümmern müsse. Sie hatte von Klaras Grab gesprochen.

»Hat Sara das geschrieben?«

»Sie schickte eine letzte Erzählung. Und einen Brief.«

»Welch fürchterliche Tragödie.«

Axel schüttelte den Kopf.

»So viele Menschen zu verlieren. Wie kann man danach nur weiterleben?«

»Ich weiß es nicht, Axel.«

Schneeflocken tanzten vor meinen Augen. Die Bögen fielen zu Boden. Axel hob sie auf, schüttelte die Erde ab und legte sie zwischen uns. Dann streckte er den Arm aus und legte ihn mir um die Schultern.

»Wir haben Tora und Linn und uns. Ich werde das nie mehr vergessen. Ich will dich nicht verlieren. Glaubst du, wir können …?«

Axels Augen und Hände. Seine Reue, sein Wille, seine Erklärungen. Sie waren da, jetzt wo alles vorüber war. Ich erhob mich, und er blieb auf der Bank sitzen. Er sah aus wie eine Statue, wie eine von ihnen. Mit dem Unterschied, dass das letzte Wort über ihn noch nicht gesprochen war.

Ich ging ein paar Schritte zu einem Baum, dessen Blätter heller leuchteten als die der anderen. Vorsichtig pflückte ich ein Blatt.

Lea. Nun hatte ich mit dem Geschehenen abgeschlossen. Ich verspürte Sehnsucht. Mehr als ich für möglich gehalten hätte.

Eine Schneeflocke

Draußen vor dem Fenster eine Flocke von Schnee,
sie tanzt und wirbelt herum.
Aber schon bald kommen Tauwind und Regen,
verwandeln die Flocke zu »nichts«.
Sie tanzt nicht mehr
Und niemand sieht sie mehr
Im Rinnstein sickert sie fort.

Im Winter des Daseins sind wir doch nicht
besser als eine Flocke von Schnee.
Bevor der Sommer kommt, ist alles vorbei,
wir legen uns hin und sterben.
Verwirrte Seelen,
Sklaven der Vergänglichkeit,
werden wir vom Strom hinweggespült.

Möglich, dass die Sonne wieder den Tropfen hebt,
den die Schneeflocke gab.
Möglich, dass das Leben von Neuem erblüht,
weit jenseits von Tod und Grab.
Aber niemand hat gesehen,
was bereitet ist
Im Dunkel, in das die Seelen eingehen.

Nachwort

»Das verborgene Haus« habe ich zum Andenken an meine Verwandten Thora, Eric und Carleric Thoong verfasst. Einige der Figuren des Buches tauchen auch in meinem Roman »Alltid hos dig« auf (2008, deutsch unter dem Titel »Der geheime Brief«, 2011), in dem es um ihr vorheriges Leben geht.

Thora und Eric arbeiteten beide bei der Baptisten-Mission. Thora und ihr Sohn Carleric sind auf dem Friedhof von Asker in der Provinz Närke begraben.

Das Gedicht »Eine Schneeflocke« schrieb Eric 1946. Er ist in Tsingtao begraben, das heute Qingdao geschrieben wird. Seine durchbohrte Brieftasche sowie eine Ausstellung über ihn, Thora und die Mission der Baptisten ist bei der Föreningen Betel im Stockholmer Vorort Bromma zu sehen.

Maria Ernestam

Qingdao, Garten der Hundert Blumen, den 29. August 2009

www.mariaernestam.com

Quellen

Shakespeare wird in der Übersetzung von Christa Schuenke (Die Sonette, Zweisprachige Ausgabe, dtv, 1999) zitiert.

Das Zitat aus T. S. Eliots Gedicht *Marina* ist der Übersetzung von Rainer Maria Gerhardt entnommen (www.literaturlive.de).

Matthew Arnold wird in der Übersetzung von Walter A. Aue zitiert (im Internet, http://myweb.dal.ca/waue/Trans/o-TransList.html).

Das Zitat von Thomas Gray stammt aus seinem Gedicht *Elegie, geschrieben auf einem Dorfkirchhof* in der Übersetzung von Johann Gottfried Seume.
(www.lyrik-lesezeichen.de/gedichte/englische_gedichte.php)

Die beiden folgenden (im 17. Kapitel genannten) Zitate sind der *Ode an den Westwind* von Percy Bysshe Shelley in der Übersetzung von Christa Schuenke entnommen (www.christa-schuenke.de).
»Süß und voll Schmerz.«
»Könnt ich als rasche Wolke mit dir fliehn.«

btb

Maria Ernestam

Die Röte der Jungfrau

Roman. 428 Seiten
ISBN 978-3-442-73854-8

Hingebungsvoll pflegt Eva ihren Rosengarten. Idylle pur scheint sie zu umgeben: der Duft von Blumen, ein wohl geordnetes Leben. Als sie jedoch von ihrer Enkelin zum 56. Geburtstag ein Tagebuch geschenkt bekommt, beginnt eine Reise in eine Welt voller Alpträume. Eine Welt, die sie längst vergessen glaubte. Und in der mehr als nur ein Hund begraben liegt …

»Suggestiv, unheimlich, schwarz. Die Art von Leseerlebnis, an das man sich noch sehr lange erinnert. Einfach phantastisch.«
Camilla Läckberg

»Dieser Frauenroman hat es in sich.«
Die Welt